katō norihiro

加藤典洋

小説の未来

Kodansha Bungei bunko

目次

小説の未来

Ⅰ 「両村上」の時代の終わり

1

行く者と行かれる者の連帯——村上春樹『スプートニクの恋人』

i　「あちら側に行く」と「こちら側にとどまる」

前言

これから、しばらくの間、最近書かれた個々の小説を読んでいこうと思います。形式は、以前別の領域で試みたことがあるのですが（『言語表現法講義』岩波書店、一九九六年）、模擬授業という形を借ります。現時点での仮の題は、「現代小説論講義」とでもしておきましょう。これを続けていくうちに、この講義の表題となるような言葉が浮かんでくればよいでしょう。一九九〇年代以降に書かれた、生きのよい、声価の定まらない小説を素材に、小説を読むということの面白さが、いわば臨床的に読み手に感じられることを念頭に、論じてみようと思います。

一つ一つの作品について、この作品のポイントはこういうところだ、ここを押さえると、この作品の面白さ、よさ、新しさが、一望できる、もっと楽しく読める、そういうビュー・ポイントを指し示してみたい。まあ、そうすることで、新しい小説の読み方、楽しみ方を、現代に生きる小説家たちに連帯する形で示せたら、とてもうれしい、さらに、同時代の小説を取り上げる中で、いま新たにせり出しつつある問題、主題、といったものを掘り起こせたら、いま、小説家たちがぶつかっている困難といったものにもふれられたら、もっといい、と思います。いまの文芸批評の多くが読み物であることを忌避し、病理解剖的になっていることを反省し、これとは違う、生きた対象としての小説に、いわば市井に生きる町医者として、あるいはクリニックの臨床心理士的に、向きあう批評を置いてみたい。そういう意味で、鳥瞰的な作家論ではない、微視的な作品論というものが、いまではほとんどお目にかからないものになっています。あるのは、作品を一方的な素材としたテクスト論と呼ばれる批評ですが、そうではなく、作品で作者が何を試みようとしたと、その作品が僕たち読者に語りかけてくるところに着目し、いま、小説家がどういう問題にぶつかっているのかが、作品を知らないまま読んでもわかる、かつての文芸評論を復活させるつもりで、やってみようと思います。

前置きはこのくらいにして。第一回目は、村上春樹さんの『スプートニクの恋人』、一九九九年の作です。

作品世界の三つの部分

まず、作品のあらすじから。

一五ページの表を見て下さい。この小説はだいたい三つの部分からなっています。それがまたこの小説の三つの世界に対応している。でも、それぞれの区分の基軸をなす人物が、1「ぼく―すみれ」、2「すみれ―ミュウ」、3「ミュウ―ぼく」ではなく、このうち3が「ぼく―にんじん」となっているところ、にんじんという新しい要素が入ってくるところが、たとえば「ぼく」の回復への道が「レイコさん―ぼく」の交渉をきっかけに開けてくる村上さんの以前の作『ノルウェイの森』などと、違うところです。また、それぞれの関係のうちに、「あちら側」と「こちら側」とも言うべき二項的な関係が埋め込まれています。そしてその相互の間に、いわば位相のズレがある。こちらについてはまたふれますが、その基本構造も図1として示しておきます（一七頁参照）。これがこの小説の基本形です（後に述べる理由で、第16章はここから外してあります）。

次に、内容です。第一は、「ぼく」とすみれの世界。章で言うと、第1章から第6章まで。舞台は主に国立と吉祥寺そして代々木上原で、話は、こう進みます。

主人公で語り手の「ぼく」は、二十四歳、小学校教師をしています。「ぼく」は大学のとき知りあった二歳年下のすみれに恋しています。すみれはエクセントリックなところのある小説家志望の女の子で、「ぼく」はすみれをこの世につなぎとめている港のような存在です。

ここで少し補足しておくと、村上さんの作品で一人称の主人公が「ぼく」とひらかな表記されるのは長編ではこの小説がはじめてです。これは、主人公「ぼく」が執筆時の作者の年齢（四十九歳～五十歳）から見てほぼ息子の世代に属し、はじめて作者とは別世代の人物に設定されていること、また同じく村上さんの作品の一人称の主人公としてはやはりはじめて小学校教師という〝地道な〟職業に設定されていることと、関係あるかも知れません。

一方、このすみれの造型は、国立・吉祥寺・代々木上原を舞台とする第一部分では『ノルウ

区分	章別	基軸	場所
1	第1章～第6章	ぼく－すみれ	国立・吉祥寺・代々木上原
2	第7章～第14章	すみれ－ミュウ	ギリシャ
3	第15章～第16章	ぼく－にんじん	国立・立川

表　『スプートニクの恋人』の三区分

エイの森』の緑に似ていますし、ギリシャを舞台とする第二部分では、同じ作品の直子に似ています。また第一の世界の「ぼく」とすみれは、そこでのワタナベと緑を、第二の世界のミュウとすみれは、そこでのレイコさんと直子を、連想させます。

「ぼく」は、なかなか渋い。すみれに意見を求められて述べる自分の考えを、「凡庸」な考えと称したりします。

さて、小説は、そのすみれがある日、従姉の結婚式で十七歳年上の在日韓国人二世の女性ミュウと出会い、「広大な平原をまっすぐ突き進む竜巻のような激しい恋」をするところからはじまります。ミュウはピアニストの勉強をしにフランスに留学したりしていた女性で、いまはそのピアノをやめ、死んだ父の貿易関係の会社を引き継いで、ワインなどの輸入の仕事をやっています。やがてすみれは、ミュウの秘書となり、働きはじめる。すると少しずつすみれの感じが変わってきます。夏、すみれはミュウの商談の旅に同行してヨーロッパに行くのですが、ひょんなことからミュウと二人で滞在することになったギリシャの島で、忽然と姿を消す。失踪してしまう。そこまでが小説の第一部分です。

ついで第7章から第14章までの第二部分。これは、舞台がギリシャです。まず第7章の冒頭、真夜中の二時に日本にいる「ぼく」に電話が入り、彼は起こされます（補足しますと、この小説の三つの部分は、すべて電話で区切られています。第一部分と第二部分は、すみれからの電話だと思ったらミュウからの電話だった、第二部分と第三部分の区切りは、ミュウからの電話だと思ったら「ガールフレンド」（後出）からの電話だった。また最後、当のすみれから電話が来ると、この小説は終わります）。

それはギリシャのとある島からの電話で、ミュウは、すみれがいなくなったと言います。夏休み期間にあった「ぼく」は急遽、成田からギリシャに飛び立つ。ギリシャの島ですみれを探しますが、すみれは「煙みたいに」消え、結局、わからずじまいに終わる。「ぼく」は、飛行機の予約の手違いからか、トランジットの一日をアテネで過ごすこととなり、アクロポリスの丘に上り、月を見て、一人日本に帰ってきます。

ギリシャの島で「ぼく」はすみれの残したフロッピーディスクを見つけ、そこですみれとミュウに起こったことを知りました。すみれはそこでミュウの秘密を聞きだしています。ミュウはピアニストになろうという志望を十四年前の夏、スイスの町で奇怪な体験をしたことがきっかけで断念しています。その町でフェルディナンドという変な男につけ回され、ある日、一夜、ほんの偶然から観覧車に閉じ込められます。でも、そこから見える自分のホテルで、自分の分身（ドッペルゲンガー）がそのフェルディナンドと素っ裸で性的な行為にふけっているの

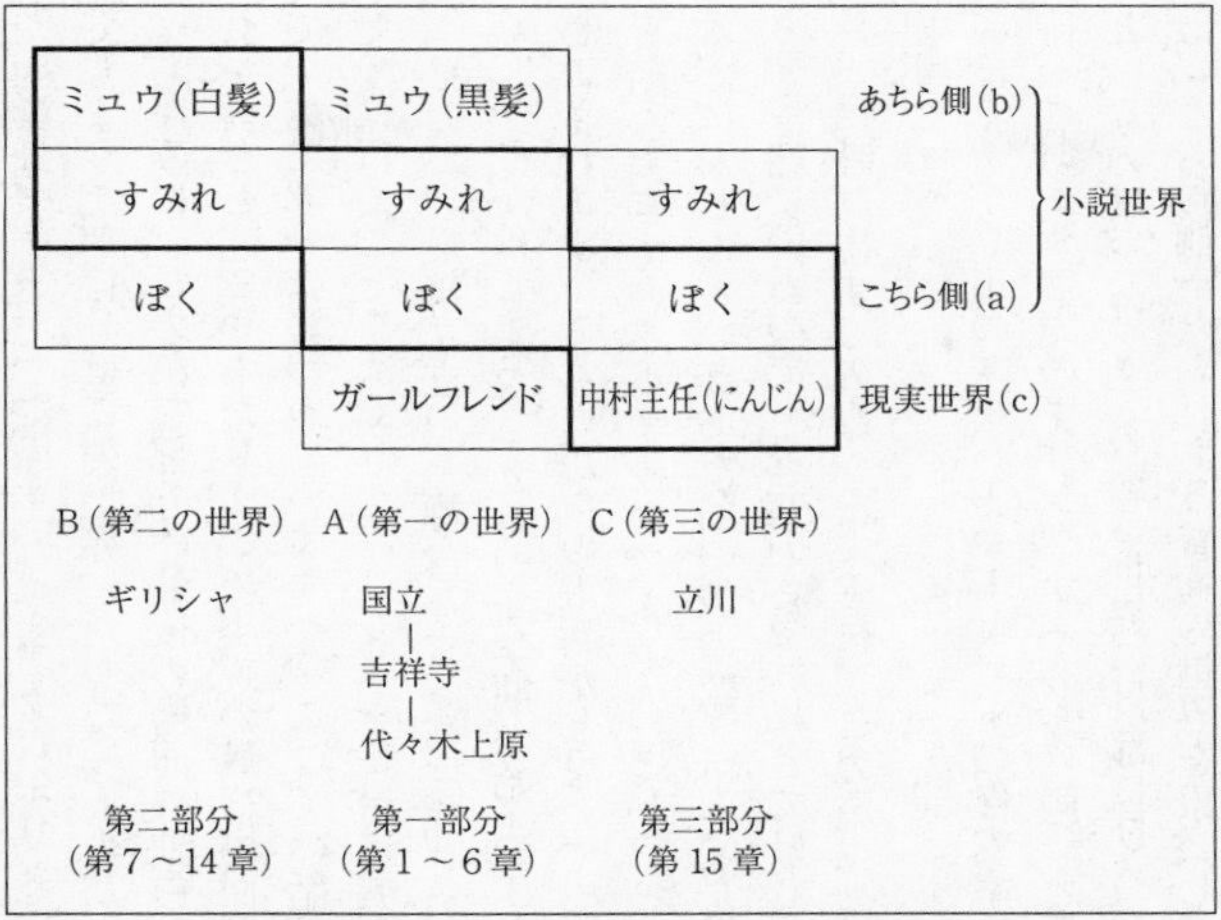

図１　『スプートニクの恋人』の基本構造（第１章から第15章まで）

を目撃し、衝撃を受ける。そして翌朝、発見されたときには、一晩で髪が真っ白になっているのです。

すみれは、その話をミュウから聞いた後、若くして死んだ自分の実母の夢を見ます。そして、恋い焦がれるミュウに思いのたけをぶつけようとミュウの寝室を訪れ、身を投げ出しますが、ミュウに拒まれる。自分の部屋に帰りしな、何ごとか言うけれど、それはミュウに聞こえない、という小さな挿話があって、次の朝、ミュウが起きてみると、すみれは消えているのです。

「ぼく」も到着後、島中を探しますが、すみれは見つからない。井戸にでも落ちたのではないかと思うけれど、この島に井戸はないと言われます。島を離れ、何かの手違いで一日だけ過ごすことになった中継地アテネで、「ぼく」は、アクロポリスの神殿跡を尋ね、思います。もうすみれは消えてしまった。自分はこの世界にたった一人の、自分の好きな人間を失ってしまった、と。

ちなみに、この第二部分の最後の場面の独白は異様にパセティックな響きを奏でていて、これを読むと、このあたりがこの小説の最終場面だったのかも知れないと思わせます。その独白で、第二部分は終わっていますが、ここでの話は、いわばこの世ならぬもの、世界の「あちら側」に行くことをめぐり、ギリシャを舞台に展開されるミュウとすみれの物語です。

そして、最後が立川を舞台とする第三部分。第15章です。帰国後、やがて、夏休みが終わり、学校がはじまる。「九月の新学期が始まって二度目の日曜日」の朝、「ぼく」は再び電話で起こされます。ミュウからの電話かと思って出ると、「ぼく」が便宜的に時折り肉体的な関係を結んできている小学校の教え子の母である「ガールフレンド」からの電話です。「ぼく」は、にんじんというあだ名の彼の教え子である彼女の息子がスーパーで万引きをしてつかまり、一緒にいるので、身元引き受けにきてほしいと彼女に依頼されます。最初の電話が、ギリシャに呼び出すものだったように、この第二の電話は、「ぼく」を立川という別の世界に呼び出すのです。

「ぼく」が立川のスーパーマーケットの保安室に到着すると、にんじん親子と警備主任の男が待っています。先のギリシャが「あちら側」と接する世界だったとすれば、この立川の保安室というのは、「ぼく」のいる世界の外部にひろがる、普通の人たちの生きる現実世界で、いわば「こちら側」とふれあう普通の世界を象徴しているようです。保安室の中村主任という人物は、「ぼく」を見ると、この蒸し暑い夏、「ずいぶんきれいに日焼けしておられますね」と、けっこうねちねちと「ぼく」にいやみを言います。「ぼく」は、辛抱強くそれを受け流すと、最後、にんじんを解放してもらい、二人で帰ってくる。にんじんは、そこでシャープペンシルやコンパスなどをごそっと二度まで万引きし、つかまっていました。にんじんは身を硬くし、口を閉ざしています。「ぼく」はそういうにんじんの姿に、自分の幼い頃の姿を重ねあわせる。そして言う、自分はたった一人の好きだった友達を、つい最近、失ったところだ、もう誰一人、心を開けるような友達はいなくなってしまったと。にんじんは、そういう「ぼく」に少しだけ顔をあげます。

この第三部分にあるのは、中村主任やにんじんのいる世界、「ぼく」のいる小説世界の手前、の側にある、ただの人の生きる、普通の現実の世界です。そして最後、表からは除いた第16章にいたって、夢なのか事実なのかわからないのですが、夜、国立にある「ぼく」の部屋に、三度目の電話がかかってくる。電話はすみれからで、彼女はどこかの公衆電話にいて、そこからかけているのだと言います。すみれがそうして帰ってくる、どこかから。

そういう「ぼく」の独白があり、小説は終わります（この最終章はエピローグ的に小説の基本構造からはみだしてノリシロ的に存在しています）。

二つの恋の話

さて、これはどういう話なのでしょう。いろんなふうに言えそうです。でも、僕は、簡単に言うなら、これは二つの恋（＝片恋）の物語なんだと言いたい。一つはすみれのミュウへの恋で、これは「こちら側」（現実、普通の世界）にいるだけでは我慢できない、この世界を超え出た「あちら側」の世界に行きたい、超越的なものへの恋、〝超越したい、恋〟です。これに対し、もう一つの恋が「ぼく」のすみれに対する恋で、それはこの世にとどまろうといういわば〝超越しない、恋〟なのです。先に僕は語り手「ぼく」のキーワードは「凡庸」だと言いました。すみれの職業作家志望、エクセントリック、超俗的なあり方に対し、「ぼく」は、小学校教師で「凡庸」を旨としています。つまり、この小説を作者に書かせているのは、「超越しないでこの世にとどまる」ことは、どのようにして、「超越してこの世ならぬところに行ってしまいたい」欲求と、つながることができるのか、あるいは、どのようにして、「超越してあちら側に行ってしまいたい」希求を、否定することなく、また、それに負けずに、「この世界にとどまること」は、これと対峙できるか、という問いなのです。

こう書けばわかってもらえると思うのですが、こういう対位の中に、僕たちは、もし望むなら、あの一九九五年の地下鉄サリン事件のオウムの影とも言うべきものを見て取ることができます。ここで「あちら側に行くこと」を超越的な欲望とでも言ってみるなら、このあり方の一つに、あのオウム的な欲求、真なるもの、あるいは「生死を超え」たものを求める、という志向が含まれていることがわかるでしょう（オウムの教祖の主著の一つのタイトルが、『生死を超えて』でした）。むろん、それはこの小説の世界ですみれの体現するものがオウムと関係あるということではありません。そうではなく、「超越したい」すみれの欲求と「ここにとどまる」「ぼく」のあり方という対位のうちに、この小説の主題の形がはっきりと姿を見せています。そしてこういうところに、この小説にいたるまでに『アンダーグラウンド』、『約束された場所で』という二作により、作者が経てきた、オウム真理教にまつわる考察と経験が、生きているだろうと言うのです。

最後のシーンは現実か夢か

さて、するとこの小説は何を語っていることになるのでしょうか。この小説の読解上、ポイントになるのは、表からは除いた最後の第16章に出てくる、ギリシャで消えたはずのすみれからくる電話を、どう受け取るか、という問題です。そこですみれは言います。「ねえ帰ってきたのよ」、「いろいろと大変だったけど、それでもなんとか帰ってきた。ホメロスの『オデッセイ』を50字以内の短縮版にすればそうなるように」。いろいろと乗り継いで。「今どこにいる？」そう「ぼく」がたずねると、「わたしが今どこにいるか？　どこにいると思う？　昔なつかしい古典的な電話ボックスの中よ」(傍点原文)。

こう書くとわかるでしょうが、このシーンは、『ノルウェイの森』の最後の「僕」が緑に電話をかける場面のちょうど逆です。そこでは、「あなた、今どこにいるの？」と緑が「僕」に聞く、すると「僕」は思う。「僕は今どこにいるのだ？　でもそこがどこなのか僕にはわからなかった」(傍点原文)と。そしてそれが、この作品の終点を形作っていました。

ではこの終わり、それは『ノルウェイの森』ならぬこの小説で、何を語るのでしょうか。

端的に、すみれは本当に帰ってきたのか。それともこれは「ぼく」の白昼夢のようなものにすぎないのか。

ここで僕の考えを言うとすると、こうなるでしょう。頭で考えたら、ここですみれが帰ってくるということはありえません。というのも、すみれはパジャマ姿のままギリシャの島で失踪した。パスポートもお金もなしで。そんな彼女が、数カ月後、日本の国立付近の電話ボックスに現れるわけはないでしょうから。でも、小説を読むと、この、頭で考える限りウソの白昼夢のようなものであるはずのこのシーンが、ありありと、現実にありうるものと読める。よく考えてみれば、この小説の感動は、この最後のシーンが――たとえ現実ではないとしても――少なくとも主人公の単なる想像、夢、白昼夢のようなものでもない、という受け取りが読者にもたらされることを通じて、たぶんはそのことから、やってきているのです。頭で考えるとありえないことが、読者の心に訪れる。ではそんなことが、なぜここに起こりえているのでしょうか。

語りの構造

これを考える上での手がかりの一つは、この小説の語りの構造の問題です。語りの構造というのは、この小説を書き手が「ぼく」を語り手にして書く、その「書き手」と「語り手」と主人公の関係の構造のことです。物語られる出来事の順序とそれを物語る話の順序とが違う場合、そのそれぞれを、ストーリーとプロットと言い分けます。それで言うと、この小説のスト

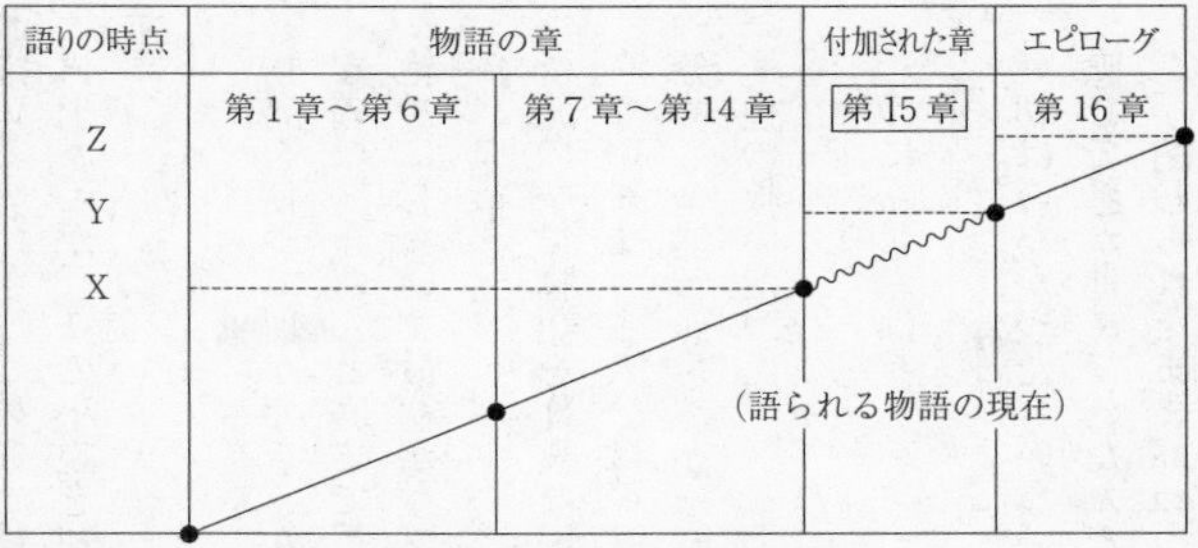

図2　語りの時点の変遷から第15章の付加がわかる

ーリーは、「22歳の春にすみれは生まれて初めて恋に落ちた」と「ぼく」によって語りだされることからはじまりますが、ここでその語りの構造は、図2に見るように、「ぼく」が語っている「語りの時点」をXとすると、第一部分、第二部分にかかる第1章から第14章まで、「ぼく」がXの時点からすみれとの物語を語るという構造が、動いていません。つまりここまでは、この小説を語り出した冒頭の語りの時点Xからの動かない回想として、話が綴られているわけです。でも、第14章の終わりにきて、この構造が崩れます。この章の最後、ギリシャから帰る最後の日、アクロポリスの丘に上る場面で、「ぼく」はとうとう、こう言います。

　ぼくは明日になれば飛行機に乗って東京に戻る。すぐに夏休みが終わり、限りなく続く日常の中に再び足を踏み入れていく。

(『スプートニクの恋人』二六二頁)

　この「明日」という言葉に注意しましょう。「語る現在」の時点Xはいまここで、語られる物語の現在時点に追いつかれている、のです。このことは何を語っているでしょうか。

村上さんが、この小説を刊行した後のインタビューで、こう言っていることが思い出されます。

物語を使って何ができるかについては、僕は非常に意識的に考えています。そのために大事なのは、きちんと底まで行って物語を汲んでくることで、物語を頭の中で作るようなことは絶対にしない。最初からプロットを組んだりもしないし、書きたくないときは絶対に書かない。（中略）

頭の中で物語を作らないということで言えば、この小説の中で、結局「すみれ」は見つからないまま、主人公はギリシャから東京に帰ってくる。そのあとどうなるかについては、自分でも全然わからなかったんです。そしたら、「にんじん」が出てきたんですね。あれは、一種の救いだった。

このにんじんは、

最初はいなかった。いないまま「僕」《ママ》と「ミュウ」との関係性の中で煮詰まって追われてる感じで話が進んでいたんだけど、そのまま話を終えたらどこにも行かないような気がしていた。閉じられたまま終わって、それはやっぱりいけないと感じていて、いろいろ考えてるうちに、「にんじん」と「にんじんのお母さん」が出てきたんです。で、二人を生かすことによって、ある種の広がりというものを出すことができたし、これが納得のいく形で書ければ、次の本にうまく入っていけるだろうという予感があった。

（「物語はいつも自発的でなければならない」『広告批評』一九九九年一〇月号）

ここに言われるにんじんが出てくるのは、この次の章、第15章です。最後の第16章で「ぼく」は帰国後しばらくしたある日、東京の街角をジャガーに乗って走り去る変わり果てたミュウの姿を見かけます。そしてその後、彼の部屋に深夜、すみれから電話がかかってくるところで、この小説は終わるのですが、察するところ、当初のぼんやりした構想では、この第16章がエピローグ（後日譚）的に付いて、終わりになるのだったのではないでしょうか。つまり、この第14章が実質的な物語の「どんづまり」になっていたと思われるのです。

そう思ってみれば、この第14章の終わりにはこんな意味深なくだりもある。

そしてまたぼくは、いつか「唐突な大きな転換」が訪れることを夢見ていた。たとえ実現する可能性が小さいにしても、少なくともぼくには夢を見る権利があった。

（『スプートニクの恋人』二六一頁）

この「唐突な大きな転換」が、この言葉が書かれた時点で、第16章の、「唐突に」何の脈絡もなしに、東京の「ぼく」のいる世界にすみれが帰ってくる白昼夢か現実かわからない「転換」の場面を念頭においたものであることは、言うまでもないでしょう。小説は、この後、最後、第16章の「唐突な大きな転換」をへて、すみれが帰還するという形で終わろうとしています。事実、第16章は、

ギリシャの島の港で別れて以来、ミュウからの連絡は一度もなかった。（同、二九七頁）

とはじまっていて、第14章の、アクロポリスでのパセティックな独白から、そのまま第15章なしで続く書かれ方になっています。でも、そのまますみれからの電話が「ぼく」を起こす場面へと進んでも、「そのまま話を終えたらどこにも行かない」。「閉じられたまま終わって」小説が終わった感じがしない。それは――もし僕の想定が間違ってないならですが――その最後のすみれからの電話がとても現実のものとは思えず、空転してしまう、ということでもあったでしょう。これが、たぶんは最後、作者のぶつかった困難だったというのが、僕の考えです。その困難を克服するカギとして、ここににんじんがやってくる。それが先に村上さんのインタビューで述べている、「一種の救いだった。出てきてくれてよかったなあって」という言葉の中身でしょう。そしてそのにんじんを造型すべく、新しい語りの時点Yが導入される。こうして、その後の後日譚としての第16章へと物語を橋渡ししているのだと思うのです。

では、このにんじんの到来は、何を成就しているのか。

ii　「花《すみれ》」から「根《にんじん》」へ

ウィーンの一夜と猫が消える時期と犬が死ぬ時期の符合

そのことを考えるうえに、手がかりを提供していると思われるのが、次に申し上げる、「ぼく」がにんじんに語る、飼っていた犬がトラックで轢かれて死ぬという少年時のエピソードです。でもその前に、一つ、小さな指標に目をとめておきます。それは、ミュウ、すみれ、にんじんについて語られる、髪の毛の問題です。毛髪は登場人物の身につける衣服類、車などとともに、この小説で面白い意味性を帯びさせられています。まずミュウは観覧車の一夜をへて、白髪になります。彼女は自分の半分は向こう側にいってしまった、自分の生は終わった、と感じる。それが「髪の黒い、潤沢な性欲を持ったあと半分のミュウ」が消えたという言い方で語られます。そのことを受け、図1にあるように、東京ではヘアダイを使って黒髪にしていたミユウが、ギリシャの島では、そのとき以来の白髪の女性として現れます。一方、すみれは小説制作の夢に憑かれていて身なりを構わない、恋愛と無縁な髪の「くしゃくしゃ」した女の子として登場してきます。そして「ぼく」の求愛に対し、「わたしには性欲というものがよく理解できないの」と言います。でも、そのすみれが、ミュウに「くしゃくしゃな」「髪を触られた瞬間」、恋に落ちる。そしてその変化は、ミュウとつきあいはじめると、それまで身なりにまったく構わなかったすみれが綺麗になる、そしてその「くしゃくしゃの髪」が「クールなショートカット」に変わる、というように示されるのです。

ところで、最後に現れるにんじんですが、彼も、「髪がもしゃもしゃとちぢれ」た、やせた少年なのですね。このことは、僕の考えでは、「くしゃくしゃ」と「もしゃもしゃ」、この共通点で、すみれとにんじんが、少なくとも「ぼく」にとり、同質の存在であることを、暗示しています。

さて、犬の話というのは、こうです。この小説では主要登場人物が、あるものを失う、という挿話が、それぞれの人物について三つ、出てきます。一つ目がミュウのウィーンでの十四年前の観覧車の話で、このとき、彼女は自分の半分を永遠に失っています。そして二つ目がすみれの「小学校の二年生くらいのとき」の「秋の終わり」の三毛猫の失踪で、このとき、彼女は、飼っていた三毛猫を失う。猫が何かに憑かれたように松の木のてっぺんに駆けのぼり、「まるで煙みたいに」（傍点原文）消えてしまうのです。ところがこの第15章で、「ぼく」はにんじんにこう言います。「ぼく」が「小学校5年生のときに」かわいがっていた犬が「家の近くでトラックにはねられて死んでしま」った、家族は遠い存在だった、この犬だけが友達だった、それでこの犬が死んだ後、自分はひとりぼっちになってしまった、と。

でも、よく考えてみると、物語の語られる現在の時点で、すみれは二十二歳、「ぼく」は二十四歳。先のすみれの「小学校の二年生くらい」の「秋の終わり」というところを「小学校三年」と読み替えてみるなら、これはすみれが九歳、「ぼく」が十一歳の年の出来事になり、ほぼ同じ年の出来事であることがわかります。でもそれだけではなく、さらにこの符合の線をミュウの方まで延長すると、それは（これも現在の時点ですみれ、「ぼく」ともに誕生日の前ならばですが）ともに語る現在のいまから見ての十四年前ということになり、ですから、ミュウがスイスで半分の自分を失ったのとほぼ同年に、すみれの猫が消え、「ぼく」の犬が死んでいることがわかるのです。

二匹の犬の対照

ここで、この小説に出てくる犬の意味が重要になってきます。

私事に亙りますが、実は僕は当初、この『スプートニクの恋人』の宣伝文句を目にしたとき、この小説をそれほど読みたいと思わなかったのです。その惹句が少しあざといように思えたので。それが、読む気に変わったのは、この小説の扉と本文の間に、スプートニクという人工衛星の二号にライカ犬が使われ、「宇宙空間に出た最初の生物となるが、衛星は回収されず、宇宙における生物研究の犠牲となった」という一文が引かれているのを読み、作者の意図が、違うところにあるとわかったからです。

このライカ犬がどんなに孤独で苦しかったか、というなら、同じくこのライカ犬への思いを手がかりに書かれたレイダル・イェンソンの小説、ラッセ・ハルストレムの監督で映画にもなった『マイライフ・アズ・ア・ドッグ』が思い出されるでしょう。そう考えるなら、この小説は、あのライカ犬が世界にもたらした、何番目かの文学作品かも知れません。宇宙に浮かぶ密閉された箱に閉じ込められた孤絶。それはここで、観覧車の中に閉じ込められたミュウの孤絶、「あちら側」の世界をめざし、そのまま消えるすみれの肖像のうちに結像しています。また、遠く、これまでの村上さんの作品の井戸の底の孤絶（『ねじまき鳥クロニクル』）ともその対極的な位置で、響きあっています。井戸、そして図像的にその反対の形象であるエレベーターの二つが、これまでいくつかの作品を通じ、彼のデタッチメントのモチーフの象徴となってきているのですが、この二つは、あのギリシャの島にない、と特に断られているのも興味深いところです（先にもふれたように島の警官は「ぼく」に、「この島では誰も井戸を掘りません」と答えます（一八三頁）。また、ロードス空港の案内所の女性も、島に行くフェリーに、満員なんてことはない、「エレベーターじゃないんだから」と言うのです（一二七頁））。この小説にいたって、井戸、エレベーターの形象は、猫の登る木のてっぺん、観覧車、人工衛星と、空に浮かぶ孤絶空間という形象に取って代わられます。宇宙に遺棄されるライカ犬は、すみれの超越性の孤絶の象徴となることで、この小説における超越性＝デタッチメントと、現実にとどまること＝コミットメントという対位をささえるのです。

　ところで、この犬のイメージに象徴される空に浮かぶ孤絶の死に、第15章は、「ぼく」のにんじんに向かってする話として、地べたでトラックに轢かれて死ぬもう一つの犬のイメージを付加します。にんじんとは誰か。すみれが花、にんじんが根菜、つまり根であることに、注意しましょう。村上は、この第15章で、ライカ犬のイメージに新たにいわば「ただの犬」の死を対置するのです。

「こちら側」の二重化

僕は、このにんじんの挿話の付加によって、最後のあのすみれの電話とすみれの帰還が、頭で考えればあり得ないのに、読者の心にはあり得ないわけでもないという現実性を帯びて読まれるようになっている、つまり、先の第15章がない形のままなら空転したはずのものが、その空転から脱するようになっている、と思います。なぜそうなるのか。僕の考えを、言ってみます。

図3を見て下さい。これは前回の図1に変則的にではありますが、ローバー・ミニのエンブレム風の〝羽根〟をつけた図です。いわば第15章の内実ぬきに基本構造として示された先の図1では、A〔第一の世界＝国立・吉祥寺・代々木上原〕は小説世界における「こちら側（a）」、B〔第二の世界＝ギリシャ〕は小説世界における「あちら側（b）」で、この第1章から第14章までをコアとして、それに付け足しとしての第15章がC〔第三の世界＝立川〕としてつく形でした。これだと、水平軸のA－B世界（＝村上のこれまでの小説世界の基本構造）における垂直軸の「a－b」という関係性が、小説の基本で、これに項目としての第15章の「現実世界」が形式的に付け足されています。でも、第15章が内実として付加されると、そこにいわばもう一つの現実世界、つまり「こちら側（a）－あちら側（b）」という関係性として生

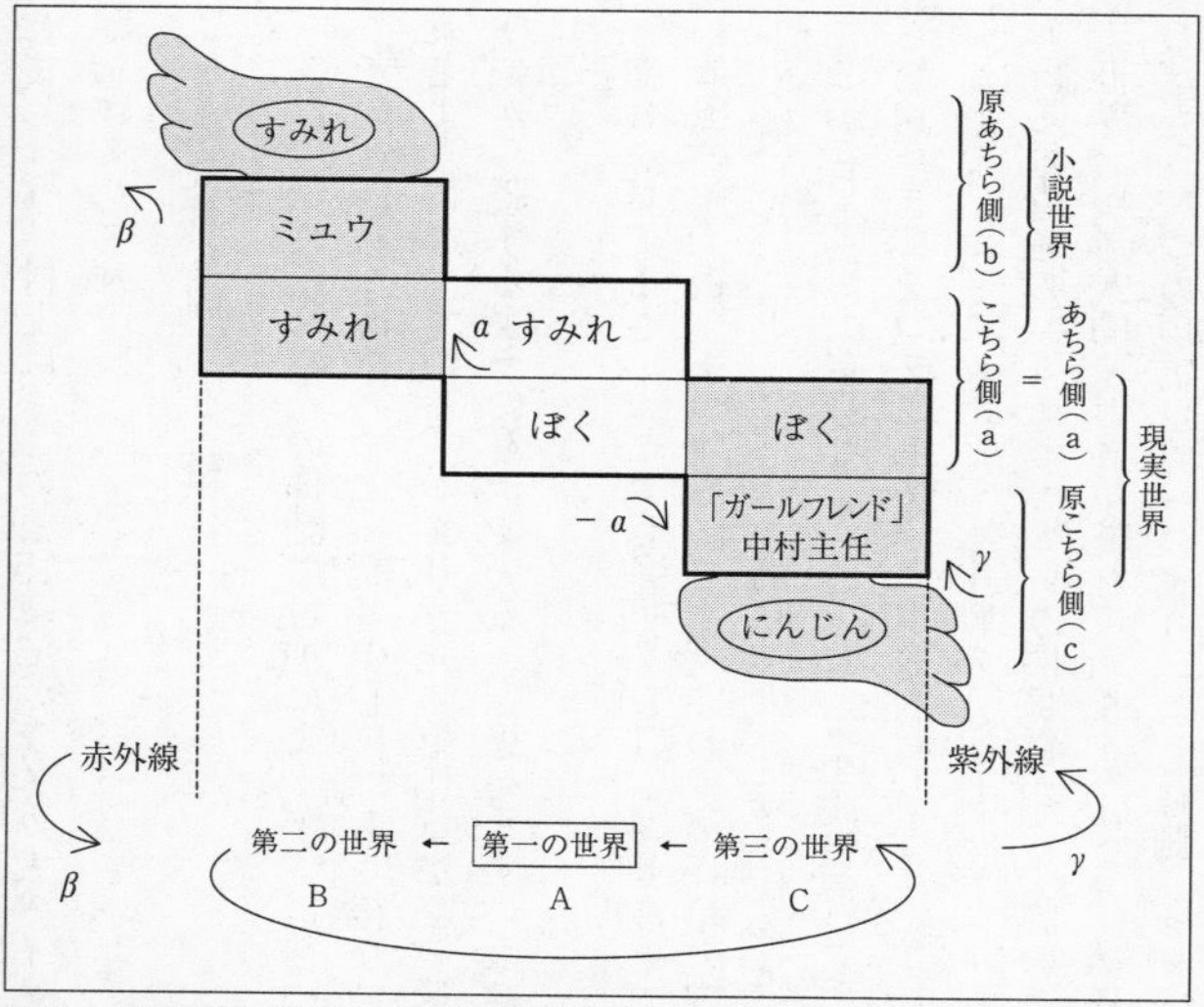

図3　第15章の付加により羽根が生える

きられた現実世界が付け加わります。「ぼく」はすみれとの関係では「凡庸」を自任し、自分は「二級品」だと言う。そこで「ぼく」は「こちら側」の人間なのですが、第15章になり、電話でガールフレンドに呼び出しを受け、スーパーの蒸し暑い保安室に教え子のにんじんを引き取りにいくと、そこに、いわば普通の生活世界の住人である中村主任がいて、彼は、その「ぼく」にむかい、しかしあんたなんか「凡庸」どころじゃない、特権階級みたいなものだ、と言うのです。

ここで、両者の関係は、中村主任（c）が〝現実世界〟における「こちら側」であるのに対し、「ぼく」（a）は〝現実世界〟における「あちら側」だという関係になっています。ですから「ぼく」（a）は、小説世界における「こちら側」の住人でありつつ現実世界における「あちら側」の住人でもあるという二重性を帯びる。この第15章の付加は、「ぼく」という存在、そして「ぼく」のいる世界――「こちら側」（a）――を、村上の小説世界にあってはじめていわば二重化しているのです。

それはどんなことを意味しているでしょうか。すみれは、小説世界の中で、つねに「この世ならぬもの」に憧れます。そしてミュウの失われた半身を追いかけるように、小説の第二部分の舞台であるギリシャの島で、Bのさらにむこうの世界、「原あちら側」に行ってしまいます（矢印β）。そしてミュウから「ぼく」に呼び出しの電話がかかって「ぼく」もギリシャの島に行く（矢印α）。そしてすみれは見つからず「ぼく」は東京に帰ってきます。でも、この第15章の付加によって、「ぼく」は、ただ単にこちら側の世界Aで、すみれを待つ、すみれを失っただけの存在ではなくなるでしょう。というのも、彼は、小説の第三部分、第15章の冒頭で、今度は「ガールフレンド」からの電話を受け、いわばそこで新たに失われかかっているもう一人の人間、ことによれば彼を必要としているにんじんという教え子を、救い出さなければならなくなり、「原こちら側」とも言うべき世界に赴くからです（矢印二α）。

超越したい欲求と超越された喪失の連帯

ここに起こっているのはどういうことか。これまで村上さんは、「あちら側」（非現実＝超越的な世界）と「こちら側」（現実＝日常的な世界）をめぐる二項的な作品を書いてきました。

『羊をめぐる冒険』では「鼠」が「あちら側」に消え、『ねじまき鳥クロニクル』では猫がまずいなくなった後、主人公「僕」の妻クミコが「あちら側」に失踪しています。でも、「こちら側」に残された人間にできることは、ただその喪失に耐えること、そして喪失を噛みしめて生きていくことだけなのか。それで果たしていいのか。もうそういう設定だけでは小説は終われないのではないだろうか。いわばオウム以後、作者の村上さんにやってきているのは、そういう小説家としての直観だと思われるのです。それが、言ってみるなら、（小説世界の）「こちら側」に対し、そんなのはオレたちにとっては「あちら側」だよ、それを「こちら側」だなんて言うなよ、と異議申し立てする登場人物、中村主任（とそこにいわば人質にされたにんじん）が「現実世界」の住人として登場してくることの意味なのです。

さて、するとどうなるでしょうか。「ぼく」は中村主任の手に落ちたにんじんを、さんざんいやみを言われた末に奪回して二人で帰ってくる。でもにんじんの心は凍っている。さらに「ぼく」には長い間彼の母とセックスフレンドだったという大人としての弱みもある。

でも、このとき、「ぼく」は、にんじんの心に言葉を届けることに成功する。なぜでしょう。「ぼく」は、にんじんに自分の好きだった友達を自分はつい最近失ったところだ、「ぼく」はいまやひとりぼっちだ、と言います。便法としてではなく、自分にあるのはもうこの「喪失」だけだという気持ちから、その痛みを秤のこちら側におくのです。すると、にんじんは顔をあげる。「ぼく」は、かつて犬をトラックに轢かれてひとりぼっちになってしまった、そのときと同じ状況に、いままたすみれを失うことで陥るのですが、そのことを口にすると、にんじんの心が、「ぼく」に向かって開かれる。ある意味でライカ犬であるすみれが一匹の地上の犬に媒介され、「ぼく」とにんじんとをつなぐのです。

先にすみれが花で、にんじんが根であることに注意を喚起しましたね。花は空中に向かい、根は地中に水を探します。すみれは空に向かって伸び、空に消えるのですが、にんじんは、そのすみれを地中に向かって探しにゆく、そういう根なのではないでしょうか。

したがって、最初の図1は、いわば両側に〝羽根〟を生やした図3の形になって、この小説の最後の場面の意味を僕たちに教えるものとなります。そこで、すみれは、Aの世界からBの世界に行き、そこからさらにその向こう、虹で言うなら赤外線の方向に消えるのですが（矢印β）、その後、人工衛星に乗ったライカ犬のように、ぐるりと地球を回り、Cの世界のさらに手前、虹で言うなら紫外線の方向から（矢印γ）、Cの世界を通って再びAの世界に戻ってくるのです。

これを、すみれは、にんじんという橋を渡って、「ぼく」の世界に戻ってくるのだ、と言ってもよいでしょう。そのことが先に述べた、すみれとにんじんの髪がともに「くしゃくしゃ」、「もしゃもしゃ」であることの意味であり、すみれがライカ犬であるとしたらにんじんがただの犬であることの意味であり、すみれが花でにんじんが根であることの意味なのだと思います。そしてそれが最後、本当ならそんなことがありっこないのに、現実ではないがしかし白昼夢でもないものとしてすみれが戻ってくる、あのシーンが、読者の心を動かすことの理由なのではないでしょうか。

そう考えれば、なぜ、この第三部分にいたり、あの小学校五年生のときの犬の死が「ぼく」の口からにんじんに語られるのかも、わかります。はじめの二つの話、観覧車と三毛猫の話は、きっと最初から考えられていた挿話ですが、「ぼく」の犬の話は、その二つに後になって付加されています。それは、その付加を通じて、前二者、ミュウとすみれの「超越したい」欲求に、「ぼく」の「超越された」喪失経験を重ねて置く、という小説家の行為となっています。この話を重ねることで喪失する「ぼく」は失踪するすみれに連帯している。超越することと超越されること（喪失すること）は、対立するのではない。喪失を深く生きることは、超越したい欲求を理解し、これに連帯することだ。作者はここに、第三の挿話を重ねることで、こう言っているのです。

母親の消滅、子供の登場

最後に一つ、これまでふれる機会のなかったことを述べてこの話を終わりましょう。ギリシャでの最後の夜、すみれがミュウの寝室を訪れ、そこを立ち去り際、ミュウに何ごとかを囁く。でもそれは「とても小さな声」だったので、ミュウには「聞き取れなかった」。そう書かれていることを先に指摘しました。そこですみれは、何と言っているのか。

僕に連想を示唆するのは、その前夜、すみれの見る夢です。そこですみれは二歳のときに死んだ実の母に会っています。でも、それは、自分が写真で教えられていたのとは別人だった。「本物の母親は美しく、若々しかった」。夢の中で彼女は「お母さん」と思い切って叫びます。

しかしその声と同時に、母は穴の奥の暗闇に引き込まれ、消えてしまう。すみれはその後「高い塔のてっぺん」に出る。そして白いガウンを脱ぎ、全裸になって空の前に立つ。そこで目が覚める、でも目が覚めたら、母親の顔だけがどうしても思い出せなかった、と書かれています（二〇三〜二〇四頁）。

そして次の日、その夢に励まされ、促されるように、すみれはミュウの部屋に行くのですね。

すみれが夢に見た「美しく、若々し」い母、それは、ミュウだったのではないでしょうか。だから目が覚めた後、顔を思い出せなかったのではないでしょうか。そして、すみれが最後にミュウに囁いた言葉は、その「お母さん」という言葉だったのではないでしょうか。

そう思います。

ミュウというのは、ギリシャ語でMのことです。Mといえば、マザー、メール、ムウテル、ママ。Pが父につながる頭文字であるように、母につながる頭文字です。僕の推定が正しく、あの言葉が「お母さん」なら、最後、すみれは、いわば母なるものに拒絶されていることになります。

ところで、第15章の最後近く、「ぼく」は「ガールフレンド」に、もう会うのはやめよう、と言うのですが、この「ガールフレンド」というのが、やはりもう一人のすみれといってもよい、「にんじん」の「お母さん」なのです。つまり、ミュウと「ガールフレンド」という「ぼく」を異なる世界に呼び出す二人の電話の女性は、ともに母という一点でも対位的なのです。

こうして、この小説では、「ぼく」が「ガールフレンド」と別れ、すみれがミュウから拒絶されて別れ、ともに一人になる。僕には、この二つのエピソードの示す方角に、母の前の子供たることから、子供の前の大人たることへと移行しようとする、この時期の村上さんの志向が現れているような気がします。この「にんじんのお母さん」というのは先のインタビューでの村上さんの言葉ですが、そこに言われる「これが納得のいく形で書ければ、次の本にうまく入っていけるだろうという予感」があった、というのも、このことと関わります。にんじんとの会話で、村上の小説ではじめてといっていい表現が出てきます。ホッチキスの万引きについて尋ねる場面。「ぼくは子供の方を向いて穏やかにたずねてみた、『どうしてホッチキスなんだ?』」。そう書かれています。こういうふうに村上が「子供」という言葉を書いたことは、これまで一度もありません。その「子供」と「ぼく」の会話の終わり。「ぼく」はすみれについて言う。「ぼく」はその友達にあってはじめて、誰か心を通いあわせる友達のいることがうれしいことだと思うようになった。「ひとりぼっちであるというのは、ときとして、ものすごくさびしいことなんだって思うようになった」。

「ひとりぼっちでいるというのは、雨降りの夕方に、大きな河の河口に立って、たくさんの水が海に流れこんでいくのをいつまでも眺めているときのような気持ちだ。雨降りの夕方に、大きな河の河口に立って、水が海に流れこんでいくのを眺めたことはある?」

にんじんは答えなかった。

「ぼくはある」とぼくは言った。

にんじんはきちんと目を開けてぼくの顔を見ていた。

「たくさんの河の水がたくさんの海の水と混じりあっていくのを見ているのが、どうしてそんなにさびしいのか、ぼくにはよくわからない。でも本当にそうなんだ。君も一度見てみるといいよ」

（同、二八七～二八八頁、傍点引用者）


にんじんが顔をあげる。二人の心が通いあう。このあたりが、僕の言う、この小説のビュー・ポイントということになるでしょうか。

2

七合目での下山——村上龍『希望の国のエクソダス』

i　物語の大きさ、小説の小ささ

登山口　第一回は村上龍さんの『希望の国のエクソダス』です。この小説は『文藝春秋』に、一九九八年十月号から二〇〇〇年五月号まで二十回にわたって連載された後、二〇〇〇年の七月に出版されました。発表誌がこういう総合雑誌だったことがこの小説の性格を決定しています。作家自身は、サッカーでいう「アウェイ」でのゲームのような緊張があったと言っています。『「希望の国のエクソダス」取材ノート』（文藝春秋、二〇〇〇年）というこれを執筆するために作者が行ったインタビューの本が出ているのですが、その帯には、本体のことが、「通貨危機、IT、教育・社会システムの崩壊、老人問題、環境――現代日本のすべてを描きつくした小説」と書かれています。

村上さんは、この作品を書くために、「現代日本」の抱える問題を「描きつくす」つもりで、問題を整理した上、各界の専門家に取材したのです。その上で一つの日本社会のシミュレーションを試みました。でも、これは小説です。こういう問題をとりあげる場合、小説は、論文とか評論とか社会批評といったものとどのように違う問題のさしだし方をするのか。そしてその結果、小説はどのように僕たち読者を動かし、また動かさないのか。これは世評高い小説ですが、先入観に動かされず、そこをじっくり見てみましょう。このあたりが、この小説にとりつき、これに登攀する登山口になります。前回は作品のビュー・ポイントという話をしましたが、今回は、そこにいたるとりつき口の話です。

登場人物の三層構造

これは、一言で言うなら、中学生の一団が「現代日本」の中で反乱を起こし、北海道に新しい「希望の国」を作る話です。まず、作品の基本構造ですが、語り手は、テツ（関口テツジ）という三十五歳のフリージャーナリスト、彼が「おれ」となって物語を導きます。描かれる中学三年生のグループは、代表格の頭脳明晰なポンちゃん（楠田譲一君）、テツが最初に知りあう中村君（中村秀樹君）をはじめ、全員が十四歳ですから、執筆開始時の作者の年齢（四十六歳）を考えると、作者と中学生たちの間、それも倍くらい作者に近い年齢（作者から十歳、中学生から二十歳）に、この主人公＝語り手は位置づけられています。登場人物は、だいたい、①作者より少し高めの年齢、いわゆる全共闘世代以上の老年・中高年世代（五十代以降）、②テツを含む元新人類の中間世代（二十代後半〜四十代）、そして、③神戸の酒鬼薔薇事件に代表される中学生世代（十代半ば）の三つの年齢層に分類されます。それらに、作者の価値観から言うと、①はダメ人間、②がニュートラル、③が希望の星、というほどの色分けがなされています。その意味でこれは世代小説です。悪者（全共闘以上の高年層）は悪くしか書かれない。良い者（中学生）は、だいたい甘く遇される。善悪二元論的な、かなり単純な図柄を隠しもっていることが、この小説の一つの特徴となっています。

こういう場合には、小説は、もしまともであれば、この事前の色分けに抵抗するでしょう。つまり、①に近い作者村上と②の語り手テツの違い、②の語り手テツと③の主人公格ポンちゃんたちの違い、また①に近い作者村上と③のポンちゃんたちの違い、その違いの幅のうちに、この小説が「厚み」をもつか否かの分岐線があるということです。そういう読みの見通しが、僕たちに与えられます。

テツと由美子の二項性

さて、この小説におけるもう一つの構成上の核は、テツと彼の同棲相手の由美子という女性の、この二人の関係のうちに示される二項性です。この二項性の性格を一番よく示す指標は、オンとオフです。オンというのは、オンラインのオンで、世界の情報のラインに「つながっている」、台の上に「乗っている」感じ、オフというのは、逆に、オフライン、「つながっていない」、台から「降りている」感じをさします。むろん、由美子が「オン」で、テツが「オフ」です。

テツが可視的な社会から見えない「内側」の問題、つまり教育（不登校）の問題に頭をつっこんでいるとすると、由美子は可視的な社会から見えない「外側」、つまりマクロ経済をはじめとする経済問題（経済不況）の専門家です。基本的なスタンスとして、テツが、その問題に対し、「よくわからない」ことでつながろうとするのに対し、由美子は、その問題に対し、「よくわかる」ことでつながっています。

この小説が各界への取材に裏打ちされた〝取材小説〟であることは、先に述べた通りですが、これを手っ取り早く小説に生かすため、作者は、主人公を本来が「取材する人」であるジャーナリストに設定し、その上、彼とその同棲者との関係を、インタビュアー（質問者）とインタビュイー（被質問者）とすることでうまくこの要請に対応しています。由美子は、三十一歳、ここ何年かテツと同棲していますが、かつてテツの子供を堕胎したことがあり、その後、経済に関心をもち、いまでは優秀な経済専門のフリージャーナリストになっています。小説では、定期的に、多忙をきわめる二人が夜に外で会い、テツが由美子から目下の日本の経済問題、世界経済について、レクチャーを受けます。ですが、なかなかこのあたりはウマイ、と思わせるのは、この二人の会合を、作者が、料亭・レストランでの「会食」というふうに設定しているところです。同棲している二人が互いに時間をやりくりし、月一で、外で会食をする。経済問題がテツにレクチャーされる。ここは、作者の取材インタビューの成果が生な形で出てくる場面ですが、それが、次から次へと出てくる料理に対する村上龍ならではの品評で（彼にはすぐれた『村上龍料理小説集』という作品があります）、そのうんちく談義のうちに、うまくその取材色が、〝緩和〟されているのです。

さて、こうして、この小説を動かす仕掛けができました。

物語の時期区分

次に、作品の地形を地図化してみましょう。この小説には章はありません。ただし、一つ一つのブロックが二行アキで区切られていて、全部で15あります。話の展開に沿ってこれを分節化してみます。すると、表1のように、展開の主軸をなす中学生の反乱が、神奈川県の学内にとどまる第一段階（①〜⑤）、全国に展開し、社会に出ていく第二段階（⑥〜⑨）、ポンちゃんの国会での発言をきっかけに、さらに国外に出ていく第三段階（⑩〜⑬）、最後、中学生たちの北海道への移住と新しい国を建設する第四段階（⑭〜⑮）と、四つに分かれてくることがわかります。このうち、第一段階から第三段階までが、二〇〇一年六月から〇二年六月までの一年間の話、その後、第四段階で、二〇〇五年に移住がはじまり、二〇〇八年、テツがその「希望の国」を訪れるまでが描かれますから、この第四段階というのが、エピローグ的位置づけとなっています。

話はこうです。時は執筆・発表時から見ると近未来にあたる二〇〇一年六月、地雷の事故がきっかけで一人の日本人の少年が国際紛争の現場アフガニスタンとの国境近くのパキスタンでCNNテレビのニュース画面に現れ、印象深い発言を行って、日本社会に静かな波紋を呼びます。彼は、「日本人か」と訊かれ、「以前は日本人だった」と英語で答え、「あの国には何もない、もはや死んだ国だ」と語ります。そして、それにひきかえ、「生きる喜びのすべて、家族愛と友情と尊敬と誇り」が、ここにあると続けます。作者の村上さんが、一九九四年の『五分

第一段階			
①	2001／	6	ナマムギ事件
②③			テツ、中村君とつきあう。
④⑤		9	中学校での衝突。ポンちゃん、校長を「処刑」。テツの記事、週刊誌に載る。
第二段階			
⑥		10	ナマムギ通信、ニュース配信等のビジネスを開始。ベルギーの会社ブルタバと契約。
⑦		12	国会への参考人招致についてテツ、事情通の話を聞く。
⑧	2002／	1	北海道のナマムギ通信に「UBASUTE」コーナーできる。
⑨		2	ASUNAROの千葉地区代表、NHKを訪問。
第三段階			
⑩		3	日本政府、アジア通貨基金構想をスタート。
		4	ASUNARO技術訓練サービスセンター開所。
⑪		6	中国の人口が20億を超えているという情報が流れ、アジア金融危機起こる。
⑫⑬			ポンちゃんの国会中継。NHKジャック。円の値戻る（ASUNARO、巨利を得る）。
第四段階			
⑭	2003		ASUNARO、探偵社設立、全国のケーブルテレビ網を買収。
	2004		ASUNARO株、店頭公開。テツ、地域通貨EXについて相談される。
	2005		ASUNARO、北海道に移住を開始。野幌市建設。初夏、テツ、父となる。
	2007		ASUNARO、第二次移住計画実施。
⑮	2008		テツ、家族で野幌市を訪問。野幌市、ボランティア団体ラブエナジーと衝突。

表1　『希望の国のエクソダス』物語年表

後の世界』以降、自分の小説の基本図式にしている、生温い日本を否定し、キューバなど過酷な場所に生きる国々をヨシとするという反体制イデオロギーが、ここにも流れていることがわかります。少年は、最後、何か日本語を話してみてくれと注文され、「ナマムギ・ナマゴメ・ナマタマゴ」と言いますが、ここから、以後、「ナマムギ」の名で日本の中学生たちにとっての象徴的な存在となっていきます。このときから、少年を追いかけるように、日本各地からその地に渡ろうとする中学生がかなりの数、現れてきます。テツは、取材でパキスタンに渡ろうとして飛行機の中でそういう中学生の一人、中村君と乗りあわせ、何かが起こっているという予感を抱くのですが、それに呼応する形で、この小説をなす出来事が、始動することになります。

まず、この出来事の延長線上で、九月になってから全国各地の中学校で集団不登校の動きがはじまり、それに続き学校側との衝突が起こり、多くの死傷者が出ます。このあたりは、六〇年代後半の大学での全共闘運動のような感じです。でも、その後、中学生たちは大挙して学校をやめ、インターネットで「ナマムギ通信」というサイトをはじめ、数十万の登録者を背景に、ニュース配信サービス、デジタルバイク便など非合法ビジネスを展開して、外国のニュース配信会社と提携する中堅規模のニュース配信会社ASUNAROを立ちあげるにいたります。こうして、この元中学生グループの代表である中村君の友人、横浜地区代表のポンちゃんは、大人たちも顔負けの経済力と行動力を手にするようになるのですが、やがて、日本政府主導のアジア通貨基金が国際金融資本に狙い撃ちされると、NHKの国会中継を操作して電撃的に国際社会に登場し、その情報操作者としての実力と発言の新鮮さから「新しい信用」を創造し、投機筋を撃退することで、日本を「破産」から救うことになります。小説は、このあたりを描くことに力を注いでいて、ここまででほぼ五分の四の枚数が費やされます。それから、ポンちゃんとその仲間は、この電撃作戦で獲得した巨額の利益と信用力を背景に、着々と事業を拡大し、三年後、北海道に広大な土地を購入し、元中学生グループを大量移住させ、その場所に新しい「希望の国」野幌市を建設するというわけです。

さて、問題は、次のような形で僕たちの前に現れてきます。

恐竜のような小説？

この小説を読むと、変なたとえで申し訳ないのですが、身体はとてつもなく大きいけれど、脳の部分がきわめて小さい、恐竜のような小説だなあ、という感想が浮かびます。というのも、小説としての骨格を取り出せば、この作品は、いわば物語の外枠を作るのに膨大な力を発揮しているわりには、そこに搭載されることになる小説的部分——小説でしか書けない種類のドラマの部分——は、ほんの少ししかなく、それもその入口がほんのちょっと示されただけで、後は展開されずに終わっているからです。この小説の四分の三は、この「外枠作り」に使われていて、これは、『文藝春秋』の読者なら面白く読むでしょうが、丁寧な娯楽小説の域を出るものではありません。現にいま二〇〇一年ですが、この小説では今年のレートは一ドル一六八円、すでにかなりの都市銀行が姿を消し、失業率は七パーセントを超えています。また〇二年には日本政府がアジア通貨基金を創設し、未曽有の危機に瀕する予定です。村上さんの近未来小説には、いつの頃からか、「危機を煽る」扇情的な性格がつきまとうようになりました。そこはこの小説の通俗的な部分と言えるでしょう。

では、この作品の小説的な箇所とはどういうところを言うのでしょうか。この作品がポンちゃん達「十四歳」の少年を主人公とするのは、おおよそ次のような理由に基づいています。現在の日本社会は長年の先例重視、対立回避、問題先送りといった体質のツケで国際的にも国内的にももうどうしようもないところまできているのですが、この中で、「十四歳」の少年たちが特別なのは、彼らが、この社会の〝どうしようもなさ〟を他のどのような年代よりも深く感知し、身体で危機感を受けとめ、これに反応しているからです。彼らは、サバイバル感覚で、自分が生きのびるためにこの社会を何とかしないといけないというところまで追い込まれた、日本社会ではじめての年齢集団なのです。

ところで、この日本社会でもっとも敏感な部分として選ばれたこの年齢層のイデオローグであるポンちゃんの現代日本社会への診断は、国会での発言として、こう語られます。「この国には何でもある。（中略）だが、希望だけがない」と。しかし、こういう診断とインターネットを足場にした行動力とで、どれだけ現在の社会的な無力感と絶望的な状況からの脱却が、可能でしょうか。そしてその努力は、この先で、どんな人間的な問題にぶつかるのでしょうか。『希望の国のエクソダス』を小説として受けとる場合、その核心が、こういう問いにあることは、明らかでしょう。むろん作者もそのことを知っています。ですから彼は、テツの眼から見て納得できないこと、よくわからないところ、不安を感じるところを、小説に描く。つまりこのスマートな小説の中で唯一、善玉陣営にあってスマートでない存在、〝冴えない〟存在である語り手のテツと、〝冴えきった〟存在であるポンちゃん、二人の違いが、この小説のエンジン、磁場として、浮上してくるのです。

三つの違い

二人の違いを象徴する一つは、ポンちゃんたちが計画するメールジャック、ICカード偽造であり、また一つは、最も不況の進む北海道地区のASUNAROグループが提言する、社会の役に立たない老人は施設に収容し、サバイバルできなければ切り捨てるという「UBASUTE」プロジェクトです。テツは、これには「ついていけない」と思う。なぜなら、彼には、「どんなにいやなやつでも」その手紙を覗いたり開封したりする「行為への嫌悪感」があり、また、「他人が嫌がることを積極的にやることへの抵抗」があるからです。彼は、昔友人が一万円札を燃やしたときにおぼえた、説明のつかない嫌な感じを、思い出します。

また、その象徴の第三、そして最大のものは、ポンちゃんたちの実現する「希望の国」野幌市の、余りに清潔なあり方です。それは風力発電の施設を中心に、「バイオの研究所とそれに隣接した農場と牧場」をもち、「二十五万戸の住宅、五千棟の集合住宅、八つのDスクール（職業訓練学校——引用者）、二十一カ所の公園、スポーツ施設」を備え、光ファイバーで各戸を結び衛星も随時使えるエコロジックな情報都市です。それはまた、地域通貨を有する実質的な独立国家でさえあります。三年後、テツは、新しく家族を構えることになった由美子と子供のあすなを連れてこの野幌市を訪れるのですが、眼に入るすべてが快い。好ましい。それらすべてに好感をもちながら、彼は、移住希望者があふれる中、中村君から移住の誘いを受けながら、なぜかウンと言いません。考え込む。小説は、「おれはまだ結論を出していない」、そう記して終わります。

ii　希望 vs. 欲望

小説の「厚み」の根源

ポンちゃんの明晰さ、「つるんとした感じ」に対する語り手テツの優柔不断さ、「煮え切らなさ」、その落差がこの小説の「厚み」の素です。その「煮え切らなさ」が、どこからくるのか、ということを、ざっと見るなら、こうなるでしょうか。

はじめ、テツはポンちゃんたちの記事を書こうとして壁にぶつかり、そうか、「おれたちは何もわかってないのか」と、そのことがわかって「楽にな」ります。以来、彼は、自分には「わかっていない」ということだけが「わかっている」のだ、という自覚を基点に、ものごとに対処していくようになります。やがてポンちゃんたちとのつきあいがはじまりますが、彼のこの出発点は動かない。ですから、ポンちゃんたちが「信用を自分たちで作ればいい、贋のカードを作る」と言えば、テツは、「間違っている気がしたが、どこがどう間違っているのか正確に指摘できる自信はなかった。だが何か言わなければならな」い、と考えるし、老人をふるいにかける「UBASUTE」プロジェクトが出てくれば、この少年たちは「つるんとし」ている、情報の持つ力への感度（反発力と即応力）が欠如している、と違和感を覚えるのです。ですから、彼は言います。よく聞いて下さい。このあたりが、作者村上龍が自分の一番深い場所から語り手テツに、語らせているところです。

老人の泣き声を、不思議で変な声だとポンちゃんは言った。ベッドに縛り付けられた老人が夜中に泣く声を聞いてもポンちゃんたちは哀れに思ったりしないのだろうか。拘束され泣いて訴える人間の声を聞いたりすると、少なくともおれは不愉快な気分になる。そういう声は聞きたくないと思う。自分がそういう状況にあることを想像したり、そういう状況に対し無力な自分に絶望したりして不愉快になるのだ。

（『希望の国のエクソダス』三六六頁）

ところが、この先、このテツの優柔不断さに、一つの変化が生まれます。その後、どこからくるのか「わからない」、ヘンな感情が彼をとらえる場面があります。小学校がある。そこからドボルザークの「家路」が聞こえる。「奇妙な感じに捉われ」、「胸が詰まり、感傷に襲われ」る。ここでテツは、「何だこの感情は、と」「少し焦ってしま」うのですが、それに続く言葉。

おれは悲しい気分になっていた。何か無駄な繰り返しが若い頃に必要だとか、そういう風には決して思わない。（中略）ただ確かなことがあるような気がした。それは、無駄なことの繰り返しはおれたちを安心させるということで、そのことが妙に悲しかったのだ。
（同、三七一頁）

村上さんの面目躍如というなかなか聞かせるところです。でも問題がないわけではありません。これは、果たして、テツから出ている言葉でしょうか。ほとんどテツというより、作者村上さんが語っているのではないでしょうか。テツというのは、新婚旅行先にオーストラリアを選び、一時はゴルフもやり、「週刊誌のフリーの記者というやくざな商売」をここ「十年近く」続けてきている、三十五歳の中年男です。それであの優柔不断、煮え切らなさが似合っていました。彼はそれこそ「無駄な繰り返し」を日々続けているという自覚の底で、自分をすり減らしている人間であって、先の違和感もまた、その自覚から、やってきていました。

そしてこのくだりもこの小説でいうと、最深の部分から声が出ている個所です。ここで作者の村上さんは、自分の位置とポンちゃんの位置の違いを、彼の一番深いところから誠実に語っています。そうなのですが、そうすると、彼の中で、彼と語り手テツの落差、テツの他者性＝虚構性が弱まってしまう。村上さんはこういう真に迫った場所にくると、テツの口を借りてほとんど自分が語ってしまう。その結果、テツは作者に近づく。両者の間の違いが、どんどんなくなっていきます。

二元の落差の平準化

なぜそうなるのでしょう。そこにはかなりはっきりした理由が隠れています。

村上さんは、前出の『取材ノート』で、こう言っています。自分はこの小説を執筆していく間に問題にぶつかった。一つは、自分は日本の村八分とか差別のある村落共同体的あり方が嫌いなので、はじめグローバリズム（市場原理主義）というものに「期待感を持ってい」た、でも、これは弱者切り捨ての強者の論理であって、やはりこれでは困ると思うようになった。つまり、日本社会が村落共同体的なものに支えられてきたことを一部、「認めざるをえな」くなったことである。もう一つは、はじめ自分は元中学生たちの試みが、他者への共感の欠如のために「失敗していく姿を考えていた」。でも、書いていくうち、何とか彼らに「勝たせ」たいと思うようになってきたことである、と（金子勝氏との対談「『共同体』が滅びる？」）。

これまで、村上さんの小説制作では、反村落共同体的な感情が中核に置かれると、そのいわばすっきりしたイデオロギー的あり方が余りに強力であることから、今度はそれへの違和感が生じ、これが対抗軸となることで、作品のダイナミズムが形成されるということが生じていました。しかし、ここに言われているのは、今回はこのうち、前者の力源（落差）も、したがって後者の力源（落差）も、書き進めるうちに迷いを生じ、いわばともに弱まることで、そもそもの対立の「堀を埋められて」いった、ということにほかなりません。

僕には、このことは――冷淡なようですが――、作者である村上さんの中で、前者の持ち前

作品名	外へ	内へ
『コインロッカー・ベイビーズ』	キク（棒高跳び）	ハシ（音楽）
『愛と幻想のファシズム』	冬二（戦闘）	ゼロ（内向）
『ラブ&ポップ』	［キャプテンＥＯ］（暴力）	［ウエハラ］（奇病）
『希望の国のエクソダス』	ポンちゃん（オン）	テツ（オフ）

表２　村上龍作品の二元論的構成

の反日本イデオロギーが危機に瀕したため、それへの違和感も弱まり、今度はそのことの反動として、ポンちゃんを「失敗」させられない、という後者の反応が現れた、ということではなかったか、と思えます。村上さんを動かしていた小説のダイナモは、これまで、微温的な日本への反対イデオロギーと、その余りにすっきりした反対イデオロギーのあり方への身体的な違和感という二元論的構造をもっていました。それがあるため、彼の作品は単純な善悪二元論の不毛さから免れ、厚みを湛えていた、というところが確かにあります。『コインロッカー・ベイビーズ』のキク（外への力）とハシ（内への力）、『愛と幻想のファシズム』の冬二（狩猟民族的な力）とゼロ（内向の力）、これがいわば村上作品の、サッカーで言うならチーム黄金期の、持ち味の違う二人からなるツー・トップでした。つい最近の『ラブ&ポップ』にも、そのツー・トップの残映は、キャプテンＥＯ（外への力）とウエハラ（内向の力）という主人公の出会う二人の変質者＝他者の対照に、痕跡をとどめているでしょう（表2参照）。今回の作品中、登場人物の一人が、遊牧民族というのは狩猟民族というだけじゃない、農耕民族に較べ、自然にも優しいんだ、というところがあって、僕などちょっと笑ってしまうのですが、冬二の狩猟民族至上観は、ここでかなり強引にでも、ポンちゃんの野幌市の風力発電のエコロジー主義とつなげられています。つまりポンちゃんは冬二の末裔で、ポンちゃんが冬二の情報社会版だとすると、テツはゼロの微温社会版なのです。

その両極の間の「堀が埋められる」。それは小説にこう現れています。

きれいなものと汚いもの

作者が最後、この二つの自分の中の対位を追い続けた結果、ポンちゃんとテツの対位のために用意したのは、第四段階、テツの野幌市訪問の場面に出てくる二つの話でした。一つは、野幌市にラブエナジーというボランティア団体が風力発電の風車のメンテナンスを無報酬で行うと言明し、バス三台で乗り込んでくるのですが、これに対し、野幌市が拒否し、風車のある丘陵地帯にバラック小屋を建てて居座るこの団体と対峙するという挿話です。テツは、風車を見学しに行ってこの光景に出くわします。市の警備部隊とラブエナジーの対峙はもう十日以上続き、風車のブレード音の聞こえる静謐な世界の傍らに、ゴミが山と積まれ、トイレ施設の使用禁止などにより、異臭、悪臭がたちこめています。テツは、むろん、「頼まれもしないボランティアをしたがる連中」は好きでありません。「風車のメンテナンスは自分たちでやっているので協力は必要ない」と言明し、退去を勧告している野幌市に、一定程度の理解を示します。でも、その退去期限が明日に迫っているのがわかると、野幌市の「警備部隊がラブエナジーを排除するシーンを見たい」という、わけのわからない欲求が彼の中に生まれます。「血が流されるのだろうか。閃光弾や催涙弾が使用されるのだろうか」。「由美子はきっと嫌がるだろうが」自分はどのようにしてこの悪臭・異臭（汚いもの）が野幌市の実力部隊（きれいなもの）によって排除されるのか、そこが見たい、と思うのです。ここには、小説家村上龍の生き生きとした直観が、顔を覗かせています。

アライ君の病気

もう一つの挿話は、ＡＳＵＮＡＲＯ創成期からのメンバーであるアライ君が、野幌市に来てからアルコール依存症になり、その治療の過程で原因不明の病気にかかり、死亡するという挿話です。アライ君がなぜアルコール依存症になったのかは触れられませんが、その病気は、腸が栄養分を吸収しなくなるというもので、他にもＡＳＵＮＡＲＯの古いメンバーが同じ病気で死んでいます。『罪と罰』の最後近く、シベリアの流刑地のシーンに出てくる奇病が思い出される個所ですが、ところで、これについてポンちゃんが、面白いことを言うのです。アライは、アルコール依存症の治療の過程で、生きる欲望がゼロになってしまって、それで身体が「それに応じて正常な活動を拒否した」、栄養の摂取を拒否したんじゃないだろうか。彼は、野外作業をしている昭和初期の網走刑務所の囚人たちが、欲望でぎらぎらした眼でこちらをにらんでいる写真を見ながら、そう中村君に話します。この人たちをごらんよ、彼らには「欲望」がある、生きるために必要なものが「手に入るんだったら、簡単に人を殺す」、そんな強い「欲望」だ。でも、「ぼくたちには、この写真の人たちのような欲望がない」、と。

この挿話は、最後、ちょっとだけしか出てきません。でも、これがこの小説の最後のメッセージの「氷山の一角」です。これを展開する勇気が――というより時間が、でしょうか――、作者にはありませんでした。アライ君は、そもそもなぜこの素晴らしい野幌市に来て、アルコール依存症、つまり「酔っ払いのどうしようもない奴」になってしまったのでしょう。彼の治療はどんなふうに行われたのでしょう。その結果、彼の身体からは、どんなふうに「欲望」が除去されてしまったのでしょう。もし死ななかったら、アライ君は、野幌市で、どういう存在に、育っていったでしょう。こう考えるならわかる。アライ君は、あのハシの、ゼロの、末裔です。テツよりも、もっと勇気がある奴だったのです。

早すぎる下山

ですから、ここに作者村上は、この作品が小説になるために必要な事項はすべて書き込んでいるのだと言えます。ただ、それは展開されない。これを小説として読もうという読者は肩透かしを食います。前者のボランティア団体の強制退去劇は、テツの期待が記された数ページ後に起こるのですが、「閃光弾は炸裂せず血も流れなかった」。この団体が無抵抗のまま簡単に引き下がったため、簡単に混乱もなく事が進んだと報告されます。これを報告しながらテツは、スターリン支配下のソ連を訪れた「良心的」訪問者のように、いやに寡黙です。そして、この寡黙さを隠蔽するかのように、最初に期待が述べられる場面でも、それはこのスマートな集団がスマートでない問題にぶつかったときどうするかを見たいからだ、悪意ある好奇心からだ、とは書かれず、逆に、そうではない、と言われる。ただ、「おれはこの場所がきれいになるところを見たいと思ったのだった」、そう書かれるのです。

でも、ラブエナジーの代表は、自分たちは風力発電の先端技術をもつ野幌でメンテナンスの経験を積み今後の活動に役立てたい、野幌市がその意欲に理解を示さないのは遺憾である、「環境保護を謳いながら、暴力的に排除しようとするのは、おかしい」と主張しているのですね。ですから、これはこれでまっとうな主張だと言わなければならない。ドストエフスキーなら、お楽しみはこれからだ、という場面でしょう。つまり、ここから先が、小説家としての勝負なのですが、村上さんは、そこまでくると、まだ山頂ではないのに、そこに旗を一本立て、あたかもこれで山頂を極めたかのように、下山をはじめてしまうのです。

希望と欲望

なぜこの小説はこうなのでしょうか。テツは、作品が進むにつれて、ポンちゃんに違和感を強く感じるようになります。でもその一方で、少しずつ作者の村上さんは自分とテツの距離を忘れていくのです。そしてポンちゃんはその村上の反対イデオロギーの方の体現者でもある。というわけで、テツはポンちゃんと対立しながら、作者村上さんという裏口を通って実はそのポンちゃんに、背中の方から、近づいていく。そういうことが起こっています。

　はじめて家族で訪れた野幌市を車で走りながら、テツは、ここには「不快に感じるようなものがない」と思います。それは、「まず日本の田舎道には必ずあるパチンコ屋や中古車センターがない。電飾付きの看板もない。ファストフードの店やラーメン屋もない」からです。ですが、これは、「外国通・日本嫌い」の作家村上龍の口から出る言葉ではあっても、記者歴十年にしてはじめて海外取材をしたという三十五歳の「週刊誌のフリー記者」の口にする言葉ではないでしょう。あの素晴らしい〝冴えなさ〟をもっていたテツから、いつの間にかその〝冴えなさ〟が消え、彼はいまでは、ポンちゃん、また村上さん自身に似た、反「日本」的、反「共同体」的な身だしなみのよさを身につけてしまっているのです。

　僕の注文を言うなら、ここで、村上さんは、はっきりとポンちゃん的なものに対する対立者を造型すべきでした。そうでなければこの小説は娯楽小説としてはよいがまともな小説としては「成仏」しないことになります。そして、この対立者は、日本的な共同体のダサさ、あるいは汚いものとの関係において明確にポンちゃん的な価値観と対立し、また、老人問題に対する考え方で「UBASUTE」とぶつかる存在、しかもこれまでの村上の善悪二元論を打破するとともに、たとえば僕のような人間の考えをも更新する、新しい考え方の持ち主であることが、望ましかったでしょう。その対立者は、アライ君だったかもしれない。テツだったかもしれない。でも僕なら、もうアライ君が死んでしまい、テツがあの素晴らしい〝冴えなさ〟を失った現在、最後の一人に期待します。この小説の最後近く、あのパキスタンの部族と生きる

『ナマムギ』が一時帰国して野幌市を訪れる予定であることが語られます。僕版の『希望の国のエクソダス』では、その『ナマムギ』が、野幌市の市議会に現れ、演説する。そこで彼は、アメリカ帰りのポンちゃんを前に、こう言うのです。

「この国（＝野幌市）には何でもある。希望もある。だが、欲望だけがない」

と。すると、ポンちゃんは言います。いや、それはわかっている、だから、その欲望を育てたいのだと。するとまた、「ナマムギ」は答える。「いや、それは育てられないよ。なぜなら欲望は育てられること、作られることに抵抗するのだから」と。

それを彼は、外での経験から学びました。でも、僕の「ナマムギ」であれば、こう言うでしょう。「しかし、パキスタンに来る必要はない。そういう大事なことは、どこでも、誰でも、他者とともに生きていさえすれば、わかることなのだから」と。そう、わかりますね。村上の『希望の国のエクソダス』は、これから先が小説になる、そういうところで、終わっています。

Ⅱ　九〇年代以降の小説家たち

3

「先生」から「センセイ」へ——川上弘美『センセイの鞄』

i　九〇年代小説の新しさ

外国への憧れと日本嫌い

今回とりあげるのは、川上弘美さんの『センセイの鞄』。ここからようやく九〇年代作家の登場となります。この小説には、これまで取りあげた村上春樹さんの『スプートニクの恋人』とも、村上龍さんの『希望の国のエクソダス』ともはっきりと違う世界が、描かれています。そこにあるのは小説の世界における世代的な差、あるいは時代的な差です。今回はその違いから入っていくことが、一つの登山口となるでしょう。

九〇年代以前に現れた一九八〇年前後の小説家たちと、九〇年代以後の小説家たちの間にあるこの違いを、どう取りだすのがよいでしょうか。村上龍さんの『希望の国のエクソダス』に、末尾近く、語り手のテツが、新しい希望の国野幌市には「まず日本の田舎道には必ずあるパチンコ屋や中古車センターがない。電飾付きの看板もない。ファストフードの店やラーメン屋もない」、そのため「車を走らせていて不快に感じ」ない、と思う場面のあることを前章で、指摘しました。ところで、イアン・ブルマという外国人ジャーナリストの書いた『イアン・ブルマの日本探訪――村上春樹からヒロシマまで』(TBSブリタニカ、一九九八年)に、かなり踏み込んだ村上春樹へのインタビューを含むルポルタージュが収録されているのですが(「村上春樹　日本人になるということ」)、これを読むと、そこに同じく村上春樹さんが「中華料理が嫌い」で、「ラーメンなんか見るのもいや」な人物であることを彼の夫人が語るシーンが、出てきます。つまり、二人の村上は、ともに「ラーメン屋」が大嫌い、そういう点で、共通していることがわかります。

このことは、僕なんかには、たとえばいつか読んだ、演歌というものがとにかく嫌いだという彼らの同世代者、坂本龍一さんの言葉を思い出させますし、また、「外車とは外部の車」であって、自分は「外部としてある勢力」はすべて積極的に支援するんだというある作品のドン・キホーテ的主人公の言葉を肯定的に引用した、やはり彼らの強力な同世代者である高橋源一郎さんのかつての文芸時評中の言葉をも、思い出させます。つまり外国への憧れと日本嫌い。二つの世代を対峙的にとらえるなら、そこで一線を引いてみるのが可能です。

そういうものは、今回とりあげる川上弘美さんに、まったくない。たとえばそういう点で、九〇年代の小説家たちは、それ以前の力ある人々と、身体のつくりが違っています。

九〇年代の小説家たち

川上さんは一九五八年の生まれです。年齢は先の世代と十歳も違いませんが、登場は一九九四年。三十六歳というけっして若くない年齢で、あるパソコンによる短編新人賞に「神様」という短編を応募し、受賞したのがきっかけとなって小説を書くことになりました。九六年には「蛇を踏む」で芥川賞を受賞、九八年、デビュー作となった短編「神様」をもとにした連作『神様』が刊行されると、それで次の年の二つの文学賞（ドゥマゴ文学賞、紫式部文学賞）を授けられています。その後は、とんとん拍子で支持者を広げ、今年（二〇〇一年）、この作品で、文学の世界ではかなり大きな賞と考えられている谷崎潤一郎賞を受賞しました。

右にあげた先行世代に対し、同じような点で似たスタンスを示している小説家に、保坂和志、堀江敏幸、江國香織、町田康といった人々がいて、右に述べた一九九〇年代の小説家のテイストを醸しています。彼らは、一言で言うと、「何となく」というような曖昧さを、慎重に、大切に、扱います。「ラーメンなんか見るのもいや」などと、野蛮なことは、口が裂けても言いません。

この意味で、「外国好き、日本嫌い」ではない小説家として、最初にはっきりと登場を印象づけたのは、一九八八年に「キッチン」でデビューしている吉本（現よしもと）ばななさんでしょう。吉本さんは、これまでの小説のシーンを、先に二人の村上がそうしたように、断ち切っています。そこには明らかに一つの逆流が認められます。これまでの小説は、「おかしいじゃないか！」と世の中に向かっていう小説だったのですが、「キッチン」以降は「おかしいじゃないですか！」と世の中に言われる小説になっています。「キッチン」続編（「満月」）で主人公は男友達の自称恋人の若い女性に、はっきりしない同棲なんかして、「恋愛の楽しいところだけを、ラクして味わって」いるのはずるい、と言われますが、後に見るように、『センセイの鞄』にも、それと似たシーンが出てきます。右の九〇年代の小説家の作品にも、必ずと言ってよいほど、そういう要素が、「商店街」という舞台とともに顔を出すことになります。以前は小説世界の密度の方が「濃かった」、そしてその稠密さが小説の強度ということだったのが、あるときから、小説世界の密度の方が「薄い」、その稀薄さが小説の強度だというように、変わってくるのです。

デビュー作「神様」

さて、この小説『センセイの鞄』を僕は、川上弘美という小説家にとっての一大転機をなす、画期的な作品ではなかろうかと評価します。その意味を、上手に取りだしたいのですが、それにはデビュー作である短編「神様」をベースに語るのが、一番でしょう。

「神様」は、こうはじまっています。

> くまにさそわれて散歩に出る。川原に行くのである。歩いて二十分ほどのところにある川原である。（中略）
>
> くまは、雄の成熟したくまで、だからとても大きい。三つ隣の305号室に、つい最近越してきた。ちかごろの引っ越しには珍しく、引っ越し蕎麦を同じ階の住人にふるまい、葉書を十枚ずつ渡してまわっていた。
>
> （「神様」『神様』九頁）

この熊は、語り手「わたし」の表札を見て、「もしや某町のご出身では」と尋ねます。でも、というべきか、そして、というべきか、この熊はほんとうの熊なのです。

僕が何を言おうとしているか、わかりますか（笑）。

話は、この熊と「わたし」が川原に行き、のんびりと昼寝などし、帰ってくるという、一日の話で、表題は、最後、部屋に戻りお別れをするときに、熊が抱擁をして、「熊の神様のお恵みがあなたの上にも降り注ぎますように」と「わたし」に言うところから、来ています。川原で熊といると、男性二人子供一人の三人連れがきて、こんな会話をかわします。

「お父さん、くまだよ」

子供が大きな声で言った。

「そうだ、よくわかったな」

シュノーケルが答える。

「くまだよ」

「そうだ、くまだ」

「ねえねえくまだよ」

何回かこれが繰り返された。シュノーケルはわたしの表情をちらりとうかがったが、くまの顔を正面から見ようとはしない。サングラスの方は何も言わずにただ立っている。子供はくまの毛を引っ張ったり、蹴りつけたりしていたが、最後に「パーンチ」と叫んでくまの腹のあたりにこぶしをぶつけてから、走って行ってしまった。男二人はぶらぶらと後を追う。
（同、一一二〜一一三頁）

つまり、ここでは、本物の熊が引っ越してきて人の言葉を話し、人と一緒に川原に散歩に行くという事実のうち、こりゃあ変だよ、という驚きを醸す正気が、ちょっと違った設定温度にされているのです。正気が小説中から完全に抜き取られているのだとすると、童話の世界になりますね。童話の世界だと、赤頭巾ちゃんつまり人間の少女が、狼さんと話したりしますが、それでも読者は何とも思いません。ですから、この短編の面白いところは、ここで正気が、「とってもとっても薄く」されているところです。どんなに薄くてもチューハイなのです。子供がへんだなー、と思う。大人もちょっとへんだなー、と思う。「わたし」は正気をカッコに入れ、素知らぬ人になっている。だから、これは童話でもない、何なんだろう、へんな小説、という感想のまま、宙に浮かんでいます。

するとどういうことになるのでしょうか。童話だとすると、読者は、あ、そうか、これは童話なんだ、作者は童話を書いているんだ、と思います。でも、これだと、いったいこれは何だろう。作者の「つもり」が見えない。まっしろ。「つもり」（意図）のところが読者の目に不透明になって現れる。これがこの小説の魅力、まったくこれまでにない新しさなのです。

デノテーションとコノテーション

ちょっと回り道をしてみましょう。意味にはデノテーションとコノテーションという二つの意味作用があります。デノテーションというのは、広告で言うと、この製品は、質がいいですよー（例＝油汚れがとれますよー）ということを知らせる、直接的な意味作用です。でも、こういう広告は、もしどの会社も同じ「質がいいですよー」式の宣伝をしていて、しかも誇大広告ではないという場合、ほとんど無意味になってしまいますね。意味作用というのは、このように、白紙の状態で生じるのではなく、すでにある文脈、意味を電荷のように帯びている意味の場に打って出る形で生じているものなのです。ですから、この「質がいいですよー」という（直接的）意味作用は、この打って出る場としての「意味の場」で、（間接的に）どういう意味をもつことになるだろうか、という第二の問題が出てくる。この場合の第二の意味作用が、コノテーションになります。図示するとこうです（図のaとb）。

さて、現在は、洗剤で言えばどの会社の洗剤もよく汚れを落とすようになり、そこに差がないため、このデノテーションとコノテーションの落差が大きな意味をもつようになった時代です。そのため、自分にとって大事な「重い」主題をそのまま深刻に書いても、この新しい「意味の場」にこれが置かれてみると、滑稽に見えてしまうという、困った問題が現れました。これが八〇年代の後半あたりから出てきた新しい問題で、八九年に高橋源一郎はそのことを指摘して、文学には重重《おもおも》、重軽《おもかる》、軽重《かるおも》、軽軽《かるかる》、という四つのあり方があるけれど、いま時代の課題

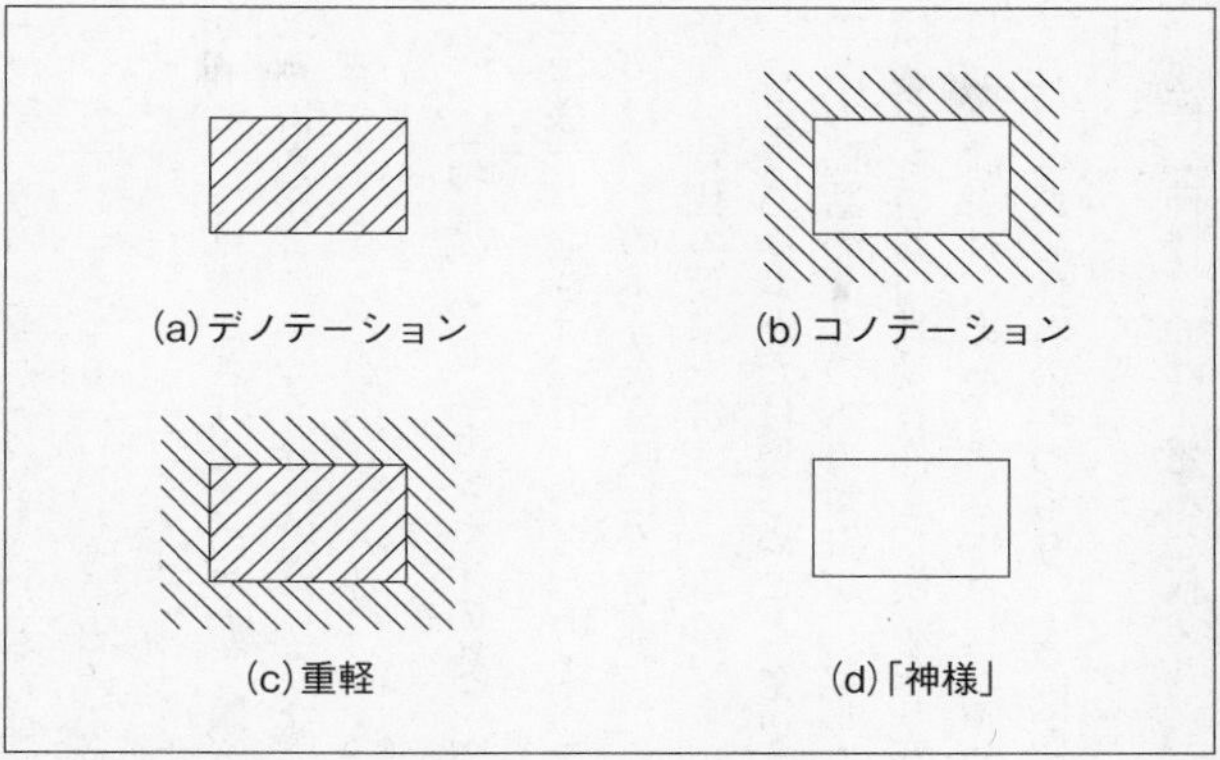

図　二つの意味作用、「重軽」と「神様」の意味作用

に応えるあり方はたとえば「重軽」であろう、と言いました（『カルヴィーノの遺言』『文学がこんなにわかっていいかしら』福武書店、一九八九年）。「重重」というのは重い主題を重く書いた作品のことで、たとえば高橋和巳の『憂鬱なる党派』なんていうのが、そうですね。これに対し、「軽重」、軽い主題を重く書くというと、たとえば素直な人情物を得意とする浅田次郎さんなんかが、そうでしょうか。その逆に、「軽軽」、重々わかった上で軽い主題を軽く書いてきた、片岡義男さんのような人もいます。「重軽」の例としては、高橋さん自身の『さようなら、ギャングたち』なんかが、そうだったと言っておきましょう（図のc）。

でも、九〇年代に入って、時代はもっと先までいってしまいます。このコノテーションを繰り込んだ意味作用、二つの意味作用の落差自体がもう飽和状態となり、ほとんど意味をなさない時代がその後、やってきたのです。たぶん「神様」の登場が語っているのは、そういうことでしょう。作者の「つもり」は、もうどんな形をとっても——デノテーションとして（「重さ」として）だけではなく、コノテーションとして（「その重さを軽く語ること」として）も、「つもり」として見透かされるものである限り、もう陳腐でしかない。そういう時代がきて、どんなふうにも作者の「つもり」がわからない「くま」さんの短編が書かれ、それが人々の心に新鮮に響くということが生じているのです。

「神様」から『センセイの鞄』へ

「神様」の強さは、ですからどのような意味にも着地しないその宙ぶらりんの強さです。この小説は、どのような意味にも着地したくない、という書き手の意志を強く感じさせることで、新しい時代の到来を告げているのです（図のd）。

ここでちょっとだけ要らぬことを言うと、ですから、川上さんの小説では、この宙ぶらりんの話の民話的なものへの傾斜が、むしろ従来の枠に納まる後退を意味しています。民話譚的な傾きをもつ芥川賞受賞作を、僕が余り評価しないのは、そのためです。民話っぽくなればなるほど、読者は、ああ、書き手は民話譚的なものを書こうとしているのだな、と思ってしまう。それではあの作者の「つもり」、意図がまったく読めない、という不透明さが、消えてしまいます。

連作『神様』では、死んだ叔父さんがそのまま花の野原に現れてきて話をする「花野」などが、「神様」同様にこの不透明度の高い作品と言えるでしょう。そして、これらの作品を読む人はわかるでしょうが、『センセイの鞄』のセンセイの感触にも、ツキコさんの風貌にも、この正気をカッコでくくった「わたし」、そして不思議なくまさん、死んでいる叔父さんに通じる「薄さ」が、はっきりと刻印されています。

『センセイの鞄』は、そういう中、自分の小説のほんとうの可能性がどこにあるのかを知った作者が、はじめて、『神様』からさらに一歩踏みだそうとした作品です。ではどういう一歩か。完全に作者の「つもり」を消し去ることからはじめた小説家が、その場所から、もう一度、というかはじめて、その「薄さ」のまま、「意味」のある世界に戻り、小説らしい小説を書こうとしました。書かれたのは正真正銘の恋愛小説。僕に連想されるのは、まあ、夏目漱石の書いたはじめての恋愛小説、『それから』です。『それから』は近代小説です。ということは余裕派漱石の書いた、はじめての「余裕のない」小説でもあります。

川上さんはこの作品で、九〇年代以降に現れた小説家中、こうした「意味」をめぐるデタッチメントからコミットメントへと身を翻す最初の小説家の一人となりました。では、彼女は、どのようにこの転身をなしとげているのか。

一つの手がかりは、『それから』ならぬもう一つの漱石の作品、『こころ』です。そこにもやはり、「先生」と「私」の交流が描かれています。

ii　鞄の中の「からっぽ」

「恋愛しにくい」人の恋愛

『センセイの鞄』はこんな話です。

主人公で語り手の「わたし」、ツキコ――大町月子――は三十七歳。どこかに勤めている独身女性です。「どこかに」というのは、この小説に「会社」とは出てくるし、自分は「ＯＬ」だと作中、語られているのですが、それがどんな会社かは、一言も告げられない。このあたり、小説家のだか、語り手のだかはわかりませんが、強烈なガードがかかっている。小説世界がほんのちょっと、大地から浮かんでいます。

ツキコさんは素敵な女性ですが、なぜかこの年まで結婚していません。近くに実家があり、母と兄夫婦、甥姪がいますが、アパートに一人住んでいます。これまでに恋愛沙汰は少しあった。でもちょっとした懸隔からそのままになった。よくいるでしょう、学校に一人か二人、線が細くて現実離れした、男の学生は結構な数、憧れているのに、とても恋愛なんてしそうにない、という女の子が。作中、ツキコさんは、自分は恋愛というものの「しにくい質」なのかもしれない、と思いますが、これは、ツキコさんないし書き手における、的確な自己把握でしょう。その意味で九〇年代以降の小説というのはすべてこの「恋愛しそうにない女の子」＝「意味につきにくい小説」でした。そのうち、一番恋愛しそうにない女の子が、誰もが驚くような強烈な恋愛をした。そしてああ、あの子も人間だったんだ、と人々に知らしめた。この小説が九〇年代以降の文学シーンの中で行ったことは、そういう「意味」の回復だと考えてみると、この小説の位置がよくわかります。

『センセイの鞄』のあらすじ

例によって語りの構造についても一言しておきましょう。これは語られる話の時点の「数年後」、当事者の一人によって二人の出会いについての回想がなされるという形の語りです。後で見るようにこの「数年」のズレがとても生きていて、大事なこの小説のカギになります。

ある日、このツキコさんがいつも行く居酒屋で、偶然同じものを注文することになった隣の老人に、「大町ツキコさんですね」と声をかけられます。老人はここしばらく彼女に声をかけようとしていたようです。実は彼女の高校時代の国語の先生で、彼女の方は気づいていませんでした。年は七十歳前後、どこかすっとぼけた風合いをもつ、現世離れした人です。この老人が表題にある「センセイ」で、以後、小説は、この二人の奇妙な恋愛の行方を追っていきます。

少しずつ、二人がひかれていく過程は、ちょうどスタンダールの『恋愛論』を地で行くようだと言っておきましょう。ある時、昔センセイの同僚だった素敵な女性教師が二人の前に現れ、ツキコさんに嫉妬心が芽生える、また高校時代の同級生が接近してきて、彼女に動揺が生じる。さまざまな障害を糧に、彼女は一段、一段、センセイを好きになっていきます。そして、とうとう、ある日、酒に酔い、センセイの家に行き、「もう家に帰って寝なさい」、「家になんか帰りません」、言いあいになり、「ききわけのないことを言うんじゃありません」、「ききわけなんかぜんぜんないです、だってわたしセンセイが好きなんだもの」、彼女は、これまでけっして踏み越えなかった一線を越え、自分から、愛を告白するのです。

二人はその後、島に行きます。島でセンセイは彼女を元の奥さんの墓に連れていきます。その夜、彼女は蒲団に入り込みセンセイに迫るがはぐらかされる。でも、やがて、センセイから愛の告白がなされる。そして、最後、体力の衰えに不安を隠せないセンセイと彼女が、肉体的にも結ばれたことが、彼女の口から知らされたかと思うと、その舌の根も乾かないうちに、僕たち読者は、教えられるのです。それが、二人の知りあってから二年後のこと、そしていまはその時からさらに三年余りを経ており、いまではセンセイは死に、もういないことを。語る「わたし」は最初から一人で、読者の前にいた。彼女は死んだ人のことを語っていたのであることを。

小説の感動はどこからくるか

この小説からくる感動が、この作品の語りの構造ともいうべきものから来ていることは、それがいわゆる恋愛小説の感動とはちょっと違っていることから、予想できるでしょう。英語の授業の仮定法で、「……なら、……なのだが」という事実に反する仮定と、「……だったなら、……だったのだが」という(それより強い)事実に反する仮定というのを、昔習ったことがあります。皆さんも知っていますね。この恋愛小説の普通の恋愛小説との違いは、これが、普通の事実に反する仮定、「……なら、……なのだが」ではなく、深く時間をえぐられた、強い事実に反する仮定、「……だったら、……だったのだが」という形になっていることです。最後に、先生がもうすでに死んでいるという事実の報知がくると、そこから、将棋倒しのように、オセロゲームのように、これまでの記述が全部裏に返っていきます。紅葉前線がさっと列島をかけめぐるように、物語の色合いがいっせいに変わる。そして僕たちは、最後、坂口安吾の「文学のふるさと」ふうに言えば、そう、「突き放され」たように、感じるのです。

そのあっけなさ。後に残る、何もなさ。そう考えると、この小説が、意外と、あの『神様』の中の、前回ふれた「花野」という短編にも似ていることがわかります。あの短編では、死んだ叔父さんが何気なく、花の野原に現れ、話すのでしたが。パナマ帽をかぶったセンセイとツキコさんの歩くあるくだりなども、「神様」のわたしとくまの歩く場面を彷彿とさせます。この小説は、『神様』の世界の材料、「薄さ」の世界の材料だけで作られた、薄くない、普通の世界に起こる恋愛を語る、「本格的」な小説なのです。

でも、なぜ、作者はこんな芸当に成功しているのでしょう。ここで実現されていること、その意味の大きさを言ってみたくて、僕は、前回、九〇年代の小説とそれ以前の小説の違いにふれました。

作者は、そのことの意味をよく知っています。ですから、ある居酒屋で、センセイがツキコさんと飲み、彼女の頭をなでると、それを見ていた若い酔漢が、「おたくら、どういうんですか」、「あのさ、いいご身分だよね、おたくら」、「このじいさん、あんたとヤッてるの」とからみ、嫌がらせを言う場面が、しっかりと作者の手で書かれるのです。あの「神様」を作る世界の「稀薄さ」が、「月何回くらいヤッてるんだよ、ええ」というこの世の重さをしっかりともった酔漢の言葉を支えて揺るがないのは、なぜでしょう。薄い新聞紙が水を湛え、焚き火の上で揺るがない図を、それは思わせます。ではこの「薄い」新聞紙が、なぜ、どこから、「水」を得るのか。そこでは何が、「水」の役目を果たしているのか。僕にもう一つの「先生」と「私」の物語である夏目漱石の『こころ』が思い浮かぶのは、こういう時です。

『こころ』のターミネーター的構造

漱石の『こころ』も、かなり謎の多い小説として知られていますね。若い学生の「私」があるとき、「先生」を見かけ、関心を抱き、知りあいます。彼はやがて先生の秘密にひかれ、それを知りたいと言う。先生はいまはダメだと言い、その後、帰省している彼のところに告白の手紙を送ります。でも、それは遺書で、それを私が読むときにはもう先生は死んでいる。そして小説も、驚いて先生のところに急ぐ彼が車中でその先生の遺書を読む、その先生の遺書が読者に示されるだけで、終わっています。

この小説の謎の一つは、私が鎌倉の海水浴場ではじめて先生を見かけ、関心を抱く場面に、「どうも何処かで見た事のある顔の様に思われてならな」い、「然し何うしても何時何処で会った人か想い出せ」ない、というくだりがさしはさまれていることです。私は、そのことを先生に会ってからほどない時期に口に出して確かめます。でも先生は、「人違じゃないですか」と答える。私は「変に一種の失望を感じ」るのです。

僕がこの小説をどう見ているかというと、僕たちは、というか、僕くらいの年齢になると――僕はいま五十三歳です――、一つの想像が訪れるのですが、それは、どこかに二十歳前後の自分がいて、彼が自分を探しているのではないか、というような妄想です。漱石は大学の教師をしていて若い人とだいぶつきあいがありました。そのせいもあるでしょうが、『三四郎』などで、早くから、この二つの年齢の人間の関係を作品に取り入れています。ところで、彼は、この作品で、いわば正面から、この老年にさしかかった人間と若い人間の関係に向かいあおうとしているのではないか。最初、この小説を構想する際、彼にやって来たのは僕の言う妄想のような形のひらめきだったのではないか。しかし、その上で、さらに驚くべき逆転を、彼はそこに仕掛ける。当時、四十七歳だった――これは明治の感覚から言ったら老年の域に達しつつある年齢です――自分の場所からその若者を描くのではなく、これを反転し、その若者を視点人物に、若い自分に探される四十七歳の自分ともいうべき劇を、小説にしようとした。そして、このことがこの小説の尽きせぬ謎の源泉となっている。とまあ、こんなふうに、僕はだいぶ昔からこの作品のことを、考えているのです。

たとえば『ターミネーター』というSF映画では、一人の若者（＝人類軍のリーダー）が自分を産む前の自分の母を未来から送られる暗殺者（ターミネーター）の手から守るため、自分の部下を未来の現在時点から過去時間へと送り込みます。その映画では、この部下が、リーダーの未来の母たる若い女性と恋に落ち、二人の恋の成就として、そこから未来のリーダーが生まれるのですが、このSF物語の派生形として、この若者自身が、自分の母親と父親を助けるべく、自分が未来から過去へ未来の親たる二人の男女の若者を探しにやってくるという話も考えられます。するとそこでは、探される方の若者二人は、未来から自分の子供が自分たちを探しに来ているとは夢にも知らずに、彼に会うことになる……。さらに、その展開をもっと進め、やってくる若者自身から記憶が失われていて、しかも探している対象が、未来の大人になった自分だという形を想定するとどうなるでしょう。すると、探しにやってきている若者本人が、夢にもそうと知らず、大人の自分に会う。そして彼は、会ってからしばらくすると、なんだか、この人には、以前に会った気がする、と思うのです……。

僕が言いたいのは、『こころ』を、ちょうどそのような物語と考えてみることもできるのではないかということです。

『こころ』では、何も知らない若者が、先生を見て、どこかで見たような気がする。そしてなぜか惹かれ、その秘密に参画しようとし、その意味はわからないまま、若者特有の一途さで先生を追いつめます。先生はそのため、その若者に自分の死と引き換えに自分の秘密を語ることになる。でも、後で、先生を追いつめ、死にまで追いやったのは実は自分の無意識裡の粗暴な

「真面目さ」だったと気づき、若者が自分を責めることになるのではないか、と考え（そして以下は左にあげる松元寛氏の息をのむような見解からの借用ですが）、そうならないようにと、先回りし、明治天皇に殉死した乃木将軍に倣って自分も死ぬのだという偽装の理由をつくりだす。これが——たとえば松元寛氏『漱石の実験——現代をどう生きるか』（朝文社、一九九三年、増補改訂、一九九七年）の考察に一部負いつつ——僕が長い間心に抱いてきた、『こころ』の全体の構造についての〝妄想〟なのです。

若者は怖いもの知らずで「叡知」に欠ける代わり、謎を探究するための「無謀な純粋さ」をもっている。一方、年老いた人間には「叡知」があるが、「無謀な純粋さ」はもうない。そしてその「無謀な純粋さ」なしに「叡知」は無意味であることを、よく知っています。『こころ』は、前者が自分を知ろうとして後者を死に追いつめる、しかもそのことに気づかない、その一方で、後者の「叡知」が前者の「無謀な純粋さ」を死に追いやられながら〝祝福〟する、逆転されたオイディプス的小説なのだと、僕は思うのです。

『センセイの鞄』と『こころ』

さて、そう思った上で『センセイの鞄』を見ると、ここにも、これと似た老年と若年の関係の物語が生きていることがわかります。でも、そこでは、若いということと年老いているということの意味は、『こころ』の場合とちょうど逆です。僕たちにあったのはこういう問いでした。なぜツキコさんのような恋愛「しにくい質」の女性が、「だってわたしセンセイが好きなんだもの」と清水の舞台から飛び降りようと決意するまで、「一途さ」を発揮する女の子になりうるのか。九〇年代のヒト、ツキコさんは、前回書いた通り、『こころ』の若者と逆に、若いのに無謀な一途さを抜き取られた「薄い」、「意味から遠い」、恋なんてしそうにない、存在でした。では、そういう若い人は、相手がどうであれば、世界がどうであれば、はじめてその自分の殻を破り、自分の血を放つような声を、発することになるのでしょうか。作中、こんな言葉があります。

死ぬ、なんて言葉を使わないでください、センセイ。わたしはそう言いたかった。でもツキコさん、人は死ぬものです。そのうえワタクシの年齢であると、死ぬ確率はツキコさんよりもはるかに高い。これは道理です。センセイは答えるにちがいなかった。
いつだって、死はわたしたちのまわりに漂っている。
（『センセイの鞄』二四二頁）

この小説では、相手であるセンセイが「もういつまでもこの世にいない」こと、年老いていること、死の近くにいることが、引力のようなものになり、逆にツキコさんから、人につながろうという力を引きだします。センセイは、生きるエネルギーをツキコさんよりはるかにもたない、生の密度の「より薄い」他者であることではじめて、もともと生の密度の「薄い」ツキコから、あの「濃いーい」血の叫びを、引きだしているのです。

そう思って見直すと、この作品には、所々、『こころ』との照応を思わせる場面があります。二人の関係はちょうど逆ですが（たとえばまず相手にひかれるのは一方は「センセイ」で、他方は若い「私」）、老年と若年という二人の年齢的な関係が、そうですし、冒頭の言葉も似ています。『センセイの鞄』は、

正式には松本春綱先生であるが、センセイ、とわたしは呼ぶ。

『こころ』は、

私はその人を常に先生と呼んでいた。だから此所でもただ先生と書く丈で本名は打ち明けない。

やはり書き出しとして同型、内容として逆になっています。また、島でセンセイが「わたし」を元妻の墓に連れ出す場面。僕はここで『こころ』を思い浮かべたのですが、ここなど、構図は逆ながら、『こころ』で私が先生の後をつけていくと雑司ヶ谷のKの墓地に出るところが、どうしても連想される個所です。

でも、それだけではないんですね。『センセイの鞄』では、センセイが「わたし」に一見さりげなく話しかけます。でも考えてみると、そのときまでにもうアルバムでツキコさんの名前を確かめているし、「あのころ、キミはおさげにしていたでしょう」とも言ったりしている。

『こころ』の場合とは逆に、実はセンセイの方が、かなり以前から、居酒屋で見かけるツキコさんに注目していたのではないかとも考えられるのです。『こころ』の「私」と同じく、『センセイの鞄』の「わたし」も、実は小説に描かれていることがらの全部を、（書き手から）知らされていないのではないか。あのターミネーター的構造が、この小説にも生きているのではないか。そんな書き手と語り手と読者の間の不透明な関係の感触が、僕たちに訪れ、この小説の軸足はむしろ、死者、センセイの方にあるのではないかという感じが、僕たち読者をじわりと包みます。

遺書と鞄

そう言えば、『こころ』の最後近く、遺書で先生はこう語っていますね。「私は妻《さい》を残して行きます。私がいなくなっても妻に衣食住の心配がないのは仕合せです」と。先生は自分の死の後に残される妻を気にかけています。

これに対し、『センセイの鞄』では、ツキコさんは、センセイの死を、「センセイの鞄を、わたしは貰った。センセイが書き残しておいてくれたのである」というコトバで読者に知らせるのですが、では、センセイが死に、一人になった後、恋愛などしそうにないのと同様、センセイとの話を自分から語りそうにないツキコさんは、何を思って、何をきっかけに、それを語る気になったのでしょうか。すると、小説の最後に、そんな夜には、センセイの鞄を開けて、中を覗いてみる。鞄の中には、からっぽの、何もない空間が、広がっている。ただ傍々《ぼうぼう》とした空間ばかりが、広がっているのである。

とある。なぜ、センセイは、「からっぽ」の鞄を、最愛のツキコさんに残しているのか、と
ここからはそういう問いが、浮かんでくるのです。

この小説を『こころ』に重ねるようにして読んできた僕たち読者には、こんな妄想が、やってくるでしょう。そこには、本当は「遺書」あるいは「それに似た何か」（たとえばこの小説の原形にあたる話）が入っていて、それが取りだされた後だから、センセイの鞄は、「からっぽ」なのだと。

その場合、それを取りだしたのはツキコさんです。この小説は、そこに何が入っていたにしろ、ツキコのその「取りだす」という能動的な行為をきっかけに、書きだされることになる。一つの折り返し地点が愛することの後の愛する相手を失うことにある、そういう答えが、その場合にはやってくることになります。

この小説には、終わりからもう一度冒頭に戻らせる力があるのですが、もう一度見ると、『センセイの鞄』のセンセイが、語り手の手で、人には生きて見えて、自分にだけ死んでいる人、つまりごく薄い色の幽霊として、描かれていることがわかります。しかし、その書くうえでの、主観的な、ごくわずかな落差、そのズレが、この小説の世界が「薄い」まま、でも「強く」作られていることの秘密なのです。ほんとうのところは、書き手にしてみれば、もしこれ

がセンセイの書き残した話で、自分はそれを書き写しているだけだと思えるなら、もっと、その「薄さ」に耐えられる気がしたと、そういうことだったかも知れません。でも、とにかく、その結果作りだされた感動は、少なくとも先に述べた八〇年代の作家たちの小説からは得られない質のものでした。しかもそれは、九〇年代以降の小説に、たえて見られなかった質の感動でもあります。今度の作品が現れて、僕にはわかりました。なるほど、「神様」は素晴らしい、でもそこには何かが欠けていると。欠けているままでよいのかも知れないのですが、しかし、その足りないものが、この『センセイの鞄』にはある。それは九〇年代以降の小説の今後を示唆する、一つの指標です。

4　二重の底とポストモダン——保坂和志『季節の記憶』

i　存在感・恋愛感・世界感

ポストモダンの小説

今回取りあげるのは、一九九〇年代の代表的な小説家の一人である保坂和志さんの『季節の記憶』です。保坂さんはこの作品で、一九九七年の谷崎潤一郎賞を受賞しています。これまで取りあげた小説家の中では、前章に扱った川上弘美さんが同じ九〇年代の小説家に属していますが、九〇年代になってどういう新しさをもった作品が現れたのか。そういうことを川上さんとは違う形、もう少し広い意味で、もっとも雄弁に語る、小説としても読み応えのする作品だろうというのが、今回、この作品とこの人を取りあげてみる理由です。

まあ、言ってみれば、川上さんの作品ではなかなか恋愛などしそうにない人が恋愛をしたら大恋愛になった、ということだったのですが、なかなか恋愛などしそうにない人たちが、やはり恋愛にいかない関係——微妙な関係——を保持する、保持し続ける。するとどういう世界が現れるのか。そういう問題をこの作品は、さしだしています。

保坂さんは、一九九〇年に『プレーンソング』という作品で登場します。そして六年後（一九九六年）、その延長線上に、この作品が書かれますが、この小説家の登場によって、日本の戦後の小説は、ある意味ではじめて、確信犯的なポストモダンの小説を、もつことになります。

ここで僕がポストモダンの小説というのは、まず、近代の小説ではない、ということです。近代の小説、つまり近代小説ではない、というのは、ではどういうことか。そのあたりが今回の話の登山口になるでしょう。

だらだらした文体という彫琢

なぜ保坂さんが、戦後の日本ではじめての確信犯的なポストモダンの小説家と言えるか。それは一言で言うなら、文体の問題です。

僕は概して小説家のインターネットのホームページなど、覗きたくない方の人間ですが、皆さん方がこの講義の準備に寄せてくれた資料の中に、保坂さんのホームページでの発言からの引用がありました。そこで保坂さんが、こんなことを言っています。

自分の文体については、よく「……で、……で、……」と「で」でつないでいく「だらだらした文体」というようなことが言われているけれども、本当の文体というのは、そういう「機械でもわかるいわば物理的な特徴」のことではなくて、「文章に含まれている情報量」のことである。

たとえば蓮實重彦の文章は、「きわめて甘美な」とか「比類なく美しい」というように形容詞・形容動詞・副詞がやたらと多く、それに対して事実を的確に記述する言葉が非常に少ない。つまり、全体として空疎である、というのが蓮實重彦の文章の特徴で、それを文体と言う。

これは、文体の定義としてはかなり強引で、ホントにそうかなあという言い方でもあるのですが、自分の文体ということで、保坂さん自身がどういうところに留意しているかを教える点で、興味深い指摘になっています。つまり、僕には、保坂さんの文体も、この言い方で言うなら、蓮實という人の批評の文体と同様、「全体として空疎である」、「情報量」が非常に少ないことに、その特徴がある、と思われるのです。

ここで「情報量が少ない」というのはどういうことかというと、小説の情報量が少ないということで、もっと言うなら、「近代小説」としての情報量がきわめて少ないということです。つまり、この人の小説の中では、いわゆる「小説」、もっと言うと「近代小説」の中で起こりそうなことが、ほぼ何一つ、起こらない。ふつう小説で起こるはずのこと、恋愛とか、家や社会への反抗とか、自分とは何かという問いをめぐる彷徨としての犯罪といったもの、いわゆる「劇的なこと」が、何一つ、起こらないのですが、先の「だらだらした文体」は、そのような「何も起こらない」小説を可能にする文体として、新しく発明された。彫琢された。自分の小説では、そういうことは一切起こさせないゾ、という書き手の意欲が、文体の人工性にまで及んでいるところに、いわばこの人の小説家としてのこれまでにない新しさが、顔を見せているのです。

文体と中身

ここで、なぜ小説のあり方に文体が関係するのか、不審に思う人がいるかも知れませんから、少し寄り道をしてみます。

この小説の後の方に、自分たちに大事なのは個人としての「自意識を薄める」ということだという、面白い言い方が出てきます。皆さんがこの言葉をどう受けとるかわかりませんが、この小説でめざされているのは、人の、ならぬ、近代の小説、広く近代文学というものの「自意識」を、どう「薄める」か、ということです。一九三〇年代に登場した批評家に、小林秀雄という大批評家の影響下に出発した中村光夫という、これも立派な批評家がいますが、彼は、何とか小林の批評の魔力を脱しようと、どうしても文体として力の入らない、風船でいうと穴のあいた、「です・ます体」の文体を自分の批評文用に発案しました。先にあげたポストモダンの代表的な批評家の一人である蓮實重彦は、この中村光夫を先人と仰いでいますが、彼も、一ページの中ですら一つの文章が終わらない、いってみれば「……で、……で、……」と続く、「空疎」で「だらだらした文体」をひっさげて批評の世界に現れた人物です。ここにあるのは、言ってみれば、近代の批評としての情報量を極端に減らすための、いわば命懸けの工夫にほかなりません。近代の批評としての情報量とは何か。たとえば、日本における近代批評の確立者である小林は、その文壇へのデビュー作「様々なる意匠」に、こう書いています。

批評の対象が己れであると他人であるとは一つの事であって二つの事でない。批評とは竟《つい》に己れの夢を懐疑的に語る事ではないのか！

どうですか。すごいでしょう（笑）。これが、――こういう文体の中に生きている、勢い、飛躍力、響きが――、近代批評、ひいては近代文学の「自意識」と言われるものです。そしてそれが、いわゆる文学としての、批評としての「情報量」の中身なのです。

中村光夫は、そういうものを自分の批評文からなくすことに決め、ようやく独自の批評家となりました。また蓮實重彦は先の「空疎な文体」を発明することで、近代批評が見ないことにしたこと――彼の言葉でいうと「差異の戯れ」――に肉薄する、新しい批評文体を作りました。保坂がここで行っていることも、小説と批評との違いはありますが、本質的にそれと同じことです。そこでの文体彫琢の方向が、けっしていわゆる文体をより緊密に作り上げようという方向のものでなく、むしろ「彫琢」の逆に行こう、というものであることに注意して下さい。彼は、他の作家たちができるだけ才能を生かした、キレのある、よい「文体」を我が物としようと努力するところで、全く逆方向にその努力をへし曲げたのです。

いまでは、町田康とか、中原昌也とか、いろんな書き手が近代文学を遠く離れようと――そう意識さえしないで――いわば「あさって」の方角に向けての文体チューニングを果たし、現れていますが、たとえば同じポストモダン期の小説家とは言っても、高橋源一郎、島田雅彦といった人々にはこの種の「あさって」の方角を向いた文体的模索は無縁です。そういう意味ではここに言う「ポストモダン」は改めての定義を要する、新しい概念なのかもしれません。いずれにせよ、そういう方向での努力を通じて登場した、保坂さんはたぶん、戦後で最初の小説家でした。僕が、彼をさし、はじめての確信犯的なポストモダン小説家というのは、以上のような意味です。

微細な内省の物語

『季節の記憶』は、こんな小説です。語り手で主人公の「僕」は、現在三十八歳、四年前に勤めをやめ、いまはコンビニで売る『気の弱い人には絶対できない自殺例集』とか『人間のからだの不思議』といった簡単な雑学・雑知識の本の企画取材、構成を請け負うフリーライターです。彼には現在五歳になる息子の圭太、通称クイちゃんがいます。彼ら親子は去年の五月に鎌倉に越してきました。その少し前、たぶんその直前に離婚していて、この引っ越しも、そこから引き起こされたもののようです。

前章の川上さんの小説を扱った際に、九〇年代の小説は「ラーメンなんか見るのもいや」だなんて野蛮なことは言わない、それはいわば商店街の出てくる——映画で言うならクロサワではなくオヅの世界に重なる——「町」の文学なんだと言いましたが、『季節の記憶』も、その例にもれません。彼らの家から三軒離れた斜向《はすむ》かいに住む便利屋の松井さん四十四歳とその二十歳離れた妹美紗ちゃん二十四歳が、彼らの「ご近所さん」で、この小説は、この「僕」と息子圭太、それに気の合う松井さん、素敵で茫洋とした美紗ちゃん四人の、何も起こらない日々、昼の散歩と夜の会話の日常を、淡々と描いていきます。

松井さんは、美紗ちゃんが中学一年のときに相次いで両親が亡くなった後は、妹の親代わりを務めようと、会社をやめ、「水道の蛇口の交換、襖の張り替え」から「日頃の犬の散歩や老人の囲碁の相手まで、頼まれれば何でもやる便利屋」をやっています。昼は働いていますが、夜になると、ほとんど毎晩のように、「僕」と会い、いろんな話をします。一方、松井さんが働いている日中は、やはり、ほとんど毎日、「僕」と美紗ちゃんと息子の圭太は、「急な坂」とか「車の道」と呼ばれる鎌倉の稲村ガ崎近辺の、山へ、海へ、折々の自然の中を散歩して過ごします。そこを季節が静かに通り過ぎてゆくのです。

この小説の前には立て札が立っていて、そこには、「ここでは何も起こらない」と書いてあります。そういう小説を例によって「構造化」してしまうのは、とても気のひけることですが、でも、これまでの例にならうことがこういう連続の講義では大事ですから、あえて暴力的な線を引くと、なぜ、この作品は、彼らが引っ越してきた「去年の五月」あたりからではなく、その一年後のある時期からはじまっているのか、何が彼らの日常という大谷石の採石場から、この作品を「切り出させ」ているか。そう問うてみることができるかも知れません。すると、この四人の世界に、ナッちゃんというまったく「僕」の容認しえないがさつな女性が闖入してくる、そして、彼らの世界が急にざわざわしはじめる、そこからこの作品の世界がはじまっている、ということがわかります。これは、言ってみれば、四人のポストモダンな世界に、がさつなモダンが闖入してくる、その両者の交渉を微細に描く、見えにくい、内省の物語なのです。

サインペンと、動かないもの

もう少しこの作品について見ておきます。この小説の基調がどのような作者の考えを体現して成立しているかは、たとえばこんなあたりからわかります。

まず冒頭、僕が仕事をしていると、ニンジャの格好をした圭太が現れ、質問をするのですが、彼を少し待たせる僕は、サインペンで文章を書いています。あの「だらだらした文体」への自覚が、この冒頭に、もうよく示されています。まさか、先の小林の文体は、サインペンでは、書けませんよね。

やがて、四人の話になり、話頭がボランティア活動などに向くと、松井さんが言います。「紛争状態にあって人は平和な日常を求め、平和な日常にあって波乱をねだる――っていうのはおかしなことだよな」、「カエルの目玉じゃないんだから」。彼が言うのは、カエルの目は、動いているものには反応するが、動かないものは、よく見えない、ということで、そういうあり方っていうのは、近代文学に似ているじゃないか、生き物として低級じゃないか、というのです。もっと動かないものが動かないままに見える目じゃないと、面白くない。もう音楽はいいよ、音楽をとめて、じっと耳をすますと、もっと微細な音が聞こえてくるじゃないか、何も起こっていないんじゃなくて、もっと微細なことが起こっているのが、見えてくるじゃないか、作者は、まあ、こう言ってみたいのです。

さらにもう一つ、例をあげておくと、やはり松井さんの言葉ですが、恋愛について。松井さんは言います。

「恋愛もはじまりのところだけはズレだから、いくつになっても、ドキドキしたり、どぎまぎしたりするんだけど、はっきりした恋愛になったら、もうどぎまぎしない。恋愛となったらもう安定した形で、それはもう言語の中の出来事なんだから、言語の人間は簡単に馴れることができる——」

（『季節の記憶』二三五頁）

この小説は、僕に言わせるならレッキとした恋愛小説なのですが、そこで言う恋愛というのは、あのドギつい、ナマナマしい恋愛ではないのです。「僕」も言っています。

美紗ちゃんはナッちゃんと面と向かって話しているのだから訊かざるをえないだろうが、僕は逃げ出したくなっていた。僕はこういう話はナマナマしくてダメなのだ。

（同、一五二頁）

作者は、限定された剝き出しの感情としての恋愛ではない、いわばズレとしての恋愛こそがほんとうのところ、言語をもつ生き物である人間を動かすものであり、自分はそれを描こうと思うから、「恋愛」などに騙されず、そんなものは語らないのだ、と言うのですが、だからといって、何も語らないのではない。季節感という面白い言葉に重ねて言うなら、そこで語られるのは恋愛感、というようなものでしょう。春に春の風が吹いていても、僕たちはそこに季節感を覚えません。春先、まだ春にならない時分に、春の気配を感じると、僕たちはそこに季節感を覚える。季節感は、季節のズレのうちに生きているのですが、それと同じく、恋愛になると死んでしまう、恋愛感というものがあるのだと、たぶん、保坂さんは言いたい。彼がここに書きたいのは、そういう存在感であり、恋愛感であり、――世界観ならぬ――世界感なのです。

不在の妻、ナッちゃん、美紗ちゃん

でも、そういうふつうの文学が見落としてしまう微妙なところが、この小説を生かしている、そこから感動がくるんだ、というだけでは、この作品を批評したことにはならないでしょう。この作品の細部については、次回にふれますが、この小説は、最後まで読むと、僕たち読者を動かします。この小説の何が、なぜ動かすのか。僕の答えを言うなら、その理由は、この小説に、音楽が止んだ後に聞こえる微細な音の世界でしか展開できない劇が進行していて、それが、ほとんどそうとは気づかれないほどの精妙さで、僕たちを説得し、動かしているからにほかなりません。

ここでは、その劇について考える上での手がかりに、ちょっとふれておきます。この小説の本当の起点は、何か、というなら、それは、「僕」が息子の圭太と引っ越してきた「去年の五月」の直前の、「僕」の妻との離婚という出来事です。では、いま、その妻はどこにいるのでしょうか。

作品がはじまると、ほどなく、「僕」が一年前、離婚したことが読者にわかります。この小説の大いなる「空白の中心」が、そこに指示される、いわば登場人物としての「妻」であることは、誰の目にも明らかでしょう。この出来事が、何かにつけ、作品のはしばしに現れる、その細部については次回ふれますが、彼女は、折に触れ、「僕」の念頭に浮かびます。ある日、別れた「妻が出ていった」と書かれ（二七頁）、自分の「シツレン」時、「おれはもっとシャンとしてたよ」と同性愛者の友人二階堂を前にして語られ（九〇頁）、「キミちゃん（前の奥さんの名前――引用者）が戻ってきたんか」と年来の友人、蝦乃木《えびのき》に訊かれる（二三二頁）。でも、「妻」は一度も現れません。

でも、そう見てくるなら、僕たちは、ちょうどこの不在の妻に代わるように、この平和な、深々とした稲村ガ崎付近の界隈に、あのナッちゃんという、人を何でも血液型で解釈し、別れた夫の盗聴の妄想を膨らませ、近隣の人との「ネットワーク」を「展開」したいなどと語る、「僕」のよしとする世界の対極に位置する「他者」が到来したところから、実はこの小説が「切り出され」ていることを、思い出すはずです。ナッちゃんは、離婚して、鎌倉に戻ってきた。五歳の子どもを連れて。そう、彼女は何と「僕」と瓜二つなのでしょう。そもそも、「僕」はなぜ、ナッちゃんを一目見るなり、あ、見たことがある、と思うのでしょうか。

僕は（中略）いまはじめて見たあの顔がすごく見憶えがあるというか、よく知っている誰かに似ているような気がしていて、それが誰なのか思い出そうとしていたのだけれど、その誰かがいっこうに出てこなかった。（同、四九頁）

僕は、この後何度も何度も、この「誰かに似ている」に戻ってきます。でも、誰に似ているかは最後までわからない、――すくなくとも読者には、明かされません。

この小説の、「何も起こらない」場所から微細に聞こえてくる声に耳を傾けるなら、ここでナッちゃんは、「僕」の別れた妻に、どこかで重なっていることになるでしょう。そしてそこでは、普通の小説とはまったく違う水位で、ある微細なドラマが、「僕」と松井さんの組、そしてナッちゃん、これに対して、美紗ちゃん、という三者の間で、進行しているのです。最後、「僕」は和歌山の白浜温泉でホテルの清掃やベッド・メーキングなどのメンテナンス請負会社をやっている友人の蝦乃木から届けられたビデオを見ていて、突然、感動が「溢れ出」します。そしてその「僕」の感動が、また僕たち読者を動かします。その感動はどこからくるのか。批評は、本当を言うなら、そのように、一歩踏み込んだところで、この小説に尋ねられているのです。

ii　卑小な生の大きさ

季節の現れ方の微細さ

ここまで述べたところで、少し話を戻してみます。いったいこの小説は、底の底で何を描いているのか。そういうことをわかってもらうには、前回ふれることのできなかった、この小説の微細さということに、少し注意を向けてもらう必要があるのです。

たとえば、この小説は、『季節の記憶』という題名ですね。では、どんな季節の、いつからいつまでの話がここに描かれているのでしょう。もし僕が皆さんに、こう尋ね、そのことがわかる指標を作中から取り出してみよ、と指示したとすると、皆さんは、次のことに気づくことになるでしょう。この小説は、最初、いつの話なのかがはっきりとはわからない、それがだんだん、読者の目の前に見えてくる、そしていったんいつの話かはっきりすると、それこそ、「つるべ落とし」のように、季節ははっきり、色濃く小説の前面に現れ、刻々と移ろい、そして、最後、小説の終わりに向かって、雪崩れていく、と。

この小説は、最初の三つの章が導入部で、登場人物が次から次へと現れ、次の三つの章が、高原状の中間部で、小さな出来事がいろいろ起こり、七番目の章で、ある微細な戦いが描かれて、最後、エピローグとなります。さて、そのうち、最初に出てくる季節の指標は、導入部の「この夏」(一五頁)、「虫の声はほとんど聞こえなくなっていた」(三四頁)という表現で、これによって僕たちはこれが夏以後の季節かな、とぼんやり思うし、これは秋だな、と考えるのですが、それでもそれが何月のことなのかはわからない。時間は最初、執拗に滞留し続けます。しかしそれが後半にいたり、いったん「十月末」と特定されると(一七二頁)、それが「十一月末」(一八七頁)となり、やがて「十二月」になって(二四四頁)、季節の動きがみるみる小説を一つの感情の色に染めあげてゆきます。読んでみればわかりますが、ここには、たしかにうねるような季節感の凹凸が生きていて、このことがこの小説の時間を作っているのです。

二つの語りの空間

もう一つ言っておきたいのは、この小説の語りの空間の独特さです。この小説では登場人物は、だいたい、さんづけ、ちゃんづけで出てきます。中心の四人のうちの「松井さん」「美紗ちゃん」兄妹しかり、「ナッちゃん」と「つぼみちゃん」母子、鎌倉の住人である、寺本さん、瀬霜《せじも》さん、木村君、篠田君、皆そうで、そのため、僕の友人である蝦乃木、二階堂の呼び名も、「呼び捨て」の水準で、読者の前に現れてきます。

この呼称がどういう効果をこの作品に与えているかは、そう、たとえば、主要登場人物である、松井さんと美紗ちゃんが、それぞれ「松井は」「美紗は」と書かれる場合を思い浮かべればすぐにわかるでしょう。さんづけが消えると、書き手は、いわば作中人物に対し、超越的な視点に立つことになる。それは同時に真面目な空間――近代的な文学の空間――ができるということでもあります。それを避け、語り手である「僕」も他の登場人物と同じ地べたに身を置いているという語りの構造を作るため、作者は、ここにこのような語り口を導入しているのです。

　ですから、ことさらに、書き手は、「さっきから出てくる美紗ちゃんというのは二十四歳の魅力的な女の子で」（七頁）とか、「さっきも少し説明したが」（一三頁）とか、「（「谷戸《やと》」という言葉は――引用者）あまり一般的な言葉ではないらしいので少し説明すると」（四〇頁）とか、友達がダベッているような語りを、小説の出だし近くよく使っています。そう、よく考えてみるならこれは、さんづけでない登場人物が「呼び捨て」で聞こえてしまう、夏目漱石の初期作品と同質の語りなのです。

　しかし、その一方で、語り手（彼の名前は「中野」です。松井さんは彼をそう呼びます）は、これとは別種の語りの地平をここに保持し続けます。つまり、彼は、他の登場人物からは「クイちゃん」と呼ばれる自分の子どもを律儀に「息子」と呼び続けるのですし、たぶん一年と少し前に離婚していてここには登場してこない妻を、やはり違う口調で「妻」「別れた妻」と呼び続けるのです（この彼の前妻が「キミちゃん」とかつて呼ばれたことが友人蝦乃木の発言からわかることは、前回述べた通りです）。

　前者の語りの地平が、夏目漱石の初期作品に似て、非近代小説の語りの空間だとすると――

漱石の場合、近代小説は、『それから』からはじまります。それ以前は近代小説ではありません。その証拠に、それ以前の作では、主人公ないし視点人物は、作中の磁場である恋愛の圏外にしかおらず、そして作品は恋愛小説になりません。『猫』しかり、『坊っちゃん』しかり、『三四郎』しかり。念のため言いますと、『三四郎』で三四郎は美禰子に「キープ」されているだけです（笑）――、後者、子どもと前妻が「息子」「妻」と語られるこの空間は、漱石の初期作品にない空間、つまり、近代小説の語りの空間になっているのです。

そしてまた、このことが、この小説が、保坂さんのデビュー作『プレーンソング』に似て、いまどきの若い人々の無為の生活を描くと見えながら、その実、それと異質な、もっと深い、強力な作品になっている理由でもあります。『プレーンソング』には、後者の語りの空間はない。そのことが、「僕」のセンスに合う友人と猫しか出てこないデビュー作と、完全な小説世界にとっての他者たる「ナッちゃん」を登場させてなお作品世界を造型しえているこの作品との、大きな違い、本質的な違いなのです。

「別れた妻」の回帰

さてそろそろ本論に入りましょう。では、この小説の一番深いところでこの小説を生かしている対位とは、どのようなものなのか。それを、こんなふうに言ってみることができます。

前回、少しふれましたが、この小説で、「僕」は、ナッちゃんをはじめて見た時、「すごく見憶えがあるというか、よく知っている誰かに似ているような気がしていて、それが誰なのか思い出そうとし」ます。そのナッちゃんは、引っ越してくるなり引っ越し業者を「業者さん」と呼んだり、美紗ちゃんの隣にいる「僕」を「ダンナさん?」と訊いたり、友人との「ネットワーク」を別の「展開」にもっていきたいと話したりする、どう考えても「僕」のセンスを何から何まで逆撫でする、通俗きわまりない女性です。でも、不思議なことがあります。「僕」は奇しくも別れた直後、ナッちゃんについて美紗ちゃんに「転校生が来たみたいだ」というのですが、でも、前回述べたように、この異質な他者、「転校生」が小説世界にやってくるところから、作品は、いわば作品として事実世界から「切り出されて」いるのだからです。

しかしながら、こう考えるなら、このナッちゃんの存在は、保坂さんが私淑してやまない先輩作家小島信夫の傑作『抱擁家族』における家政婦みちよと、ある意味で、相似的だと言ってもよいのではないでしょうか。というのも、『抱擁家族』の冒頭は、

三輪俊介はいつものように思った。家政婦のみちよが来るようになってからこの家は汚れはじめた、と。

というので、この作品もまた、アメリカのホコリ臭さを身一杯に帯びた他者としてのみちよが――「転校生」のように――三輪家にやってくるところから、はじまっているからです。

ともあれ、「僕」はその後も、皆さん、読んでみてよくわかっただろうように、何度も、何度も、そこに帰ってくる。ナッちゃんは「見憶えがある」、誰に似ているんだろう、そう思い

続けるのです。

　そしてその答えは、最後に出てきます。終わり近く、元の会社の同僚の二階堂がまたふらりとやってくると、ナッちゃんの家でお茶に呼ばれたという彼に、「僕」が、「ナッちゃんの顔、どこかで見た憶えないか」と訊きます。すると、二階堂は、いや、そうじゃない、離婚してから後、「最近女と一対一で向かい合うなんてこと、めったにないでしょ？」「見憶えがあると思ってるのは、実際に見た記憶じゃなくて、状況の方なんだよ」「女と一対一で向かい合う緊張の記憶なんだ」「それが『見憶えがある』っていう記憶に化けちゃったんだよ」と、「僕」の記憶の劇のからくりを、喝破するからです。

　僕は、その指摘に、「なるほど」と思います。「僕」は、変に色気がある、しかも生々しくイヤだという感情をかき立てる存在でもある――いま三十一歳の女性の――ナッちゃんに、かつて「一対一で向かい合」った女性が帯びるであろう存在感を見ている、それがあの「見憶えがある」ということの実体なのだ、小説はそう示唆するのです。つまり、「僕」がナッちゃんに見ているのは、「去年の五月」以前、ある日、何も言わずにいなくなった――むろんそれまでには「ナマナマしい」やりとりの一つもあったでしょう――別れた「妻」の面影だ、ということになります。

　このあたり、僕は、作者としての保坂さんがどれくらい意識して書き込んでいるのか、確信はありません。でも、この後（第六章）で述べる、作品が感じさせる〝作中原事実〟的な捉え方で言うなら、この作品は、読者としての僕に、このような読みを促します。この小説の見えない中心である「別れた妻」が、いま、ナッちゃんとなって、この小説世界に〝回帰〟しているのです。

ナッちゃんとは誰か

こう補助線を引いてみると、この小説においてナッちゃんとは誰か、ということが、大きな問いたりうることが見えてくるでしょう。そして、そこに注目してみると、次のような二つのあり方の間の対位、戦いが、この作品の一番深いところを底流しているのがわかってきます。

作品の冒頭近く、語り手は、こう言います。

(松井さん、美紗ちゃん、僕、息子四人の――引用者)この関係は三つの組み合わせでできている。僕たち親子と松井さん兄妹というそれぞれの二人組がまずあって、その上に二人組同士の関係がのっかっている。

(『季節の記憶』二七頁)

と。ここにいう親子、兄妹以外の二人組同士の関係とは、「僕と美紗ちゃん」対「松井さんと息子」、「僕と松井さん」対「美紗ちゃんと息子」という二つの関係のことです。このうち、前者が、「僕」と美紗ちゃんの関係を一対とするあの「恋愛感」の物語であることは、すぐにわかるでしょう。この小説を恋愛小説として受け取るところからも、僕たちはこの小説のいろんな上等さを引き出せるのですが、今日のところは、措いておきます。いま考えたいのは、後者、「僕と松井さん」対「美紗ちゃんと息子」、よりはっきり言うなら、「僕と松井さん」対「美紗ちゃん」の関係です。

すると、どういうことがわかるでしょう。作中、美紗ちゃんは、しばしば微妙に僕と松井さんの二人とは違う考えを披瀝します。彼女は実に微細な、しかし実に手ごわい彼ら二人の批判者なのです。たとえば、彼ら二人が哲学的な談義をして、人間というのは動物として必ずしも「特別な存在じゃない」んだ、と話し、そうなんだよな、と同意しあっていると、彼女は言います。「中野さんが『特別じゃない』って言うとき、不思議な悲しさがあるよね」。

「悲しさ?」
「うん。
不思議な悲しさ」

（同、一四四頁、傍点原文）

「僕」にはその意味がわかりません。それで、さらに美紗ちゃんが、「中野さんとかお兄ちゃんとか、なんかすごく人間が特別じゃないとか、今が特別に思えるとか――って、こだわるよね」と言うのに、「僕」は戸惑い、「うまく答えられずに笑ってごまか」すのです。

さて、ここで作者は、松井さんと「僕」、これと美紗ちゃんとの間の、どんな違いを語ろうとしているのか。「僕」は、松井さんについて、冒頭近く、この人は、「何と表現するのが適当かよくわからないが、僕がいまのところ考えている言葉でいえば『自分の能力をありがたがらず、特別なものと思わず、それ故、才能を空費する人』なのだ」と言っています。この松井さん像に、作者の現時点でのいわば理想の人間像が描き込まれていることは、まず間違いのないところでしょう。こういう人が、いい。上等だ。作者はそう思っている。こう語られる松井さんは、ある意味で、この作者の理想の人間の姿なのですが、この理念の提示に対し、美紗ちゃんは、こういう人をよいと評価することと、こういう人であることとは、違うのではないか、と言っているのです。

その意味では、松井さんも、こういうあり方をよい、とパターン認識する理屈の人です。その松井さんが、人間のアイデンティティは否定形をしていた方が面白い、あるいは、ボランティアというのは、動くものに反応するだけなので少し低級だ、といった意見を吐き、「僕」が、少し距離を置きながら、でもこれに同意すると、美紗ちゃんは、ん？　というような表情を見せ、そうかな、という顔をします。たとえば彼女は、衛星放送のある時代に育っているので、この世界に苦しんでいる人がいるとそこに事件（動き）を見る「僕」や松井さんの年代の人間と違い、そこに人々の生活（動かないもの）を見る目をもっています。ですから、先のお兄さんの寸言に対しても、え、どうして？　お兄ちゃん、便利屋がマンネリだって言うんなら、「ルワンダとかザイールとかボスニアとか」に行って井戸を掘りなよ、そう、明るく言うのです。そこには、先の松井さんの言葉、僕の同意と、微妙な違いがあることになります。

最後、終わりの感じを与えているもの

それは、人間なんて特別じゃない、という事実と、人間なんて、特別じゃない、と言うこと、つまりそういう哲学的な考えの間にある微妙な、でも決定的な違いです。先の言い方で言うなら、美紗ちゃんは、人間が特別な存在じゃないことを、何か特別のことでもあるかのようにことさらに語ることは、ヘンだね、と言っているのです。五歳の子どもである息子が美紗ちゃんの側に立っていることは言うまでもありません。こうして、「美紗ちゃんと息子」対「僕と松井さん」という、見えにくい、でもなかなかに興味深い対立が、この小説の底に現れます。そしてそれがはっきりとした形をとる場面が、あのナッちゃんに対する態度をめぐる、両者の対立のシーンなのです。

ここまで見てきたように、人を血液型で判断するのを常とし、離婚した夫が自分を盗聴しているのではないかという妄想で周りの人間を悩ますナッちゃんは、この小説に出てくる登場人物の対極に位置するような人で、「僕」はとても苦手です。松井さんも遠慮なく彼女をくさし、ナッちゃんの問題は「自意識が濃すぎる」ことだとトドメを刺すのですが、美紗ちゃんはなぜか、そういう見方を、年上の男二人組と共有しません。たとえば松井さんが「ナッちゃんの肥大した自意識につき合って、自意識が余計だっていうことを身にしみればいいよ」と美紗ちゃんに言うと、彼女は、「あたしは、あたしのためにナッちゃんとつき合うわけじゃないもん」と答え、「僕」や松井さんとは一線を画し、そうすることで、そう、「僕」の何かを脅かしつづけるのです。

その「何か」がどういうものか、僕は一言で言おうとは思いません。それはそんなにはっきりしたものでもなければ、そんなに簡単なものでもないからです。でも、そういう美紗ちゃんの存在ははっきりした影響を「僕」に与えます。「僕」は、あるとき、息子と松井さん兄妹と散歩していて思う。もしこの二人がいなかったら、「僕はこの同じ道を僕一人で今と同じように息子をおんぶして海から家に向かって歩いていた可能性もあったのだ」、と。そして作者は書きます。すると「ほとんど必然的といってもいいように」、「僕」に、同じく天涯孤独、親子二人っきりのナッちゃんと娘のつぼみちゃんの映像が、浮かんできた、と。

ここにあるのは何でしょう。それは、とても微妙な二つのものの間にある違いです。あのがさつなナッちゃんはタマラないけれど、そういうナッちゃんに、鋭敏なズレの感覚を対置することも、ちょっと違う。そう、この二つを対置することはない。趣味の悪い、がさつなものと、それに傷つき、またそこから軽やかに逃れていくズレに敏感な心とは、対立しない。その二つのものを縦糸とし横糸として織りなす裂布として、人生はある。最後にこの小説から聞こえてくるのは、そういう声で、つまり、どこかで「僕」がナッちゃんと和解している、そう感じられることが、この小説に、終わりの感じを与えているのです。

人生が卑小であることから感動はくる

ですから、最後、蝦乃木が送ってくる彼の会社の従業員たちの何ということもない紹介ビデオを見ているうち、「蛇口から容器に水を汲んでいたらそれの容積が思いがけず小さくて、『あっ』と声を出すより早く水が溢れ出てしまったときのように」「僕」に「感動が溢れ出て」くる場面は、こう、僕に思わせます。感動は水の量が多いためにやってくるのではなく、人間が生きることという容れ物が思いがけず小さく、みすぼらしく、卑小であることからやってくるのだ、と。

季節は地球の地軸が傾いていることから生まれています。ズレの感覚は大事です。でも、それを大事なものにしているのは、普通の卑小な生のほうです。つまらない、通俗さ、それが通俗でないものの大事さの基盤なのです。この小説の最後、エピローグは僕と美紗ちゃんと息子の三人の散歩の話で、そこに理屈の人松井さんはいません。この小説は、とてもセンスのよい小説ですが、終わりでそのセンスのよさ、哲学的うんちくが、負けている。そこにこの小説の強さ、大きさがあるのだと、僕は思っています。

5　通俗と反・反俗のはざま——江國香織『流しのしたの骨』

i　ポストモダニティと家族

「山に入る」と「山から下りる」

　今回は趣を変えて、九〇年代の小説家の中でも特に若い読者に高い人気を誇る江國香織さんの作品を扱ってみます。この人の特徴を一言で言えば、現代の読者の興趣をがっちりと摑みながら、一方で日本のこれまでのいわゆる純文学の牙城ともいうべきところからは一貫して排除されている、興味深い存在ということになるでしょう。

　この人は一九六四年の生まれ、父親は江國滋という高名な随筆家ですから、ちょっと同年生まれでやはり吉本隆明という高名な思想家を父にもつ吉本ばななとの比較を誘われるところです。吉本ばななさんが東京の下町を背景に登場した九〇年代の嚆矢の作家だとすれば、江國香織さんは、ほぼ同時期に現れた東京山の手を背景にした作家だと言えます。吉本ばななさんも、登場の直後はこんなのは「マンガ」だ、と酷評を受けました。しかし読者の圧倒的な支持を得、イタリアなどで高く評価され、何よりその作品の力を通じてあっという間にそういう外野の声を黙らせてしまったのは、いま僕たちの見る通りです。

でも、この吉本さんも、受賞歴を見るなら、いわゆる純文学と大衆文学の双方のために出版社が用意した三島由紀夫賞・山本周五郎賞のうち、三島賞をではなく山本賞を受賞していると ころからわかるように、すんなりと自ら「純文学」の畑の作家を自任し、また他からもいわゆる「純文学」の作家として受け入れられた、というのではありません。そこには、自分を非「純文学」の小説家と考える吉本さんの側に新しい文学観があり、かつ、そういう新しい文学観の持ち主を「大衆文学」のカテゴリーで受け入れようとする、それとは別の賞を与える側の文学観があったわけです。いずれにしても、吉本さんは、その新しい文学観に立った新しい作品を世に問い、それは、いわゆる「純文学」の世界を変えつつ、その世界に受け入れられました。でも、僕の見るところ、江國さんの方は、いまもっていわゆる「純文学」の牙城ともいうべきところには受け入れられていません。「純文学」の牙城というのは、『新潮』『文學界』『群像』というようないわば老舗出版社の看板雑誌のことです。江國香織さんは、これまでフェミナ賞、坪田譲治文学賞、紫式部文学賞といった幾多の特色ある賞を受賞し、当代有数の売れっ子作家として、『すばる』という新興の文芸誌には毎月のように執筆しているのですが、これら老舗の「純文学」雑誌には、たぶんこれまで一度も作品を掲載していないのです（その後、『文學界』に小説を発表するようになりました――後注）。

ここにあるのがどういう問題なのか。僕は、江國香織という小説家について考えることは、この面白い問題に光を当てることだというように感じています。文学に「純文学」と「大衆文学」という二つの種類がある、とは考えませんが、これを、文学には、「文学であるもの」と

「文学ではないもの」という二つの種類があり、「文学」というものは、つねに同時代的に自分の前に「通俗」として現れるものを嫌う企てだ、というように言い直すと、ここにある問題は、江國香織さんの小説のもつ問題と、重なると思うのです。

鎌倉時代に新しい仏教は、俗世間を捨てて「山に入る」という形で起こりました。でも、やがて、その山の世界——比叡山とか高野山——が学僧の権威の巣窟となると、今度はその「山から下りる」ということが、信仰の道を極めることを意味するようになります。通俗に対しては、反俗がおかれますが、その反俗が反俗のまま、通俗に転化すると、今度は反・反俗＝反俗嫌いという形が新たに出てくるのです。鎌倉仏教で言えば、後者の代表例の一人、親鸞は、それまでの仏教の反俗に通俗を見て、反・反俗としての肉食妻帯を自分の信仰の道と考えます。でも、このような場合、通俗と反・反俗を隔てるのは、何なのでしょうか。

ここにあるのは、簡単に言うなら、そういうこと、現在の文学にとって、通俗的なものと、反俗的なものへの違和感（＝反・反俗）とを隔てるものは何か、という問題でもあります。今回は、江國さんの作品のうち、一九九四年から一九九六年にかけて書かれた『流しのしたの骨』を取りあげますが、このあたりの問いが、この小説家の作品世界に足を踏み入れる上での、登山口ということになります。

着ているうちになくなるセーター

もう少し登山前の話を続けます。僕がこの小説家のものではじめに読んだのは先にふれた紫式部文学賞を受賞した『きらきらひかる』です。ホモセクシャルの青年睦月とアルコール中毒の若い女性笑子が睦月の恋人の少年紺を交え、セックスレスの結婚生活をする。やがて男二人の精子をマドラーでかきまぜて二人の子供を受精できないかと笑子が考えたりする。そんな「少女マンガ」仕立ての小説に、最後、しっかりと家族が出てきて、この絵空ごとの物語が現実世界と接続して終わるさまに、ほお、という感じを受けました。

でも、時間がたつにつれて、どうもこの作家の毒というのか、独自の気配が身体に浸透してくるのですね。たとえば、そのとき読んだこんな作者の言葉。——自分は自分の小説で読む人に少しでも影響を与えるというのがイヤだ、自分の作品を読んでも、空気にふれたみたいに、何も残らない、ということを小説を書くことでめざしている。あるいは、絵で、中心の画題の傍らにそっと何事かを描き残しておく。誰もそれには気づかない、というように。そういうあり方が自分の理想で、絵ではできるそういうことがどのようにしてか小説でもできないかと、自分は考えている。

そんな言葉が奇妙に記憶に残りました。この作家にはけっこう健全な悪意があるなと思ったのです。たしか、紫式部文学賞を受賞したときの選評に、この作家の小説は、たとえて言うと、丁寧にセーターを編んで、作り上げるのだが、最後、毛糸を結び止めない。そのため、今度はそのセーターを着ているうちに、少しずつほどけてゆき、最後、何もなくなる、といったていの表現があったと記憶しています。この小説家は、むろん意図して、セーターを編み上げた後、最後を結び止めないのです。自分が丁寧に作ったセーターが、読者に着られ、楽しまれているうちに、次から次へとほどけ、最後、何もなくなる、そういうことが作者自身に望まれている。そう考えると、皆さんも、へえ、と思うでしょう。僕も、そんなふうに、ちょっと面白いところがあると思うようになり、だんだん、この小説家に目がいくようになりました。

変な家族の話と「抗い」

では『流しのしたの骨』です。まずいつものデンで、この作品を読む切り口を考えてみましょう。よくできた「あとがき」で、作者は、この作品の執筆意図を、「よそのうちのなかをみるのはおもしろい。／その独自性、その閉鎖性。／たとえお隣でも、よそのうちは外国よりも遠い。ちがう空気が流れている」、「それだけで私は興奮してしま」う、「『家族』というのは小説の題材として、複雑怪奇な森のように魅力的です。／そういうわけで、変な家族の話を書きました」、そう書いています。

家と家族という独特な世界を描いてみた、というこの作者自身の言明に従って説明すれば、これは、ちょっと「変わった」娘三人弟一人に両親という六人家族の話を、姉二人と弟にはさまれた、上から三番目の子供、十九歳のこと子の視点から描いた物語です。

そう受けとれば、この小説は、こと子の物語としては、高校を出た後、二十歳までという期限で家の「適法的な扶養家族」として気ままな生活をしていること子が、大学生深町直人と知り合い、恋人になり、やがて二十歳の誕生日を迎えて「大人にな」ろうとする話、と言えるでしょうし、一年前に津下という人のところにお嫁にいった二十代後半くらいの一番上の娘そよ

第１部（１〜５、10月〜12月：そよが帰ってくるまで）
こと子、ダブルデートで深町直人と知り合う。肉体関係をもちかけ、恋人となる。母、誕生日に「九カ月も前から」注文をつけておいたハムスターのウィリアムを父から贈られる［＊ハムスターは赤ちゃんの代替物か。赤ちゃんの到来①］。しま子、女友達の妊娠した赤ちゃんを引き取り親になると言い出す［＊赤ちゃんの到来②］。そよ、しま子に会いに行く。しま子の女友達、堕胎を決める。（そよ、その後、旅行鞄をもって家に帰省）
第２部（６〜12、12月〜２月：そよの帰還＝別居）
母に、律のことで学校から呼び出しがかかる。こと子の二十歳の誕生日が近づく。こと子、誕生日を深町直人と、また、家族で、二度祝ってもらう。大人になる。抱負として「前進すること、それから正しく生きること」。（ほぼ同時期、そよの離婚が正式に決まる）
第３部（13〜16、３月〜４月：そよの離婚＝こと子、大人になる＝律、高校進学）
こと子、しま子とそよちゃんのマンションに引っ越しの手伝いに行き、流しのしたの暗がりから「目をそら」す。ハムスターのウィリアム、過って父の下敷きになって死ぬ。その日、そよ、荷物をまとめ、完全に帰宅。妊娠していることをこと子に告げる［＊赤ちゃんの到来③］。律、停学処分。その後、卒業して、高校進学決まる。

表１　『流しのしたの骨』物語年表

＊作品の改頁を指標にブロック分けし、ナンバリングして、１から16までを区分した。以下、そのナンバリングを使用

ちゃんの物語としては、二人の関係がうまくいかなくなり、悩んだ後、誰にも理由をあかさずに別居し、やがて正式に離婚し、離婚後に妊娠していたことが判明する赤ちゃんをやがて産もうとする話、ということになるかと思います。また、弟律の物語としては、趣味と実益をかねて続けているフィギュア製作が不穏との理由で通学している中学校を停学になり、やがて卒業、高校に進むという進みゆきの中で家から社会への通過儀礼を経験する話、ということになるでしょう。また家族で「唯一のワーキングガール」で事務員勤めをしている一方、これまで

二度自殺未遂をしていると語られる二十四歳の次姉しま子ちゃん。彼女の物語としては、赤ちゃん騒動を起こしたり、いつものように得恋と失恋を繰り返す盲動の中にすぎてゆく一冬の話、ということになります。そして、その中で一番はっきりした構造をもつそよちゃんの別れ話を軸に、この話を三区分すれば、表1のようになると思います。

でも、この小説に書かれていることがらを、このようにだけ言ってすますことはできません。というのも、まず一読して僕たちに感じられるのは、ここに、作者江國香織の、いわゆる家について書かれたこれまでの小説、つまり純文学＝近代文学のあり方への「抗い」——つまりあの「反・反俗」のココロ——がある、ということだからです。

僕の勝手な想像を書かせてもらうと、こうなるでしょうか。『きらきらひかる』という出世作以降、江國さんの書くものは、いわゆる純文学畑から見ると、「ふわふわした」「少女マンガみたいな」「絵空ごとの世界」と受け取られてきました。『きらきらひかる』も、これを微細に見るなら、現実と絵空ごとを勇気をもって接続したなかなかにタフな作品なのですが、乱暴に見てしまえば、そうなります。

さて、江國さんは、これらの自分への紋切り型評価を苦々しく思ってきたに相違ありません。しかし、先にあげたような健全な悪意の持ち主である彼女は、もし自分の作品を少女マンガのような「ふわふわした世界」としか見ない人々がいるのであれば、今度は——若い人間がではなく——家族ごと現実離れした、そういう一ユニットを書いてみようじゃないの、と思い、ここで、そういう挑発的な企てを行っているとも考えられるのです。

ここに描かれた家族は、すごく変わり者のお母さんのもとに育てられた、一人一人が相当に変わった「変な」人々です。でも、この変な――ある観点から見たら――少女趣味でへなちょこな人々が、そのような存在としてこの世間に生きていくために支払わなければならない代価があるとしたら、それはちゃんと支払う、支払った上で、絵空ごとめいた生活を貫かせてもらう。つまり彼女はこの作品で、現実の中に「少女マンガ」的な家空間を造型しようとする。「こんな絵空ごとみたいな家があるわけないじゃないか」と世の大人たち――あるいは純文学の編集者たち――に言わしめるような家を作る。しかも、その家族の一人一人が、そういう世間の目を尻目に、代価を支払いながら、ノンシャランに生きていく。この小説は、そういうさまを、かなり挑発的に、描いていると、見えるのです。

家の記述の電圧のゼロ

これを別に言うなら、こうなります。ここに小説の電圧をはかるテスターのようなものがあります。便利な器械で、これを小説中の記述個所にあてると、そこでの記述のアンペアが針の動きで示されるのです。この器械を使って、小説の記述の電圧を測ってみます。すると、ふつう、ある小説に家の内部の空間が描かれており、そこにこのテスターをあてると、必ずその記述部分でこの器械の針はピクンと動きます。それが近代小説、広く近代文学というものの特色なのです。つまり、世の普通の近代小説では、家の内部の空間は、家の外部の空間よりも、描かれた場合、必ず、濃密で、電圧が高い。別の表現で言うと、暗い。だから、家に生まれた子供は、個人たろうとして、（暗い）家に反抗し、（明るい）その外に出ようとする。ツルゲーネフの『父と子』に代表される後発近代国における文学、あるいは近代文学一般は、こうして「家への反抗」を一つの主題とする文学となりました。

また、それと同じことの延長でもあるでしょうが、その家の中でさらに一番暗いのは、夫婦の部屋＝寝室で、そこは性の営まれる場所とされてきました。近代小説では、必ず家というものが出てくれば、それは、外の空間より暗い。そして家の中で一番暗いのは、親の寝室、性の営まれる場所なのです。

さて、そういうことを念頭に、この小説を披くなら、僕たちは、すぐにこの小説家が、ここで家あるいは家族の物語を描こうとして、何よりそのような近代小説的なあり方を骨抜きにし、空洞化し、剝製化したい、という欲求に動かされていると気づくはずです。この小説は、こうはじまります。「私たちの母は、昔からずっと、朝父を送りだすと化粧をし、夕方父が帰ると化粧をおとして出迎えた」。つまり、お母さんが、世の常とは逆の身のこなしの持ち主で、よく昔は子供たちの学校を休ませ、動物園に連れていって、しかも自分はシマウマに夢中の余り、子供の存在を忘れてしまうような、相当に変わった人であると、この小説は巻頭、読者に向かって言うのです。なぜそんなところからはじまるのか。家の話は、暗い。でもその中心の存在、つまり母という存在が、荒唐無稽な変わり者だと、その重圧が真空化される。自分のめざす家の物語を作るために、まずなされなければならないことがこの家空間の空洞化、剝製化だということを、この作者は肝に銘じているのです。

また、同じ理由から、語り手＝視点人物自身もかなり変わった女の子であることが間髪をおかず、語られます。彼女は、ダブルデートをしても、お酒は飲まない。なぜなら、まだ十九歳だから。とても法律を大切に考える女の子で、その一方、高校を出た後、何もしてないとわかり、男の子に「バイトくらいしろとかって言われない？」と訊かれると、「言われないわ。二十歳までは彼らに扶養義務があるもの」（傍点引用者）、そう答えます。母が母なら、娘も娘。なかなかしっかりしている。この小説の家族は全員が、少し変わった家族なのです。

ノンシャランな作品の「暗部」

さて、こうして、ここに描かれる家は、何ら暗くない、家族の一人一人がそれぞれに個性的で個人として認めあった、じめじめしたところのない、ノンシャランな家だということになります。近代小説の主人公、たとえば島崎藤村の作品の主人公とは違い、一九九〇年代中葉の日本社会に生きるこの宮坂家のこと子は、家に何の不満もうしろめたさももっていません。誰にお歳暮をあげたい？　母に訊かれ、彼女は答えます。「そよちゃんと律としま子ちゃん」と。また、恋人の深町直人にクリスマスにスキー旅行に誘われると、「うちにみんなのいる冬休みがたのし」いし、ちょうどその日には「みんなでしゅうまいを作ることがきまっていた」ためと、誘いを断ります。彼女が一番好きなのは家族のメンバーなのです。でもむろん、深町直人は、そのことでつむじを曲げたりはしません（笑）。彼は、こと子をこと子の家から外に引き出そうなどとはしない、自分とこと子の家を対立の関係には考えません。そういう、いわば

「自己の濃度の薄い」、背の高い青年だから、こと子は彼のことを気に入っているのです。

でも、誰より自分の家と家族のことをスキだと思い、そこから独立しようなどと考えず、しかも家から離れずにしっかりと二十歳になることができ、新しくできた恋人も、彼女を家から外に連れ出す要素とならないのであれば、こと子は、いったいどのように、自分の家から離れることができるのでしょうか。つまり一個人として、独立することができるのでしょうか。それとも、最初からこの家族は独立した個人の集まりなのだから、別にそんなことは必要がない、作者はそう考えるでしょうか。

でも、そうだとしたら、この家は、かなり変わった家だということになる。そこには、何より人が人を生む、暗がりがないからです。

僕の見るところ、文学作品としての『流しのしたの骨』は、こういうところに、その最大の「暗部」をもっています。それは次のように考えさせる。こと子は、家の外になんか出たくない。でも、しま子は、逆にクリスマスに誰にも誘われないことをすごくおそれている。考えてみると、この男にホレやすい、「すっかり毛を刈られたプードルみたい」なしま子ちゃんは、自分の家が第一、といって自足しているこの宮坂家のメンバーの中にあって、家の外に出たがる唯一の存在です。この家は引力が強い。どんな人工衛星も外に離さず、どんな光も外に出さない。しま子ちゃんは、先にふれたようにこれまで二度も自殺未遂していますが、彼女は、この家が、こんなブラックホールのような空間であるため、自分でも気づかず、苦しみに苦しみ、過去に二度まで、そうしているのではないでしょうか。

ii　透明で素敵な小説の「暗がり」

『ローズマリーの赤ちゃん』と津下さん

この小説には奇妙なところもあります。この作品は作者の分身とも見える十九歳のこと子を語り手に、彼女の目を通し、語られます。それによれば彼女の家族はみんなとても感じがよくて、家は彼女にとって世界で一番落ち着く空間です。弟の律は「平らかな心」をもつ芯の強い少年だし、長姉のそよちゃんは「おっとり」していながら「頑固」、ステキな人柄だし、次姉のしま子ちゃんは「妙ちきりん」で心優しく、お父さんもお母さんも魅力的な人々です。でも、読んでいくうち、ある程度鋭敏な読者なら、この小説から奇妙な欠損感、別の言葉でいうなら、〝ホラーの感触〟ともいうべきものを、受けとることになるでしょう。

この家族は、全員自分の家と家族が気に入っているのですが、これって、恐ろしいことなんじゃないのか。この人たちって、自分たちではとてもステキな家族だなんて思っているけれど、実はとてつもなく鈍感で自己肯定的で他者に対する想像力を欠落させた人々なんじゃないのか。しかもそのことに、こと子を筆頭に、ほとんど誰一人気づいていない。おいおい、これってだいぶ怖いぜ。（笑）――、そんな感想が、彼ないし彼女にやってくるのです。

僕が連想したのは、ロマン・ポランスキー監督が以前映画に仕立てたホラー小説『ローズマリーの赤ちゃん』。ローズマリーがそれと知らずに結婚した相手は悪魔の一家で、彼女は悪魔の大王の子供を作るためにその一家におびき寄せられる。ここでローズマリーは、さしずめそよの夫である、津下さんにあたっています。

なぜそよの結婚生活はうまくいかないか

iに見たように、この作品では、長姉のそよちゃんが夫の津下さんとうまくいかず、最後、正式に離婚して帰ってきます。津下さんは、深町直人とは対照的に「背が低」い。負の指標を背負っている上、喫煙禁止の空間であるこの小説で、しま子ちゃんを除くとただ一人の喫煙者です。クリスマスのときと正式離婚成立後と、二度宮坂家の「重たい金属の」ドアを開け、登場しますが、終始一貫、影の薄い存在として描かれています。

ところで、そよちゃんは、なぜ結婚生活に失敗するのでしょうか。こと子も、しま子ちゃんも、お母さんも、その理由をそよちゃんに訊きます。でも、そよちゃんは、それにはっきりと答えません。そして離婚するというのは、「半殺しにされたままの状態で旅にでるような気持ち、かしら」などと言うので、わかっているのか、と思うのですが、どうもそうでもない。その本当の理由は、彼女を含め、宮坂家の人々に、奇妙にも何一つ最後までわからないみたいなのです。

というのも、なぜ結婚がうまくいかないか、その理由はこの小説を読む読者には、明々白々なのですが、その明々白々さの中に、宮坂家の人々にはわからない理由であることが、含まれているからです。家族の誕生日には全員が集まって祝福する、クリスマス、新年、入学式、お歳暮の買い物など、家族の行事も大事にする、という宮坂家のしきたりは、そよが結婚した後も、まったく変わることがありません。それでそよは、小説がはじまってほどないお母さんの誕生日には会場のレストランに一人先に来て待っているのですし、それに続くしま子ちゃんの恋人の紹介の相談の場にも、一人やってきてその家族会議的集まりに参加します。でもこれって、絶対、おかしいでしょう？（笑）なぜって、そよはもう結婚して、この家から外に出ているのですから。もし家族全員が集まり、そこでお祝い事をする、ないし相談をするなら、そこには最低、夫の津下さんもいるべきなのです。

ところが、この理の当然のことにふだんは理路に沿って考えることをモットーとするお父さんも、「心の在り場所」に敏感であると自任するお母さんも、まったく気づかないのですね。それがおかしなことだなどと一瞬たりと考えない。ましてやこと子、律にそういう想像力は求めようもない。そしてそよにも、そういうことを考えた形跡は見られません。としたら、これは、一編のホラーだよ、ということに、ならないでしょうか。

なぜしま子は何度も自殺未遂するのか

小説は、宮坂家の一見ステキなさまざまな年中行事を点綴しながら進んでいきます。でも、この小説をいったん「津下さん」の場所から見るなら、「宮坂家」は外部の人間に対して閉鎖的で、かつその閉鎖性にとんと無自覚な、鈍感きわまりない人々の集まりで、中でもその筆頭が、語り手のこと子、ということになるでしょう。高校を卒業後、どこにも属さず、家でぶらぶらしている彼女ほど、自分の家族以外の存在に無関心で、鈍感な存在は、いないのですから。

もう結婚したのだから、これからは、宮坂家はそよちゃんなしの五人か、津下さんを加えた七人からなる新しい家族になったと、考えなくてはならない。そういう「外に開かれた」考え方の持ち主が、そよ自身を含め、この家族に皆無であることが、彼女の結婚を頓挫させている最大の要因なのです。

前回の終わりに、だいぶ急ぎ足でではありましたが、この宮坂家は引力が強い、一見ステキな個性的な人々の集まりであるかに見えて、ブラックホール的空間なのではないだろうかと、書いておきました。ブラックホールで一番困るのは、それが光ですら外に出ることを抑止するため、誰の目にも見えないということです。でも、自分がこういう空間に身を置くならどうなるかと考えてみるとよい。こういう「人が人を生む暗がりをもたない」疑似家族空間に家族の一員として身を置くなら、まともな人間のままでは、とても生きてゆけないことがわかるでしょう。そのイデオロギーに染まり、個人の集まりのままが素晴らしいと考えること子のような優等生には、その空間は理想的に感じられるかもわかりません。でもそういう自己を作り上げることができなかったら、そういうヒトは、それこそ、なぜ苦しいのか、その原因に自分で気づくこともできないまま、その空間の中で、皮を剝がれた因幡の白ウサギのように、理由もなく悶え苦しみ、何度も、自殺未遂しないではいられないのではないでしょうか。『流しのしたの骨』の文庫本の解説者福尾野歩さんが、「しま子ちゃんに、恋をした」とその解説を書きはじめています。この解説者がどんな人か知りませんが、鋭い直観だと思います。

この作品の救いは、このしま子ちゃんという――前章の『季節の記憶』におけるナッちゃんにも似た――異分子の存在にほかならないからです。先に書いたように、この小説では、しま子ちゃんが、何度も大学受験に失敗し、短大卒業後には「税理士事務所の事務員」になり、中年男などを好きになりながら、失恋を繰り返す〝みそっかす〟です。彼女一人が、この家から外に出てゆこうとする愚直な例外者なのです。

その上、しま子ちゃんの素晴らしいところは、自分でそのことに気づいていないことです。彼女は男に失敗したあげく、今度は同僚の女の子の赤ちゃんを引き取ろうとする。するとお父さんが手を回し、この赤ちゃんを宮坂家の養子にしたいと先方の親に申し出る。このあたりは僕なんかから見るとまさしくホラー的な展開で、今度はしま子ちゃんが先に述べたローズマリーに重なります。彼女の宮坂家脱出の企ては、たとえ意識されていたとしても、この父の早手回しによってうち砕かれる。これでは、たとえ友人の赤ちゃんの親になっても、しま子は宮坂家の外に出ることはできません。

語り手こと子はどこまで書き手＝江國香織なのか

ですから、問題は、けっこう複雑なのです。ここに示す僕のやや意地悪な見方で言うと、語り手こと子はどこかの全体主義国家の優等生にも似た、首領様はステキ、自分のいる場所が第一、という感性の持ち主で、かつそのことに無自覚な、ホラー的人物候補生と見えてきます。さて、そうだとして、では、書き手である江國香織さんは、そのことにどの程度自覚的でしょうか。つまり、語り手こと子と書き手＝作者たる江國さんの間の関係とは、どのようなものなのでしょうか。そういう問いが僕たちの前には置かれます。

そこにある問題をとりあえずは、こう言っておくことができます。作者の江國さんにあるのが、単なる、「家族ってすばらしい」といった通俗的な家族観ではないことは言うまでもありません。ですから、どれだけそのことに江國さんが自覚的かはわからないにせよ、この小説に自分の家族が一番好きだという登場人物が出てくるのは、家族をこれまで暗く、じめじめとしたセックスの巣窟のように描いてきた、田山花袋の『蒲団』以来の、いわゆる近代文学的なもの、「純文学」的なもの（家への反逆＝近代的反俗）への、漠然とした反・反俗の気分――これは、「反感」でもあれば「健全な悪意」でもあるようなものです――だと考えるべきなのです。

ですが、すると、ここで、通俗としての「家族ってすばらしい」と、反・反俗としての「わたしは自分の家族が好き」とは、どこが違うのか、どこで分かれるのか、ということが問いとして浮上してきます。そして、その答えは、この反・反俗としての「わたしは自分の家族が好き」が、反俗としての「暗い家への反抗」というあり方のもつ通俗性とも、原通俗としての「家族ってすばらしい」のもつ通俗性とも、ともに異なるゆえんを示す形で、提示されなければならないはずです。つまり、家族の暗さという本質に対して、近代文学的な対し方とは違う、これを別の構えで受け取る新しい対し方の作り出されることが、ここでの反・反俗と通俗の、分岐点なのです。

では、このあたりのことがどの程度、どのように、作者の江國さんに把握されているのか。江國さんは、たぶん漠然たる「家は暗い」とか「家への反抗」といった近代文学＝純文学的な通俗への反感から、この「変わった一家」の物語を書いているはずです。そのため、それへの反感が正当である限りで、この物語は、なかなかにステキで堅固な「ふわふわした小説」に仕上がっているのですが、反面、それが単なる文学的なものへの反感でしかない限りで、どこまで作者が意識して書いているのかわからない、中途半端な、ホラー的作品になり終わっているとも、言えなくないのです。

でも、いったんそう言ってみれば、何かが残る。いや、それだけじゃない、何かある。そう言いたくなるものが、この作品にあります。これを書いているうちに、作者は、何か当初予想していなかった問題にぶつかっている。そのことが、この小説を最後五分の一くらいになって、ステキな反・純文学的家族小説におさまらない、現代的にリアルな家族小説に変えている、そう思えるものが、ここにあると感じられてくるのです。

性（寝室）から食（台所）へ

これが表題となっている「流しのしたの骨」に、このノンシャランな作品の目がいく理由です。この作品の最後近く、こんな話が出てきます。こと子としま子がそよのマンションを訪れ、離婚の引っ越しの準備をしながら、流しのしたの扉をあけると、小綺麗な部屋の外見とは裏腹な、「そよちゃんの手製の、梅酒の大壜」「にんにくのしょうゆ漬けやらピクルスやら、他にも得体の知れない壜詰め」がいくつも並ぶ、暗い空間が口を開けます。扉の裏には「いろいろな包丁がぶらさがってい」る。「扉のなかは暗く」「寒々しく、不穏な感じ」がします。

私は目をそらした。なんとなく、みてはいけないもののような気がした。

（『流しのしたの骨』二一一頁）

これが、宮坂家自体でなく、そよと津下のマンションであるところ、少し減点しなくてはいけないのですが、でも、家というものをまったくじめじめとした暗さのない空間として描こうとした、それにも拘らずやはり家は暗かった、と言うような、作者が独自に見つけた、家なる空間の「暗さ」の原点が、ここにあります。この後、このときのことを思い出して、こと子は言います、「台所には近づきたくないと思っていた。なにかぞっとするような、誰も知らない秘密がかくされているような気がして、心の底で気をつけていた」。このあたり、先の吉本ばなの「キッチン」を僕など、連想してしまいますが、この一九六四年生まれの二人の女性作家にとって、家の暗さ＝家の力の原点は、もはや性の場所（＝寝室）ではない、食の場所（＝台所）の方なのです。

こと子は後で、しま子と二人して遊園地にゆき、しま子に言います。あのとき、昔お母さんが話してくれた「かちかちやま」のセリフを思い出さなかった？　と。そこでは、おばあさんを殺してお汁にしておじいさんに食わせた後に狸が、おじいさんにその真実を突きつけようと、「流しのしたの骨をみろっ」と叫びます。そのこと子の問いに、しま子は答えます。「私、もし誰かを殺してしまったら、骨は流しのしたにかくすと思う」、と。

問いとすり抜け

ですから、この小説には、家を暗がりなどない、明るい空間として描こうとしながら、作者が、でも最後、家の中の暗がりにやっぱりぶつかってしまった、とでもいうような骨折の現場があります。そこにこの作家と作品の面白さがある。僕などにはそう思えるのです。

骨折はどこからくるのか。

作中、彼女らが家で子供同士、昔やった架空の町遊びの話が出てきます。そこでこと子としま子は同じマンションに住む組です。最後の遊園地の場面でも、二人は一緒。なぜこのスッキリした家空間にみそっかすのしま子ちゃんがいるのか。いない方がいいのじゃないのか。そう考えるとわかるのですが、僕には、こと子としま子は、一対、二人で一人で、このドジなしま子ちゃんコミで、本当は、江國香織という小説家が、存在しているのだと思います。この小説の思わぬ骨折はここからくる。よく見ると、その骨折部分から、独特な色――出血のようなもの――がうっすらと作品ににじみ出ているのです。

表2を見て下さい（一三九頁参照）。前回の表1の物語年表の時期区分を登場人物ごとに分けたものです。そこでの後半三分の一、そよが離婚を決心する第三部のあたりから、作品にある翳りが出てきます。年が明け、しま子がこと子に「こと子もうじき誕生日でしょう？」「どうするの？　二十歳になったら」と訊く。すると、「まだ先よ。誕生日は二月の末だもの」。こと子はそう答えますが、ひそかに、「これは私がいまいちばん言及されたくない話題だ」と感じるのです。その後、ねえ、「私は何になったらいいと思う？」「何って？」「職業よ」、こと子は、母と律を前に尋ねますが、よく考えると、「ここにいる三人が、三人とも一度も外で働いたことがない」、自分が、家という閉鎖された場所にいることに、こと子も、作者も、気づかざるをえないのです。

そして、そう見てくるなら、次にやってくる肝腎のこと子の二十歳の誕生日のお祝いの場面が、小説に現れず、シーンとしてはその前日の場面から、そのまま翌日の話に飛ぶところは、意味深な展開になっているのがわかるでしょう。子供はいつかは家を出ていかなければならない。本当なら、ここでこと子は、二十歳になった以上、何かの職業につき、家の外に出なければならないところなのです。そう思えばこそ、二十歳の誕生日が彼女の不安をかきたてていたのですが、でも、こと子とそして作者は、いわば共謀して（？）、この問いをすり抜ける。こ

<table>
<tr><th>時期区分</th><th>第１部</th><th>第２部</th><th colspan="2">第３部</th></tr>
<tr><td>ブロック</td><td>1　　5</td><td>6　　12</td><td colspan="2">13　　16</td></tr>
<tr><td>第３レベル（律）</td><td colspan="2">中学生の日々</td><td>停学</td><td>卒業</td></tr>
<tr><td>第２レベル（そよ）</td><td>（葛藤）</td><td>別居</td><td colspan="2">離婚</td></tr>
<tr><td>第１レベル（こと子）</td><td colspan="2">19歳の日々（子ども）</td><td colspan="2">20歳（大人）</td></tr>
<tr><td>第０レベル（赤ちゃん）</td><td>ウィリアム到来・赤ちゃん騒動</td><td>⟶</td><td colspan="2">ウィリアム死・赤ちゃん騒動</td></tr>
</table>

表２　『流しのしたの骨』登場人物別の時期区分

の問いに答えることは、宮坂家の不可侵性に抵触する。宮坂家というユートピアを壊すことにつながる。作者は、それほど自覚的でないとしても、そのことがわかっているのでしょう。それで、もう高校だけで、学校はいい、とばかり二十歳まで家に居ることを決めたと語られたこと子が、いざ二十歳になると、いわば変節し、大学も面白そうだと、この後、受験勉強をして大学をめざす。そういう難問すり抜けの形でこの小説は終わるのです。

暗さと翳り

でも、さらに言うなら、この問題の先延ばしと、それが問題の回避にほかならないことに、こと子は、作者の江國さんともども、気づいているのだとも言えます。そのことにこと子が気づいていること、自覚的であること——したがって作者がまたそれに気づいており、自覚的であること——を、同じように問題を回避しながら、江國さんは読者に告げてよこします。そして、僕の見るところ、それがこの小説の、最後の読者へのメッセージとなっています。

こと子は弱い。問題をすり抜ける（江國さんも弱い、問題をすり抜ける）。でもこの弱さ、問題からの逃避の姿勢に、いまの若い人たちの生の生き生きした様相はある。そう作者なら ぬ、この作品は、言ってよこすかのようです。最後、お母さんが、しま子に毎月家族に給料日の贈り物をするという習慣をやめさせたと言い、「将来を考えたら、しま子だってちゃんと貯金の一つもしておかないと」ね、と語ると、こと子は、黙ります。

将来、とか、ちゃんと、とか、そういう言葉は、いつも私たちの心を翳らせる。

（同、二四二頁）

ここで「私たち」というのはこと子と律のことです。でも律は今度高校に入るという年齢ですから、もう二十歳になったこと子とは違う。ここは本当なら、「いつも私の心を」となるところでしょう。「私」と「私たち」。こういうところにもこの小説の作者たる江國さん特有の逃げがあるのですが、それは言わないことにしましょう。とにかくこう作者はこと子に「言わせる」のです。ここに、この作品が作者に吐かせている、最後の読者への偽らざる声がありま す。

でも、このすり抜けの声は、なかなか味わい深い。

最後に春スキーに行った深町直人が電話でこと子に、こう言います。春の雪は「み、ず、み、ず、し、い」（傍点原文）と。もう時季はずれの、水っぽくなったダメな雪を、彼はそう言う。それはみずみずしい。スキーの「板ごしに踏む感触がはかなくて、滑っているとせつなくなる」と。なんという偽善。なんという弱さ。

でも、なんという切なさでもある、そういう感慨を体したコトバでしょう。

この章の執筆途中で、江國さんはかつて吉本ばななさんも受賞した山本周五郎賞を受賞しました（二〇〇二年度、第十五回）。純文学の牙城それ自体への受け入れはまだですが、その日も遠くないでしょう。新しい世界が彼女の前に開かれました。でも、どこがこの小説家の作品の通俗と反・通俗のあわいか。そしてそこにどのような問題とまた、可能性があるのか。こういう問いは、江國さんに対し、いまようやく差し向けられはじめたところです。

Ⅲ　時代の突端の小説たち

6　生の「外側のその向こう」——大江健三郎『取り替え子《チェンジリング》』

i　作中原事実としての「強姦と密告」

ノーベル賞からの回復

今回は、ノーベル賞受賞作家である大江健三郎さんの現時点での最新作である『取り替え子《チェンジリング》』を取りあげます。ご存じの人も多いかもしれませんが、大江さんと『お葬式』『たんぽぽ』『ミンボーの女』等の映画監督である故伊丹十三氏とは、四国の高校時代以来の親友で、かつ伊丹監督の妹にあたる女性が大江さんの結婚相手であるという関係でした。大江さんがノーベル賞を受賞したのは一九九四年の十月ですが、それから三年後、一九九七年の暮れに伊丹十三さんが自殺をしています。これは、そうした作者本人にとって激烈な衝撃を意味したできごとを受けて、その友人の自殺の意味をめぐり、その打撃からの回復をかけ、書くことを意図された小説です。

個人的なことを言わせてもらうと、僕が十六歳の時、最初にこの作家を「発見」するきっかけになった作品が、『日常生活の冒険』という当時ほとんど無名だった友人伊丹十三をモデルにした小説でした。僕は主人公を描いたこの小説の単行本の表紙カバーを額に入れ、部屋に飾っていたものです。そんなこともあり、刊行されてから一年近い間、この小説を手にする気になれませんでした。でも、僕のような古い読者の目から見ると、ノーベル賞受賞以来、大江さんはかなり不思議な世界に紛れ込んでいたのですが、この友人の死に遭い、この賞のPTSD（心的外傷後ストレス障害）から回復しています。今度の小説の文章は生き生きしている、でもそれだけに、この間、この小説家が抱えてきた問題がそのまま露頭している。これが、僕のこの小説に対してもつ、最初の印象です。

なぜこの人を取りあげるのか

なぜこういう大家の作品をいま取りあげるか、言っておく必要があるでしょう。一つはいま述べた僕自身の思い入れです。でも他に、大きな理由が一つあります。この小説家が、いまいる日本の小説家中、古井由吉さんとともに、もっとも先端に位置する大家的存在であることは衆目の一致するところでしょう。ところで、どこかの島でサルがじゃがいもを海水につけて――塩味をつけ――食することをはじめたら、それとは全く隔絶したところで、同じ類の猿たちが同じことを開始したという現象を、ライアル・ワトソンという人が『生命潮流――来たるべきものの予感』という本で報告しています。小説を作る言葉というものにもそういうところがあり、その言葉で作られる小説にもそういうところがあります。

つまり小説とは、一つの時代の中に生きるそれ自体一体としての生命をもつ類としての生き物です。したがって、ある時代の小説の意味を見切るには、どうしても同時代の突端部分の小説にふれておかなければなりません。そういうわけから、いま時代の突端で小説がどういう問題にぶつかっているかを知ることは、自分の読む一編一編の小説の意味を知るうえにも、ぜひとも必要なこととなってくるのです。

この小説の奇妙さ

さて、この小説の問題は、実はこのまたとない友人の死への悲哀が、後にふれる、「産み直し」という形で迎えられていることです。そのことを僕の心がいまなおうまく受け取れていません。でもそのことは後に問題にしましょう。この小説をどう読むのがよいのか、という話からはじめます。

まず、言っておきたいこと。それは、この小説がとっても奇妙だ、ということです。ほんと、ヘンなんです（笑）。そのヘンさ加減を、ほぼ二つのこととして言ってみることができます。

話はこういう形をもちます。主人公はほとんど作者自身を思わせる小説家の長江古義人《ながえこぎと》で、小説の前半は、彼が、親友で義兄かつ俳優兼映画監督である塙吾良《はなわごろう》のビル屋上からの投身自殺の衝撃から回復すべく、自分に世間からの「隔離」期間を与えようと、かねてから打診のあったベルリンの大学の招聘の申し出に応じ、ドイツにいくという話です。その合間に、吾良との内的な対話のようなものが試みられ、吾良の自殺――それは作中、「女性関係のスキャンダル」をめぐって生じたと語られています――の背景から、吾良がそういう「壊れやすさ」をもった人間であったこと、さらに、その「壊れやすさ」の背後に、過去から続く、長い間の暴力的な境域との接点があったことがわかってきます。ところで、奇妙なのは、この先、書き手は、そのことの傍証であるかのように、実は古義人自身もこの「十五年ほどの間」に何度か、に、奇妙な右翼勢力によるテロ（力ずくで押さえ込まれたうえ、持病の痛風の足指部分に、定期的鉄の玉を落下させられるテロ）をひそかに受けていたと記すのですが、どうも読んでいくと、これがフィクションらしいとわかることです。フィクションだと、なぜ困るかというと、これは、作中、今回のできごとに打ちのめされている古義人の妻の千樫《ちかし》（つまり吾良の妹）に、古義人が、こう言われることがきっかけで語られる、いわば「ウソでない」はずの打ち明け話だからです。というのも、千樫はこう古義人に言う、「あなたも、もう人生の時間は残り少ないのですから、ウソをいわず正直に生きて、その通りに書くこともして……終ってください。（中略）ウソでないことだけを、勇気を出して書いてください」と。なぜ、「ウソでないことだけ」を書けと言われ、そうしようというので書きだされたことが、こうも奇異な「ウソとわかること」になるのか。何なんだこれは、と「いちげん」の読者なら、当然ここで、躓くことになります。

親物語と子物語の関係

その後、実は吾良の「壊れやすさ」の根源に、より重大なもう一つのできごとが控えていることが明らかになります。その話にいわばヘリポートを提供しているのは、一九七一年に書かれた『みずから我が涙をぬぐいたまう日』という別の小説です。そこでは、戦時中に「中国大陸から帰って」きて、歩行困難な膀胱癌患者として療養中であった語り手の父が、敗戦に際し、その翌日、将校たちにかつがれて松山市街で蹶起し、肥料の木箱の木車に乗ったまま、銀行の脇で銀行強盗に間違われ、射殺されています。ヘリポートだというのは、『取り替え子《チェンジリング》』でこの話はその部分だけ、そのまま語り手古義人の父長江先生の事跡として「採用」され、以後、話はこの親物語から「離陸」してしまうからです。

さて、この小説では、この敗戦直後の蹶起の生き残りの古義人の父の弟子である大黄さんが、占領終了間際にもう一度、蹶起を企てます。それに十七歳の古義人と吾良がまきこまれることになります。古義人は、吾良の死後、彼と内的な対話を続けるうち、吾良の「壊れやすさ」の淵源に、その十七歳の時のできごとがあったことに思いあたります。すべてはそこからやってきたといまとなれば感じられます。そのできごとは小説の中で、「アレ」と呼ばれています。二人は、その「アレ」をこそいつか作品に描こうと、そのために創作家、芸術家になりました。吾良はそれを映画にするためのシナリオ原案すら用意していて、それがこの小説に使われることになります。ではそれはどういうできごとか。日本が講和条約締結によって独立する年（一九五二年）に、大黄さんは当時十七歳の古義人と吾良に接近してきました。彼は、もし、日本人が占領期間中何一つ旧敵国の占領軍に「武装抵抗運動」を行わずに終われば、その後独立しても「天皇が神として復活する日」は「もう決して来」ないだろうと考え、そういう事態を阻止しようと、占領の最終日にいわば敗戦翌日に叶わなかった第二の蹶起を目論むのです。彼はその企みを成功させるため、松山の占領軍基地づきの将校に知りあいのいる古義人と吾良を仲間に引き入れようとします。ところが、いろいろな事情から、その計画からはみ出るような形勢になった二人は、最後、大黄さんの山の道場の若者たちから手荒く剝いだばかりの牛の生皮をかぶせられるという仕打ちに遭い、全身べとべとになったまま、心身ともに「ガタガタにな」って、山から下りてくるのです。その後、その衝撃からか、二人は数年間絶交状態になるのですが、事件から二週間もしない講和発効日だけは例外で、その日（一九五二年四月二十八日）の夜、ひそかに会い、ラジオを聴き、なにごとも起こらずに占領期間が終了したことを確認した後、吾良が古義人の写真をとって、別れたと記されています。

さて、奇妙だ、ヘンだというのは、第一に、その写真というのが小説に出てくることです。それは大江さんのファンならよく知っている、一九五四年三月に芦屋で伊丹十三氏によって撮られた現実上の（？）写真なのですが、それが、一九五二年四月二十八日に松山で吾良によって撮られた古義人の写真（という意味なのでしょう）として、小説に出てくるのです。また、もっとヘンなのは、それまで思わせぶりに何度も「アレ」と書かれ、そのことを形象化するためにそれぞれ小説家となり、映画監督となったとまで語られてきたできごとが、語られてみたら、若者たちに「牛の生皮」をかぶせられたというささいな椿事にすぎなかった、と読めてしまうことです。さんざんじらされたあげくのことなので、読者はそこで肩透かしをくらい、再び、何だこれは、ということになってしまうのです。

「作中の原事実」について

では、このことをどう受けとるべきでしょうか。

僕は、この小説を読んで、批評が一つの挑戦を受けているという感じをもちました。新しい読み方、批評の仕方を編み出さないと、こういう小説はうまくその読後感を取りだせないのです。カギは、題名となっている『取り替え子《チェンジリング》』の「取り替え」、つまり置換ということでしょう。先にあげた、なぜ、「ウソでないことだけ」を書くことが、「ウソとわかることを書くこと」になってしまうのか、ということが、ここで考えられなくてはなりません。この小説は、本当のことを書こうとしても、それは書けない、と言っています。それを「ウソとわかること」として〝取り替えて〟書くから、そこから、それを「ウソでないこと」を書いたものとして受けとめた上、その「ウソ」から、「ウソでないこと」を読み取ってくれ、とそう言っているのです。

もう一つのカギは、新しい小説の読み方ということです。たとえばこんなことを考えてみて下さい。いま僕に見えているコップはどう見ても現実にあるコップですが、それがほんとうに僕に見えている通りのコップであるかどうかは、僕には確かめられません。遠くに見えているだけなら、それは、紙に書いたものかも知れず、手で確かめられる距離にあり触ることができるとしても、今度は、夢を見ているだけかも知れず、いま自分のいる世界が夢なのかどうなのか、疑おうとすればいくらでも疑えるからです。

でも、疑おうと思えばいくらでも疑えるにも拘らず、僕は、それが机の上にあると、これはコップだなと、わかっているのですね。逆に言えば、それが「本当のコップかどうか」という問題は、そういう場合、後景に退くのです。

それと同じように、ある小説からどうもこの小説のもとになっている現実がBというものらしい、それを変形して、小説家はそれをAという形で描いているのだ、という受けとり（＝読後感）が来ることがあります。でもそれだからといって、その小説の底にある〝もとの現実〟がBだということは、読者にそう思えるというだけで、ほんとうにそういう事実があるのかどうかは、最後まで確かめることができません。それはそれを書いた小説家にしか、わからないことです。でも、よく考えてみると、その「ほんとうの事実がどうであるか」は、小説を読んでなにごとかを受けとるという経験と、関係がないのです。それがどうであろうと、そのことには関わりなく、作品は、その背後にあるのがどういう事実であるのか、ということを考えさせ、ときには、そのことを含んで、僕たち読者に読後感を送り届けてよこすものだからです。

このことを整理するとこうなるでしょう。僕にある小説が、作中に事実Aを描きながら、そのAの裏にあるのはBという別の事実なのだ、と感じさせたとします。その場合のBを「作中の原事実」と呼びましょう。するとその作中の原事実Bが本当の（？）原事実Xとどういう関係にあるのか、同じなのか、違うのか、ということは、作品の読みには、関係がないのです。

それは作品が僕たち読者に送り届けてよこす作中事実のもとの形（原事実）の像なのです。

よくテクスト批評などといって、ある作品Aがその背後の原事実Bを感じさせるとしても、それに言及することは、架空の作者性を信じることになるから間違いだ、というような議論がありますね。それは、この作中原事実Bをそのまま本当の(?)原事実Xと見誤った錯覚の産物です。テクスト批評を標榜する評論が、しばしば教条主義に陥って面白くなくなるのは、作品が送り届けてくる読後感を、作品Aと作品外の原事実Xの重層と見誤り、そのX(=実は作中の原事実B)を排除したあげく、作品からくるものを、Aのレベルでだけ論じようとするからなのです。

強姦と密告

さて、この大江さんの小説は、このような作中原事実という新しい読解の位相に権利を与える新しい批評の考え方でないと、うまくその意味が摑めません。つまり、ここでは十七歳のときの椿事についてだけ言いますが、十七歳の古義人と吾良への「牛の生皮かぶせ」とその後の「二人の密会」と「数年間の絶交」の記述(=作中事実A)は、そう描かれることで、実は、それとは別の作中の原事実Bを指示している、と考えられるのです。ではその作中の原事実とは何か。

僕は、この小説でのこの椿事の描かれようから、作者は、わかる読者にはわかる仕方で、それが何かを告げていると思います。その事実とは、強姦と密告です。つまり、僕の考えでは、十七歳のとき、古義人と吾良は、ある事情から大黄さんの蹶起計画に巻き込まれ、そこからずり落ちる過程で、大黄さんの手下の若者たちに腹いせ的に山でホモセクシャルな形で強姦を受け、心身とも「ガタガタにな」ります。そして彼らは、ある心の動きから、それへの意趣返し、というか対抗として、大黄さんたちの蹶起計画をその筋に密告し、その結果、大黄さんの蹶起計画は頓挫するのです（そのため、二人は後々、ひそかにつけ狙われることになります）。二人が以後、四月二十八日の夜を唯一の例外として、それから数年間の絶交状態に入る、という作中の経緯（＝作中事実A）は、作中の原事実（B）として、二人が、強姦で身を汚され、その恥辱から回復すべく、自ら身を汚す（＝密告する）という行為に出るという事実を勘定に入れることで、はじめて意味をなすものになっています。古義人と吾良は、あたかも日本の戦後の出発に見合うように、自らの手を汚すことで、新しい世界に向けて出発した。だからこそ、いつかこのことをそれぞれの作品で明らかにしようと考えた、という道筋が、この読みから浮かんでくるのです。しかし、もしこの僕の仮説が正しいとして、作者は、なぜこんな面倒な書き方をしなくてはならないのか。そこにはどんな問題が隠れているのでしょうか。

ii　「これは事実ではない、事実ではないことを語っているのだ」

なぜ写真が入るのか

この小説が示唆していたのは、そこに語られる「牛の生皮かぶせ」のエピソードが、言ってみれば「これは事実ではない、事実ではないことを語っているのだ」といういっぷう変わった書法で書かれている、ということでした。語り手は牛の生皮の椿事を語るのですが、でもそれと同時に、それはウソだよ、と書き手の方は小説の全体で、僕たち読者に向かって言っているのです。

そういう重層したメッセージから、でも読者は再び、では、そういう書き方を通じて作者は何を語ろうとしているのだろう、という読みを促されることになります。そしてそこに得られるのが、いわば読者における確信成立という形でやってくる、「作中の原事実」という位相なのでした。

その作中の原事実として、吾良と古義人の錬成道場の若者たちによる強姦とその意趣返しとしての密告がある、という僕の直観は、この作品の冒頭近く、長い間続く大新聞の花形記者の個人攻撃に古義人がすっかりめげて鬱状態になったとき、吾良が「ウワッ！ ウワッ！（中略）イクゥ！」というポルノ・テープ付きのカセットレコーダーを送り、こう言ったと、書かれていることにほんの少し関係があります。吾良は言います、低劣な事由から鬱状態になったりした場合には、「その原因相応に低劣な『人間らしさ』で対抗するのがいい」と。低劣な形で打撃を受けた場合、人はその低劣さを反復する反逆の形でしか、本当には回復されない。若くて純真な皆さんはどう思われるかわかりませんが、本当を言うと、僕などはこういうことをやはり信じている。そしてそれが小説の雑駁な力というものと繋がっていると思っています。

さて、でもむろん、このことは、実際に大江健三郎、そして伊丹十三という現実の個人が、強姦されたり密告したということを意味しているのではありません。それに内的に照応する何らかの事実はあったでしょうが、それは、この作中原事実とは無縁です。では、ここにいう作中原事実とは、この作品にあって、どういう位相のことなのか。そう言うなら、それこそあの実際の一九五四年の写真が、一九五二年に撮られたものとして示される、「疑似写真」の体現している位相にほかなりません。写真はいつ撮られたかはっきりしている。だからそれは、自分のニセものとして作品に引かれることで、「これは自分（＝事実）ではない」と語ります。ですから、ここには、作中事実の位相（A、二人は牛の生皮をかぶせられる）と、作中原事実の位相（B、古義人と吾良は強姦され密告する）と、そして、それとは切れつつ、しかしなんらかの照応をもつ作品外事実（X、不明、しかし作品に現れ「これは事実ではない」と語る〝写真〟の位相）という三つの位相が存在しており、その三つが、この作品を「読むこと」

A	作品の指示する物語（作中事実）	古義人と吾良は道場の若者たちの手で牛の生皮をかぶせられる	吾良、写真を撮る
B	Aが指示する物語（作中原事実）	古義人と吾良は若者たちに強姦され仕返しに密告する	作中の写真 1952.4.28
X	Bに照応する作品外部の現実上の事実	［不明］	現実の写真 1954.3

表1　『取り替え子《チェンジリング》』における三層構造の明示と写真の使用

を、〝構成〟しているのです（表1参照）。そこに作品外事実の位相があるとはどういうことか。この最後の位相が内容として何をもっているのかはわからない。それは、わからないものとして作品の内部にある、ということになる。写真の持ち込みにより、作品外部の位相がその「わからなさ」（＝外部）のまま、作品の内部に持ち込まれる。それが、この小説の前回述べた奇妙さの淵源をなしているとわかります。

では、この作品は、なぜこんな反則技（？）にまで訴えて、作品の指示する物語（位相A）、それが指示する作中原事実（位相B）のほかに、その向こうの現実（位相X）といった、第三の位相までを作品に動員しているのでしょうか。いまのところ、僕は、それを、現実の位相Xをいわば「語られないもの」、「作品からはうかがいしれないもの」として、しかし作品の内部にもたらそうとする作者の身ぶりなのだと、言っておきます。それについては後でまた戻ることになるでしょう。

作品の四区分

さて、この三層構造に留意してこの作品と作品外事実の関係を見てしまいます。この小説は、二〇〇〇年の十二月に書き下ろしの形で刊行されました。序章から終章まで八章仕立て。ざっと見れば序章、第一〜四章、第五〜六章、終章という四つの部分に区分されます。最後、作者と疑似的に等しい長江古義人（＝大江）がその視点人物の位置を千樫に取って替わられるところが、この作品のチャームです。

まず、吾良のビルからの墜落死。それから数カ月間、古義人は、家にこもり、「田亀」と呼ばれる旧式のテープに録音された吾良の声に惑溺するという、退行生活を送る（序章）。そこからの回復をめざし、ベルリンに旅立ち、百日をそこに過ごすが、そこでの日々を背景に、吾良へのヤクザの襲撃や、前回ふれた足指潰しの奇妙なテロなど、彼らの暴力的なものとの接触のいきさつが、回想される（第一〜四章）。帰国すると、その日（帰国祝いに？）届いたスッポンが待っている。それをさばく形でこれと「対決」し、不在の間に届いた吾良遺贈のシナリオをもとに、昔の松山の出来事が思い出され、検討され、二人の過去が、明らかにされる（第五〜六章）。その後、視点人物は千樫になる。絵本をめぐる考察のうちに、古義人の帰国後の千樫との日々が、語られます（終章）。

千樫が古義人の持ち帰ったモーリス・センダックの絵本――"Outside Over There"（外側のあの向こう）"――に強く動かされる。その主人公の少女アイダが自分だ、という直覚が彼女をとらえる。そのことが、彼女と古義人、吾良、障害をもつ息子アカリとのこれまでのやりとり、経験を、もう一度新しい光のもとに置く。話はこう展開します。そこに吾良がベルリンで親しくした若い日本人女性、シマ・ウラ嬢がやってくる。彼女は吾良の「替りの子供」（生まれ変わり）として自分の別の男性との間にできた子供をシングルマザーとして産もうとしている。その出産を千樫が支援しようと決意するところで、この小説は終わります。

一六二、一六三ページの表2を見て下さい。作者は一九九九年四月、米国でこのセンダックの絵本に出会っています。これを読むことで、懸案の小説をめぐり、一つの構想が自分に浮かぶようだったという意味のことが作品刊行時の小文に、書かれています（「センダックの贈物」、『本』二〇〇〇年十二月号）。そこから、おおよそ、この小説の、次のような書かれ方が、見えてくるでしょう。

冬から冬へ――夏の脱落

一九九〇年代の後半は、大江健三郎という小説家にとって苦しい時期でした。一九九六年二月に最も敬愛する友人である武満徹が死去します。さらに、翌九七年の十二月の、五日には御母堂が、二十日には伊丹十三が、そして、数週間後、九八年一月にも、長年の盟友ともいうべき岩波書店前社長の安江良介氏が、亡くなっています。この間、彼は、武満に捧げるべく長編小説『宙返り』の執筆を続けています。『宙返り』は、一九九九年六月に刊行されますが、たぶんこの年の三月頃には完成していたでしょう。その後、四月のアメリカ行で、彼は、センダックの「取り替え子《チェンジリング》」をめぐる先の絵本に出会い、長く懸案だった、次の書けないかもしれない小説について、一つの手がかりを得るのです。そして、この年の十一月から翌二〇〇〇年の二月末までの百日間のベルリン滞在を経た後、この経験をそのままに受ける形に、この小説の執筆にとりかかる。そしてそれはたぶんこの年の十月くらいには書き終えられ、この年の十二月五日、刊行の運びとなる。この日は彼の母堂の命日にあたっています。

さて、ここからわかることは、この作品が、構想を得て動きはじめてからは、近年の大江さんの長編小説執筆としては例外的に短い、ほぼ一年くらいの期間のうちに書き上げられている、ということです。この作品は、近年の大江さんの小説とはっきり違っているのですが、僕には、こういうところにも、その違いの質が、よく現れていると思えるのです。

それは、言葉を換えれば、こういうことです。もう一度、表2を見て下さい。この小説は構造上、かなり基本的なところで、破綻、というと言いすぎですが、大きな〝跳び越え〟を行っています。吾良が死ぬのは「冬のさかり」のこと。そう書かれていますね。これはほぼ伊丹氏の自殺の時期（十二月二十日）と重なっているでしょう。でも、そうだとすると、それから「数箇月」間——と小説には書かれています——、退行的な「田亀」と称するテープへの惑溺の時期を過ごした後、それを脱するべく古義人はベルリンに向かうのですから、その時期はおよそ夏の間でなければなりません。しかし、彼は、大江さんの年譜どおり、十一月、「冬のベルリン」に向けて出発している。『宙返り』の執筆期間をそのまま脱落させたからか、この小説では、だいたい半年間が、——たぶん古義人の授業準備にでも当てられたと考えればよいのでしょうが、何の言及もないので——ダルマ落としのように「すっ飛ばされ」ています。

係	作品		
	1996	冬	篁さん死去。④
→	[1997]	冬	[12月20日か] 吾良自殺。(序) 以後数カ月、古義人、退行し家にこもる。(序)
→	[1999]	冬	回復のため古義人、ベルリン自由大学へ。① ベルリンで東ベーム夫人出現。① 映画監督と会う。④ ＊〈この間、百日の滞在〉
	2000	(2)	ベルリンより帰国。スッポンの一夜。⑤
		(3)	＊〈千樫、センダックの絵本を古義人のトランクに見つける〉(終) 古義人、徐々に回復に向かう。⑤ 古義人、千樫より吾良のシナリオを示される。⑤ 古義人、シナリオをもとに「アレ」を回想する。⑥
		(4)	＊〈この頃、古義人、千樫に福音書の話〉(終) 蟻松より手紙来る。女性、ドイツより帰国していると知らせてくる。(終)
		(6)	古義人、ハーヴァード大学で名誉博士号受ける。(終)
		(7)	初旬か、梅雨の晴れ間、千樫、シマ・ウラの訪問を受ける。(終)

注：(序)①等は、それぞれ序章、第一章を示す。(2)等は推定月

現　実			照
1995	3	『燃えあがる緑の木』完成。	
1996	2	20日、武満徹死去。	
1997	12	５日、母小石死去。	
		20日、伊丹十三自殺。	
1998	1	12日、安江良介死去。	
		＊〈この間『宙返り』執筆に専念〉	
1999	3	＊〈このあたりで『宙返り』完成か〉	※
	4	ボストンとロスアンゼルスを訪れる。ロスでセンダックの絵本に出会う。	
	6	『宙返り』刊行。	
	11	20日、ベルリン自由大学に赴任。	
2000	1	ベルリンの補習校で講演。	※上の約２年間 約1年に圧縮さ 小説では『宙返 執筆の約１年か 落。そのため、 の記述が脱落。
	2	29日、ベルリンより帰国。	
		＊〈『取り替え子』、このあたりから執筆、本格化か〉	
	6	８日、ハーヴァード大学で名誉博士号を受ける。	
		＊〈『取り替え子』執筆に専念〉	
	12	５日（母の命日）、『取り替え子』刊行。	

表２　夏の脱落──作中事実と現実の対応

「アレ」をめぐる記述のブレ

でも、それはこの小説制作にきわめて自覚的かつ意識的な作家の、短期間で書いたための不注意、なのでしょうか。そうではない。それは、この小説が普通の小説とは全く異質な書かれ方をしていることの、やはり一つの現れだと見えます。

たとえば、こういう一見したところの「いい加減さ」。これを皆さんはどう受けとるでしょうか。まず、あの松山での出来事を示す「アレ」。それが、どんなふうにこの小説に現れているか。

第一章に、「あの出来事」という言葉が出てきますが（五八頁）、それは吾良の自殺で、松山の出来事ではありません。この時、まだ「アレ」はこの作品世界で権利をもっていません。これが作品に出てくるのは、そのだいぶ後、第二章に入り、吾良の遺書にある「すべての面で自分がガタガタになっている」という文面にふれ（九四頁）、千樫が古義人にあの「松山での昔の出来事」（傍点原文）を思い出させるという経緯を通じてです（一一九頁）。そして、結局、それが「アレ」という呼び名で再び現れるのは、それからもだいぶ先の第四章での吾良との話においてのことで（一八一頁）、そのときにはこの「アレ」は、唐突に、それを描くために二人とも小説家、映画監督になったといった、大げさなモチーフに祭り上げられています。

でも、よくわからないのはこういう点です。では、「アレ」とは何なのか、と僕たちは思う。すると、それは、こう語られたりする。「それは古義人に、アレの過程で錬成道場の若者らにやられたことを思い出させた」と（傍点引用者、二〇七頁）。この傍点部分に言うのはあの「牛の生皮かぶせ」の椿事のことですから、ここでは、「アレ」は、牛の生皮の椿事それ自体ではなく、それを含んで一つの「過程」としてあるあの「蹶起」事件への関与という出来事のことになります。それはその後の、吾良のシナリオの場面を説明する際に現れる「アレの二週間をつうじて」という個所の用法とも合致するでしょう（二三六頁）。でも、他のところでは、アレと言えば、あの「牛の生皮かぶせ」（かその背後にある語られない何か）のことです。たとえば二人は「アレ以後しばらくたって」「四月二十八日」の夜、一度だけ会うと語られますが（二八二頁）、そこでの「アレ」は、四月十四日から二十八日までの「二週間」の出来事とは違う、牛皮の椿事、あるいはその背後にある何ごとかのことなのです。するとこうなる。大江はこの小説で、「アレ」が古義人と吾良の重大な秘密の核心であるかに書く。でも、一方、その「アレ」は、実にいい加減に、あるときは二週間の出来事の総体を示し、あるときは椿事ないし何ごとかの出来事それ自体を指すというようにブレて語られる。これはいったいどうしたことなのかと。これも、短期間に急いで書いたための書き手の塗りのはみだし、いい加減さの例だと、僕たちは受けとるべきなのでしょうか。

背反する二つの要素

でも、やはり、どうもそうではない。そのことに注意して見ていくと、こういう「ブレ」、それがこの作品の一番大事なところに見られる。それが周到な書き手の意図的な書き方であることが疑えなくなるのです。

たとえば、一九九七年のベルリン映画祭の折の滞在で、吾良に付いていたという若い女性。その女性も、はじめ、ニュートラルに言及されますが（四八頁）、その後、「Mädchen für alles（＝「何でもしてくれる人」）」という売笑婦まがいの存在として語られたかと思うと（五五頁）、「清らかな明るさ」（傍点原文）の娘の像に大きく振れ（七二頁）、さらに、東ベーム夫人の娘と重なったりしたあげく（一七三頁）、最後、そのいずれとも違うシマ・ウラ嬢に結像しています。その像は、「アレ」の場合と同様、記述の進展に従い、微細に震え、ブレ続けるのです。

しかし、その一方で、作者はきわめて精緻にこの小説の細部を統御し続ける。たとえば、古義人と吾良が大黄さんの錬成道場からオート三輪で古義人の家に送られてくると、古義人の母が、運転の若者を「三十分」待たせ、譴責の手紙を書いて、大黄に持ってやらせる。そういうディテールがありますが、これは記述の表面には出てきません（二五四～二六四頁）。しかし、注意深い読者の目にはそうわかる。このあたりの精緻さ、周到さは、とても「いい加減」どころの騒ぎではないのです。

語りのバウムクーヘン的な一方向性

すると、この「ブレ」、一見したところのいい加減さは、何を語るのか。そのようなものとして、この小説を読んでいくと、実に変わった読後感が僕たち読者に生まれます。絵でいうなら、普通の絵が一本の黒い輪郭線で図柄を描くところ、この小説は震えるような微細な描線を幾重にも重ね、ぼうっとした一つの情景を近傍で描くエッチングのようです。どこからが内側でどこからが外側かわからない、部屋のデッサン。ある出来事を、確乎とした主体が意味づける、というのとは対極的な、躊躇いにみちた、震える線描が、作品の内奥を、緊張させています。

それをこう言ってみることもできる。年輪の一輪、一輪を回転する棒にケーキの生地を垂らしかけることで作っていくバウムクーヘンというドイツのお菓子。あるいは、ある人物を五歳のときには五歳のときまでの情報だけで、十五歳のときには十五歳のときまでの情報だけで、とけっして先回りしないで、意味づけ、描いていく伝記あるいは歴史記述の方法。何か、そのように、この小説は、序章から終章へと、一章、一章、一方向的に、その時点での現在の観点から塗り重ねた、非常に変わった作りになっている、という感じを受けるのです。

するとどうなるか。これまで「十五年」間のうち三度、古義人は鉄球で足指を潰されるというテロにあったと言う。そういう話が第三章に出てきます。でも、その「十五年」は、序章における、古義人が「大新聞の花形記者」からの個人攻撃がきっかけで鬱状態になって以来「十五年もたっていた」と語られる、その期間と同じです。この「十五年間」にわたる足指潰しのテロとは、実は、この花形記者の個人攻撃あるいはそれに類した中傷の、小説的なデフォルメなのではないでしょうか。

同じように、僕たちはこの小説を読んでいって、第五章にいたり、かつて古義人がグリンメルスハウゼンの『阿呆物語』において「牛の生皮かぶせ」に似た主人公の受難の挿話に強い印象を受けたという話に接します。しかし、これも、実はこちらが先で、これを原型に、あの『取り替え子《チェンジリング》』の「牛の生皮かぶせ」の椿事が、デッチ上げられているのではないのでしょうか。

先の記述の「ブレ」に揺さぶられながら読んでいくと、僕たち読者には、そういう思いがやってくる。こういうことを言って、僕は、うまく言いたいところが皆さんに伝わればよいのだが、と思います。これはとても微妙な感想で、不思議なことに、この小説は続けて三度読み直しても、全然、退屈しない。文章もいい。読むたびに、やってくるのは、――中野重治「村の家」にも似た――新鮮な読後感です。

iii　想像力と「行き場のなさ」

「ズレをふくんだ繰り返し」

その読後感をどう言えばよいか。それを言うのは難しい。とりあえず、こう言いましょう。終章で、新しい視点人物千樫が、昔、古義人の書いた小説論の中に「ズレをふくんだ繰り返し」という、面白い考えがあったことを思い出します。

古義人が『小説の手法』として書いたなかに（中略）「ズレをふくんだ繰り返し」という考え方があって、千樫はそれを面白く感じていた。とくに小説の語り《ナラティヴ》の展開において時間の進行と重なる時、ズレには特別な意味が現われる、と古義人は分析していた。

（『取り替え子《チェンジリング》』三三五頁）

ここに言われているのは、一九七八年に書かれた『小説の方法』のことでしょう。あるときから、大江さんは、文化人類学、ロシア・フォルマリズム、神話学など、学問に強く影響さこれ、小説を書くようになります。これは、そういう彼にとっての方法原論ともいうべき本で、これを抜くと、たしかにそこにそういう話が、そのままの言葉ではありませんが、出てきます。前回述べた「ブレ」をもって展開する記述、語りのあり方は、それらしい言葉で言うなら、この「ズレをふくんだ繰り返し」という〝小説の方法〟の、一つの実践の例、なのでした。

でも、僕の考えを言うと、たとえそうで、小説家がそれをそう受け取ってほしい、と言っているかに見えるとしても、だからと言って、僕たち読者は、いちいちそんなことにつきあう必要はないのです。そういうことを得意気に吹聴して終わる読解が時々ありますが、ああいうのは愚の骨頂なのです。ただ、それに一つだけ例外がある。小説が、どうしても、こんな書き方でなくては書けない、という声を僕たちに伝えてくる場合がそれで、そういうときだけ、僕たちは、その指摘に、たしかにそうだ、と思い、喜んで、これをそのようなものとして受け取るのです。そして、僕はこの小説から、そういう声を聞く。

聞こえてくるのは、こういう声です。

自分にとってとても大きな存在が死ぬ。そういうとき、自分にやってくるのは、もう、一つの感情——悲哀とか悲嘆——に集約されるようなものではない。死んだ者はたしかに二度と帰らない。しかし、それは、死んだ者を向こうの世界に奪われた自分が、河の対岸のこちら側にはっきりと立っていられるとき、その「生きている私」にやってくる感慨、——悲哀、悲嘆だ。私にはこちら側に踏みとどまる力さえない。完全に「ガタガタに」なっている。私は、自分にとってかけがえのない存在が死んで、この自分が悲しいのか、苦しいのか、ホッとしているのかさえわからない。大きな打撃だけが自分の身体にある。それを小説に書こう。それを小説に書くとは、どういうことだろう。何を、書くことだろう。何をどう、書くことだろう？

つまり、自分の中にあるものは、それまで一つの死への悲哀が書かれた、そういう書法ではもう書けないと感じさせる、死というものがもつ、生存をゆるがす暴力的な力だ。それを自分はどのように書けよう。死んだ人間は、二度と帰らない、そういう死の一回性からくる深くひめやかな悲哀というものを、自分もむろん知らないわけではない。でも、家の外は暴風雨。「私」はとてもこの「悲哀」に耐えない。そんな言葉に耐えないほど、か細い、ふるえる〝葦〟なのだ。——こういう打撃の大きさが、書き手を、これまでと違うヘンテコな書き方へと押しだしている、そう受けとらざるをえないものを、僕はこの小説に、感じるのです。

弱い面白さと強い面白さ

このことに関して、僕には二つ、言うべきことが残されています。それがこれまでの前書きなしには言えなかったので、この章は三回になりました。一つは、方法の意味。小説における書き方、方法とは、小説を読むことにとって、どういう意味をもつのだろうか、という話。もう一つは、この書き方を要請している死の力の臨在。それがこの小説をどこに連れていくか、という話です。

『小説の方法』には、読んでいくと、前回ふれた「事実ではない」ことを「事実」として語る

「手法の露呈化dénudation」、グリンメルスハウゼンの『阿呆物語』の主人公ジンプリチウスの牛皮のエピソード、終章に出てくるムジールの『特性のない男』の未定稿の話など、この小説の細部をなす素材が出てきて、今回の小説が、この彼にとっての方法原論の遠い反響として書かれていることを窺わせます。ジンプリチウスの牛皮の挿話は、これを読むなら、この通過儀礼をへて彼がいわば普通の人から道化になる契機であり、そして道化とは、大江さんにとって小説家の本質だとも語られていますから、あの椿事は、それこそそのような含意のもと、小説家の誕生の寓話として、書かれていることがわかります。

しかし、こういうことのすべては、そんなことを知らない普通の読者がこの作品を読み、そこからある感動を受けとる、という読者の基本的な経験にとって、どういう意味をもつのか。そういうことがここで問われなくてはなりません。僕の答えは簡単。先に述べたように、こういう手法を通じて、それ以外の書き方によっては伝わらないものが、読者に伝わり、読者を動かす、そういうとき、これらの〝小説の方法〟は、小説を読むことにとって、欠かせない要素をなす。けれどもその順序は、けっして逆ではありません。

後にまた見ますが、僕は、大江さんは、この小説理論と方法への傾倒によって、この一点を、見誤ったのではなかったかと思っています。それがそれ以来、彼の長編小説の多くが〝方法負け〟した作品になった理由ではないかと僭越ながら、思っています。小説の方法意識は、たしかに小説好き、芸術の愛好家には面白い。でも、それは面白さとしては知的な面白さ、つまり弱い面白さにすぎません。『ドン・キホーテ』も、『阿呆物語』も、芸術の愛好家、文化人類学好きのインテリが読んできたため今の世に残ったのではないでしょう。それを支えてきたのは、小説のただの面白さ、つまり強い面白さに動かされる、その時代の巷間の一般読者だったはずです。

「田亀のルール」と「人生のルール」

その一点の見誤りから、この小説では一つの読み違えともいうべきものが起こっています。どういうことでしょうか。

『取り替え子《チェンジリング》』には、先に述べたように死の暴風雨にさらされる人間の受難が描かれています。そして、その受難から回復しようという試みがほぼ二つの形に分岐して描かれています。一つは、作中「田亀のルール」と語られるもの。古義人は、テープ（＝田亀）で死んだ吾良と疑似的な会話をする、そこでは、吾良の死は禁句で、「なかったこと」にされる。彼は友人の自殺に震撼され、悲哀に落ちるどころではない。もう三十五年も前、障害をもった息子が生涯回復しないと知らされたとき、固まり、ベッドで頭をかかえたまま身動きもできず、妻の「十代の娘のようにかぼそい憐れな声」に答えられなかったときと同じく、「ガタガタにな」り、退行し、架空の疑似会話の世界へと逃亡をはかる以外、その衝撃に抗する術を知りません。「田亀のルール」とは、その古義人の死への対し方を要約するもの、死を無化しようという企てを立ち上げるルールのことです。

しかし、この古義人の死の無化の企てとそれに惑溺する退行は、この度も家族を不安がらせます。そして数カ月したある日、千樫が来て言う。自分も辛い、息子のアカリも気にかけている、「あれをやめてくださることはできないでしょうか？」。

それから古義人は、思いがけず千樫が涙を流し始めるのを見た。かれがこの数箇月、それによって生きてきたといってもいい田亀のルールよりほかに、人生のルールが家族にあることを、古義人は認めるほかなかった。　（同、四一頁、傍点原文）

「田亀のルール」のほかに「人生のルール」がある。そしてその「人生」というゲームでは、吾良は死んでおり、死んだ人間は二度と帰ってこない。古義人は、それを認め、その退行から脱するべく、ほどなく、ベルリンに発ちます。

しかし、この小説が、この死の無化という「田亀のルール」から、死んだ人間は帰ってこないという「人生のルール」に帰還する、放蕩息子の帰還めいた物語でないことは、これまで見てきたところから、わかるでしょう。古義人は、ベルリン滞在を終えて、自分のテープへの惑溺と吾良との「対話」が、結局のところ、自意識のゲームであり、現実回避であることを認めざるをえなくなる。というより、その夢と妄想が、この世界に生きる彼の内部における現実感覚のヤスリにかけられ、徐々に目減りし、剝げ、やがてその裸形を、露呈させずにいなくなるのです（なぜベルリン滞在の直後、田亀の生活がストップされると、その代替のように奇怪な老女東ベーム夫人が出現し、その後、フッと消えてしまうかもそのことによって説明できます。彼女は濃厚な「香水の靄」につつまれてやってき、「くるぶし近くまである外套」（傍点原文）をまとう。この小さな老女は、何とあの「頭巾付きコート」を着たと書かれるセンダックの絵本の小鬼ゴブリンに似ていることでしょう！）。こうして、古義人は死を「ないことにする」田亀の世界から、放逐される。どこにも行き場がなくなる。彼の行き場のない「怒り」、遣り場のない「悲しみ」の物語がはじまります。――この小説からやってくる感動の根が、こうした、「田亀のルール」から放逐され、しかも「人生のルール」の世界に帰れない、「壊れた」人間の悲哀と苦しみの「行き場のなさ」にこそあることが、こう見てくれば、わかります。それが、あのヘンテコな手法を通じてでなければ伝わらないあり方で、やってきて、僕たちを強く揺さぶり、深く、精妙に、動かすのです。

「行き場のなさ」の行く末

ところで、この行き場のなさは、視点人物が千樫に取り替わる終章にいたり、さらに二つの道に分かれます。一つは、古義人が千樫に語る「マルコによる福音書」の話の語る道、そしてもう一つは、シマ・ウラ嬢の吾良を「産み直す」という話の語る道です。

古義人は言う、マルコの福音書は最後、イエス復活の後、墓所に待ち受けていた天使がマグダラのマリアら塗油しに来た女たちにイエスの伝言を伝えるにもかかわらず、それを、「女たちが恐れて、なにもいわない」、というところで終わる。しかし、その尻切れトンボには、理由がある、と。そしてその説明を聞いて、千樫は思う。あの松山での一夜、吾良と古義人が身体を汚し、「ガタガタにな」って帰ってきたとき、自分もその様子に「震え上がり」「誰にもひとことも言わなかった。恐しかったからである」(傍点原文)と。

そして、それだけだ、恐しいままだ…… しかし、私のなかにいまもあの真暗な夜明け前の恐しさが実在していること、それ自体に意味があるのではないか? だからといって積極的なものが兄や夫に、また私にあたえられるのではないけれど、あの真暗な夜がなかったと同じになるのでないことに、どうして意味がないだろうか? (同、三〇三頁)

「牛の生皮かぶせ」の作中事実(A)は、その背後にあるものを、作中原事実という位相(B)で僕たち読者に伝える。しかしそれはすべてではない、その背後(X)に、もう一つ、何かがある。でもそれは「語られない」。「恐しかったからである」。作者はここで、そう言うのです。

しかし、たとえ「語られない」としても、また、そのため、「積極的なもの」が「あたえられる」ことにはならないとしても、それは、「あの真暗な夜」が「なかった」ということではない。それは作品のうちに、場所をもつ。その一歩に、どうして意味がないと言えよう。作者は、最後、そういう声にいたりつきます。

死の無化と産み直しの違い

しかし、そこからさらに、この小説は先にいきます。ドイツからシマ・ウラと名乗る若い女性が来て、吾良がドイツで描いた水彩画のコピーを一枚いただけないかと言う。彼女は大学で悪い男につかまり、妊娠しています。帰りの飛行機で古義人の文を読み、お腹の子を吾良の「替りの子供」として産んでみようと思っています。娘を大学教師に育てたい彼女の両親は、堕胎には賛成だが、出産には反対である。彼女には手助けが必要だ。彼女に好ましい印象を受けた千樫は、自分の描いてきた絵の印税分をもとに、彼女を支援しようと考えます。そして、千樫が、「――もう死んでしまった者らのことは忘れよう、生きている者らのことすらも。あなた方の心を、まだ生まれて来ない者たちにだけ向けておくれ」という、ある作家の戯曲中の、女族長の言葉を思い出すところで、この小説は、終わるのです。

でも、これは、先の「行き場がない」というこの小説の内奥からの声に照らし、一つの後退なのではないでしょうか。それは、先の「真暗な夜」をめぐるリアルな内的独白――それは前回ふれた中野重治「村の家」を思わせます――を裏切る、いわば「行き場なし」の場所からの、「脱出」の呼び声なのではないでしょうか。

死を「なかったこと」にする限り、死者は死んでいない。でも、その死者が（少なくともいったん）死なない限り、彼を「産み直す」ことはできません。作者は、あの「田亀のルール」の場所から、「人生のルール」にぶつかることなく、別の場所にすりぬけている。「もう死んでしまった者」に「生きている者」として向き合うことなく、いわば「芸術のルール」をバイパスに、道化＝芸術家として、「まだ生まれて来ない者」に出会おうとしている。そこからは、こんな疑問が湧いてくるのです。

ここには、田亀のルールとも人生のルールとも違う、別種のルールがあって、そのルールの宰領する世界に、最後、作者は、たどり着く。消えているのは、そう、あの「行き場のなさ」です。

想像力があることと行き場がないこと

ここにあるのは、こういう問題です。『小説の方法』で、大江さんは、セルバンテスの『ドン・キホーテ』の最後、狂気の騎士が死の床で正気の人としてサンチョ・パンサに謝罪し、また礼を言い、これに対し、サンチョが抗弁して、ドン・キホーテを励ますシーンにふれ、こう述べています。この個所をサンチョの心情のみに焦点を絞り、「従士の優しさというように単純化することはあやまり」である、「それは小説の方法的な読みとりに逆行する」と。

これまでの僕たちの「読みとり」に重ねて言うなら、これは、田亀のルールと人生のルールの対話の話です。最後に、狂気の主人が農民出身の従士サンチョに、謝罪し、礼を言う。しかし、これを、ドン・キホーテが「田亀のルール」から目覚め、「人生のルール」に頭をさげるというように読むなら、読みとして浅い、これはそういう小説ではない、大江さんは、そう言うのです。では『ドン・キホーテ』はどういう小説か。大江さんは言います。

『ドン・キホーテ』の読みとりに従うなら、このドン・キホーテの死をみとる最後の場面で、サンチョには「新しい認識がおとずれ」ている、「農民としての自分の閉された生活に活性化をもたらし、めざましく生命更新をはかってくれたものこそが、ドン・キホーテとの狂気の冒険だった。自分がほかの農民たち同様、そこに深く埋れていた正気の日常生活。それよりほかの生きいきした自己解放をともなう、もうひとつの世界を」彼は見出す。そしてそれは、「それこそが想像力の生きている世界だといいかえてもよいはずの世界」なのだ、と（「パロディとその展開」）。

ここには、「思い込み（＝狂気）」（田亀のルール）の世界と「正気の日常生活」（人生のルール）の世界と、もう一つ、そのいずれとも違う「想像力」（芸術のルール）の世界がある。サンチョ・パンサは、この「思い込み（＝狂気）」の世界からドン・キホーテとともに放逐された後、「正気の日常生活」の場所に帰還し、そこから「従士の優しさ」で死の床の主人を励ますのではなく、その冒険で知った「生きいきした自己解放をともなう」「想像力」の世界に赴き、その第三の場所から、ドン・キホーテに話しかけているのだ。そう、大江さんは見るのです。

しかし、卑小な叡知の持ち主であるサンチョを芸術家の初心者に〝格上げ〟するこうした解釈に、『ドン・キホーテ』の一般読者は、抵抗するのではないでしょうか。それではあの「なまけていねえで、寝床から起きなせえ」と死の床の主人を励ますサンチョの、「想像力」といった取り澄ました言葉に盛りきれない野放図な繊細さが、消えてしまうのではないでしょうか。ここにあるのは、そんな「認識」に収まりきれない、狂気の騎士に先立たれる元農夫サンチョの、「行き場のなさ」、その力、なのではないでしょうか。

たしかに彼は、高貴にして愚鈍な騎士に導かれ、これだけの数奇な経験を重ねたからには、もう農村の「正気の日常生活」の「人生のルール」には戻れないでしょう。そういう身体です。でも、彼のその身体は、だからといって「生きいきした自己解放をともなう」もう一つの世界に参入するには、やはりもうすでに余りに雑駁な存在——卑小さと叡知と悲哀とのアマルガム——となっています。つまりいま、彼には行き場がない。そういう場所から、サンチョは、死の床の主人を、さあ、なまけていねえで起きなせえ、ととぼけた言葉で、孤独に、督励し続けるのです。

僕には、この〝読み違え〟と同じことが、『取り替え子《チェンジリング》』の最後にも、起こっていると見えます。この小説は、もう語り手の悲哀がどこにも「行き場がない」、その力で僕たち読者を摑みます。なぜ、最後、若い娘シマ・ウラさんの話がたとえば僕に軽くしか響かないのか、その理由は、この「若い女性」も、もし吾良を産み直そうと思うなら、千樫になど会いにこないで、一人で産みなよ、という気がどうしてもしてしまう、ということもありますが、より根柢的には、この「産み直し」という話、そのためにもってこられる最後の、女族長の言葉自体が、何か、この小説から離陸してしまっている、と感じられるからです。吾良の「死」が、その場合には「産み直し」というロケットの発射される発射台ということになる。ロケットが発射台から離れる。しかしそのとき、ロケットがエライのか、発射台がエライのか。そんなことをこの孤独な傑作は、考えさせます。

7

言語・革命・セックス——高橋源一郎『日本文学盛衰史』

i　なぜこれが小説なのか

論じにくい小説家

さて、次には高橋源一郎さんの二〇〇一年の作品『日本文学盛衰史』を取りあげてみたいと思います。この小説家の作品が、八〇年代以降の日本の現代文学にとってなくてはならないものであることには、大方の文芸評論家に異論がないでしょう。日本の文学は、八〇年代に入ってから、村上春樹、村上龍という「両村上」の他に、中上健次、古井由吉、そしてこの高橋源一郎を新しい動きの担い手として、存在してきました。なかでも高橋さんは、その作品傾向の実験性、ポストモダン的な新しさの点で、異彩を放ってきました。でも、いったん作品評に眼を転ずると、この作家の作品をしっかりと扱ったものはとても少ないのです。一九八一年に発表された第一作の『さようなら、ギャングたち』以来、僕もこの小説家の作品の愛読者を自任してきた一人ですが、その僕にして、これまでこの作家の作品については、この第一作以外には正面から論じたことがありません。そして、その第一作についても文庫本の解説として、かなりたってからこれを論じ、それがほとほと大変な作業であることを痛感した次第です。この作家の小説が、その影響力に比して本格的に論じられてこなかったことには理由があります。彼の作品は、やってみるとわかるのですが、なぜか、実に論じにくい性格をもっているのです。

でも、そうだとしたら、いよいよ、今回の僕の試みに、この作家のものを欠かすわけにはいかないことになります。なぜなら、今回のこの僕の試みの目的の一つは、やっているうちにだんだん明確になってきたことですが、いま書かれているさまざまな日本の同時代の小説を、僕という単一の平台の上に並べ、同じ物差しで測ってみて、とにもかくにも、同じ時代の作物であることの連関を回復しようということだからです。昔、山下清という放浪画家がいて、この人は、何にでも、それは「兵隊の位でいえばどれくらいかな」と尋ね、自分の中での価値に照らし合わせ、位階づけました。その彼のように、いまやそれぞれに一国一城の主となった観のある作家たちの作品を、僕は僕という一本の物差しで測り、同じ場で値をつけ、関連づけてみたいのです。

その欲求は理由のないものではありません。皆さんは、たとえば、村上春樹、村上龍、大江健三郎といったこれまでここに取りあげてきた力ある小説家たちが、ほとんど対話を交わしたことすらないことを知って、どう思うでしょう。かつてなら、同時代の大江健三郎と安部公房、安部公房と三島由紀夫、江藤淳と大江健三郎、江藤淳と吉本隆明といった人々が正面から対峙し、率直な意見交換を行い、また互いへの敬意を示しあったものですが、いま、村上春樹と大江健三郎、大江健三郎と村上龍、村上春樹と高橋源一郎といった組み合わせの対談は、どこでも行われないし、そういう企画の実現をめざす編集者すら、あまりいません。そういうとき、せめて評論は、彼らの作品が互いに比較可能になる、八百屋の平台たることをめざさなければならない。この本の執筆を続けてきて、いま僕には、そんな欲求が生まれているのです。

文学史と出たとこ勝負

さて、『日本文学盛衰史』は、『群像』に一九九七年五月号から二〇〇〇年一一月号まで、間に二カ月の連載中断をはさんで四十一回連載され、二〇〇一年五月、単行本として刊行されました。どんな話かというと、文学史を小説にしようとしたのです。もう十年以上前になりますが、僕は一度、大日本印刷の出張校正室で、この小説家と二人っきりになったとき、いつか日本文学史を小説にしてみたいと思っているのだ、という話を聞いて、面白いことを考えているな、と思ったことをおぼえています。つまり、この小説家の作品を論じることは難儀なのですが、そこに顔を出しているのは、こういう事情だと思うのです。

いまのところ、自分の国の文学史を小説仕立てにしてみようと考えた小説家は、どの国にもいません。イギリスの近代文学史を小説にしようとした小説家は、まだイギリスにいないし、インドネシアの近代文学史を小説にしようとした小説家も、まだインドネシアにいないのです。でも、そういう小説家が現れ、そういう小説が書かれることは、今後、大いにありうる。特にそれは、後発の近代化国の場合、十分に考えられることでしょう。一言で言うと、高橋さんの試みていることは、世界に例のない種類の、新しい試みなのです。外国での新しい試みや文芸思潮に「呼応」したり、「追従」したり、というのではない。日本の現実に立脚しつつ世界の文学的思潮の最先端にあること。それが彼の作品が論じられにくい、第一の理由です。

高橋さんの小説が、論じられることの少ない第二の理由は、彼の作品が、いつもいわば、出たとこ勝負で書かれているからです。今回の小説でもその特色は、いかんなく発揮されています。そのもっとも顕著な例は、小説連載中に、彼、作者が、どうもプライベートな動静が理由で、ストレスが募り、胃潰瘍で倒れ、もう少しで死ぬというところまで追い込まれる。すると、その出来事が、そのまま、小説に入り込んでくる。またその延長で彼に新しく子供が生まれる、すると、その出来事がやはり小説に入り込んできてこの作品の最後をなす、といった個所でしょう。作中の「原宿の大患」という章、また最後の数章がそれにあたりますが、これらは当然、この小説を書きはじめたとき、作者の頭になかったはずのことと言わなければなりません。高橋さんの小説は、いつも、こういう出たとこ勝負といった性格をもっている。そのため、前もっての構想といったものには従わない。いきおい、整頓された考えでそれを説明するわけにはいかず、その作品を論じることは難しさをますのです。

なぜ日本文学・盛衰史なのか

そういうわけで、ここではまず、この二つの独自の性格からこの作品の読解に入っていくことにします。それが、この小説家の作品を見てゆく場合の、好個の登山口になるでしょう。

まず、文学史を小説にするということですが、これを僕たちはどう受けとめたらよいのでしょう。この着想が作者に訪れたについては、やはり二つの理由があったと僕は考えています。

一つは、とにかく文学史が、読んで面白いものだということ。戦後の文学について、その当事者の一人本多秋五がかつて「戦後文学史」を書こうとして、その試みを『物語戦後文学史』と名づけました。そのとき彼は、それをゴシップを主にしたお話にしようと考えたようです。しかし、そのようには書けず、結局自分の書いたものは「戦後文学の歴史」になってしまったと、そのあとがきに書いています。まず、文学者というのは、かなりの変わり者ぞろいです。その担い手たちのゴシップ、やりとりを綴るだけで、それはかなり面白いものになります。自然主義の旗手としてならした田山花袋が死ぬとき、親しい友の島崎藤村が訪問し、「キミ、死ぬというのはどういう気持だね」と尋ねた話は有名ですが、でも、その話を沈痛な面持ちで書き残しているのは、藤村自身です。僕はこの話を伊藤整の『日本文壇史』で読みました。伊藤整のこの文学史こそ、この種の読んで面白い文学史の筆頭にあげられるべき第一等の仕事です。これは、明治の文学の誕生の時期から大正五年（一九一六）の「明治人漱石の死」までを描く壮大な明治大正文学史ですが、やはり『群像』に足かけ二十五年にわたって連載され、途中で亡くなった伊藤整を瀬沼茂樹がひきつぐ形で、完成にこぎつけました。高橋さんが、これを何度も読み、いわばこの伊藤整の『日本文壇史』を下敷きに、それを脱構築＝解体構築した引用の織物として、自分の「文学史でできた小説」を作り上げようとしたというのは、彼自身がいくつかの場所で語っていることで、疑いのないところですが、その起点に、文学史を読んで、とにかく面白いと思った、そしてこれだけ面白いものが「小説」にならないはずがない、と考えた事実があったことは、忘れられるべきではないでしょう。この後述べる理屈の部分の底に、この理屈を超えた面白がりが、あったのです。

なぜ文学者の話は面白いのか

さて、この面白がりですが、もう少しここに立ち止まってみましょう。なぜ、文学者の話、その行動は、面白いのでしょうか。たとえば、日本の近代の文学者の歴史は、自殺者の歴史でもあります。皆さんの知っている名高い文学者を取りあげただけでも、明治の北村透谷にはじまり、昭和初期の芥川龍之介、そして戦後初期の太宰治、さらに、三島由紀夫、川端康成、江藤淳と、文学者には自殺する人が多いのです。それだけ文学、とりわけ小説を書くという行為は、何もないところから世界を生み出すことであって、ストレスのかかる仕事だということですが、それだけでなく、文学者は、世間一般の中でも特に、率先して世の中に反抗し、また、正直に、世の中のおかしなこととぶつかり、いろんな矛盾と衝突する、「高貴な愚昧さ」をもった人々なのです。世の中に矛盾が深いときには、時の権力とぶつかり、幸徳秋水のように大逆事件という天皇暗殺未遂事件に連座させられ死刑になったり、大杉栄のように関東大震災のどさくさまぎれに憲兵に捕まって虐殺されたり、小林多喜二のように拷問の末、官憲に殺害されたりもしています。戦前まで日本の政治家も犬養毅、原敬とよく暗殺されてきましたが、こうしてみると、日本の近代でもっとも時代の先端の波頭に身をさらしてきたのは、文学者と政治家だったのかも知れません。

これは僕の考えですが、一九五八年、天皇家が一般庶民の中から皇太子妃を選んだとき、そこにあったのは、一般に文化人類学的に言う、戦さに負けた王の頭を低くしての臣下への歩み寄りといった身ぶりでした。でも、そのことのもつ意味に当時気づいたのは、深沢七郎と三島由紀夫という二人の人物だけでした。深沢は一般庶民の立場から、そんな誘いに乗っちゃダメだよと言い、三島は、天皇の側から、天皇は戦さに負けたからといって臣下にすり寄っちゃダメだ、「神」のままでいなくちゃと言いました。そこから「風流夢譚」と「憂国」、さらには『英霊の声』という二種類の文学作品が生まれてきました。一方は反天皇、他方は天皇主義。でも、「風流夢譚」の掲載を出版社の社長に勧めたのは、三島由紀夫なのです。

こんなところにも、文学者の特徴が顔を見せています。文学者とは、先入見に曇らされない眼をもった、またそのような眼をもち続けることに賭けた、時に軽薄さももつ、変わった、愛すべき人々です。そういう人々の系譜からなる一連の話が面白いというとき、そこには、時代との衝突の中で演じられる思想をまじえた人間の悲喜劇、また政治と人間の深刻劇といった要素も含まれることになります。

そして、実は、そのような文学者の物語の面白さに着目し、「文学史を物語にした」、この小説に先行する作品があります。関川夏央原作、谷口ジロー画のマンガ『「坊っちゃん」の時代』です。そこで関川さんは、明治の文学者群像を勝手にデフォルメし、再構築、あるいは脱構築し、そこにあった可能性の様相を描いてみせています。マンガに描かれた明治は、柄が大きく、しかもハイカラな、どこにもない世界として新鮮きわまりない姿で僕たちの前に現れたのです。この作品からも、『日本文学盛衰史』は大いに影響を蒙っています。

『日本近代文学の起源』という光源

この小説が文学史の小説だということの理由の二つ目は、実は日本の近代文学というものが、明治になって「作られたもの」だということです。作られたものはいくつかあります。まず、言葉。日本は近代になって、人に向かって何かを訴える欲望にめざめたと言ってもよいのですが、では、何を言う？　どんなふうに言う？　どんな言葉で言う？　と考えてみたら、何もなかった。その全てを作らなければならなかった。そして、その全てを作ってみたら、それが「文学」というものだったのです。その欲望は、「告白」という形式で受けとめられ、「告白」するからには、その中身、「秘密」に満ちた人間の「内面」というものがなくちゃならない、あるはずだと考えられ、同時に、色恋から、それとは違う、別の世界への入口としての「恋愛」が発見され、やがて「青春」というものが作られていきます。そしてそれを表現するコトバとして、普通に語られている言葉と一致した新しい書き言葉、言文一致体が考案されます。実は、その言文一致体というものが発明されると、それをもとに、新しい話し言葉が生まれてくる。順序は本当は逆だったのですが。そして、その「内面」という鏡に映る外界として、やがて「風景」というものが発見され、さらにその背後に「自然」というものが価値づけられていきます。

高橋さんが下敷きにしたこのような文学観をもっともコンパクトな形で一冊の本にしたもの

に一九七八年から八〇年にかけて書かれた柄谷行人さんの『日本近代文学の起源』がありま す。これは、フーコーなど当時の新思潮の影響下に書かれた新しいタイプの日本近代文学史記述の試みですが、その後、雨後の筍のように生み出されていく「国語」とか「病気」とか「恋愛」とかといった近代的概念の「起源」と「誕生」と「発見」をめぐるポストモダン業界に定番となった論作の、最初の、そしてたぶん唯一の、傑作となりました。ですから、高橋さんがこの小説を書くに際し、念頭におき、下敷きにもしたのは、乱暴に限定して言ってしまうと、伊藤整『日本文壇史』、関川夏央・谷口ジロー『「坊っちゃん」の時代』、そして柄谷行人『日本近代文学の起源』なのです。

こうして、外枠はできた。高橋さんは、後はそこに、もう一つの武器、出たとこ勝負の無手勝流でもって、言語のパフォーマンスを見せ、「日本文学」が妖怪のように徘徊する、巨大な「ヨーロッパ大陸」のような空間を彼自身の言葉で、確保するだけで、よかったはずです。

原典の脱構築と作中の原事実

では、首尾はどうだったか。まず恒例のやり方に従い、この『日本文学盛衰史』も作品の結構を地形測量してみましょう。その結果作った表は、次回の一九六、一九七ページに載せますが、そこにまとめてみたのはこの小説の全四十一章の語り手と視点人物、そしてこれに対応する主な出典あるいは作中の原事実と思われるものです。

なお、ここに作中原事実と呼ぶのは先の大江健三郎『取り替え子《チェンジリング》』のところで述べた、作品がその背後にある現実と読者に感じさせるところの、いわば信憑としての現実像のことです。ですから、それは、実際の作者の現実と必ずしも一致しない。というより無関係。先の場合と同じく、ここに言う「作中原事実」（たとえば高橋さんはAV映画撮影に立ち会ったようだという小説を読んで生じる信憑）は、作中の事実〔A〕（田山花袋の『蒲団』のAV映画化光景）が読者に感じさせる、その背後の現実の像〔B〕をさしています。

この作業からわかることの第一は、この作品が、ほとんど伊藤整の『日本文壇史』の記述をもとに、その脱構築的作品として構想されており、その本文も原典のデフォルメを力学としていること、そして第二に、そのもう一つの出典＝原テクストが、そのデフォルメを透かして読者に見えてくる現在の作者タカハシの動向ともいうべき、「作中原事実」となっているということです。

それはどういうことでしょう。こう考えてみましょう。もし、ここに僕が語ったことなど、何も知らない読者が、この作品を読んだとして、彼はここから何を受け取るだろうかと。そういう読者の前に、この小説は、どんな姿で浮かびあがるのかと。

すると、この小説は、次から次へと、それ自体としてつながりのない話が、数回の連載単位で並置され、連続する話となって見えるはずです。まず冒頭、二葉亭四迷の異国からの帰途の洋上の死が語られ、その葬儀の様子が描かれ、最後、そこに出席した夏目漱石と森鷗外が偶然隣り合わせ、言葉を交わします。

「森先生」

「夏目さんですか」

（『日本文学盛衰史』一七頁）


そしてその会話が、会場を弔辞のとうとうと流れる中、ふいにぐにゃりと曲がり、こう接続されます。


「森先生」

「なんですか」

「『たまごっち』を手に入れることはできませんか。長女と次女にせがまれて、どうしようもないのです」

（同、一八頁）


そして、そこで終わる連載第一回が、次の回になると、啄木の渋谷界隈での伝言ダイヤル体験の話になり、次に明治期の最初の言文一致体で書かれた口語詩の話に転じ、やがてまた、身体に障害をもつ詩人である横瀬夜雨をめぐる女性たちの話となり、次いでそこから大逆事件の話になる。時代も、明治四十二年から、四十四年、四十年、そして次には三十年代、二十年代、三十年代、二十年代、さらに四十一年、四十四年、四十三年とまったく脈絡なしに浮動するのです。

一方、これをそこから透かし出てくる作者の「作中原事実」にのっとって読み込もうとしても、同じ結果に終わります。そこでは、渋谷のテレクラ体験の後にはＡＶ監督体験が続き、それに離婚騒動のストレスによるものらしい胃潰瘍による瀕死の入院体験、やがて作者自身の新しい結婚の成果であるらしい子供の出産と、それ自体としては意味のない挿話が点綴されるだけだからです。

でも、きっとそれでも、この小説は、ある種の感性的な構えさえあれば、小説として、この何の準備もない読者に読まれ、彼を動かすことになるでしょう。僕にはそう思えます。だから、僕たちはこの小説について、まずこう問わなければならない。なぜ、この小説は小説として機能するのか。何がここで読まれているのか。なぜこの作品は、小説になっているのか、と。

何だか、とても単純な問いがやってきて、僕たちをつんのめらせるのです。

ii 切れ切れの夢、きれぎれの笑い

一九六、一九七ページに掲げているのが前回に述べたこの作品の章ごとの語り手、視点人物、主題および素材、出典あるいは作中原事実をあげた一覧です。急いで作ったので、脱漏がけっこうあると思いますが、これを一瞥しただけでも、この小説の不思議な性格がよくわかります。

作品の三部構成

まず第一に、この小説には、最初から最後までを貫く一貫した「すじ」ないし「流れ」といったものがありません。この作品の「流れ」を作っているのは、いわばその「流れ」のなさのありようが、氷から水、水から水蒸気へと、その態様を変えるといったできごとです。

この観点から見るなら、大きく分けて、この小説は、三分することができるでしょう。まず第一の部は、第一章「死んだ男」から第十九章「我々はどこから来たのか、そして、どこへ行くのか④」まで。ここで作者は、だいたい、伊藤整『日本文壇史』を主たる下敷きに、「日本近代文学」を主人公に擬し、小説を書いています。ここでの視点人物は、前回ふれたその主題

の分肢に応じて、啄木（＝性の秘密）、独歩（＝言葉）、花袋（＝性の告白）です。最後、花袋のＡＶ監督体験を描く「我々はどこから来たのか……」の後半あたりから、この記述が弛緩しはじめますが、そのあたりで、作者は別の「流れ」への転換を用意していたはずです。でもそこに意外な形で「転換」が外から、来てしまう。作者自身が、私的なレベルでのストレスを原因として、胃潰瘍となり、下血の結果、ほとんど失血死寸前という状態で病院にかつぎ込まれるからです。ここで連載は二カ月間、中断となっています（九八年十二月号と九九年一月号）。

連合赤軍事件と大逆事件

第二の部は、そこから一転して漱石の「修善寺の大患」と作者自身の重病体験（「原宿の大患」）をもとに構成される第二十章「原宿の大患①」にはじまる一連の章で、連載期間で一年余、十三カ月間続いています。僕がこの部に注目するのは、ここで作者が、自分の「大患」を機に、漱石の（そこに登場する「Ｋ」とは誰なのかという）『こころ』をめぐる謎を口実に、これまで容易に手を触れられなかった自分の問題と向き合おうとしているからです。ここで高橋さんは彼の「思ひ出す事など」を書く。その問題とは連合赤軍事件をどう受け取るかという問題です。この章から石川啄木の「時代閉塞の現状」をめぐる漱石と啄木の仮想のやりとりを疑似批評的に論じる第三十二章「ＷＨＯ　ＩＳ　Ｋ?④」まで。ここでは一九一〇年の大逆事件と一九七二年の連合赤軍事件が重なった形で問題にされています。

このうち、連合赤軍事件が扱われるのは、表だった形では出てきませんが、「原宿の大患」

主題・素材	出典ないし作中原事実
亭四迷の死	『日本文壇史』14-2・『「坊っちゃん」の時代』
のテレクラ生活	『日本文壇史』14-1・作者タカハシの二重生活
のテレクラ生活	『日本文壇史』14-1・作者タカハシの二重生活
一致体詩の成立	『日本文壇史』14-4・6-4・3-5・9-4
詩	『日本文壇史』9-7
と女性崇拝者	『日本文壇史』15-1～2、作者タカハシのウェブサイト
事件	『日本文壇史』17-3～4
事件	『日本文壇史』17-4、16-2～4、森鷗外「食堂」
による啄木の思い出	夏目漱石「硝子戸の中」
トぐき」と風景の発見	『日本文壇史』5-2、10-1、12-10～11
の死	
と田山花袋	田山花袋『蒲団』、作者タカハシのＡＶ監督体験
と田山花袋	田山花袋『蒲団』、作者タカハシのＡＶ監督体験
と田山花袋	田山花袋『蒲団』、作者タカハシのＡＶ監督体験
の自然主義宣言、「露骨なる描写」	『日本文壇史』8-1、作者タカハシのＡＶ監督体験
亭の「自由な散文」	『日本文壇史』17-2、作者タカハシの二重生活
ＡＶ、内面と性	『日本文壇史』8-1、作者タカハシのＡＶ監督体験
と庵野	
と花袋の対話	
高橋の行状、「夏」と娘	夏目漱石・修善寺の大患
寺の大患	夏目漱石「満韓ところどころ」・胃カメラ写真
と夏目の対話	夏目漱石「思ひ出す事など」・修善寺の大患
の青年期の回想	島崎藤村『春』、作者タカハシの森恒夫体験
ミナの葬儀での回想	詩と革命、田村隆一と島崎藤村の対話
語のリズムについて	佐藤良明『Ｊポップ進化論』
う人」=北村透谷=森恒夫	新左翼運動との関係
透谷=森恒夫の遺書	新左翼運動の総括
姑	森鷗外「半日」、『日本文壇史』13-12
閉塞の現状」の原稿依頼は誰？	石川啄木日記パロディ
ころ』の問題、頭文字Ｋ=工藤	森鷗外「普請中」、『「坊っちゃん」の時代』5-8、大逆事件と「時代閉塞の現状」と『こころ』
と漱石の会合、原稿依頼、ビール	「時代閉塞の現状」
寛の『こころ』論、墓地での出会い	『日本文壇史』20-11、『こころ』パロディ
、星野天知の別荘	作者タカハシの青春の原点、恋愛体験
一葉の登場	作者タカハシの恋愛体験
天外『魔風恋風』	作者タカハシの母との関係
郎と捨吉の話、銀河鉄道的光景	『三四郎』、『坊っちゃん』、『こころ』、『それから』
左の会と高橋の回想と『三四郎』	作者タカハシの文学との出会いの回想
魯庵、尾崎紅葉ほかの死	『日本文壇史』その他
にて。鷗外との対話	作者タカハシの妻の出産
貞和の詩、勝本清一郎のこと	藤井貞和「ものの声」、『座談会　明治・大正文学史』
記事	作者タカハシの中上健次見舞い、出産体験

		題　　名	語り手	視点人
第一の部	1	死んだ男	『日本文壇史』作者	伊藤整(『日本文壇史
	2	ローマ字日記	『日本文学盛衰史』作者	石川啄木
	3	同・続	『日本文学盛衰史』作者	石川啄木
	4	若い詩人たちの肖像	『日本文壇史』作者	詩人たち
	5	同・続	『日本文壇史』作者	伊良子清白
	6	同・続々	『日本文壇史』作者	横瀬夜雨
	7	A LETTER FROM PRISON	『日本文壇史』作者	石川啄木
	8	同・続	ぼく=啄木/わたし=秋水/物語作者	石川啄木
	9	硝子戸の中	私=漱石	夏目漱石
	10	平凡	『日本文壇史』作者	国木田独歩
	11	HANA-BIみたいな散歩	ぼく=独歩	国木田独歩
	12	『蒲団'98・女子大生の生本番』①	『日本文学盛衰史』作者	ピン(一)=啄
	13	同②	『日本文学盛衰史』作者	ピン
	14	同③	『日本文学盛衰史』作者	ピン
	15	同④	『日本文壇史』作者	田山花袋
	16	我々はどこから来たのか(…)①	『日本文学盛衰史』作者	石川啄木
	17	同②	『日本文学盛衰史』作者	田山花袋
	18	同③	『日本文学盛衰史』作者	ピン
	19	同④	『日本文学盛衰史』作者	ピン
第二の部	20	原宿の大患①	わたし=高橋	わたし=高橋
	21	同②	わたし=高橋	夏目漱石
	22	同③	わたし=高橋	わたし=高橋
	23	されどわれらが日々①	わたし=藤村	わたし=島崎
	24	同②	わたし=藤村	わたし=島崎
	25	同③	わたし=藤村	わたし=島崎
	26	同④	わたし=藤村	わたし=島崎
	27	同⑤	ぼく=透谷	ぼく=北村透
	28	本当はもっと怖い『半日』	『日本文学盛衰史』作者	森鷗外
	29	WHO IS K?①	わたし=高橋	わたし=〔書き
	30	同②	わたし=高橋	わたし=〔書き
	31	同③	『日本文学盛衰史』作者	石川啄木
	32	同④	わたし=高橋	わたし=〔書き
第三の部	33	やみ夜①	ぼく=平田禿木	平田禿木
	34	同②	ぼく=平田禿木	平田禿木
	35	ラップで暮らした我らが先祖	ぼく=高橋	ぼく=〔書き手
	36	三四郎	ぼく=漱石	三四郎・代助ほ
	37	文学的な、あまりに文学的な	わたし=高橋	わたし=〔書き
	38	そして、いつの日にか	『日本文壇史』作者	内田魯庵ほか
	39	歴史其儘と歴史離れ	わたし=高橋	わたし=〔書き
	40	帰りなん、いざ……	ぼく=高橋	ぼく=〔書き手
	41	きみがむこうから…	ぼく=高橋=書き手=物語作者	『日本文学盛衰史

表『日本文学盛衰史』視点人物・主題・出典ないし作中原事実

と「WHO　IS　K?」の間に入る「されどわれらが日々」の五つの章においてです。それは、島崎藤村の『春』を下敷きに、明治前期の先駆的文学者北村透谷の自殺にいたる日々を、彼を取り巻く年少者の青春群像のうちに藤村を語り手にして描く章です。そこで「わたし（＝藤村）」は、四歳年上の透谷を「あの人」と呼び、その彼の大阪事件からの脱落とその後の文筆活動、そして自殺にいたる日々を語るのですが、その「わたし」の語りが、後にふれるような事情から、ある一定の読者の目には、作中原事実として、「わたし（＝高橋自身）」の「あの人」（実は連合赤軍事件の中心人物森恒夫）への語りかけとダブって聞こえる、そのようにこの個所は書かれているのです。

漱石に関わって問題にされる一九一〇年の大逆事件が、透谷の関与した一八八五年の大阪事件、さらに高橋さんの傍らをよぎった一九七二年の連合赤軍事件と重ねられ、書かれる。その政治闘争経験の重層が、――これは皆さんの知らないことで、それはそれでよいのですが、しかし、――書き手から見た場合の、この部における記述の基本構造となっています。

煉獄から光の方へ

ですから、この小説をダンテとヴェルギリウスが地獄から煉獄、天国を遍歴する三部構成の『神曲』の劇に重ねるなら、第一の部が地獄篇、第三の部が天国篇であるのに対し、この第二の部は、さしずめ、書き手自身が最も自分の死に肉薄する、煉獄篇と言えるでしょう。

さて、このうちの第二十七章、藤村を語り手に透谷の横顔が描かれる「されどわれらが日々」の最後の章で、「あの人」と呼ばれる透谷（＝森）の「わたし」宛の遺書が、読者の前に示されます。ここで作者は、小説を書くようになってはじめて書くことができたといった何ごとかを書き終えているというのが、僕の読みです。それは一般読者にとっては余り意味をもたないことかも知れません。でも作者自身にとっては、いつかは書かれなければならないことでした。作者自身にとってもっとも大きな意味のあることが書かれた、という意味で、その後、この小説には、嵐の後の朝日のように、後光が、さしてきます。淡い光です。そして作者は、ひまわりの首のように、あるいは植物のつるのように、そのうっすらした光の来る方向に頭をめぐらし、そちらに向けて、そろり、そろりと、ほぼ死を通過した弱った身体を這わせていく。

その予後の道行きが、天国篇、次の第三部の行程をなしています。そこで、彼は、第三十三章の作者の青春のはじまりを現在に重ねた「やみ夜①」から、作者にもう一人の分身たる赤ん坊が生まれ、「日本近代文学」の累々とした死者の列の最後に、その赤ん坊が天国の光を受けるさまの描かれる終章（第四十一章）「きみがむこうから…」まで、歩みます。自分の青春、母親、文学との最初の出会い、文学の初心。そういったナイーブなものの浮遊する光景。そこを、本当なら死んで、この世にいなかったかもしれない人が、一個のたましいとなって浮遊し、通り過ぎるのです。すると、読者は、三十センチの水におぼれるトーマス・マンの短編の登場人物みたいに、たわいないものごとに、たわいないと知りつつも、深く動かされる。新しい種類の感動を身におぼえます。

現実と映画とアニメ

この表からわかる第二のことは、これが伊藤整『日本文壇史』の脱構築的作品として、当初、構想されていたらしいことです。描かれる現実の、引用を介しての変容といった問題が、ここに顔を出しています。

たとえば、『日本文学盛衰史』第四章「若い詩人たちの肖像」。そこに明治の詩人東明人見円吉が最初の口語詩「塵溜」が川路柳虹の手で書かれたのを発見するシーンが、こう描かれています。

明治四十年九月の半ばのある日、牛込矢来町の本屋で、発行されたばかりの「詩人」の第四号を読んでいた東明人見円吉は、巻頭におさめられた川路柳虹の新作四篇「新詩四章」のところを開いた。最初の一篇の題は「塵溜《はきだめ》」であった。

（中略）

読み進むうちに、人見東明はからだがわなわなと震えてくるのを感じた。嫉妬と羨望と失望の入り交じった奇怪な感情が渦巻き、めまいがしそうだった。人見東明は「新詩四章」を読み終わると、足早に本屋を出た。東明はうわ言のように「やられた、やられた」と呟きながら歩いた。そのうちに駆け足になった。通行人は大柄で書生風の男が「やられた、やられた、先にやられた」と叫びながら走り去るのを不思議そうに眺めた。（中略）

「たいへんだ……」東明はそれだけをやっとしゃべることができた。口の中がひどく乾いていた。

「……柳虹がとうとう口語詩を書いたんだ！」

四人は茫然として東明の顔を眺めた。

（高橋源一郎『日本文学盛衰史』四九～五一頁）


これに対応する『日本文壇史』の記述は、こうです。


この年の九月のある日、その仲間が人見の留守に上り込んでいたところへ、大男の人見東明がとっとっと急ぎ足に戻って来て言った。

「おうい、柳虹がとうとう口語詩を書いたぞ！」

人見東明はその日牛込矢来町の本屋で「詩人」を立読みし、その巻頭に掲げられた「新詩四章」の「塵溜」を見てじっとしていられなくなり、急いで帰ったのであった。それを聞くと座のものは一様に驚きと、羨望と、先鞭をつけられたものの「しまった」という感じで彼の顔を仰いだ。

（伊藤整『日本文壇史』第十四巻、九〇～九一頁）


『日本文壇史』における伊藤整さんの筆致は、明らかに伊藤さん自身の文学青年時代の功名心を交えた文学熱を重ね合わせるように書かれています。でもそれを下敷きに書かれる高橋さんの『日本文学盛衰史』の記述には、そこからの一つの転覆があります。伊藤さんが「じっとしていられなくなり」と書くところ、高橋さんは「からだがわなわなと震えてくるのを感じた」と翻案する。その「意味」は何でしょう。二つを並べて読めばわかるように、伊藤作『日本文壇史』が明治の文学的現実を自分の文学青年時代と重ね、シリアスな「映画」として脚色、再構成しているとするなら、高橋作『日本文学盛衰史』では、それがいわば、「アニメ」化されているのです。

伊藤の記述に出てくる人見は文学青年ですが、高橋の記述に出てくる人見はアニメに出てくる文学少年あるいはおばかさんみたいです。「やられた、やられた、先にやられた」と叫んで駆けていく大男(笑)。伊藤におけるようには、高橋にあって文学は、もう信じられていません。世間でだけではなく、高橋の中ですら、もう「文学」は、ホコリっぽい路地に投げ捨てられ、死んでいるのです。でも、高橋はその打ち捨てられた「文学」を拾い、もう一度、継ぎをあて、さあしっかりやるんだ、とお尻をたたいて、舞台に押し出す。ここで文学は「突っ立っている」死体、でも、そのようなものとして夢を託された「歩く」ゾンビです。「日本近代文学」といっても、何ら実体のあるものではない。それは、かつて作者の心を奪ったもの、そして、すっかり落ちぶれてしまったいまも、心をとらえて離さない「夢」です。そこにあるのは盲目的な愛、妄執。ですから、作者は、文学の言葉、内面、秘密、性について語っても、それを信じているのではない。真剣に本心から語るのですが、その中身は問題ではない。空っぽでは困るというので中にボンボンを入れてますが、ほんとの贈り物はその小物入れ、容器の方なのです。

「日本近代文学」、「文学」、それが心をひきつける夢としてあること、そのことが夢の本質です。それは、彼の心をとらえて離さない。もうそういうものが死んでしまい、霧散しているのを知りつつ、彼は「日本近代文学」への自分の夢を、仮構し、それを、追うのです。

一枚のパッチワークがなぜ死者の「よすが」になるのか

これだけの確認をしたうえで、もう一度、先に出しておいた問いに戻ってみましょう。では、なぜこういう、話としては毎回のように違う、継ぎ接ぎだらけの布、一枚のパッチワークのような小説が、僕たちの心を一編の作品として、動かすのか、と。

僕が思い出すのは、昔どこかで見たこんな話です。エイズという病気が現れ、人々を震撼させたとき、たしか米国でだったと思いますが、死にゆくエイズの患者を支えるために彼ないし彼女を記念し、記憶し、思い出す「よすが」として、一枚のパッチワークで作ったその人のキルトを作るという運動がありました。僕はテレビでそれを見たのですが、一人の人間を記憶する「よすが」が、さまざまな断片からなる一枚の図柄だという事実に、なぜか強い印象を受けました。

エイズは、いまもある部分、そうですが、当時は、もっと得体の知れない、それにかかったとなったら確実にほどなく死ぬ「呪われた」病気でした。つまり家族からも社会からも、公認を受けない病気でした。なぜ一人の人間の思い出が、さまざまな断片の集積それ自体の固有性という形をとるのか。それには、まず、患者を看取る人たちと、患者自身の関係が、断片的だ、ということがあるでしょう。かつてのように、家族の中に患者が場所を得ており、そこで確乎とした家族ないし共同体に看取られ、死んでいくのなら、「よすが」は、一個の墓石、一枚の写真、一個の祭壇の形になるはずです。でも、その思い出を受け取る場所がない。それを設置する場所がない。あるいは、患者自身が、自分の顔つまり公認部分との接点が、エイズ死者の写真として残ることを喜べない。そのようなさまざまな事情が、新たに、いわば急遽彼ないし彼女の周囲に集まったボランティアの人々の手になる死にゆく患者の記憶の「よすが」としてのパッチワークのキルト作りという出口を、もたらすことになったのでしょう。

そこで、キルトのパッチワークは、にわか作りの看取る人々と彼らに看取られる人の関係を、また看取る人々同士の断片的な関係を、またいつも畳んで仕舞える携帯性を、さらに患者自身の社会との不安定なままの関係を、そして死者自身の像を結ばない死への不安を、そしてまた、にもかかわらずかけがえのない一人への彼を見守る人々の思いを、その断片性、携帯性、形としての流動性のうちに、表現しているのです。

それと同じことが、高橋の小説について、またそれに代表される現代の先行的な作品について言えると思います。

近代以前は共同体が確乎としてあり、そこに語られたのは「神話」であり「物語」でした。そこから個が析出されてはじめて個別の虚構による「小説」つまり近代小説が生まれました。僕は、十九世紀は近代小説の「虚構」の世紀だったでしょうが、二十世紀は現代小説の時代で、それは、近代小説の壊れとしての「虚構の壊れ」の時代だったのだと考えます。エイズ患者が死んでいく。彼を記憶する「よすが」として、これまでにない新たな「形」が生まれる。それがパッチワークのキルトだったように、この新しい時代の「私」の散乱した「夢」と「失意」を描こうとすれば、それは、これまでの小説とはだいぶ違ったものとならざるをえない。そして、そのもはや一編の近代小説にはならないという断片性の「余儀なさ」が、もし徹底した深みで生きられているなら、今度は、そのことが読者を動かすのです。

高橋さんの作品は、なぜあの断片性ともいうべきあり方で、読者を動かすのか。そこにあるのが、この断片性の「余儀なさ」にほかならず、それを感じればこそ、僕たち読者は動かされるのです。

iii 「テクスト論破り」の欲動

『さようなら、ギャングたち』との同型性

高橋さんの小説では、つねにそれがちゃんとした小説になろうとすると、それからの逸脱が起こります。その逸脱が徹底していることから、右の「余儀なさ」がやってきます。でも、この徹底ぶりが、かえって高橋さんの作品の原型のようなものを浮かび上がらせるのも事実で、『日本文学盛衰史』の三区分、第一の部（地獄篇）の「文学と言葉」（言葉の革命と性の革命）、第二の部（煉獄篇）の「政治と文学」（政治の革命と文学の革命）、第三の部（天国篇）の「私と世界」（極私から脱自へ）という三つは、よく考えてみると、彼の最初の小説『さようなら、ギャングたち』と、同じです。そこでも小説は、三部構成となっていて、それぞれ第一部「『中島みゆきソング・ブック』を求めて」、第二部「詩の学校」、第三部「さようなら、ギャングたち」が、自分の私的な世界へのまなざし（私の世界）、詩の革命（言葉の世界）、政治の革命（政治と文学）に、対応していました。

余談ですが、このことは、彼の小説家としての動態が、往相型というより還相型であること

を語っています。彼は小説家として、構築しようとするよりは、当初の自分の構築の意図に抗い、その構築を崩す過程を書き手として生きようというタイプです。構築物に向かってしっかりと歩んでいくタイプが村上春樹さんだとすると、いったん山のてっぺんまで上ってそこから一気に滑降する、それが書くことにあたるといったタイプの小説家が高橋源一郎さんだと言えるでしょう。

ですから、まず枠組みとして準備した構築物を、崩れる頂点のところまでもっていって、さあ崩壊がはじまる、というところから小説をスタートさせるのが高橋さんの本領で、何となく彼には世界で一番大きな波の到来を、何カ月も待ち、それがくると腰をあげ、その大波が崩れてできる「チューブ」をあざやかに滑降する勝負師のサーファーといった趣がある。サーフィンというのは、大きく崩れる波がないと仕事にならないわけで、スポーツとしては不安定な種目ですが、そういう意味で、高橋さんはポストモダン文学時代にあって希有な、破滅型の小説家と言えます。そのため、サーフィンがうまく行った場合には彼の小説制作行為の原型がいつも露わになる。それが、言葉（＝文学）と政治（＝革命）と私（＝性）の三すくみ。そのアマルガムの構造です。

壊される小説の声の一体性

さて、この小説は断片性の「余儀なさ」で人を動かすと言いました。その「余儀なさ」の感じはどこからくるのでしょうか。

その出所を、僕はこう言ってみたいと思うのです。この小説で、途中から、もう高橋さんはそれまでこの小説をこうしよう、ああしようと思っていたあらかじめの構想といったものを全部チャラにしてしまい、それを「何でもあり」の空間にして、壊れるなら壊れてみろとばかり、飛行中のヒコーキから空に身を躍らせている。第二十章以降の〝大沢崩れ〟がそうだ。ふつうそれは投身自殺と言われているけれども、ここでやられているのはそれと違う、それはパラシュートなしの、スカイダイビングなのだ、と。

そういう意味では、これまで誰もここまで大胆に、小説を書くことが人の前に開く落下口だとばかり、書き手として、書きつづける原稿用紙の前方に開く空白の大空に、「アバヨ」と身を躍らせはしなかった。この小説の作者は第二十章「原宿の大患①」以降、完全に「何でもあり」の心境に突入しており、そこにはいま連載中の雑誌の編集者も出てくれば、森進一狂いの「作者の母」も、自分がつい最近出席した「野間宏の会」も出てくる。それどころかそこで小説は途中から「評論」になりさえもする。滅茶苦茶なことが起こっているのです。

それなのになぜ小説であり続けられるのか。その理由は小説を壊すという行為がそこに持続して遂行されているからでしょう。その結果、小説は壊れ、断片になる。しかし、小説を壊すという行為により、逆説的に、この作品は一、体、の、も、の、として、読者に働きかけることをやめないのです。

これが、断片性の「余儀なさ」が、「余儀なさ」として一つの身体をもち、人を動かすということの中身でしょう。小説の空虚への投身、書くことの投身は、生きることの投身に似ています。その果敢さ、書くことの自暴自棄の力が、その踏み出しの一歩の「余儀なさ」の感じを通じ、僕たちを動かすのです。

そう言うと、いや、そんな耳の脇を過ぎる時速三〇〇キロもの落下音なんて小説のどこからも聞こえませんよ、という声があがるかも知れません。でも、小説というのは、自動車ではなくて飛行機です。自動車なら、どれ行ってみようかと目的地がなくとも出発することができる。でも飛行機は、どれ飛んでみようか、というわけにはいかない、それは飛ぶ前に目的地、つまり着陸する場所を確保しなければ、出発した後、どこかの大地に衝突しかありません。小説は、いったん書き出されると――そしてそれが連載小説の場合ならなおさらのこと――、人を大地から引き剝がし、一歩間違うと人を落下させる、危険にみちた空間と化すのです。

書かれた言葉からはたしかにそういう耳のすぐ外を過ぎる風の擦過音は聞こえません。でも、時速三〇〇キロの落下が、見えもしなければ感じられもしないこと、僕たちの前にあるのがのほほんとした高橋さんの言葉だけであること、それも考えてみると怖いことだと思いませんか。それが書くことの落下です。真に危険であることとは、そこに危険がある場合、それがどこにも感じられない、という形で現れるのです。

ですから、『日本文学盛衰史』は僕の読みに従えば、先の分類でいう第二の部から、新しく別の動きを加える。作者はそれ以来、飛行機から身を躍らせ、落下する。残りの飛行機は、操縦士なしで空をゆき、これはこれで危険きわまりないし、操縦士は空をパラシュートなしで落下中、これはこれで危険きわまりない、そういう書き手と作者の分離した飛行、滑降が、ここからはじまっています。

北村透谷と森恒夫

この投身行為、書き手と作者の分離は、その後この小説をどんな場所に連れてゆくのでしょうか。そして、僕たちをどのような理由で動かすのでしょうか。このことに関し、ここでは、三つのことを言ってみます。

第一は、前回述べた北村透谷の遺書が書かれる第二十七章の問題です。この記述の背後に作者は連合赤軍事件と自分の関わりを作中原事実として書き込んでいるというのが僕の読解です。連合赤軍事件は、高度成長期のバブルがはじけた一九七二年に起こっています。それ以後、学生反乱の機運が急激にしぼみ、時代の気分が「明」から「暗」に転じたという意味では、日本の近代史上、一九一〇年の大逆事件に比される画期性をもつというのが僕の評価です。高橋さんはその時二十一歳、事件の同時代人ですが、それからほぼ十年後の一九八一年に書かれた『さようなら、ギャングたち』(一九八二年刊)の第三部で、警察の装甲車に「ギャングたちに告げる。／君たちは完全に包囲されている。／無駄な抵抗はやめ、直ちにそこから出て来なさい」と通告され、その後、全員射殺される「ギャングたち」の最期が描かれるのは、「作中原事実」として言うと、この事件のことです。

ところで、高橋さんは、それから十七年たった九八年、この小説を連載するかたわら、あるエッセイで、自分にとって「忘れえぬ思い出」として、読む人が読めばわかる形で、自分とこの事件の関わりを明かしています（「文学の向こう側Ⅱ」『文学なんかこわくない』朝日新聞社、一九九八年）。それによれば、六八年のある日、当時高校三年だった高橋さんは、京都のある大学のサークル室で一人の過激派の活動家と二人きりで向かい合っています。その活動家は高橋さんに彼の党派への加入を勧めるのです。高橋さんは結局その党派に入りませんが、その後行くことになった大学で別の党派に入ってからも、ずうっとその過激な党派のことを気にかけていたと、書かれています。読んでいくと、実名をあげているわけではないけれども、その活動家が、連合赤軍事件の中心人物として七二年二月に逮捕され、七三年の一月一日――これは高橋さんの誕生日ですが――拘置所で自殺しているのを発見された、森恒夫という人物であることがわかり、ギョッとします。

前回ふれたように、第二部では「原宿の大患」の断章群のあと、島崎藤村の『春』を下敷きに、「されどわれらが日々」という断章群が書かれ、一人称の「わたし」の藤村が、先駆的文学者であった「あの人」北村透谷の困難な闘いと自殺について、その志を継ぐ者として語っています。両者の年齢差は四歳でした。そのくだりが、いわば作中原事実的に、作者高橋が自分より七歳年上だった森恒夫のことを「あの人」として語るテクストとして、読者の前に現れている。それが前回述べたことの背景として、僕が用意していた読解でした。

「ゴースト」の登場

この「されどわれらが日々」断章群の最後に、「あの人」が藤村宛に残したという遺書が、今度は透谷が「ぼく」と一人称を使って藤村に向けて語る形で出てきます（第二十七章「されどわれらが日々⑤」）。僕は高橋さんが九七年、ほぼ七年越しの労作『ゴーストバスターズ』を刊行したとき、作品の細部は面白いのに、主人公たちが退治しに行く「ゴースト」が最後まで「出る出る」と言いながら出てこないことに、失望をおぼえました。このような小説であれば、最後に、どんなに困難でも「ゴースト」が出てこなければ、読者は、なあんだ、狼少年じゃん、と思ってしまう、と考えたのです。その、『ゴーストバスターズ』に遂に出てこなかった「ゴースト」が、出てきた、とこの章を読んだ時、思いました。お前は「ギャングなのか、詩人なのか」という問いが『さようなら、ギャングたち』には出てきます（「あんた、ギャングなの？　詩人なの？」）。自分はどうすればよかったのか。「あの人」はなぜ死んだのか。さまざまな形で高橋さんの小説には、それ自体として断片化し、無意味となったこの問いが「ゴースト」のように木霊しているのですが、ここで作者は、それへの答えとして、「あの人」が語る「遺書」をここではじめて、読者の前に差し出しているのです。

それは、こう終わっています。

島崎。

ぼくのいる場所は暗く、そして寒い。

ぼくの言葉は貧しく、またぼくの論理は痩せこけている。ぼくの否定は、次の誰かの否定を産むだろう。ぼくに見えるのは、ここから果てしなく続く否定の連鎖だ。

否定はいつか偉大な肯定に変わらねばならない。けれども、それはぼくには不可能なことなのだ

（『日本文学盛衰史』四〇一頁）

なあんだおっさん、いやにセンチメンタル、と言われそうですね。そう、書かれてみれば、こんなもの。でも、なぜ、この遺書として書かれた文章、このくだりが僕を動かすのかを言いましょう。ここに書かれていることが素晴らしいからではありません。どんなことも書かれてしまえば、輝きを失い、貧しい、ちっぽけな言葉であることを露わにするのです。でも、これはそういう、輝きを失った言葉、貧しい言葉、ちっぽけな言葉です。こう考えて下さい。なぜこの、読者にとってはほとんど無意味でもあるだろう一歩が、彼にとって重大で、かつどうしても三十余年の間、踏み出せない一歩だったか。そしてそういう一歩がなぜここではじめて、可能となっているのか。それは、先の問いが不自然な問いだからです。彼が自分に対し不自然に置いた問いなのです。そこを自分の妄執の原点に設定した。それは彼が彼にかけた「呪い」なのです。その呪いが、ここで解けている。なぜ解けているのか、と言えば、それこそ漱石の修善寺の大患にも比される、ほとんど死にかかるという経験が、彼を解放したからだろう、その後、彼に新しい子供が授かった、そんな経験が訪れたからだろう、と僕は感じます。いや、間違わないで下さい。この小説にそう書いてあるのです。この小説から、そういう「作者の像」がやってくるのです。この第二十七章をへて、次にこのあとふれるフィクションとしての『こころ』の「K」をめぐる批評的考察がくると、以後、この小説は、あの「天国篇」、作者高

橋のあえかなと言ってよい弱い光につつまれた私性の世界に踏み入っていきます。この個所の文章のうちのいくつかは、世界のはじめての朝の光の中で、ふるえているでしょう。そこには人が一生のうちでそれほどは身を置けないだろう「世界との和解」のありありとした感じが漂っている。それは、永遠の和解ではありません。つかの間の和解なのですが、永遠の和解などないという人間にとっては、つかの間の、ウソの和解、それが世界との和解なのではないでしょうか。

虚構としての文芸批評

第二は、ここにふれた『こころ』の「K」をめぐる批評的考察がこの小説のなかでもっている意味についてです。石川啄木の「時代閉塞の現状」は、日本の近代史のなかで五指に入る鋭い論考ですが、生前は発表されませんでした。でも、読むと、朝日新聞の文芸欄を「本欄」と呼んでいるところから、当初、朝日の文芸欄への寄稿原稿として書かれたことがわかります。これが書かれた一九一〇年当時、この欄の主宰者は夏目漱石でした。一方編集の実務を担当した弟子の森田草平と啄木の立場には、だいぶ大きな隔たりがありました。ですから、そのきっかけの原稿依頼は、漱石からなされた可能性がないとは言えない。でもなぜか、これまでそういう可能性を正面から検討した論考がなかったものですから、そのことに着目し、作者高橋は、ここに次のような話を作り、それをもとに「文芸批評を行う」のです。すなわち、漱石がこれを原稿依頼したものの、大逆事件後、社会の空気が激変したため、朝日はこの原稿を載せない。それを漱石自身も、修善寺の大患の混乱の中にあったこともあり、追認する。そしてその見返りに、啄木は朝日新聞の歌壇の選者となる。そういう事実がここにはあったのではないか。しかし、それからほどなく啄木は死ぬ。漱石の中に、一つの「うしろめたさ」が残ったであろう、と。

そして、その推測を足場に、一九一四年に書かれる『こころ』に出てくる、先生の裏切る相手の「K」とは、実は、啄木のことではないか。それというのも、幼少時、啄木は工藤一という戸籍名をもっていた。そういう推測が、一つの『こころ』の文芸批評の読みとして、提示されます。

でも、ここに一つの問いが残る。つまり、こうした「文芸批評」がこの「小説」に占める意味とは、何なのか。小説の中に突然、文芸批評が入ってきてしまう、それでも小説が壊れない。そのことに驚くのでないと、僕たちは、これを小説として読んだことに、ならないのではないでしょうか。

そしてそう考えてみれば、たしかにこれを作者は、虚構として書いているのです。文芸批評が虚構だというのはどういうことか。

前回書いたように、漱石の作品は一種のミステリーとして読むべきではないかとわたしは考えている。漱石は、たとえば同時代の島崎藤村が『桜の実の熟する時』で書いたような、現実世界と直接対応する登場人物や事件を持つ作品はあえて書かなかった。だが、同時に、漱石は恣意的な物語を書こうともしなかった。彼は、現実に起こった事件をヴェールに隠して書いたのである。

（同、四三一頁）

小説はたとえばこう書かれますが、ここで書き手「わたし」はほぼ高橋さん自身のように見えるけれども、でも、ほんとうは「ほぼ高橋のように見え」つつ「高橋」ではない、『日本文学盛衰史』の書き手です。

どういうことか。この部分は最後、漱石をオポチュニスト扱いにする展開となっていて、僕は大いに不満なのですが、ここに言うのはそれと別のことです。このような「物語」を引き出すため、高橋さんは、その文芸批評の部分の引用文に、これも誰もがわかる虚構を加える。「時代閉塞の現状」執筆当時の明治四十三年（一九一〇）、啄木は日記をつけておらず、この年に関する述懐としては、次の年に前年を回顧した数ページの記述があるだけなのですが、その啄木の「明治四十四年当用日記巻末補遺」中「前年（明治四十三年）中重要記事」（『啄木全集』第十六巻、二二四頁）のくだりを作者高橋さんは、一部改竄し、その上で、この部分の「書き手」タカハシに、これを引用させているのです。これが改竄であることを小説の作者高橋さんはむろん知っている。しかし、作中の文芸批評部分の書き手である「わたし」は、それを知らない。引かれている次の部分の傍点個所は、啄木の文献には存在しません。

「思想上に於ては重大なる年なりき。予はこの年に於て予の性格、趣味、傾向を統一すべき一鎖鑰を発見したり。社会主義問題これなり。予は特にこの問題について思考し、読書し、談話すること多かりき。ただ為政者の抑圧非理を極め、予の保護者、ついに予をしてこれを発表する能わざらしめたり」　（同、四二九頁、傍点引用者）

つまり、文芸批評のくだりのうち、「予の保護者」（漱石か）が発表させなかったと読めるくだりは、捏造です。ここでは作中の「文芸批評」が文芸批評丸ごと、虚構なのです。

時速三〇〇キロの落下音

するとどういうことになるのでしょう。僕は先に大江健三郎の『取り替え子《チェンジリング》』が作品に「現実の写真」を取り込むという身ぶりを見せたことをとらえ、ここには「批評への挑戦」がある、と書きました。そして、今後、直接の影響関係なしに、この種の新しい動きが、鋭敏な小説家たちをとらえることになるだろうとも述べたのですが、現に、さまざまな同時代の小説家の身ぶりのうちに、それが現れてきているようです。

そしてこれが三つ目のことですが、実は、この小説には、あの「原宿の大患」の個所で、やはり「現実の写真」が作品中に入り込んできているのです。作者高橋の胃潰瘍の胃カメラによる患部写真というのがそれです。単行本ではそれはカラーで載っています。では、ここで作者は何をしたことになるのか。なぜそんなことをするのか。「やりすぎ」ではないのか。そう聞かれれば、高橋さんも答えに窮し、笑いにまぎらせ、こう言うでしょう。「でも、やってみたかった」のだ、と。

僕の考えでは、ここにあるのは「テクスト論破り」の欲動です。これについては別に書いているので場所を譲ります（『テクストから遠く離れて』講談社、二〇〇四年）。ただ、一つはっきりしていることがある。高橋さんは自覚していないのですが、従来の文学作法ならぬ、これまで彼自身の信奉してきた小説制作の文法（コード）――それがテクスト論と呼ばれる「作者の死」を標榜する文学理論ですが――、それを、踏み破ろうとしているのです。僕の考えでは、あの意味をなさない「胃カメラ写真」の挿入は、そういういわば「もう戻れない一歩の踏みだし」を象徴する行為にほかなりません。

それ以後、小説は、これまでの彼の文学の命綱からも切断され、それこそ「何でもあり」の空間となります。現実の人間がそのまま出てくる。どこからがフィクションでどこまでが事実か、少なくともテクスト論と呼ばれるこれまでの批評の理論では、もう追えません。彼自身、自分のやっていることの意味はわからないのです。これは完全にナンセンス、「やりすぎ」の文学的愚行です。もう何の後ろ盾もないことを自分はこの不思議な書き物でやっている、それにどんな意味があるかなんて、知るか！　という時速三〇〇キロの落下音だけが、彼の耳に聞こえているでしょう。

これまで何度かふれたように、この後、小説には後光のようなものがさす。弱い光が小説の空間をみたす。そして、小説の作者タカハシに新しい子供がやってきて、近代文学史を飾ってきた数多くの作家たちの死亡記事が列挙されるなか、作者の書くことを通じて生きることの希望のようなものが、誰の心にも伝わる微弱さで、届けられます。

　でも、なぜ、そんなふうに小説が展開して、書き手も読み手も、うん、これで小説が終わった、と思えるのか。不思議議です。でもあの時速三〇〇キロの落下音がそこに余韻として響いています。そのことが僕たちに伝わってくる。そのことが僕たちを動かしているのです。

8

脱ポストモダンの小説へ——阿部和重『ニッポニアニッポン』

i　奇怪な時間構造

二十一世紀的なせせら笑い

ここでは、一転して若い阿部和重さんの二〇〇一年作品『ニッポニアニッポン』を取りあげてみます。阿部さんは、一九九四年の群像新人賞受賞作『アメリカの夜』でデビューした近年最も力ある中堅小説家の一人です。デビュー作『アメリカの夜』は、非常な才能を感じさせる図抜けた新しさをもつ作品でした。数年前、遅蒔きながらこれを読んで、その面白さに一驚を喫しましたが、一緒に読んだ小説好きの若い人が、こぞってこの作に熱狂的な歓迎を示したことが、印象的でした。

さて、今回この作品を取りあげるのは、これがその彼にとっての最新作で、このところこの連載を通じて浮上してきている僕自身の関心――いわゆる「テクスト論破り」とも言いうる小説の世界の新しい動き――に呼応した動きが認められるということもありますけれども、何より、この作品に独特の読後感があり、それを僕として言葉にしてみたいというのが第一の理由です。この作品には『アメリカの夜』『ABC戦争』『無情の世界』に続くこの作者に独特な、えも言われない、いまの若い人に固有な切実なせせら笑いとも言うべきものがあります。しかし、さしあたっては、この作品の特異な書かれ方、それが、この作品の意味を取りだすよい糸口になるでしょう。前回から続きの「テクスト論破り」の小説ということが、今回も読みの登山口になってくれます。

「セヴンティーン」との対照——裏返されたテロ小説

『ニッポニアニッポン』は、話の開始時で十七歳の少年の、「テロ」の物語です。そういう意味でこれは、意外に思われるかもしれませんが、一九六一年に書かれた大江健三郎さんの「セヴンティーン」と近親関係にある作品です。紙数の関係ですくなくともいま、両作を比較できないのが残念ですが、関心のある方は、たとえば大江さんのこの小説の冒頭部分を読んで、それから『ニッポニアニッポン』の主人公の太字で書かれた日記部分を見てみるとよいです。僕の言う意味がわかるはずです。

しかし、一方が現実のできごと（＝一九六〇年の十七歳の少年による政治家暗殺）を受けて書かれた小説だとすると、こちらでは、その関係が逆転されている。その対照が、この作品を見る上での登山口で、ここでは、そのあたりのことを、追々、語ってゆくことになります。

まず、主人公は、鴇谷春生《とうやはるお》。彼は、中学二年生の時に恋心を抱いた本木桜という同級生への性的妄想を綴ったノートを学内でばらまかれ、それがきっかけでその女の子に敬遠されるようになり、学内で孤立し、特殊な眼で見られ、逆に相手への固着度を募らせます。そして、別々の高校に通うようになると、ストーカー行為を働き、留守中に相手の家に侵入して相手の女の子の日記をのぞき見るまでになります。その侵入行為は暴かれないですみますが、ストーカー行為、学業放棄、関係する人物への個人攻撃など異常行為の程度が無視しえないものになり、退学を余儀なくされ、東京で洋菓子店を営む父の友人のもとで職人見習いとして働くことになります。

その高校退学が二〇〇〇年の秋のこと。小説は、この十七歳の春生が親に買わせたノートパソコンのインターネットを頼りに東京で一人の生活をはじめ、二〇〇〇年十月十四日の中国の朱鎔基首相の来日に際し、中国産トキ（メイメイ）が日本にいる雄のトキの相手として日本に贈与されたことを知って、トキと自分にかかわる妄想を募らせるあたりから、物語として展開し、一年後、佐渡トキ保護センターに飼育されるトキ（ユウユウ）の密殺をめざすべく、春生がそこを襲撃し、逮捕されるまでを描きます。主人公＝視点人物は「春生」「彼」と三人称で呼ばれ、一方、そう語る語り手が誰なのかは、不明です。

『共生虫』との違い

この作品の書かれ方としての特異さを、一言で、現実と非現実のあわいを無化した場所に成立する作品と呼んでみましょう。それはこういうことです。第一に、この作品は、自閉的で、友達というものがまったくいない主人公の上京直後のアパート暮らしを描くところからはじまります。主人公はインターネットを使い、トキ襲撃をめざしますから、容易に、インターネットを使い、テロ的な行為を行う「ひきこもり」青年を描く村上龍の二〇〇〇年刊の作品『共生虫』を連想させることになります。阿部という人は、非常に意識的な小説家ですから、たぶん、この作品を念頭に、自分の作品を構想したでしょう。ところでこの村上さんの作品と重ねると、今回の作品の新しさがよくわかるのです。

『共生虫』は、主人公のひきこもり青年が、共生虫という虫の存在をインターネットで知り、さらにインターネットを使って太平洋戦争時の防空壕に放置された旧日本軍のイペリットガス弾にたどり着き、テロ行為をめざす話です。話の枠組みだけ取ると、『ニッポニアニッポン』は、それと同型になっています。でも、いったんそこでの小説におけるインターネットの使われ方に目を向けると、両者はまったく違うのです。

『共生虫』では、インターネットは、新しい社会現象として、この作品にいち早く取り込まれた文学的なアイテムです。たとえば主人公は埼玉県と東京都の境目に位置するという野山南地区の瑞窪公園というところをウェブサイトで見つけ、そこを訪れますが、それは現実に存在しない虚構の場所、地名です。インターネットは小説に登場するのですが、その中身は、すべて小説家の作り出したフィクションで、現実とフィクションのあいだは、峻別されているのです。

これは、社会に新しい局面が現れると、しばしば見られる、それ自体としては通俗的な文学的光景です。ですから、この作品が谷崎潤一郎賞を受賞するに際し、その選考にあたった老年の小説家たちが、インターネットについて余り知らないままに、その趣向とその後の展開を面白いと評したのは、象徴的な光景でした。インターネットは、いわば新奇な文学的アイテムとして無害化され、玩具化されてここに現れています。その結果、現実のインターネットの側に、小説に寄生したkyoseichu.comなどという贋造のウェブサイトが生まれたほどです。僕も一度アクセスしてみましたが、これは玩具のサイトでした。

これに対し、『ニッポニアニッポン』では、登場するインターネットのウェブサイトは、すべて現実のものです。そしてそのことが過剰なまでに徹底しています。たとえば、そこに出てくる住所は、省略されていません。そこで主人公は、トキの襲撃のため、佐渡トキ保護センターの警備体制を知ろうとウェブサイトにアクセスし、ついで、「Mainichi INTERACTIVE」の「『トキ』ウェブ資料館」、さらに「トキ保存・再生プロジェクト」を推進する「早稲田ウィークリー」のコラムの石居進教授という人の記事を検索しますが、これらは、作中にゴチックで記された通りの用語を検索エンジンにかけるなら、読者の誰もが自分のパソコン画面で出会えるものなのです。つまり、この小説は、その一番深いところで、現実とつながっている。そこで現実と非現実の境界は無化されています。

前章で、僕は、高橋源一郎の作を取りあげ、そこで文芸評論がフィクション化されていると言いました。その一方で、作者自身の現実の胃カメラの写真が作品に入ってくる。現実の編集者などが実名で登場して、フィクションが現実と通底しているとも言いましたが、それに似て、『ニッポニアニッポン』には、現実の文献がそのまま何の虚構化も施されることなく引用(?)され、実際のウェブサイトがそのままで小説の基底を作っているのです。

時間的構造の未完性

それだけなら、なあんだ、文学的な現実取り込みの身ぶりをもう少し大振りにしただけじゃないか、と言われるかも知れません。もう一つ言いましょう。この現実と非現実の境界の無化によってこの小説が成立させられているということの二つ目の指標です。

この小説は、『新潮』の二〇〇一年六月号に掲載されました。ですから、この年の五月に発表されています。でも、読んでみると、話は前年（二〇〇〇年）の秋、だいたい十月あたりにはじまり、たぶん執筆時期と重なる二〇〇一年三月くらいの時点での新たな事態の出現と主人公春生のこれへの対処が記された後、一挙に二〇〇一年十月という時点に飛び、その時点でのトキ保護センター襲撃の話となって終わります（この間、桜が投身自殺しています）。すると、どういうことになるのでしょうか。この小説は、雑誌掲載の後、すぐに単行本化され、二〇〇一年八月三十日に刊行されました。ですから、いまから見ると、その事実が見えにくいのですが、刊行時点ですら、読者は、その話がまだどうなるかわからないものとして、――つまり数カ月後に起こる話として――トキ保護センター襲撃の部分を読むことになっていたのです。表を用意しましたから見て下さい（二三九頁参照）。

刊行時点以前までの小説の部分がれっきとしたフィクションなら、これは単なる近未来小説ということでしょう。でも、この小説の場合、刊行時点までは小説と現実が地続きになっています。二〇〇一年二月の「えひめ丸」事件も出てきて、春生に感想を抱かせるのです。ですから、論理的には、この小説が刊行された時点で、ここに描かれた話が、現実でないとは誰にも言えない。ことによれば、これは、主人公の少年春生の物語ではなく、小説家阿部和重が本当にトキ襲撃を計画している、その公開記録かも知れない。いや、むろんこれはないですが(笑)。しかし、論理的にはこういう可能性を誰も否定できない。つまりここで、そしてこの時点で、現実と非現実の境界は、消えているのです。

その奇妙さの証拠として、ここにこんな記事があります。朝日新聞の二〇〇一年十月二十五日の新潟版の記事で、「佐渡のトキ密殺小説に緊張　『Xデー』無事、警備見直しも」。

ユウユウを殺す――。佐渡トキ保護センターで飼育されているトキの優優《ゆうゆう》を、少年が暗殺しようとする内容の小説が、現実のセンターにも緊張を走らせた。少年が計画を実行に移すのは10月14日。センターではこの日、警備を強化。結局何も起きなかったが、小説のリアルな内容に、警備態勢を見直す動きも出ている。

記事によると、「県の担当者」は「小説では、警備会社から警備員が到着するのにかかる時間まで調べている。新しい警備態勢を考えねばならない」と真顔で話したとのこと。でもその「緊張」と「真顔」の理由は、この作品の「リアルな内容」にあるのではありません。リアルな作品なら沢山あり、ある意味で、村上龍の『共生虫』はこの作品以上にリアルな内容を含んでいます。本当の理由は、一つに、記事も言うように「小説の中で少年がインターネットで集

2000	初秋	春生退学・上京
	10・14	メイメイ寄贈
2001	4・15	春生誕生日、18歳。重大決心。翌月、**春生の山形行。**
	＊この間記述なし、4月29日に本木桜自殺していることが後に判明。	
	5月	〔『ニッポニアニッポン』発表（『新潮』6月号）〕
	8月	〔『ニッポニアニッポン』単行本刊行〕
	10・13	**春生の佐渡行。**桜と瓜二つの瀬川文緒に会う。
	10・14	トキ襲撃。翌朝逮捕される。〔佐渡トキ保護センターが厳重警備態勢とる〕
	10・25	〔朝日新聞新潟版に厳戒態勢の記事出る〕

表　『ニッポニアニッポン』執筆と物語進行の対応

めたトキの情報は、新聞社や大学が実際にホームページで公開して」おり、現実と地続きであること、二つに、この小説が、時間的に現実に口を開けたまま、不思議な形で刊行されているからなのです。

語り手はどこにいるのか

では、この小説の不思議な性格は、読みにどんな影響を与えることになるでしょう。先に述べたように、この小説は三人称で語られています。主人公＝視点人物の春生は、家の中で両親に暴君のようにふるまう、自己顕示欲が旺盛で自分を客観視できない身勝手な少年です。でも、これは阿部さんの小説のどれにもいえるのですが、ここには奇妙な清潔感というか、醒めた感じというのが持続していて、読んでいて読者はいらいらするということがありません。主人公自身はこういう視野狭窄的な人物なのですが、彼を語る語り手は、あるいは——これは別の作品の場合ですが——彼が自分を語る語り自体は、主人公のその身勝手さを強力に客観視できる冷静な視界をもつ人物に――語りに――設定されているのです。

たとえば、こんな記述があります。春生は思う。さんざん乱獲して絶滅に追い込んでおきながら、国鳥ニッポニア・ニッポンだからといって中国産のトキを連れてきて、繁殖させて、血統を維持しようというのは、そしてそれをもって日本の伝統が維持されたというのは、ちょっと手前勝手な「人間の書いたシナリオ」というべきではないか。これに続いて、

この俺が、「人間の書いたシナリオ」を全部ぶち壊してやる――このように心で呟くと、春生はとてもいい気分になれた。久方ぶりの、刺激的な決意だった。
　自分自身もまた、トキを出汁《だし》にして自己満足を得ることを目論む側の一人にすぎぬのではないか、などとは、春生は考えてもみなかった。この時分の彼は、自らの善意を信じて疑いもしなかった。とはいえ結局のところ、春生はトキを出汁にして「人間の書いたシナリオ」をぶち壊したいだけだった。彼がそれをはっきりと自覚するのは、もうしばらく先のことだった。

(『ニッポニアニッポン』四二頁、傍点引用者)

でも、ここからはこんな問いが浮かびます。これを語っているのは、つまりこの小説の語り手は、誰なのか。最後、二〇〇一年十月十四日に決行される春生のトキ保護センター襲撃の企ては、警備員一名を刺殺したあげくトキ二羽は「今にも」檻の外の空に「飛び立とうとしていた」と書かれますが、どうも未遂に終わった形勢で、そして朝、彼が佐渡の両津警察署近くの

路上にレンタカーをとめたままのところを警官に踏み込まれ逮捕される、というアンチ・クライマックスで終わります。でも小説はそれで終わりません。その後、語り手は、数カ月前、春生が拳銃トカレフを購入しようとしたときフリーメールでやりとりをした相手がこの襲撃のニュースを見て、このできごとを仄めかした相手、つまり春生とのやりとりを思い出すところを描きます（一五七頁）。しかも、その相手が実はひきこもり系の小学五年生の子供であることを明らかにして小説は終わっているのです。

また、小説には、誰か「正体不明の男」から最愛の人本木桜の声を録音した悪戯電話が春生の携帯に二、三週間に一度、かかってきて彼を嘲弄するとも語られていて（七九～八〇頁）、これについても、いったい誰の仕業なのだろうと読者は思います。声自体は「自分の父のそれに似ていた」と語られますが、春生の「父」であるわけはなく、それが誰かは最後までわかりません。でも論理的に言うなら、語り手には、それが誰かがわかっている計算です。

いや、あまりそんなことを作者は考えていないのではないか、と思う人もいるかもしれませんが、ほぼ大江健三郎に匹敵する程度に小説の方法、構造に自覚的な阿部さんが、こういう点に無自覚だとは考えにくいのです。またそうであれば、右の引用の傍点部分のような踏み込んだ記述は、やはり書かれないでしょう。

では、いったいこの小説は、誰が書いているのか。よく考えればわかるのですが、答えは、どう見ても、この春生自身以外にはない。彼でなければ知りえないことが、ここには沢山書かれているからです。ですから最後、小学五年生の子供が、春生の逮捕のニュースを見るくだりを語り手が語っているのは、春生が後から、自分のやりとりの相手を、そんなふうに捏造して、フィクションとして描いている場面と考えるのがよく、悪戯電話も、実は、その「自分の父のそれに似」た声の持ち主というのは、彼自身のことだと考えてみるのがよいのです（後にふれますが、その場合、春生には解離性同一性障害的な症候があることになるでしょう。「正体不明の男」とは春生自身。そしてもう少し言えば、桜は自殺ではなく、春生に殺されているのかも知れません）。

逆転の印象

しかし、そうだとすると、奇妙なことになります。では、これを書いているのが、一、人を殺、害して罪に問われ、服役した後の――あるいは服役中の――この事件から数年後の春生自身だとして、彼は、いつの時点で、これを書いているのでしょうか。この小説は二〇〇一年五月に発表されています。そして語り手は、二〇〇一年秋の春生について、彼は、その「時分」にはまだ自分の視野狭窄に気づいていなかった、彼がそれに気づくのは「もうしばらく先のこと」だと語ります。では春生は、「いつ」それに気づくのか、そして、その覚醒をいつ、語り手の彼は、このように過去のできごととして語っているのか。

語り手が、こう書いているとしたら、そして彼が、僕の推測するように、服役中ないし服役後の事件から数年した時点の二十代前半ないし半ばになる青年春生だとしたら、それは、だいたい二〇〇五年から二〇〇七年くらいの時点だということになります。それくらいの時点に、過去をふりかえり、春生が自分の物語を自分と距離をおきつつ書いた、と考えるとはじめて、この語り手の位置は像を結ぶのです。

そんなことが、と思われるかも知れません。でも、とても不注意な読者がいて、これから五年後くらいにこの小説を読んだら、そう読むかも知れません。それは大いにあり得ることでしょう。なぜなら、それは物語とそれを語る語り手の時点の関係の問題ですが、物語とそれを読む現実の時点の関係で言えば、現にいま、僕たちとこの小説の間に起こっているのは、そういう原関係の消滅だからです（まだ起こってないことが書かれているというこの小説刊行時の「原関係」は、もういまの時点で、消えています）。

ですから、ここには一つの逆転がある。語られている物語の時点はここにあるのに、これを語っている語りの時点の方は、未来に宙づりされていてまだない、というような。操っているのが人形師で操られているのが人形だと思ったら、実は、人形のほうが人形師を操っていた、というような。でも、こういう書かれ方をすることで、この若々しい小説は、たぶんようやく、先に述べた独特な読後感を、僕たち読者に送り届けています。彼の作品の秘密は、このメタレベルと下位審級の逆転にあります。

ii　メトニミックな質感

メタレベルと下位審級の逆転

　前回、この小説では、何かが逆転していると言いました。そして、その逆転ということが、阿部和重の小説が送り届けてくる独自の新しい感受性の淵源にひそむカギだという意味のことを記しました。もう少し詳しく言いましょう。

　いっこく堂という若い腹話術師がいます。彼の芸の一つにこういうのがあります。普通は、「腹話術師」は「人形」を手に、その人形があたかも本当の話者であるかのように語る（＝腹話する）のですが、その芸では、「人形」と「腹話術師」の立場が逆になって、いっこく堂さんが「人形」の衣装をつけ、人形の方が、「腹話術師」になっていて、ホンモノは、「腹話術師の人形」に抱かれた感じになるのです。そして、「腹話術師の人形」の方が人形＝いっこく堂さんに、「おい、話してみろよっ」なんて話しかける、つまり「腹話」する。するとホンモノが、腹話術師の話す人形の口調をまねて「ボク、ポンちゃんです」などと大きな口をあけ、かつ不明瞭に、話すのです……。

先に述べたこの小説における語り手と語られる主人公の関係のうちに入り込んでいるのが、この「腹話術師と人形」の関係の逆転にも似た、上位審級と下位審級の逆転です。作品に沿って言うとこうなります。

ふつうこのような作品を読むと、読者は、身勝手な発育不良児春生がいて、それを冷静な書き手が統御しているという感じを受けます。ですから、作者自身は、冷静な書き手ないし語り手の側に軸足を置いて、バカなひきこもり少年を距離をもって描いている、という感じがきます。すると絶対に小説は、深刻になり、暗くなります。

ところが、『ニッポニアニッポン』は、そうなっていません。この作品の読後感は、皆さんも読んでよくわかったと思いますが、それと違い、乾いているし、明るいのです。なぜ明るいのか。それが阿部和重の小説の最大の謎です。

語り手はバカでわがままな春生を冷徹に見ている、そう見せかけて実は、作者自身は、そのバカな春生の方にこそ軸足を置いている。そういう逆の構造をもつ語りが、阿部さんのエクリチュール（言葉の書かれ方）です。ここから、彼の作品に独自な、あの「明るさ」、奇妙な「清潔感」がやってくるのです。

これはとても奇妙なことです。この奇妙さは、ここでもたとえば、人格の壊れた存在としてウエハラという主人公を設定し、これを書き手が冷静に冷徹に描く『共生虫』を脇に置くなら、よくわかるでしょう。そこでは、そういうエクリチュールで、作者村上龍が、そのウエハラを完全に他者にしてしまい、回収できなくなって最後、渋谷の街に獣を野に放つように放擲して終わっています。ですから作品は、リアルだが、怖くなり、暗くなる。ふつう、このような上下審級に置かれた語り手と主人公の関係なら、必ずそうなるものなのです。それが阿部ではそうではない。同じひきこもり系の青少年を描きながら、マンガ的な明朗さが消えない。それは、メタレベル（書き手、語り手）と下位審級（主人公）の間で軸足が逆転しているためで、それが、『アメリカの夜』に出現し、『ABC戦争』でも反復され、『インディヴィジュアル・プロジェクション』ではうまく発揮されなかった、阿部和重の小説の特異さなのです。またそのことが、メタレベルを保存するポストモダン小説の中にあって――そこでは作者とテクストの関係はとても安定していて、作者が作品を独立人格として扱う、その逆説的な階級関係は誰にも疑われません――、一見そう見えつつ、それを食い破ってメタレベルを生き残らせない、阿部さんの作品の脱ポストモダン性の特色なのだとも言えます。

パロディの逆転

ところで、この小説の面白さは、この逆転が、作品の意味内容の側面でも生じていることです。

これが、普通に読んで、天皇暗殺小説のパロディ仕立てになっていることは、すぐにわかるでしょう。

まず、春生は、トキが本当は日本産ではないのに、国鳥ニッポニア・ニッポンだというので、その「万世一系」的な血統を絶やすまいというイロニーの中にあることに欺瞞を感じます。これは本来、朝鮮半島から渡来した征服王朝的な出自をさまざまな点から指摘されている現皇室のあり方への連想を誘います。たとえば、立て膝式の座位は朝鮮半島に広く見られますが、それと類似した座り方が皇室に残っているということなどです。
　作者は、その連想のラインを露呈させるため、たとえば佐渡の相川金山の閉鎖の発表が一九八九年の一月七日で偶然昭和天皇の崩御の日と重なったことにふれて、ここにトキ、金山、天皇という連関があると春生に思わせたりもしています。

　春生はこれを「貴の三角形」と解釈した。佐渡金山と昭和天皇はすでに「時代の終わり」を迎えているが、トキだけは未だに繁殖を続け、生き延びようとしている。（同、一三八頁）

　また、作者は春生を飛行機でも車でもなく新幹線と航路を使って佐渡に渡らせていて、その理由を墜落の恐れなどで説明させていますが、その本当の理由は、そこを運航しているジェットフォイル（新型船）が「みかど」という名前をもっているからでしょう。春生は、「みかど」という名前をもつ船で佐渡に渡り、天皇暗殺というイデーと無関係と言えない「北一輝」の生家を偶然目にし、ナチス・ドイツのユダヤ人問題対策の用語からトキ密殺計画を「ニッポニア・ニッポン問題の最終解決」と名づける。また、怪しげな郷土史家の本から得た知識で東北出身の自分は「日本人じゃない」のだ、と言ったりします。一方、彼の恋の対象となる本木桜は、サブカルチャー由来（木之本桜）でありつつ、日本の国花を名前にもち、昭和天皇の誕生日である四月二十九日に、投身自殺――かどうかは後にふれますが――しているわけです。

第三に、これはさらに微妙な話題になりますが、作者がこの小説を執筆していた二〇〇〇年秋から二〇〇一年春にかけての時期、「えひめ丸」事件とは違い、この小説に登場しないもの の、もう一つの「おめでた報道」が日本社会をにぎわせていました。皇太子妃の懐妊、出産報道がそれで、皇太子妃は、この年の十二月一日に女児を無事に出産しています。作者は、春生に、一九九九年に載った記事を検索させ、「〈記者の目〉トキのおめでた報道 『国内初』騒ぎ過ぎた」（新潟支局・鈴木泰広）という記事を引かせていますが、これも当然、執筆時のもう一つの「おめでた報道」を横目に見た記述にほかなりません。

しかし、問題は、そこでも、阿部さんの小説にあっては、メタレベルと下位審級が逆転しているということです。どういうことか。普通なら、こういう場合、作者は、自分の小説執筆の主題（メタレベル）を反天皇の天皇暗殺小説というところに置き、それをメタフォリカル（？）にトキ暗殺の小説に転移したと自認するものです。つまりそこでは、天皇暗殺という主題が高位審級で、トキ暗殺はそのパロディ、メタファー、下位審級です。

たとえば、つい最近、島田雅彦が「未刊の辞――『美しい魂』は眠る」という変わった文章を発表して、天皇家に関する連想を許す小説を実は二〇〇一年十一月二十八日刊行予定で準備してきたが、それが皇太子妃の出産と重なり、「作者の真意が最も誤解されやすい状況」になったために刊行時期をずらした、その後、検討し、もうしばらくこの本の刊行を遅らせることにしたい、という意味のことを述べました（『新潮』二〇〇二年五月号）。そこに現れているのが、そういう通常の考え方であって、島田さんにあっては、天皇制に関する「作者の真意」が上位審級、それを面白おかしくパロディにしたもの、あるいは小説にしたものがあるとすれば、それは下位審級にあたっているのです。小説が、天皇をめぐっての作者の意向について誤解を生みやすいので、刊行時期を変えたというのは、天皇にまつわることが、重視され、高位に置かれているということです。

考えてみれば、これまで天皇暗殺小説あるいはそれに類するテロ小説といったものは、作者にとってもそれなりの覚悟の上で書かれ、ときにはそこに言論の自由が賭けられる重大事でした。一九六〇年の深沢七郎さんの「風流夢譚」、一九八三年の桐山襲さんの『パルチザン伝説』、そして先に述べた大江健三郎さんの「セヴンティーン」第一部・第二部がそういう場所で書かれた天皇小説です。しかし、ここでも、阿部さんの『ニッポニアニッポン』は奇妙に明るい。右にあげたうちで、深沢さん、大江さんのものなどは、まだ文学の明るさがありますが、桐山さんのものなどになると、だいぶ深刻で、暗い作品です。作者がどれくらいの覚悟でこれを書いたのかが、ひしひしと伝わってきます。ところが、『ニッポニアニッポン』の春生だけではない、その語り手の向こうの書き手の筆致、それが、どこか明るい。その違いはどこからくるのか。明らかにここでは、上下審級間の逆転ということが起こっている。つまり、この作品では、天皇暗殺のパロディとしてトキ密殺の劇が描かれているということそれ自体が、一つの文学的な意匠として、この作品の中の言葉を使うなら、「無名化」されている。つまり、軸足は、天皇暗殺にあるかに見えて、実はトキをめぐる春生のバカ話の方にある。天皇暗殺というパロディの素のオリジナル主題の方が、春生にとってはむろん、作者にとっても、それほどたいしたことではない、少なくとも、トキの問題と同程度にしか、重要ではない、そう考えられているのです。そうであればこそ、この作品は、奇妙な、最後に作中に流れるクィーンの「ボヘミアン・ラプソディ」にも似たうつろな明るさ、切実なせせら笑いの感じのうちに、終えられる。そういう不思議なことが可能になっているのです。

人間性とSFアニメ

そのことを僕たちはどんなふうに考えるべきなのでしょう。阿部さんは、小説家として、天皇の問題をどうでもいい、と考えているのではありません。天皇の問題は、こんなふうに考えればいいのではないかと言っているのです。つまり、けっしてパロディを生み出す金の卵のようにではなく、パロディと同等の重さをもちつつ、それを超えない「軽さ」で考えられるのがよいのだ、と。

そして、それは、阿部さんの「ひきこもり」「家庭内暴力」等々のものに対するスタンスでもあるでしょう。かつて吉本隆明は、米ソがそれなりに平和な国として共存するようになることを「一個の『人間性』として」望まない人がどこにいるだろう。そうなれば、「世界はこれにならうことになり、住みよくなるにきまっている。だがわたしたちは、冗談をいいたいのではない。そのためには、こういうことを望むじぶんの『人間性』をSFアニメ的にいつも客体化していることがどうしても必要だとおもえる」と書きました（「停滞論」『マス・イメージ論』）。これは一九八二年、日本に「反核」運動というものが起こったとき、これに一人反対して述べた論のなかの言葉です。

皆さんには何のことかわからないかも知れませんが、僕は、この阿部さんのスタンスに、もう努力しなくとも、そこで「人間性」が「SFアニメ」チックに軽くされ、せせら笑いつつ、よく見ると切実な姿勢で立っているさまが、認められるのではないかと思います。ここにあるのは、天皇の問題のパロディとしてのトキ小説なのではなく、パロディと同じ軽さに無名化された天皇問題への関心の表明です。しかし、それこそがいま、僕たちの周りに生きている天皇問題の過不足のない「重さ」なのではないでしょうか。ここまできて、僕たちは、この『ニッポニアニッポン』が四十年後に書かれたもう一つの「セヴンティーン」だということの意味に、つき当るのです。

本木桜の反復

しかし、もう一つ問題が残っています。それは、なぜこのせせら笑い的な明るさが、人間一人を殺害して終わるこの作品の終わりまで持続するのかということにかかわります。なぜ人が死んでしかも明るいのか。そこにこんな問題が顔を出しています。先に言ったあの解離性同一性障害、多重人格の問題です。

この小説を読んでいくと、当初、ちょっとおかしいかな、というくらいだった春生の印象は、後半、ストーカー歴、本木桜の家への無断侵入の事実が明らかになるにつれ、けっこうやばいな、というものに変わってきます。そして、物語の時間が、現実を超えてしまう後半、ことによれば春生は、完全にイッてしまっているのではないか、とすら思えるようになります。そこでの離陸点ともいうべき個所は、読んでいるときの感じから言うとはっきりしています。二〇〇一年四月の場面の後、記述が半年飛び、佐渡への出発の場面となって、桜が突然、語り手から「故人」と呼ばれます。

　仮にもし、六万円で本木桜と再会できるのならば、まさに願ってもないことではある。だが、いくら金を積んだところで（中略）本木桜との面会はもはや永遠に不可能だった。何をどう頑張ろうと、故人は甦らぬのだし、ほんの些細な会話を交わすことですら、叶うはずもなかった。

（同、九四頁、傍点引用者）

小説の記述が半年飛んで、トキ襲撃の場面。実はもう本木桜が死んでいることがこうして示されます。ところで僕は、この個所を読んで、こう思いました。あ、これは春生がヤッたな、と。

　しかし、そうではなく、桜は記述によれば、関係をもっていた妻帯者の数学教師に棄てられ、絶望し、投身自殺したのです。語り手はそう語る。そして話はトキ襲撃へと進みます。そして、警備員一名を刺殺する、かなりリアルな殺害場面が語られるのですが、でも、読者としての僕には残像のように、先の、春生が桜を殺してしまったのでは？　という印象が、執拗にとどまり続けるのです。

それというのも、この個所の直後、小説は、春生が新幹線の車中で一人の少女に出会うところを描くのですが、その少女はどことなく本木桜に似ている。しかも次の佐渡に渡るジェットフォイルでも、佐渡に渡ってからの道路上でも、まるで幽霊のように、何度も何度もこの少女瀬川文緒は再来するからです。春生はとうとう文緒に話しかけ、ホテルに連れてくる。聞けば、彼女は中学二年、でもこれは春生が桜に固着を起こしたときの桜の年齢です。しかも彼女は、「嫌いな人から送られてきた手紙」を棄てたのを、弟が落とし物だと思い、拾おうとして電車に轢かれた、その弟の供養をしようと賽の河原のある佐渡に来たのだと言います。春生は文緒を桜と見分けがつかなくなって、つい、「だからさあ！　ねえ、桜ちゃん、もうおしまいにしようよ！」などと大声をあげたりもする。とても似ている、というより瓜二つだ、などと思いもします。そのあげく、文緒と別れ、トキ襲撃へと向かうのですが、この後半のくだりが、僕にこんな妄想のような感想を届けるのです。

いや、春生は本当は、小説の記述の飛ぶ二〇〇一年四月から十月の間に、山形に帰り、桜を殺害してしまっている、あるいは屋上で誤って桜を突き落とすか、投身させてしまっているのではないか。しかしそのことに春生自身が、気づいていない。春生が解離性同一性障害の人格であることを、こう書くことで、作者は読者に向かって示しているのではないだろうか、と。

そういえば、この小説に冒頭では、春生が「やはり自分は二重人格者かもしれない」と「ほとんど癖みたいに」思う場面が描かれています（五頁）。また表から、十八歳の誕生日での重大決心後、四月の「山形行」と十月の「佐渡行」と二つの旅が意味深くも「反復されている」ことがわかります。この二度の旅の反復は、春生がほとんど家の外に出ない青少年であることを考えると、意味深長でしょう。どちらかが仮象かも知れません。そして、そうだと仮定するならこうなる。春生は実は桜を殺害している。その話がトキ襲撃の話に「置き換え」られている。そのために、この「置き換え」の物語に、死んだ桜が、意味を失ったシニフィアン（幻像）のように、文緒として何度も何度も再来するのだ。そしてこの物語の中で、春生は文緒に手間取らされ、二人で事前偵察にまでゆくが、最後、桜殺害の代わりに、トキの空への「投身」と警備員の誤っての殺害とが、春生の物語として、語られているのだ、と。

なぜ最後、小説としてはそう設定する必要はないし、そうでない方がよいのに、作者は警備員一名を春生に殺させているのか。そこが僕は疑問だったのですが、そう考えれば、その謎も解けます。

この小説では、一人人間が殺されなくてはならない。桜は四月二十九日、投身自殺する。これは落下ですが、このトキ襲撃では、二羽のつがいのトキが、これと逆に、「今にも空に飛び立とうと」する……。

むろんこれは僕の妄想的読後感です。そう読めば新たな疑問も湧いてくる。これは度を過ぎた深読みでしょう。でも、そういう間違い読みを誘うようなテイスト、解離的、頭と心と身体がばらばらなメトニミック（換喩的）な質感を、この作品は漂わせている。それがこの作品の力だということは、疑いえないことだと思われます。

Ⅳ　新しい小説のさまざまな展開

9

その小さなもの（女性形）

——伊藤比呂美『ラニーニャ』

i 母のフェミニズムなんてこわくない

フェミニズム破りの作品

九〇年代以降の作品を追って、テクスト論の構えがもう無効なのではないか、というところまで見てきました。この先は、こういう観点から離れたとき、さまざまな展開として浮かびあがるいくつかの作品に目を向けてみます。古井由吉さんの『聖耳』、池澤夏樹さんの『マシアス・ギリの失脚』、赤坂真理さんの『ヴァイブレータ』など、ふれてみたい作品は新旧の小説家にわたり、多いのですが、今回取りあげるのは、伊藤比呂美さんの一九九九年の作品『ラニーニャ』です。

伊藤さんは、小説家としてより、現代詩の先鋭な書き手としてこれまで知られてきました。また、いくつもの出産、育児をめぐるエッセーでその独自の感性のひらめきを存分に発揮し、特異なフェミニズム詩人とも目されています。そういう人が、別居、離婚にまつわる私的な体験を『家族アート』という作品に書いて、小説に手を染め、九八年には「ハウス・プラント」、九九年にはこの「ラニーニャ」を著し、続けて芥川賞の候補にあげられました。その後も、彼女は小説を発表しています。これら、彼女の離婚三部作とも言える三つの作品のうち、ここでは、後の二作を収録した単行本『ラニーニャ』、中でも特に「ラニーニャ」を、取りあげたい。なぜか、この小説には、フェミニズムという現代を特徴づける重要な動きにふれて、またとないテイストが認められ、それが僕を立ちどまらせるからです。

なぜこの作品に心ひかれるか。二年ほど前、若い人たちと一緒に読んで、僕はこの作品がチャーミングなものを隠していると感じました。こういう「語り」が前面に出た小説は外見上、それほど僕の好みではないのですが、それでも僕は、この小説の内実に説得された、というか、これはよい小説なのではないかと思ったのです。このよさのうちに、現代のある感じが鮮やかに出ているとも思いました。この感想には、その後気をつけてこの小説についての評を探して読んでいくうち、どうも、この作品が、自分の読んだようには読まれていないようだと僕自身に思えるようになったということも、関係しています。この小説は、後にふれるように、作者の離婚経験を下敷きにした一種の「私小説的世界」の肢体を、現代詩の書き手らしい強固な「語り」のギプスで固定化した作品ですが、その小説的核心、つまりこの作品を小説にしているゆえんのものは、そういうこととは、別のところにあります。

乱暴に言ってしまえば、これは、一種のフェミニズム破りの小説でもある。フェミニズムによる、フェミニズムの自己否定の小説とも読めるところが、この小説のとても面白いところです。でも、突然そう言われてもわからないでしょう。そのあたりのことをわかるように、言ってみます。

これまでこの小説について言われていることは、これが、強固な「語り」をもつ現代詩の書き手の手になる高密度の言語的構築物であること、この作者の破天荒な女益荒男《おんなますらお》ぶりが私小説的に見て興味深いこと、あるいは、同じことがフェミニズム的観点から見て、高く評価できる、ということなど。この作品が小説になっているのなら、どこでなのか。そういう観点だけが、奇妙な具合に、この作品の評に、欠けているのです。

離婚三部作の背景

まず、この作品について、基本的なところを話しておきましょう。ここに取りあげる「ハウス・プラント」と「ラニーニャ」という二つの作品は、それぞれ一九九八年五月号、一九九九年三月号の『新潮』に発表されています。連作ではなく、同じ延長線上の生活を描く二つの作品です。そしてその前史を、九二年の作、書き下ろしの単行本の形で出た『家族アート』が描いています。このうち、「ハウス・プラント」は、子どもを二人もうけた後、日本人の夫と離婚したらしい主人公が、その子ども二人を連れてアメリカに渡ってから間もない頃のちぐはぐな日々を描いていて、そこでは、初老のユダヤ系米国人である夫のアーロンが、ほとんど日常生活を送れないほどに股関節に障害を抱えるようになり、大きな手術を受けなくてはならなくなります。その結果、多くの雑事が見知らぬ土地で言葉も不自由な主人公の肩にのしかかってくる。子どもは子どもで、新しい夫になつかず、新しい国にも順応できず、傍目にも痛々しく苦しんでいる。そんな中で、言葉の問題を抱え、狭い交友圏の中で、息詰まるような生活を続ける彼女の前に、意味を剝ぎ落としたような自然が、空の色とか乾いた空気とか、さまざまな植物の姿で、立ち現れてくるさまが、あの強い「語り」で、描かれています。

それを受けて十カ月後に発表された「ラニーニャ」は、それから四年後くらいの日々を描きます。場所は同じ南カリフォルニア。語られるのは「ハウス・プラント」と同じ家庭で、前作で「子ども」としか記されなかった上の子は「あい子」と、赤ん坊だった下の子は「グミ」と、それぞれ名前を明らかにし、夫のアーロンは前作にふれられた手術の後、さらに二度目の手術を受け、いよいよ歩行に困難をきたし、トレーナーのケヴィンのもと、懸命にリハビリを続けています。先の「ハウス・プラント」には、クラリス、ディートリン（ド）といった女友達がちょっとだけ出てくるほか、カリフォルニアの荒野に住む四人家族の生活が孤立した様相で語られましたが、この「ラニーニャ」でも、ケヴィンを除けばほとんど、夫と子ども二人との生活が、いよいよ困難の度合いを深めつつ、孤立した様相で、延々と語られるのです。『家族アート』には、日本で英会話の教師をしているアーロンが出ています。「ラニーニャ」では、前夫蔵井との息詰まるような、それでいて感情の交流もないわけでなかった日々が、蔵井の弾くショパンのポロネーズの調べを縫って悪夢のように回想されます。ですから、これら三作を通じて、読者には、この作者が、日本での前夫との生活に終止符を打ち、子ども二人を連れて出奔し、そのあげく、アメリカは南カリフォルニアに住む初老の恋人と再婚し、子どもを連れてその地に来ているらしいこと、彼女の言葉で言うと、「心は二つ、身は一つ」という状況にあることがわかってきます。

強い「語り」とは何か

この作品を小説にしているもの、それは何でしょう。さしあたって手がかりとなるのは、この作品の強烈な特徴である強い「語り」です。

彼女の作品は、先鋭的な現代詩人の手になる小説だというので、いつもその強い「語り」が注目されてきました。それは、目についたところで前作「ハウス・プラント」の特徴的な個所から引くなら、こういったものです。

ぱーくは、ほんの歩いていける距離です。それがあたしが、ぱーくよりぴーちに行きたいと、いつも思ってしまう理由のひとつです。あたしどうも、車に乗ってぶううっと走り出して、しばらく走っていなければ、どこかへ行きつけないような気がするものですから。どこって、えーと、空間的にも。感情的にも。思考的にもです。

（「ハウス・プラント」『ラニーニャ』九五頁）

ある評者は、これを「セラピストとの面接できりもなくあふれだすクライアントの語り、長電話で女友だちにとめどなくたれながすくりごと……に似ている」と適切に評し、その文体は読み手を「『聞き手のあなた』の位置に強引に据える」、したがって読み手は「最後まで発言を封じられ、ひたすらクライアントの語りを受動的に聞き続けなければならない」、「自分が『読者」であることを、これほどまでに暴力的に経験させてくれる書き手は、めったにあるものではない」と、しかしこれを肯定的に、受けとめています（上野千鶴子「『語り』手の誕生――伊藤比呂美『ラニーニャ』」『波』一九九九年九月号）。

でも、この小説を動かしているものが、聞き手をセラピストの位置に「強引に据える」暴力的な「語り」だということは、別に言うなら、ここにあるものが、きわめて単調な「語り」だということでもあります。普通の小説の読者なら、この種の語りにつきあわされれば、数ページも読めば、イヤになるでしょう。なぜなら、この語りは他者を見て、他者に向かってなされる「語り」ではないから。いわばクライアントとして庇護された空間でなされる語りであり、よく言えば巫女の語りですが、悪く言えば甘やかされた語りだから。これは、小説的に言えば、単純きわまりない語りにすぎません。別の評者が、「幼児のごとく、ねえねえ聞いて聞いて、と訴えてきても、親か恋人ならいざ知らず、『読者』はボランティアではないのである」というのは、このことをさしています（富岡多恵子「共通語化とは」第二十一回野間文芸新人賞選評、『群像』二〇〇〇年一月号）。この小説の世界が、語り手である「あたし」から見られた唯我独尊的世界で、ここに他者が決定的に排除されていることは、この作品で、語り手「あたし」が彼女だけ、名前を読者の前に明らかにせず、ただ一人「語り手」であって「語られ手」でない特権的存在になっていることからも、明らかです（これは夫が一般に妻を名前で呼ぶ米国人男性であるだけによけい目立ちます）。本来、この種の他者をもたない「語り」では、人は、他者というものを描けないのです。

小説のことを余り知らない人は、この小説の「語り」が強固だと言います。でも、小説的に見たらその強固さは、ボディビルディングで作り上げた身体の強固さにすぎません。それは、小説空間を均質的にする「語り」であり、それを駆使することで作者が意図してか意図しないでか実現してしまっているのは、他者を排除する、他者のいない小説空間なのですが、小説というのは、もっと雑多な力、「小」さいものの力なのです。

少しだけ余計なことを言うと、この「語り」の性質は、実はだいぶ大きな問題で、先に取りあげた高橋源一郎さんの文体なども、この伊藤さんのそれと同質の他者をもたない、他者をもてない強い「語り」の例です。こうした強い「語り」が小説世界とふれあうのはどのようにしてか。高橋さんの先に取りあげた『日本文学盛衰史』の場合、それは、「死」が向こうからハレー彗星のようにやってきて地球をかすめていく、という経験によってでした。では、この小説ではそれは何によってか。これが、今回この作品を読むにあたっての登山口になります。

主人公の生き方と語りの照応

そのことを考える上で一つ手がかりとなるのは、この文体上の「語り手」の他者との関係が、この作品にあっては、語り手＝主人公「あたし」の生き方の上での他者との関係の、いわば客観的相関物として現れているという事実です。ちょっとわかりにくいかも知れません。簡単に言うと、この作者の他者をもたない小説空間、わが道を行くといったふうの唯我独尊的「語り」は、同時に、この小説にあっては主人公の同じく唯我独尊的な生き方を体現するものとしても、駆動されているのです。主人公「あたし」の自分の意志に忠実に、どんなしがらみも振り切って生きるといったふうの身ぶりが、その生き方に現れていると同時に、その語られ方にも現れていて、その二つが共振している。そこがこの小説の面白いところです。

主人公「あたし」の生き方に他者がない、とはどういうことでしょう。前夫と別れ、子どもを道連れに新しい米国人の恋人のもとに走り、再婚する、そういうドラマにあって、彼女は、自分の生き方の主人公であるほかありません。自分の意志に忠実でなくては、そういう生き方はできないからです。これまで女性はつねに主人公ではなく、その被・庇護者的な役割を与えられてきた、そういうジェンダーの歴史性を考えれば、このあり方がそう単純なものでなく、フェミニズムの課題と直結するものであることがすぐにわかるでしょう。でも同時に、そのことは、いつでもどこでも自分が主人公であるために、自分以外の人間が主人公であるような世界に身を置くことができなくなる、ということでもある。そのことが一番はっきり現れるのが、彼女と道連れにされた子ども、ないし子どもたちとの関係なのです。

図　『ラニーニャ』のカバーに使われている標識の写真

交通標識をなぞったこの小説の単行本の表紙に使われている図柄が何とも秀逸なので、図として掲げました。なかなかに面白い。ここでは髪を逆立てたような大人の女性が、小さな女の子の腕をつかんで走っています。腕をつかまれたほうの女の子は、おさげの髪をなびかせて、一生懸命駆けなくてはならない感じです。むろんこういう交通標識のある国はないでしょう。これは、子どもを連れた大人の図柄の交通標識をもじったものです。

純粋に図柄として見るなら、大きな女性は母親、小さい女の子はきっと娘。「さあ、行くわよ!」。とたんに駆け出す母親。腕をつかまれて後に続く娘。この小説の「あたし」は、こういう母親で、こういうあり方をふつう僕たちは、太宰治の「桜桃」の冒頭の一句を利用して、「子供より親が大事、と思いたい」と言ったりします。子どもの犠牲にはならない、自分を貫く、という主人公のフェミニズムの生き方が、「あたし」という超越的な語り手の位置からの他者をもたない「語り」のうちに体現されている。これがこの小説において「語り」がもっている固有の意味なのです。

子どもという他者、「語り」の破れ

では、このようなボディビルダー的「語り」と小説は、この作品において、どのようにふれあうのでしょうか。

一つのヒントは、同じ「語り」を駆使して書かれている「ハウス・プラント」と「ラニーニャ」の同型性です。

どちらの小説も、主人公の「あたし」が無我夢中で新しい生活上の困難と悪戦苦闘を続け、南カリフォルニアのまぶしい発光の中を走っている、そして、振り返ってみると、摑んでいた娘の腕が、肩口から先、もげて娘がいない、という形であの「あたし」の語りの専制に、一つの揺らぎが生じる、というように、小説の「語り」に、また、小説に、終わりがやってきています。

「ハウス・プラント」では、「あたし」が見も知らない南カリフォルニアの土地で、初老の夫の股関節の障害を引き受け、言葉の不自由なままに新しい環境に順応しようと、パーティなどに行っても緊張を強いられ、自分のことにかまけているうち、やがて子どもが顔を「ぱちぱち」させていることに気づく。子どもがいつの間にか、ぼろぼろになり、強度の顔面神経痛、チック症状を呈していることがわかります。

学校じゃ、にこりともしません。話しかけられても、そっちの方を向きもしません。先生に近よってこられると、こわばって、うつむいて、机にしがみついて、先生のあきらめて立ち去るのを待ってるようなんだそうです。その間にも、さかんにぱちぱちして、ぎゅうっと顔をしかめるんだそうです。（同、九二頁）

でも、「ハウス・プラント」では、そのことを僕たち読者に向かって話すのは、母親である「あたし」です。つまり、子どもがおかしくなっている。そして、お母さん、ひどいよ、と言葉にならないままに叫んでいる。でも、そのことに気づき、そのことを僕たちに教えてくれるのも、そういうことがわかりつつ、同じ口調を崩さない、ハードボイルドな、「フェミのお母さん」なのです。

この「あたし」の語りはここにきて、神経を病んだ子どもをセラピストのクリニックに連れてきて、その子の症状を自分が代わりに語ってしまう母親のそれそっくりに聞こえます。僕たちがセラピストなら、こう言うでしょう、お母さん、黙って下さい、でなくちゃ……、と。でなくちゃ、娘さんが話せないですよ、と。

そして、ここまできて、これまでの「語り」のあり方に、はじめて亀裂が生じます。はじめて、この作品の語りから、あの舌足らずな「あたし」が消えるのです。これに続けて、

友だちはひとりもいません。子どもたちからは、何もできないやつと思われているんだと、子ども本人がいっていました。でもじっさい何もできません。できたって人前では何もしません。体育のときに立ちあがる、音楽のときに声を出すってことすら、しないんですから。

親は考えたこともありませんでしたが、何かの精神障害を持ってると、思われているようです。あるいは知らないうちに持ってたのかもしれません。そんなもの、と親は思ってましたが。

（同、九二〜九三頁、傍点引用者）

はじめて、作者は、自分のことを「あたし」ではなく、「親」と名乗るのです。

その彼女の前に、次から次へと生い茂るユーカリの野生の気配がわっと見えてくる。自分の

視界から消えていたものが一斉に殺到する。そんな緑の中を、年老いた、新しい夫が大きな宿痾の手術を明日に控え、かくりかくりと音をさせながら、近づいてくる。そういうところで、「ハウス・プラント」は終わっていますが、「ラニーニャ」では、最後に、彼女の前にわっと見えてくるのは、ハウス・プラントの緑ではない、植物ではない、呪物的な生き物一般の力などではありません。それは、彼女を巫女にさせるどころか、その巫女の座から突き落とすもの、ラニーニャ、小さな女の子の波の群れなのです。

ii　よい負け方、悪い負け方

一つの転調

前回は、前作「ハウス・プラント」の終わり近く、気づくと子どもがだいぶひどいチック症状を示している、そしてはじめて「あたし」の語りに揺らぎが生じる、というところまでを話しましたが、「ラニーニャ」でも、後半に入ると、あの強力な「語り」がぐらりと傾き、そのタガが外れます。

きっかけになるのは、いまや十代の娘であるあい子の、今度はかなり重度の摂食障害です。作品がはじまってしばらくして、「あたし」はあい子が拒食の症状になっていることに気づく。そうとわかってからは早く、あい子はみるみるやせていきます。同時に、これまであったあい子の「春の海のような、ゆったり」した感じは消え、彼女は妹のグミを「ぶったり、蹴ったり、ののしったり、えんぴつのしんを刺したり」すらするようになる。さすがに娘の手を引き疾駆する「あたし」も、振り返り、「息をのみ」、立ち止まらざるをえなくなります。

その後、あい子の摂食障害は、過食に転じます。夜、がさごそと音がする。自分でも摂食障害の経験のある「あたし」は、その気配が気になり、そっと階段の上から覗く。すると、案の定、冷蔵庫のぼおっとした光が台所の方にさしています。あい子がまわりの床にぼとぼとと飛沫を散らしながら、隠れ、盗むように中のものを食べているのです。そして、語りの主語はここで、

　母が思うに、あれは飢餓感ではないのです。空腹というのは、ああいうのとは別のものです。むしろ、あれは、好奇心。（「ラニーニャ」同、一六〇頁、傍点引用者）

とまたも「あたし」から「母」に変わっている。でも「ラニーニャ」では、それだけにとどまらない。「語り」の壊れは、さらにその先に、進みます。

　施餓鬼のような自分の娘のあさましい様子を見ていると、ふいに、いまにも「躍りかかって」その「喉もと」に食らいつこうという怒り、憎悪が一瞬、母親の彼女を襲います。でも、これはいったい何だ。そういう感情が同時に彼女を、とらえるのです。語りが反転します。彼女は言います。この憎悪。それは、食べ物を盗まれるという原初的感情だろうか。でも、盗まれたって言ったたって、相手は、子どもじゃないか。

　ずっと養ってきて、なんで今さら、ものを食べるのが惜しいか、ほしがるものはあたえればいいのに。わかりません。むかしあい子がくちを閉じて、ちっともあけないで、ほらあい

子、あいちゃん、ってあたしが呼びながら箸でほぐしたものをつまんで、ほらあいちゃんたら、あーしてちょうだい、いい子だから、とその口の中につっと入れていました。そのどんなに柔らかく煮たさかなやふわふわのたまご焼きよりももっと柔らかいあい子の、ほっぺたのその中へ、入れたものです、むりやり。

(同、一六二頁)

そんな自分がなぜこれほどあい子に苛立つのか。摂食障害に苦しむあい子が、ほとんど自分そっくりだからではないのか。

そして、僕の見るところ、この個所を一つの峠に、この小説は、一つの転調を経験する。語りは時に「あたし」から「あたしたち」へと変わり、「あたし」の専制のタガがゆるみます。続けて、一行あきの後、「どういう順番だったか忘れました。忘れるんです。あたしはすぐ」。こんな言葉が出てくる。順序を踏み、自分はあることを語りたい(と思っている)、そう彼女は僕たち読者に言うのです。

ピアニストの映画

語られるのは、こういう話です。それを語るのに、作者には前夫への自分の感情にふれることが必要だと思われました。それで、この作品に作者は、前夫との別れる間際の生活ぶりを、ピアノをめぐる逸話として、書き込んでいます。

前夫蔵井は、とても細くて長い「竹竿のような」指と類い希な音感の持ち主で、実家が地震で倒壊したのを機に、そこにあったピアノを「あたし」との家に運び入れます。しかし、ピアノを自分と似た細くて長い指をもつあい子に習わせる過程で、あい子を叩くようになり、あい子はひどくピアノを怖れるようになります。その後、あい子は外にピアノを習いに行かせられる。家のピアノは、蔵井が四六時中、弾くものとなります。

蔵井が弾くのはショパンのポロネーズです。ほとんど我流なので、つかえつかえしながら、でも何度も何度も弾きます。「糞切れ」というのは、うんこがうまく切れないことだなどと変わった発見を口にする蔵井の現実離れしたところが、「あたし」は好きでした。でも、家のあり方、ものの考え方の余りに徹底されたところ、強圧的な、というのか、家族を心配しつつ専制的であるところが、親子三人をいたたまれなくさせ、最後、家は崩壊する。親子三人が、ピアノと猫を置いて、蔵井の家から出ることになります。

「どういう順番だったか忘れ」たというのは、こうして蔵井を日本に置き去りにして、アメリカに来た親子三人が、どのようにその記憶の負い目から回復したか、という話の順番なのです。

アメリカに来た後、彼らは親子三人、「抱きあって」、いかに蔵井が暴君的であったか、自分たちをいじめたかを夜毎、語りあいます。また、「母」の彼女は、定期的に蔵井をたたきのめす血みどろの悪夢に苦しみ続けます。でも、そうこうするうちに、「あたしたち」は蔵井の悪口を言うのにも飽きる。「あたし」にも、自分たちに蔵井の悪口を言わせるのは、日本に置いてきた蔵井への罪障感なのではないか、という思いが訪れるようになります。そして、そんなある日、親子三人でピアニストの映画を見に行く。そこで、一つの転変が起こるのです。薄幸のピアニストが映画の中で、細くて長い「竹竿のような」指を動かし、ショパンのポロネーズを弾く。すると、自分でもわからないなつかしさ、いとおしさ、感動がやってきて、「あたし」をつかむ。見るとあい子も動かず、画面に見入っている。ピアニストが蔵井に、映画の場所が南カリフォルニアに一転し、彼女の前に殺到します。

雨が降っていました。雨の多い地方の話のようでした。雨があがるとユーカリの木が繁りに繁っていました。ピアニストは艱難辛苦を乗りこえて、コンサートをひらきました。拍手を受けて、彼は感動でゆがんだ顔を竹竿のような手でおおって、そのまま泣きつぶれたんです。あい子、よかったねえ、この映画、と（中略）すっかり泣きぬれて、（中略）話しかけたら、あい子は、膝に顔を押しあてて、竹竿のような指で、自分の骨を抱きしめていました。

（同、一七二頁）

泣きすぎてちっとも見れなかった。あい子が口を開く。そして言います、そのままの姿勢で。「おかーさん、ピアノがほしい、ショパンが聞きたい」。

それであたしたち、その勢いでまず、レコード屋にショパンを買いに行きました。あい子とグミとあたし。ピアノは、またこんど。いつかかならず。だからまずショパン。

（同、一七二頁、傍点引用者）

レコード屋にクラシックはありません。高い踏み台に登り、やっとみつけた「ショパン・グレイテスト・ヒッツ」のテープを買い、車に急ぐ。再び、

それを買って、車になだれこんで、あい子とグミとあたし、かしてかしてあたしがあたしが、とあい子がぴりぴり包装を破いて、テープをプレイヤーにつっこんだのと同時に、あたしがイグニッションキイを入れた、そのとたんに、たあああんたたたあああんた、たらららっ、たたん、たららららららった、あの、やかましくてそうぞうしくてなつかしいポロネーズが、たあああんたたあああんた、たたたたらーんららん。

おとうさんの弾いてたやつだ、とグミが叫びました。うるさいね、とあい子が。だまってよ、聞いてんだから。

（同、一七三頁、傍点引用者）

この引用最後の二人の子どものやりとりの、何と生き生きしていることか。ここがこの小説で、「おとうさん」という言葉が権利をもって語られる唯一の場所だということ、またこれが、グミとあい子のやりとりが普通の小説でのように「あたし」を経由しないでその「あたし」に記録される、数少ない個所の一つだということを、心にとめておきましょう。このとき、「あたし」の中に何かが起こっている。この作品のすぐれたところは、その何か、作者が

一番語ってみたいことが、言葉としてはどこにも語られていないのに、語られないまま、いわば「語り」の壊れを通じ、僕たちに伝わってくるところです。作者は語らない。でも、最後まで読むと、ここで作者が、何かを語ろうとしたのだけれど、語れないまま、語らないで過ぎた、ということがわかる。そこだけが、後から見ると、空白として、感じられるのです。

夫・子ども・あたし

彼女に起こっているのは、どういうことでしょう。強いて言うなら、ここで語り手の「あたし」は、ある憎悪の根源の消滅を経験しています。ここにきて、彼女にははじめて、心から、前夫蔵井は「むじつ」だったのではないか、自分たちが別れなければならなかったのは、どうしようもないことだったのではないか、と思えているのです。でも、そのような心境に達してみると、色んなことが違ったふうに見えてくる。

「順番」から考えると、それは、まだあい子が拒食症から過食症に移行する手前の時期のことでした。あい子はこのとき、骨だらけだったのですから。でも、こう考えてみるとわかる。このことがあって、たぶん彼女は、あい子と心を通わせている。ここで「あたし」は、たしかに何ごとかを学んでいるのですが、それを彼女は、子どもから教えられた、と感じているのです。

その後、「あたし」は、とことんあい子の話を聞こうとあい子のふとんにもぐりこみます。あい子は、最初、心をとざしていますが、やがて、いろんなことを話しはじめる。その話は、

「あたし」に、それまでと違って聞こえます。

あたしはあい子がしゃべり出すのを待っていました。（中略）たいした話じゃないんです、くだくだしい、糸を巻くような作業、でもあたしはどういうわけか、その話が何もかもおもしろく聞けてしょうがありませんでした。（同、一七〇頁）

このくだりに続いて、「聖ジュリヤン伝」の話が出てきます。病気にかかった震える乞食を舟守のジュリヤンが身体であたためてやる、すると乞食はキリストと変わり、舟守は聖人になって昇天する。フローベールの小説に出てくる話。「語り」はへらへらしたままですが、ここにいるクリニックのおかあさんは、「ハウス・プラント」の時のおかあさんとは、もう違っています。彼女は高速で語り続ける。その語りで語れないことについては、黙ったまま。その沈黙が、その語りの向こうに透けて、感じられます。

ほこりの中の緑

こうして、親子三人が一時日本に帰省する、この小説最後のシーンがやってきます。あい子ががりがりにやせていた頃、ある日、シャワーをあびる後ろ姿を見て、「あたし」は「息をのみ」ました。「おしりの肉が、両側からぐりっとえぐり取られ、骨盤が飛び出してい」たので。それを見たグミが、そっと「あたし」に囁きました、「おかあさん、あいちゃんのおしり、ガイコツ」。

そんなふうだったあい子が、いつの間にかすっかり元気になっています。

帰ってくるか、とアーロンがグミを抱きしめて聞きました。

うん、とグミが力強く答えました。

ほんとに帰ってくるか、とアーロンがあい子を抱きしめて聞きました。

あい子はにっこりしてうなずきました。

（同、一八三頁）

どうしても空港まで見送りに行くと言って車椅子を積んでついてきたアーロンと衆人環視の中でキスをしながら、うっすら目を開けてみると、あい子とグミが、アーロンの車椅子をぐるぐる回している。あたしは叫ぶ。「ちょっとあんたたち」「何やってんの、やめなさいったら」

あい子のおしりが、もはやガイコツでも何でもありませんでした。パンツにおおわれてそこに、にくにくしくひろがっていました。今にも布地が張り裂けて、むき出して、あたしたちを押しつぶしにかかってくるような、そんな量感でした。突き出た足は長くって剃りあげてありました。髪の毛がざんばらに揺れて、かわいらしい、丸い顔が、あたしに向かって、いいました。

（同、一八四頁、傍点引用者）

この最後のくだりが、なぜ僕たちを動かすのでしょう。その理由は、ここで、語り手の「あたし」が、彼女の語ってきた「あい子」に、敗北している。「語り」がその敗北を、語っているからです。「かわいらしい、丸い顔」。こう書く「あたし」は一〇〇パーセント、「あい子」に脱帽し、主役の場を譲っているのです。

僕が思い浮かべるのは、こんなことです。生活がけっこう苦しく、家族に病人がいたりすると、僕たちは余裕がなくなり、家も荒れ、生活の隅々がほこりにまみれます。アロエみたいな植物の鉢など、そんなものに構っていられるかとばかり、すっかり水をやるのをやめてしまい、ベランダの片隅にゴミも同然にうっちゃられています。ところが、ある日、その片隅に小さな色が見える。何かと思って近づくと、枯れたとばかり思っていた鉢に、新しい芽が出ているのです。

そういうとき、若芽は、何かを僕たちに教える。小さなものが、やってきて、小さなものを生かしているのは、小さなもの自身だ、主人公は「あたし」だと、僕たちに言うのです。

ラニーニャ、その小さなもの（女性形）

「ラニーニャ」とは、何でしょう。この作品で作者伊藤比呂美が語ろうとしたことは、この小さなもの（女性形）の力です。太平洋のある地域の水温が高まる気象現象のことをエルニーニョと言いますが、その地域の水温が平年より低くなると、ラニーニャ。ともに元はスペイン語。彼女は作品の冒頭近く、こう書いています。

その小さなもの（男性形）というのが、エルニーニョの意味でした。よくわかりませんでした。でもくりかえしているうちに、その小さな男の子、その幼子（男）、その男童子、男わらし、ほら、だんだん、意味が明瞭になってくるような気がして。ほんとに大がかりな気象の変化でした。いろんなところに影響が出ましたから、それで、小さい男の子だなんて、どうもちぐはぐと思っていたのでした。でも、大きければ大きいほど小さくなるものってほかにもあったような、そんな感じを思い出した。ラニーニャは、その小さなもの（女性形）、その女わらし、その少女たち、娘たち、いえ女性形であっても複数形じゃないと思うんです。でもイメージとしては、複数の女の子たちがわらわらと波をこえてこっちに向かってやって来るような気がしてました。

（同、一〇四〜一〇五頁）

彼女は、自分が「わらわらと波をこえてこっちに向かってやって来る」「その小さなもの（女性形）」に教えられたこと、それをここに、不器用な語りで、あるところは、語れないという形で、語っているのです。

それは、一言で言うなら、小さなことの大きさ、負けることの大きさ、というようなことでしょう。人の中には、「大きければ大きいほど小さくなるもの」があるという、そういう発見でしょう。

語りにも、そういうことがあります。それは、強ければ強いほど弱くなる、速ければ速いほど、遅くなる。そこにこの小説で作者が掴んでいる「語り」の秘密があります。ここで彼女は、自分は高速の「語り」でいくけれども、自分の語ろうとすることは、もっと低速の「語り」でなければ語れないことだ。でも自分は、それを高速の「語り」で語る。本来、こういう語りでは語れないことを、こういう語りで語るのだ、と僕たちに言っているのです。

前回、引いた表紙カバーの図は、聞いたところでは、作者からの要望で撮影された、現実の交通標識をもとにしたものでした。この小説には最後近く、高速道路ではねられた動物一般をロードキルと呼ぶのだという話が出てきますが、高速道路を走ると、そういう動物が道路を横切るので、注意という、熊とか猿とか鹿とかの標識があります。ところで、どうも、メキシコとアメリカの国境で、その高速道路を人間が横切ることがある、人間の横切りに注意、という人間のロードキル注意の標識があるようで、この小説の表紙になっているもののもとが、その標識だというのです。

たぶん、この小説を構想したときに、もう作者には、この標識のイメージと、ロードキルという言葉と、したがって、語りの速さという問題関心があったでしょう。この小説は意外に奥が深い。ここには、女の子に負ける母親のフェミニズムの、よい負け方がある。負けることでもっと大きくなるフェミニズムの可能性、その人間の問題との接点が、ここに口をあけています。

10

「毎日ぶらぶら遊んで暮らしたい」——町田康『くっすん大黒』

i　喪失から、過剰へ

「シーク・アンド・ファインド」から「アバンダンド・バット・リターン」へ

次に取りあげるのは、一九九〇年代後半に現れたもっともめざましい新人の一人である町田康さんの第一作、『くっすん大黒』です。この単行本には、「くっすん大黒」と「河原のアパラ」という二つの作品が収められています。たしか吉本ばななさんだったと思いますが、第一作よりも第二作の方がすばらしい作家というのは珍しいが、町田さんはそういう作家だと、どこかに書いていていました。

「くっすん大黒」も魅力あふれる第一作ですが、第一作であるという分、すこしきまじめさが勝っている、わかりやすい作になっています。これをもっと破天荒というか、この作家の持ち味を十分に発揮して何が何だかわからなくなっている第二作の「河原のアパラ」と合わせ、論じてみたい。そのため、焦点をこの第二作の方にあて、第一作から、話を進めてみます。

この二作を並べておいてみると、一つのことに気づきます。それは、町田さんの作品が、その基本構造のうちに、たとえば村上春樹さんに代表される八〇年代以降の現代日本の小説と、面白い対照を見せていることです。村上さんに代表される八〇年代の小説は、長いこと、ある「欠落」をめぐる物語という特徴をもっていました。

たとえば、彼が一九七九年に書いた第一作の『風の歌を聴け』は、ラジオ番組を通じ、自分に曲をプレゼントしてくれた高校時代の知り合いの女の子の電話番号を探す話を、その底に沈めています。また、八〇年に書かれた第二作『一九七三年のピンボール』は、失われたピンボールの名機「3フリッパーのスペースシップ」を探索する話、次の『羊をめぐる冒険』(一九八二年)になると、消えた親友「鼠」を探す話です。これらの小説は、広く時代の読者に迎えられることで、その後、この「ないもの」をめぐる話の構造が、大きく時代の無意識をとらえるものであったことを証明しました。

これは、小説の型として、「失われたものを探索する話」という意味で「シーク・アンド・ファインド seek & find」型小説と呼ばれています。「シーク・アンド・ファインド」タイプの構造は、レイモンド・チャンドラーのハードボイルド小説などで多用されました。村上さんの作品では、近年の『ねじまき鳥クロニクル』(一九九四〜九五年)、第一回に取り上げた『スプートニクの恋人』(一九九九年)にまで、この型が、陰に陽に、踏襲されています。

ところで、これに対し、町田さんの「くっすん大黒」「河原のアパラ」は、ともに、これとは逆に、ある「余剰」をめぐる物語になっている点、同型なのです。つまり、主人公の生活の中に、ある余計なものが転がり込んでくる。あるいは、余計なものが見出される。そして、その余計なものを彼は自分の世界から外に持ち出そう、捨てよう、とするのだが、なかなかうまくいかない。その顚末が小説を作る。そういう構造が、この町田さんの第一作、第二作に、共通しています。

これも、こういう小説の原型は、ある日気がついたら、自分の部屋に見も知らない死体が転がっていて、何とかそれを始末しようと苦労するといった、ミステリー小説などのジャンルのうちに見つけられそうです。きっと何か適切な名称があるのでしょうが、僕はそれを寡聞にして知りません。これを仮に、「シーク・アンド・ファインド」の反意語をとって、「アバンダンド・バット・リターン　abandoned but return」型の小説と呼んでおきます。すると、九〇年代になって現れるようになったのは、この「余計なもの」を捨てようとするがなかなかそれが果たせない――余計なものが捨てられようとしても、いつまでも戻ってくる――「アバンダンド・バット・リターン」型の小説であって、その「欠如をめぐる物語」からの転換を典型的に示したものとして、町田康さんの作品がある、そういう位置関係が見えてくるように思います。

二つの「妻がいなくなる」小説

こういう観点から見るとき、興味深いのは、次のことです。

たとえば、村上さんの『ねじまき鳥クロニクル』は、ある日、主夫をやっている主人公オカダ・トオルのもとから、猫がいなくなる、そして、これに続けて奥さんが失踪する、その「あちら側の世界」に消えた奥さんを、彼が、何とか、「こちら側の世界」に取り戻そうと苦闘するという話です。でも、よく考えてみると、「くっすん大黒」も、ある日、奥さんが消えていた、ということとよく似た話なのですね。

こちらの小説の主人公は、三年前にふと、「働くのは嫌だな、毎日ぶらぶら遊んで暮らしたいな、と思い立ち、思い立ったが吉日、ってんで」その瞬間から、以後、無為徒食の主夫生活を続けることにしたのですが、ある日、鏡に自分が、だらけきった「大黒様のよう」な、「なんとも浅ましい珍妙な面つき」で映っているのを発見して愕然とする。そして気がついてみると、その前日から、妻が「ぷい、と家を出て行ったきり帰って」きていない、奥さんは、そういう自分に愛想をつかして、出奔してしまったのだな、と主人公が思いあたる場面から、はじまっています。きっと、この語り主体の小説の「語り」の底に沈んでいる作中原事実は、これと順序が逆で、奥さんが出奔していなくなる、そしてそれから、主人公は、自分の鏡を見て、自分のだらけきったあり方が妻に愛想づかしされた原因だ、と思いいたる、というものなのでしょう。それをそのまま書くと「重く」なる。この小説にフィクションの契機は、それを逆転する形で介入してきているのだと思われます。

いずれにせよ、この小説の発端にあるのも、『ねじまき鳥クロニクル』と同じ、「妻がいなくなる」という事実だということ。

でも、「くっすん大黒」の主人公は、妻が失踪しても、これを探そうと思うのではないのですね。そうではなく、なぜ妻が失踪したのか、その原因は自分にあるとばかり、逆に、妻をではなく、自分を探しはじめるのです。

三つの主夫が一人になる小説

ここにあるのは、どういう問題でしょう。

これまで、僕たちはかなり多くの九〇年代以降の小説を読んできました。実をいうと、第四回に取りあげた保坂和志さんの『季節の記憶』でも、作品の一番の発端は妻との離婚という事実でした。そして、そこでは、妻と離婚した後、主人公の「僕」が、以前住んでいた鎌倉郊外の地に息子の「クイちゃん」と引っ越してくる。つまり妻の不在、詳しくは前妻の不在という事実が、見えにくくなっているものの、「ナッちゃん」という浮いた登場人物の向こうに無意識裡に重ねられ、この作品に甦ってきているのでした。

すると、こうなるでしょう。ここには、「妻の不在」ということを発端にほぼ同時期に書かれた三つの作品がある。一つは、「妻」がいなくなることで、世界の様相がふいに見知らぬものに変わり、そこから物語がはじまるという一九九四年から九五年にかけて刊行された『ねじまき鳥クロニクル』で、そこで主人公は、その消えた妻を探索します。これは、「シーク・アンド・ファインド」型の小説です。次に、一九九六年五月号の雑誌『群像』に発表された『季節の記憶』になると、その小説世界の発端にあるのは、同じように妻に立ち去られる形で生じたらしい主人公「僕」の〝孤独化〟なのですが（一個所「僕」の友人が「キミちゃん（前妻の名前——引用者）が戻ってきたんか」と言うところがあります（二三二頁））、そこで主人公は、その「別れた妻」を取り戻そうとも探そうとも思わない。五歳になる息子と、力の抜けた違う世界に抜け出てゆきます。しかし、そこにも「別れた妻」の記憶は浮遊し、それは、作品世界のもつ無意識として、不在の形で主人公の世界に影を落とし続けます。

これが『季節の記憶』と踵を接するように現れたさらに次の「くっすん大黒」（『文學界』一九九六年七月号）になると、妻が出奔したことは、作品の冒頭にはっきりと告げられるにもかかわらず、主人公は、その妻を――少なくとも表面上は――気にしない。探さない。またその帰還を待つことすらしません。

では何をするのかといえば、彼は、自分に目を向ける。自分がいったいどういう存在であったのかと、自分の周辺を新しい目で見つめはじめるのです。

寝転がっては見たもののちっとも眠くならないうえ、おまけにむかむかと怒りがこみ上げてくる。というのも、自分は、ぶらぶらするばかりでなく、寝床でぐずぐずするのも好む性分なので、枕元周辺にはいつも、生活用具一式、すなわち、ラジカセ、スタンドライト、湯吞、箸、茶碗、灰皿、猿股、食い終わったカップラーメンのカップ、新聞、シガレット、エロ本、一升瓶、レインコートなどが散乱しており（後略）

（「くっすん大黒」『くっすん大黒』一〇頁）

彼はだらけきった生活の中で自分のまわりをぐるりと見回す。すると、それらにまじって、ヘンテコな「五寸ばかりの金属製の大黒様」の置き物が目につく。先ほどから自分が「むかついているのは、この大黒様、いや、こんなやつに、様、などつける必要はない、大黒で十分である」、この「大黒のせいなの」だ、と彼は思う。彼はそこに、自分の姿を見るのです。

なにしろこの腐れ大黒ときたらバランスが悪いのか、まったく自立しようとしないのだ。最初のうちは自分も、なにしろ大黒様といえば、福や徳の神様だし、ああ大変だ大黒様が倒れてなさる、といちいち起こしてさしあげていたが、何回起こしてやっても、いつの間にか小槌側に倒れていて、そのうえふざけたことに、倒れているのであるから当人も少しは焦ればいいものを、だらしなく横になったままにやにや笑っている、というありさまで、全体、君はやる気があるのかね、と問いただしたくなるような体たらくなのである。

（同、一〇～一一頁）

彼はこの腐れ大黒をどこかに捨ててこようと思う。久しぶりに外に出ます。しかし、どこといって捨てる場所がない。捨てようとするといろんな障害が現れる。こうして、この小説は、どこか稲垣足穂の「弥勒」などを思わせせないでもない希薄さで、静から動へ、動いてゆくことになります。

「ないこと」があるから「ないことがないこと」があるへ

これを、「妻の不在」からはじまる作品が、当初「失われたもの」を探す話を紡いでいた段階から、「失われたもの」を探さない話を紡ぐ段階へ、さらに「失われたもの」の代わりに「過剰なもの」を、それも今度は「探す」代わりに「捨てよう」とする話を紡ぐ段階へと推移してきた、と見ると、このへらへらとした「語り」で書かれたように見える作品のもつ、意外に堅固な構造的な新しさがわかります。その背景をなしているのは、僕の言葉で言うと、「ないこと」（喪失＝欠如）があった時代から、それがないという困難が現れるようになる時代への、社会の転換です。

たとえば町田さんより一、二年学年が下だけの漫画家の岡崎京子さんが、「すでに何もかも持ち、そのことによって何もかも持つことを諦めなければならない子供たち。（中略）のっぺりとした書き割りのような戦場」という言葉を『リバーズ・エッジ』という一九九四年の作品のあとがきに書いています。これは、子供たちが、欲しがるよりも先に与えられ、「わからない」と思うより先に「教えられ」、そうすることで「何ももっていない」という子供の本質たる特権を失い、そのため、また「何かを手に入れて成長する」という可能性をも奪われるという、この世代の困難をいち早く特定した言葉でした。

別のところで最近、歌人の穂村弘さんも言っていますが、「ないこと」が文学を作っていた時代の次に来たのは、この「ないこと」がないという苦しみのある時代でした（「歌人・穂村弘が受けた『八〇年代最大の衝撃』」『別冊宝島　音楽誌が書かないJポップ批評』20号、二〇〇二年九月）。しかし、その後に、「ないことがない」ということが、ある。そういう文学が現れてくる。後で見ますが、あの大黒の置き物とか見知らぬ男の骨壺の箱（「河原のアパラ」）とかは、それこそ「ないことがないこと」がある、ということの客観的相関物にほかなりません。

余計なものを何とか始末しようとして始末できない「アバンダンド・バット・リターン」型の小説は、型としてはむろん、以前からあり、新しくはないのですが、こういう文脈のうちに置かれることで、新しい時代のはじまりを予告しているのです。

「くっすん大黒」には、その主人公と年下の相棒の会話などに、どこか保坂和志さんの一九九〇年の第一作『プレーンソング』を思わせる飄逸さ＝空っぽさがありますが、一方、それがさらに深まり、「河原のアパラ」の世界にまでくると、これはもう二〇〇一年に書かれる中原昌也さんの『あらゆる場所に花束が……』とか、リリー・フランキーさんの「大麻農家の花嫁」（一九九九年）などを予示する世界となっています。「ないこと」がある喪失の物語から、「ないことがないこと」がある過剰の物語へ。町田康は、そういう時代の変化をもっとも鮮やかに体現する作家として、登場してくるのです。

二つの爆弾――「大黒」と「檸檬」

「くっすん大黒」が、こうした何か余計なものの捨て場、置き場に困る話を基本構造としていることは、その冒頭近くの部分が、一九二五年に発表された梶井基次郎の「檸檬」のラストシーンを思わせつつ、しかもそれが「檸檬」のようには終わっていないことを明らかにすることで、わかりやすくなるかも知れません。

「くっすん大黒」の主人公楠木正行は、先の場面に続いて、この腐れ大黒を捨てようと、台所に立ちますが、流しの「燃えないゴミ」の袋に入れようと思ってこれは粗大ゴミに分類されるのではないかと、ハタと気づく。次に市政ガイドで粗大ゴミについて調べますが、時間指定はできず、長時間家の前に置いておかなければならないことがわかると、近隣の住人にあやしまれるのではないかと気になります。いや、この腐れ大黒のような主人公は、ぶらぶら、ぐずぐずするのが好きな癖に、イヤに潔癖でもあり、そのミスマッチさが、小説の展開をいやおうなしに錯綜したものにしてゆくのです。彼は、仕方なくどこか人気のないところに不法投棄しようと日和下駄をはいて戸外に出ますが、誰一人いない公園には地蔵があったりして、かえって不気味。行く先々でさまざまな不如意に出会い、最後、駅へ続く道沿いの歩道の切れ目にあるコンクリート製のプランターに、目をつけます。

それは、真ん中に黄色い間抜けな花が当初植えられはしたもののすでに干涸らびており、風に乗ってやってきた雑草におおわれる一方になった、そのうえに、「空き缶、弁当殻、コンドーム、吸殻、花紙などが投げ込まれ」た、すさみきった街のプランターです。彼は、「このふぬけ大黒には、このゴミ花壇がお似合いだ、はは、ここに大黒を捨ててこましたろ」と思い、新聞紙にくるんだそれを置いて帰ろうとするのですが、ふと立ち止まる。これでは往来の人にとってはただのゴミだ。面白くない。あの大黒にとっては「最適の安置場所」を得たのであるから、むしろ新聞を剝いで、「あのだらけきった姿を世間の人に見てもらった方が、彼も嬉しいだろうし、自分も苦労のし甲斐があるというものだ」。そこで彼は、ゴミの上に大黒を安置するがどうもしっくりこない、「そこで自分は、他のゴミを全部いったんプランターから取り出し、細心の美学的注意を払いつつ、ひとつひとつプランターに戻していった」。とうとう、なんとか満足できるものになり、そこを立ち去ろうとしたところで、彼はお巡りさんに呼びとめられるのです。

ところで、ここは、おそらく作者自身が、あの「檸檬」の名高いシーンを念頭に、それをモジって、書いている場面ではないでしょうか。というのも、「檸檬」では、ちょうどこの小説の主人公のような境遇にある大正末期の若者が、京都の街の彷徨の果て、八百屋で買った一顆のレモンにどうしようもなく病んだ神経の静まるのを覚え、思い立って舶来の書籍や文房具を扱う「丸善」に入り、画集などを「細心の美学的注意を払いつつ」積み上げ、そのてっぺんにこの檸檬を置きすえて立ち去る、そして、何か一個の爆弾をそこに仕掛けたような気分を覚える、というよく知られた場面で終わるのですが、それと似た心の動きが、ここでも「くっすん大黒」の主人公を動かしていると感じられる、というか、そう考えると、この作品の位置がよくわかるからです。

しかし、そこでも彼はむろんこの余計なもの、つまりヘンテコな自分を捨てることに失敗します。「あんまりごみ箱とか花壇とか、公共の場所で他人に迷惑をかけないようにね」。お巡りさんにさとされ、とうとう、それを抱え、隣町の大学生の年下の友人菊池元吉のもとに身を寄せる。そして、そこから、彼自身がこの「大黒」と化したかのような、ばかばかしくも真摯な、小さな冒険がはじまるのです。

「過剰」の意味のなさを生きること

　さて、ここまで紹介したところからも、この第一作がいわば作者にとっての「なぜこれを書いたか」という小説執筆譚になっていることが、わかるでしょう。大黒様の置物という「過剰」は、主人公というか、作者自身の、分身ならぬ、自己像の客観的相関物です。これは、自分自身のなかに「喪失」をではなく、名づけることのできない「過剰」「余剰」を抱えたいまどきの若者が、どんなことがあっても、これにヘンテコな意味などつけないゾ、とそれを無意味なままに抱えて、小説の最後まで走りきった、心臓破りの小説にほかなりません。自分の生きるということのうちにある名づけようのない過剰に、意味をあたえる代わりに、発言の機会を与える、そしてその声に耳を澄ます。町田さんは、ここでたしかに何ごとかを実現しているのです。

　では、この作品の、どういうところが僕たちを動かすのか。なぜこの小説は面白いのか。そういうことを、第二作の「河原のアパラ」を手がかりに、以下、見ていくことにしましょう。

ii　ただの石を洗うこと

この小説の何が読者を動かすのか

「河原のアパラ」を読んで、僕などが思い出すのは、深沢七郎さんの小説の世界です。語りの流れ、雰囲気は、登場時の『エロ事師たち』などの野坂昭如さんに似ています。でも、小説世界のテイストとしては、深沢さんに近い。『エロ事師たち』には、自分に発して、社会に、世界に、声をあげたい、という思いがありますが、「河原のアパラ」とか深沢さんの『東京のプリンスたち』などには、自分というよりは、人間というものへの眼差しが、生きています。

音というのは、ある波長を超えるともう人の耳に聞こえなくなるそうです。夕暮れの空を飛ぶコウモリなどは、そういうとても長い波長だったかの無音の声をあげて通信しあっているらしい。そういうもう僕たちの耳に聞こえない波長で、誰かが、透徹したオペラのアリアの声で、泣いている。そういう読後感の起こるところが、この哄笑にみちたナンセンスなお笑い小説の、面白いところだと思います。

でも、ここから先、どう言えば、この小説のよさ、面白さに近づくことができるでしょう。

なかなか難しい。皆さんも読めばわかります。面白い、でも面白いだけじゃない。何か動かされる。この笑いボケの小説の書き手、あるいは主人公が、比類なく真面目だというか、どこかで純一のものをもっている、ピュアだという感じを、僕たち読者は受けます。でもそれがどこからくるのかわからない。そういう感じのするところがこの小説にある。いったい、この小説の何が僕たちを動かすのか。この問いを例の登山口に、この作品に向かってみます。

「河原のアパラ」と過剰なもの

さて、この作品の地形観測です。最初にこれがどんなお話なのか、あらすじをかいつまんで説明します。

おおブレネリ、あなたのおうちは何処？　わたしのおうちはスイスランドよ。綺麗な湖水の畔なのよ。やーっ、ほーっ、ほーとランランラン、って、阿呆か俺は。なにもかかるケンタッキーフライドチキン店の店頭で、おおブレネリを大声で歌わなくてもいいじゃないか。ね、ごらん、店員も客も、みな奇妙なものを見るような目をしている。やめてくれないか、そんな目でわたしを見るのは。わたしは狂人ではないのだよ。

（「河原のアパラ」同、九一頁）

こうこの小説ははじまります。なぜ主人公はケンタッキーフライドチキン店の前にいるのか、と言えば、いまいるアパートがガスを使えないから。ではなぜそんなボロアパートに彼が身を置いているか、と言えば、第一作はすべて「大黒のせい」（一〇頁）でしたが、この第二作では、すべて「天田はま子のせい」（九六頁）。なぜか主人公の世界に天田はま子という女性が闖入してくると、これが、物語がうごきはじめる合図なのです。

もとはといえば、主人公は広告代理店勤め。上司にカラオケで演歌を歌えと強要され、逆らってアカペラで賛美歌を歌ったためいづらくなって退職。その後、失業保険が切れる頃、たまたま見た広告で『みんなのうどん』という立ち食いうどん屋に再就職。相棒の淀川五郎と「きつね」「そば？ うどん？」「うどん」「信太、うどんで一丁」「へい、お待ち」と快調に和の精神で協調し、仕事に精出していたところ、「いまから約一カ月前」、新しい店員がやってくる。それが天田はま子。この女性というのが、破壊的に自分勝手で、吝嗇で、人のことを考えないキャラクター。以後主人公との間に、ことごとにトラブルをまき起こすのです。

そんななか、「二週間前の日曜日」、その天田はま子が「骨壺くらいの大きさの白い紙箱」を抱え、大幅に遅刻して、出勤してくる。見るとその紙箱には――「五寸ばかりの金属製の大黒様」ならぬ――「20センチくらいの緑色の毛の生えた猿」が入っていて、どうも、出勤途中、気に入って購入し、そのまま持ってきたらしいのです。例によってミスマッチ的に潔癖な主人公は、こういう食べ物屋の厨房に、こういう生き物が遊び回っているのは「いかがなものか」「家に帰って猿を置いてこい」と言いますが、聞き入れられず、押し問答になる。そうこうしているうちに、客の前で猿が飛び出て天井にぶら下がり、主人公は、過ってこの猿、「キキちゃん」を煮えたぎる釜の中に落下させてしまいます。当然「キキちゃん」は死亡。その後のやりとりで、天田の余りに途方もない極悪非道な言いように激怒した主人公がこらしめの打擲を敢行し、これに天田があることないこと合わせて、「骨折その他で、全治数週間の重傷、ってことで」警察に訴え、ために主人公は潜伏、逃亡、五郎のアパート、ついで、つい最近まで五郎の知り合いが住んでいたというボロアパートに身を置く羽目になります。

天田はま子、キキちゃん、津山幸男の骨壺、シボレーアストロ

ここまでが三部仕立ての第一部(第一章〜第三章)。過去の話で、ここから先は、現在進行形で進みます。あの「アバンダンド・バット・リターン」の定式で言うなら、作品世界へと闖入してきた過剰物は、「天田はま子」、ついで猿の「キキちゃん」、それが本当の死者津山幸男の「骨壺」になるのが、次の第二部(第四章〜第六章)の展開です。

相棒の五郎がやってきて言うには、つい最近までこのアパートにいたという彼の知り合いが急に死んでしまったと。ついてはその遺骨を実家まで届けてくれと身内の女性に頼まれたが、自分もうどん屋をやめた、報酬もあることだから、一緒にやらないかと。何もすることのない主人公は、この話に乗ります。

ところが、その死んだ知り合い、津山幸男というのが、とんでもない男。アパートに行くと、部屋は荒れ放題。いまは小さな骨箱に納まっていますが、それだけではさびしいと遺影用の写真を探すと、出てくるのは、ＳＭプレイのポルノ写真。いろいろ怪しいビデオなども観察するうち、どうもこの人物、同居の女性とこういう仕事もやっていて、男女関係がらみのトラブルにまきこまれたらしい。写真の束の中からやっと見つけだした本人「単体」の写真というのが、出鱈目の落書きのような入れ墨をほどこされた陰惨な顔の写真なのです。どうもこのような入れ墨をほどこされ、そのために死ぬことになったんじゃないか。ともあれ、二人は、翌朝、その遺骨を乗せ、五郎に似合わない「やけにご大層な」外車で死者の故郷、関東にあるらしい田舎へと向かいます。

この先が、いわば第三部（第七章）で、この作品の白眉。メスカリンでも服用して書いたかというほどの迫力。津山幸男の骨壺、遺影、その後問題になる五郎の乗ってきたイヤに豪華な外車シボレーアストロというこのキッチュつながりが、次の展開を呼ぶことになります。

さて、高速道路を降り、一般道に入り、彼らは道に迷う。二人で道端で立ち小便をしていると、むこうから「グレーのつなぎを着てふたをした青いポリバケツを持った」五十歳くらいの男がやってきます。でも、近くで見ると、これがまたとても不気味なおじさんで、「遠目にグレーに見えたのは、様々の美しい色の糸を用いて、つなぎ全体に施された、幾何学的な模様の細かい刺繍で、その配色、細かさからは、偏執的な気迫のごときが発散されている。「津山臣」という人物を探しているんだけどと尋ねると、あっさり、「津山は家だよ。津山幸男は弟だ」と言い、ついで、ついてこい、と促します。半信半疑のまま、ついていくと、この人物、金槌を手放さない。聞くと、これはいつでも自殺できるように、持っている、しかし他殺用にも使える、などとちょっと怖い。ポリバケツに入っているのは得体の知れない畜肉で、これを食べろと焼き肉をはじめますが、やがて立ち上がると、骨箱を手に歩いていって遺骨を空き地にばらまき、「はは、いわゆるところの散骨葬だなぁ」などとうそぶく。あげく焼き肉の上に遺灰の残りをかけ、酒を買いに行ってくると言ったなり、もう帰ってきません。ヘンだなあと、二人して車のところに戻ると、五郎の外車、実は五郎が喜劇俳優の弟子についている友達から又借りしていたという喜劇俳優の外車が、なくなっている。どうもこの人物に盗まれたようなのです。

散骨、丸い石、鮒の山

さて、話はこの後、こう続きます。

二人は意気阻喪して、山を下る。てれてれと歩いていくと、遺族に渡された住所の場所に出る。その番地を辿ると、まさしく「津山硝子店」があり、先のおじさんにだまされていたとわかります。そこにいたお兄さん――本物の津山臣――に事情を話し、もう遺骨がないことを断りますが、そのお兄さんというのもどこかヘンな人です。その後、そこを出て、薄暗い路地の奥の飲み屋に入ると、先客が津山兄弟、さらには刺繡と金槌の不気味男らしいカイチという人物の話をしています。怪しい雰囲気が漂う中、そこを出て、遊郭めいた町並みに入る。そこで二人はしばらく買春行為を愉しみます。さて、へとへとになって主人公が外に出てくると、格子戸の前に「三歳くらいの男の子供」がしゃがんで何かを洗っている。

手元を見ると、子供が洗っているのは、丸い石である。自分は子供に尋ねた。「なに洗ってんの」子供は答えた。「これは綺麗にしておかなければいけないの」「なんで。ただの石じゃない」「うんそうだよ。これはただの石なの。だけどね、だけど大事なものの卵なの。だから綺麗にしておかなければいけないの」男の子供は、自分の目をじっと見たのである。やれん。（同、一六七頁）

そして、最終章。二人は、河原に出る。すると、橋桁を背景に、乞食の少女が歌を歌い、その対岸では何やら映画撮影。五郎が河原で偶然新聞を拾うと、そこに天田はま子の記事が出ています。「一日、元、飲食店従業員、天田はま子さん（三二）が粘着テープで両手両足を縛られ、遺体で見つかった事件で、犯行に使われた凶器が、鋭利な刃物であることが、三日、警視庁杉並署の特捜本部の調べで分かった」。何だか村上春樹の『海辺のカフカ』みたいですが、やべえぞ、俺じゃねえ、など二人で話しているうち、リラックスして後ろに五郎が手をつくと、そこは「釣り人が捨てていったのであろう、半ば乾燥し、半ば腐敗した鮒が、こんもりと堆積し」た「鮒の山」。「ぎゃああ」、五郎が立ち上がる。片や日は沈もうとする。眼前には女が「ヘンリー」と叫ぶ映画撮影の一部らしいオペラの寸劇。その滑稽さに二人が、腐った鮒まみれになり、「ぷっ、ぷわっははは」「くっ、苦しい、やめろ、くっ、ひひひひ」、哄笑し、盛り上がる。これがこの小説の終わりです。

「絶対に本当のことは言わないゾ」という精神

かいつまんでと言いながら、だいぶ詳しくこの小説のあらすじを追いました。この小説がかなり奇妙でおかしな展開を見せる物語だということ、と同時に、これがなぜ読者を動かすのかがとても説明しにくい小説であること、そういうことがわかっていただけたと思います。つまり、ここに現れた話をその書かれたままに紹介するだけでは、この小説から僕たち読者が受けとるものを説明することは、ほぼ絶対にできません。

なぜそうなのか。僕の考えを言えば、そこにこの小説の秘密と独特のあり方が顔を見せています。

別のところで言ったかも知れませんが、野原で見つけたキツネの子を服の下に隠し家に帰り、じっとしているとそれがお腹を咬む。でもそれを言わず、家族の前で我慢していて、腹を食い破られ、死んでしまう。そういうスパルタの少年の話が、プルターク英雄伝に出てきます。僕の考えを言えば、この小説は、その少年と同じく、「絶対に本当のことは言わないゾ」、それは「イヤだ」という精神によって書かれています。なぜイヤなのか。その理由は、どんな言葉も言われてしまうと、ウソになるから。では、あることを口にしないで、人はどう、それを語るのか。こういう問いが、実を言うと、ここにあります。

そんなことが可能でしょうか。

一つの手がかりは、天田はま子です。この「天はま」——天田はま子——は何者でしょう。

天田はま子がこの小説に闖入してきて主人公は、その当座の勤め先からはじき飛ばされ、流浪の身になる。また先に出てきたように、第一作が「大黒のせい」ではじまる小説だとすると、この第二作は「天田はま子のせい」ではじまっています。

ヒントは、この天田はま子、『みんなのうどん』にやってくると、なぜか従業員二名中、主人公と強くぶつかる。いさかいでも例の猿騒動でも訴えでも天田はま子と主人公は対の関係をなし、五郎は傍観者。さらに最後、新聞に出てわかりますが、彼女は三十二歳。つまり主人公にもし、第一作のように奥さんがいるなら、ちょうどその奥さんに該当する年齢なのです。

町田さんは、この後、九八年、「夫婦茶碗」というやはり妻の失踪する、これも裏返された純愛ものを書きます。第一作と第三作で、妻が失踪し、第二作で、天田はま子が突如現れ、突如死ぬ。そしてその間にこの第二作は展開している。天はまが現れ、主人公が一人アパートを出るというのと、妻が消え、一人になるというのと、最初の三作の展開が途中から後は、一緒なのです。

ここから想像されることは、作者の側に、そもそも小説に妻の失踪として現れるような原事実があり、それが、彼をして小説執筆に向かわせる契機になったのかもしれない、ということでしょう。つまり、僕の妄想的読みを言うと、この天田はま子は、裏返された主人公の妻で、天田はま子の小説世界への闖入は、いわば第一作における妻の失踪に見合う、その陰画的形象にほかならないのです。

浮遊するシニフィアンたち

そうだとすると、天田はま子は、「くっすん大黒」で妻として現れる形象の、バッテンされた像、「浮遊するシニフィアン」ともいうべき反転形だと言えるでしょう。作者は、何か自分を小説制作に促すモチーフに対し、全部、これと同様に右を左、上を下に、失踪を闖入にと、「反転の形」で対するのです。この反転式書法で、「それを言わずにそれを言う」という机竜之助的な芸当が、展開されている。それがこの小説の秘密なのです。

ですから、たとえば、僕はこう考えてみよう、と皆さんに言いたい。町田さんは映画にも出演しているし、派手な格好もよくする、また一時はずいぶんと壊れたことのある人です。この人前でのSMプレイを仕事にし、さんざんポルノ映画などにも出演し、最後、顔にとぐろを巻く蛇とへのへのもへじめいたへの字の眉の入れ墨をされて死んでしまう愚か者の津山幸男、さらにしばらくするとやってくる綺麗な刺繡のつなぎに金槌という組み合わせの不気味な五十男カイチ、さらに主人公たちがたどり着く場末風の町の津山硝子店のつげ義春のマンガにでも出てきそうな陰気な職人津山臣、これらすべて、完全に「壊れっちまった」人々は、実は全部、作者（の分身）なのではないでしょうか。

そう考えてみてはじめて、なぜ最後、天田はま子が死ぬのか、あるいは最後近く、「三歳くらいの男の子供」が登場して、主人公と話をすると、その場面が僕たち読者の心に、深くとどまるのか、腑に落ちると思うのです。

この小説からやってくる感動。それをあえて言うなら、先にお話ししたあらすじが、最後近く、この男の子の場面にくると、そこにかろうじて作者の声がかなりすれすれの形で吐露されている、という感じを僕たち読者は受ける。そして少し粛然とする。少し粛然とする、そのことが、この小説を読むという経験の中で、感動するということなのです。あの場面は、いつも五郎と一緒にいる主人公が一人でいる珍しい場面で、彼は、一対一で、この男の子と話す。そこで、男の子は、モロに、作者の分身にほかなりません。この子は道端にしゃがみ込み、「ただの石」、どこにでもあるなんの変哲もない石を洗っている。何だ、ただの石じゃないか。何してる？　そう主人公が言うと、でも、この「ただの石」が「大事なものの卵」で、いつも洗い、「綺麗にしておかなければいけないの」、とこの男の子は答える。何でもないばかばかしいこと、そういうことが大事なのだ、無意味なことが、いつも心の中で磨き、綺麗にしておかれなければならないことなのだ、そう言って、彼の目を「じっと見る」。やれん！　主人公はそう言いますが、むろん、彼が顔を背けるその先には抜けるような、底なしの、青空があるのです。

実のところ、そういう自分に、ようやく主人公は出会っている。つまりあの「過剰なもの」と、作者は、ここでようやく五分五分の形で、静かに出会えている。この時、きっとどこかであの天田はま子が死んでいます。

ただの石を洗い続けること

僕は、大急ぎにこう書いて、うまく「河原のアパラ」の面白さ、よさ、新しさを言い当てられたとは思いません。でも、たとえて言うなら、「毎日ぶらぶら遊んで暮らしたい」というか。「くっすん大黒」に出てくる言葉。これはよい言葉です。これが、どんなに美しい言葉であるか。僕たちに必要なのは、このようなシンプルな言葉にじっと耳を澄ませ、それが美しく聞こえてくるまで、自分の手の中の「ただの石」を洗い続けることだ。町田康は、まっとうに、そう言っています。そしてそういうことを、そういう言葉のかけら一つ口にすることなく、言っている。それが「河原のアパラ」という一篇の小説が、小説であることの意味でしょう。でも、僕がこう言ったって、その意味は誰にも伝わらないですよね。伝わらない。でもいいんじゃないかな。

僕はそう感じる。そう感じさせるところに、この小説の力があります。

11　想起される〈私〉で大人になること──金井美恵子『噂の娘』

i　世界の子供の物語

「噂の小説家」と八百屋の平台

今回は金井美恵子さんの二〇〇二年一月刊の作品『噂の娘』です。
金井さんには「噂の娘」ならぬ〝噂の小説家〟とでもいった風貌があり、彼女に言及する人はその多くが彼女の「よい読者」です。「よい読者」が多く金井さんの作品を読み、これに言及し、その代わり彼女は、その他一般の読者にとっては、〝作品〟としてはあまりふれることのない、〝噂〟の小説家になっています。

金井さんの作品は、現在の日本文学の中に確乎とした位置を占めています。彼女はたとえば中上健次さんなどと同じく、一九六〇年代の終わりから七〇年代、八〇年代、九〇年代とつねに小説的に時代の先端に身を置き続けて、さらに現在にいたっている例外的な小説家の一人です。その秘密はどこにあるのか。そしてそういう小説家の現在は、どんな表情を浮かべているのか。九〇年代以降の小説の現在の姿を浮かび上がらせたいこの本の試みからも、欠かせない重要な小説家ですが、その作品の評はというと、これまで、一部の批評家――「よい読者」

——の激賞といったものが目立ち、内容的に乏しくもあれば、また一方、一般の読者がこれを読んで、どれ、そんなに面白いのなら読んでみようか、という形にもなっていないのが現状でした。

僕は必ずしも彼女の「よい読者」ではありません。でも、この小説家の書くものが、面白いなら、僕のような「よい読者」でない者が、どこがどんなふうに面白いのか語ることに、意味があるでしょう。また、彼女の書くものに大きな意味があるなら、それを言葉にしてみることに、チャレンジを感じます。

そういうわけで、僕は、ここでは、久しぶりにこの人の作品を読んだら面白かった、というそれだけの読後感を足場に、この作品の面白さ、またその意義を、語ってみたい。これは、『群像』の一九九七年十月号から二〇〇一年十月号まで、四年間にわたって書きつがれた、四百字詰原稿用紙で約六百枚の、現時点で最新の彼女の長編小説です。この小説をこれまでの僕のいつも通りのやり方で、これまでの作品と同じ八百屋の平台に置いて計量してみます。結果はどうなるか。こうした関心が、今回この小説に向かう、登山口です。

商店街の小説

まず、作品ですが、これは、次のような「話」です。

この「話」の構造を語るには、舞台と、特に登場人物から入るのが適当です。時は、一九五〇年代、そして小説の舞台は、首都圏からほど遠くない、日本の地方都市の、そのまた一角を占める町、というか商店街です。

以前、川上弘美さん『センセイの鞄』を扱った回で、これは商店街の話だと書きました。そういう意味では、やはり先に取りあげた保坂和志さんの『季節の記憶』なども、商店街の話、この後に取りあげる吉本ばななさんの小説も、少なくとも『N・P』の前までのところは、商店街の話です。商店街の話とは何でしょう。それ以前は、村上春樹さんの小説、村上龍さんの小説、ともに「都市の小説」だったのですが、それがいつの頃からか「商店街の小説」に変わりました。

ここにはたぶん、欧米でかつては日本映画と言えば黒澤明だったのが、いつの頃からか小津安二郎の作品が注目されるようになったというのと並行的な、ある視線の変化に似た事情が、働いているでしょう。これまでにない新しい事象を描くことから、これまでもあった事象を、新しい眼差しで描くことへと、小説家の力点がどこかで、より繊細な感情の領分へと動いたのです。一九六〇年代後半から八〇年代にかけての小説は、多くが都市小説としてはじまっています。中上健次、右の両村上、高橋源一郎、金井美恵子、すべてそうです。しかし中上健次さんはそこから〈路地〉の小説へ、村上春樹さんは、そこから〈ホラー〉的感触の小説へと移動してゆきます。その動きの中で、たぶん現代日本文学における嚆矢として、都市小説から〈商店街〉小説へと最初に移動したのが、金井美恵子さんで、そういう移動を、金井さんはたぶん一九八〇年代の半ば、作品で言うなら『文章教室』あたりで、行っています。

ここではお話しする余裕がありませんが、右にふれたように金井さんは日本の戦後にあって六〇年代から現在まで出ずっぱりの作家の一人です。そこには秘密がなくてはなりません。そういうものなしに、六〇年代から九〇年代まで、車を走行させつづけることはできないように、その間の時代の地形はできているからです。私見では、金井さんは赤瀬川原平氏に匹敵する独創的な仕方の「転向」を果たし、この六〇年代から九〇年代へという断層を通過しています。批評もまた、同じ変成をへなければ彼女の作品を追えないのですが、彼女の「よい読者」は、まだそのことに、気づいていないようです。

日本の戦後の文学は、一言で言って、世界の小説から、都市の小説へ、その後、商店街の小説へと、変成しています。そしてそこには、国々よりも都市が、都市よりも商店街が、広い、という事情が伴っています。

子供が一人、世界に降り立つ

簡単なこの小説の登場人物の図を作ってみました（三〇七頁参照）。これを見ながら話してみます。図にある（c）から（e）、モナミ美容院、柏屋、イスズ屋というのはそれぞれこの商店街にある美容院、甘味処、小間物屋のことで、図はその店の主要登場人物の家族関係をさしています。

その地方都市に、名門に近い「県立高女」があり、三人の仲良しグループがいました（a）。絹子、すみ子、たか子です。絹子は、町で美容院をやっている家の三姉妹（長男は戦死しています）の末娘で、あるとき、それは戦前のことですが、かつて撮影所の結髪部で働いたことのある母のつてで、京都への修学旅行の際、人気ナンバー・ワンの俳優林長二郎（長谷川一夫）に面会します。そして、そのことが露見し、県立高女創設後初の退学者になります。向こうっ気の強い、お転婆系の女の子でしたが、その後、話の時点から見ての六年前、当時の言葉で言うTB《テーベー》、結核で、不幸な恋愛の結果、亡くなっています。

その美容院、モナミ美容院は、絹子の姉のうち、長女のユキはスミヤという裕福な人物に嫁ぎ、次女のフジコが店を二代目マダムとして切り回しています。その下に、長女、次女、末娘の三姉妹と、若い見習い二人がいて、みんな美容師です。彼女らの父は末娘が幼稚園のときにやはり結核で亡くなっていて、フジコの母である先代のマダム、昔撮影所で髪結いもやった「おばあちゃん」のだんなさんも、かつて家を出ていったきり行方知れず。この美容院は、おばあちゃんを入れて七人、女ばかりの所帯です（c）。

さて、ある日のこと、絹子の友だちのすみ子さんが、遠く「海辺の町」に滞在している夫が「心臓の発作」で入院したというので、その看病のため二人の子供をこのモナミ美容院に預け、遠い町に行くことになります。それで、小学三、四年の女の子とその弟、すみ子さんの二人の子供がモナミ美容院にやってくる。つまり、この「話」は、その女の子〈私〉を主人公兼語り手として、ちょっとした前段をおいて、この主人公と弟の靖雄の二人がモナミ美容院に預けられ、その後、お母さんに引き取られるまでの数日間を描いています（b）。いま紹介したうちの、すみ子さんが母親、その夫が父親で、実は親たちは父親の愛人をめぐる葛藤のうちにあるらしい、そのことをうすうす感じている主人公が、はじめて一人で、世界に降り立つ、そ

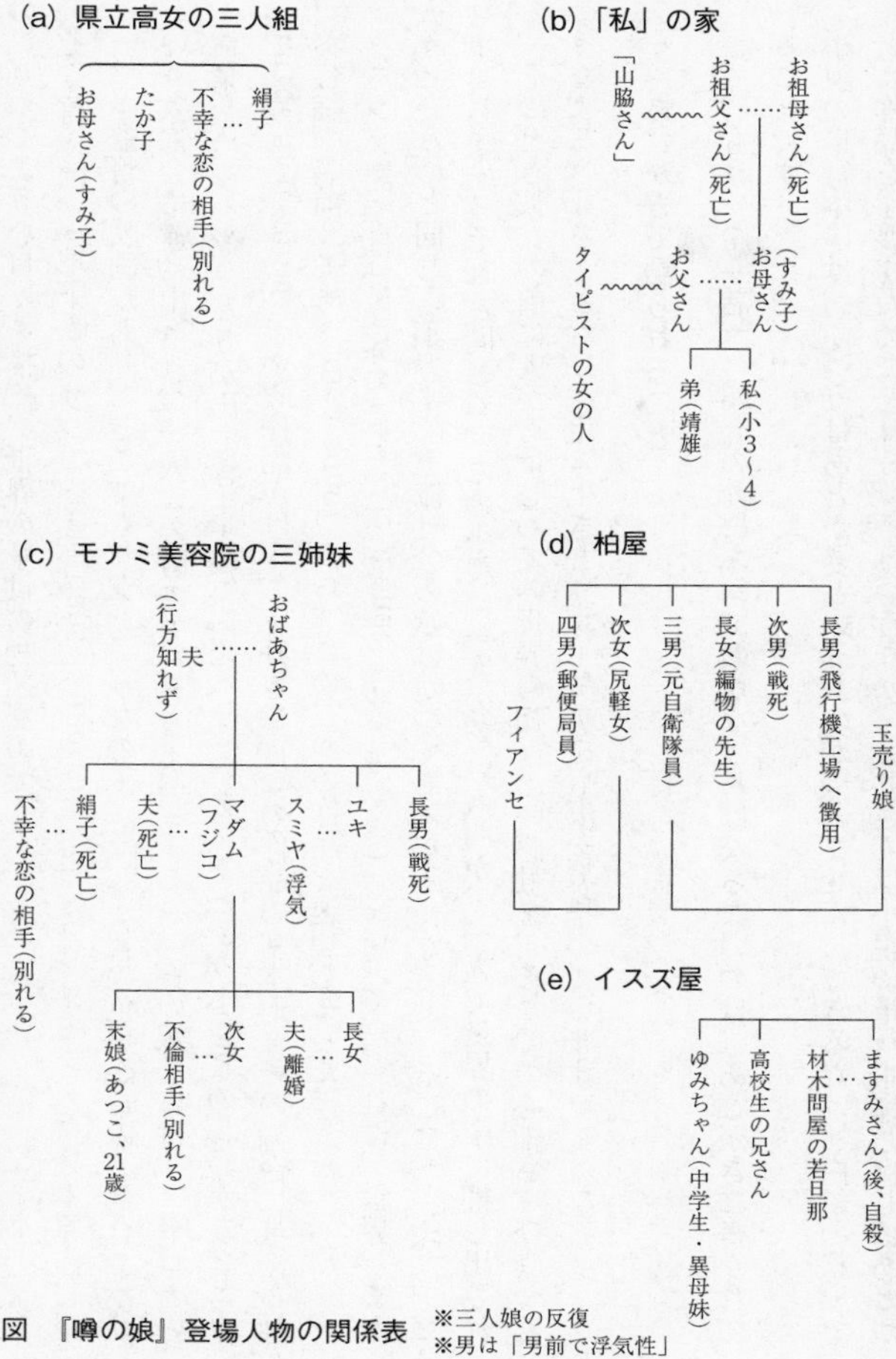
(a) 県立高女の三人組
絹子
不幸な恋の相手（別れる）
たか子
お母さん（すみ子）
(b)「私」の家
お祖母さん（死亡）
お祖父さん（死亡）
「山脇さん」
お母さん（すみ子）
お父さん
タイピストの女の人
私（小3～4）
弟（靖雄）
(c) モナミ美容院の三姉妹
おばあちゃん
夫（行方知れず）
長男（戦死）
ユキ
スミヤ（浮気）
マダム（フジコ）
夫（死亡）
絹子（死亡）
不幸な恋の相手（別れる）
長女
夫（離婚）
次女
不倫相手（別れる）
末娘（あつこ、21歳）
(d) 柏屋
長男（飛行機工場へ徴用）
次男（戦死）
長女（編物の先生）
三男（元自衛隊員）
次女（尻軽女）
四男（郵便局員）
玉売り娘
フィアンセ
(e) イスズ屋
ますみさん（後、自殺）
材木問屋の若旦那
高校生の兄さん
ゆみちゃん（中学生・異母妹）

図　『噂の娘』登場人物の関係表　※三人娘の反復
※男は「男前で浮気性」

のひりつくような日々を描く、世界の子供の物語なのです。

そう言えば、『地下鉄のザジ（Zazie dans le métro）』というレイモン・クノー原作、ルイ・マル監督の映画があり、そこでもザジという女の子がたしか親の色事がらみの都合でパリという大都会に連れ出され、一人この町の中をさまよいました。『噂の娘』には、メトロという言葉をめぐるやりとりが出てきますが、僕は、このクノーという小説家の『わが友ピエロ（Pierrot mon ami）』という作品がけっこう好きで、この作品の基本形とその舞台に与えられた美容院の名前（モナミ mon amie）から、この二つの作品を連想しました。

フランス語では社交界のことを le monde（ル・モンド）と言って、これは、世界、また人々というのと同じ言葉です。上流社会の娘はかつてある年齢になると、そこに début（デビュー）します。それと同じく、この小説は一人の若い人間が、一人で世界の中に押し出される、そのとき彼女の前に広がるはじめての世界の初々しい感触を、そこでの心細さ、ひりつくようなよるべなさとともに、生き生きと、ユーモアをも湛え、描いています。

あとがきで語られること

さて、もう一つ「話」の紹介の前にふれておかなければならないのは、あとがきに書かれていることです。

小説の単行本には、ふつうはあとがきというものがつきません。できるだけ、白紙の状態で読者に作品を手渡すためでしょう。そういうなか、金井さんは小説の単行本にしばしばあとがきをふす珍しい方の小説家です。今回の小説でも、あとがきのほか、その後に書かれた出版元のPR誌に寄稿した短文（「終りのためらい」『本』二〇〇二年二月号）で、ほぼ同趣旨の、踏み込んだ自己解説を行っています。

そこで彼女が語っているのは、簡単に言うと、この作品の最後の数行が自分にとって大事であったこと、また、これがどんな「話」なのかの要約です。この最初の点は、なかなか厄介で、これについては、後にふれます。他に、小説家自身の両親の死についてふれたくだりがあとがき、短文に含まれていて、この点も、注意を引きます。

「あとがき」で作家は、この小説の単行本の「カヴァーと見返し」にある絵は、「亡くなった母の残した未整理の箱」から出てきた、装幀者である姉の金井久美子さんの小学生時の絵を使用したものであると断っていて、作品の最後に出てくる「母の葬式」が、どこかで作者自身のモチーフと重なるものであることを示唆しています。この小説の単行本のカヴァーはたいそう魅力的で、一人の若い美しい女性が児童の筆致で描かれたクレヨン画ですが、同じところから出てきたものなら、きっとそれは小学校でよくある「私のお母さん」という画題をもつ絵だったかも知れません。表紙の字もまたクレヨンで描かれていますが、その画像に表題が重なると、その人が「噂の娘」ででもあるかのような、「噂の娘」の多層性といった感じが生まれます。また、PR誌寄稿の短文には、かつて教育実習生が（昭和二十二年、二十三年生まれのクラスの生徒を担当しているのに）「私の父親が亡くなっているのを知ると、戦死なさったの？と（馬鹿なことを――引用者）訊」いたというくだりが記されていて、何か全体として、この小説が作者にとって大事な作品であるという感じが、ひしひしと伝わってくるのです。

ちなみに講談社文芸文庫『ピクニック、その他の短篇』所収武藤康史氏作成の年譜によると、作者のご両親は、それぞれ一九五三年、一九八七年に亡くなっています。いずれにせよ、この「話」が完全なフィクションであることは論をまちませんが、「話」とは違う次元で、この作品が作者に持った意味を、考えさせます。

「話」の骨格

さて、あとがき、短文双方にふれられているこの小説の「話」とは、次のようなものです。（1）「一九五〇年代後半の夏から秋にかけての何日間か、小学校の三年か四年生の「私」と弟は、遠い海辺の町で病気にかかって入院した父親の看病をするために夜行列車で出かける母親を見送り、母親の友人の美容院にあずけられることにな」る。（2）「〈私〉はうすうす、父親に愛人がいることを知っていて」、その女の人の住む「海辺の町」で入院して「死にかけているのかもしれない」父親と、その父を「看病に行っている母親」の関係について、何ごとかが進行しているらしい「不安」を感じる。（3）またその「不安」は作中、美容院の娘が発熱して寝込んだ〈私〉に読んで聞かせるらしいバーネットの『秘密の花園』の物語と連動して、独自の「不安をひそめた官能」ともいうべきものを〈私〉の中に育てる。（4）こうした日々、世界は彼女に家の外でたった一人の受け皿で経験する出来事、耳にする噂話という形でひりひりした新しさで訪れる。（5）そして、その一連の物語が最後に、大人の時点からの回想であることが明らかにされ、小説が締めくくられる。

〈私〉がモナミ美容院の部屋で病気で伏せていると、いろんな声が聞こえてきます。少し回復してくると、見習い美容師のみっちゃんと銭湯に行ったりしますが、そこで、みっちゃんの豊かな胸の間に金魚の形のあざがあって、お湯の中だと泳いでいるように見えるのを面白く感じたりします。商店街は、洋品店や電器屋、甘味処、少し行くとダルマ屋旅館、歌声喫茶、さらに柳町のみゆきダンス・ホールなどからなり、その先はどこまでも遠く、列車で行くとトンネルや鉄橋を越えたむこう、遠い海辺の町、山間の湖へと続いています。

小説で語られる話、噂は、大きく言って四つの層からなります。一つ目は、〈私〉の見聞する事実で、近所に住む電話交換嬢をやっていた娘が、美容整形の上、大映のニューフェース試験に受かり、女優の卵になったという話に刺激を受け、美容院の見習いの金魚のみっちゃんが、俄然映画俳優への道を志望するようになること。二つ目は、噂として聞こえてくる話で、近所のタドコロさんの奥さんが、美容院に来た翌日、夫の愛人を包丁で刺した、あるいは、美人で知られるイスズ屋の姉娘のますみさんが、別の既婚男性との関係を清算し（?）材木問屋の若旦那と結婚しようとして、結局結婚直前に鉄橋を渡る列車から身投げした、といった噂をめぐるやりとり。三つ目は、右に述べた発熱して寝込んでいる〈私〉が読んでもらう『秘密の花園』から夢うつつに〈私〉が紡ぎ出す、一人親から置き去りにされた女の子メアリをめぐる官能的な物語。そして最後が、これらの話のさらに深い層で、〈私〉の心の中で進む、父親と母親の関係をめぐる、もうお父さんとお母さんはうまくいかないのかも知れないという不安のうちに展開される、空想をまじえた記憶の話です。

意図のむこうにある魅力

さて、ここで一つの問いを差しはさみますが、この小説は、どういう小説なのでしょう。僕の見方は、先に示した通り、親から切り離され、一人世界の中に押し出された小学生の女の子が、その未知の空間に足を踏み入れていく話というものです。僕の読後感を言えば、この小説は、まず、そのようなものとして僕を動かす。そこからそれだけでない小説へと育っていく。しかし、その読後感の核心を言い当てようとすれば、相当な困難が伴います。

作者の金井さんは、小説というものに関し、きわめて意識的な書き手として知られています。意識的であることを途中で投げてしまうことが大事だということをわかっている程度に、彼女は十分に意識的です。ところで、そもそも小説のよさというものは、これだけ意識的な小説家の、しかしその意識、意図をはみでたところで言われるのでないと、無意味とまでは言わないまでも、評として、魅力的でない、力をもちません。

たとえば、この小説では、先の図からわかるように、女の人では三人組という組み合わせが反復しますし、彼女らの相手になる夫、恋人といった「男性軍」も、「男前」だが「浮気性」、あるいは病弱、またはすでに戦死、といった具合にどことなく影が薄い。そして互いに似ています。女も男も、どこか代替可能、どうしてもこの人でなければならない、という形で登場してはいないのです。そのうえ、出てくる男女関係の話も、独身の女性が結婚できない場合は相手がお人好しで頼りない優男風、既婚の女性が一人になる場合は、夫が浮気、出奔、病死とこれまた同型。これに加えて不倫の現場に子供がアリバイとして連れ出されるという作中、〈私〉の心を領する重要な挿話も、主人公自身の経験する（と感じる）できごとのまま、また、美容院の末娘の語る、おばと画家の不倫の現場に子供時代の彼女が同行する話として、反復されています。

ふつう、こういう特徴は、これら小学生の〈私〉に語られる話がすでに、彼女の頭の中で歪曲、変成されていることを示唆する書き手の側からの指標と見なされます。それは作者の手落ちではなく、意図してそう書いているのだというのです。むろん、それはその通りでしょう。でも、僕の考えを言うと、そういうところから、この小説の面白さが出てくるのではない。そういう意図が働くのは当然ですが、この小説のよさは、そういう作者の意図の解明といった手続きでは語れない、その一歩先に生まれる奇妙な効果をへて、やってきています。ではそれを、どう言ってみるのがよいのでしょうか。

ii　小さな〈私〉が、大きな「私」をみまもる

「松竹映画風」

先のどこか頼りない優男の「男性軍」の群像は、手軽なところで、これは経験のある人にしかわからない言い方かもしれませんが、僕に往年の「松竹映画風」という評言を思い浮かばせます。この作品に表題を提供している一九三五年の成瀬巳喜男監督の『噂の娘』は、PCL、現在の東宝映画の作品ですが、この監督も小津と同じ、この松竹映画の出身です。ここで松竹映画風というのは、簡単にいうと、「女性映画」、つまりそもそもが女性の観客を目当てに作られる映画風といったことで、そこに出てくる男性は、女性から見られた、二枚目ふうの優男系であり、そこでは世界が、女性から見える世界といった形で描かれています。

この小説でも、男性は、〈私〉の父親しかり、母親の父親しかり、モナミ美容院のおばあちゃんの夫しかり、またスミヤのおばさんの相手の洋画家しかり、女性の主要登場人物の伴侶として現れるときは、きまって、「ちょっと見た目のいい」、二枚目ふうの優男系であり、これが完全な脇役系の若い男になると、タハラヤの息子しかり、柏屋の元自衛隊員の三男しかり、郵

便局員の四男しかり、ちょっとトニー・カーチス風だったり、あばた顔だったり、しっかりと類型的な、気のよい若いモン揃いとなります。

でも、気づいてみれば、男に限らない、女性の登場人物にしても、その事情は同じなのですね。美容院のおばあちゃん、マダム、その下の三人姉妹、イスズ屋の中学生の娘、自殺するすみちゃん、パチンコ屋の玉売り娘、登場する商店街の女性たち誰をとっても、普通の小説の登場人物という感じはしない。美容院のおばあちゃんは、いま名前を失念していますが、昔よく松竹映画などに登場していたおばあさん役の女優を思わせますし、マダムは、さしずめ木暮実千代、スミヤのおばさんは、宮城千賀子、長女はそれをさらにバタくさくしたジョーン・クロフォード風、しかもこうしたあり方は、実は外見について言えるだけでなく、いわばこれら登場人物の内面にまで、浸透しています。この小説に出てくる登場人物は、男も女も、実は着せ替え人形のように、他の人々と代替可能に作られており、別の言い方をすると、周到な仕方で、いわゆる文学的な内面というものを、抜き取られているのです。

「映画風」

でも、これは偶然こうなっているというのではないでしょう。小説というのは、黙っていれば、そこに描かれる人間を文学的内面の持ち主にしてしまう空間なので、偶然の結果、こういうことが起こるということはありません。この小説が松竹映画風に感じられるというのは、この小説のかなり本質的な特質の一つのありかからの現れなので、つまり、この金井美恵子の小説は、松竹映画風であるというより、そもそものところが、「映画風」なのです。

では、「映画風」とはどういうことでしょうか。

たとえば、この小説では、登場人物の一人が、「開け放してある窓の柱に寄りかか」り、「ラジオから流れて来る」音楽を聴いているように「指先きで軽くリズムを刻む」（一一七頁）、あるいは、土砂降りの中、小間物屋の娘が「息を切らし」てやってくると、「あれあれ、ずぶ濡れじゃないの」とその美容院の娘が「あわててタオルを渡」す（一三八頁）、そういった〝どこかで見たことのある〟シーンにみちています。

だいぶ大急ぎで作ったので、それほど見やすくはないと思いますが、この作品の構成地図的な断章ごとの一覧表を用意してみました（三一八〜三二一頁参照）。この小説は二行アキで改行となる組みの断章（フラグメント）を一つのセクションと考えると、全部で七十一のセクションからなっていますが、そこに含まれる変則的なセクション分けにもそれなりの位置を与えながら、その進みゆきを一覧にまとめたものです。全体をプロローグを入れて六つにわけていますが、これは、作業上、心覚えに付したもの。でも、この美容院が火曜定休であるところなどから、だいたいのところ、日数の推定は可能でしょう。物語は、主人公の〈私〉と弟の靖雄が、モナミ美容院に預けられ、ほぼ十一日後に母からの手紙と小包が届き（その前に一度、四日目に電話があります）、もうすぐいったん母親が帰ってくるそうだと美容院の大人に聞かされるまでの、九月上旬のできごとを、後の時点から回想、想起するという形をもっています。

小説は、〈私〉が柏屋で飼っている猫が「夏のはじめに産むはずの」仔猫をもらう予定になっている日々からはじまり――この仔猫「タフガイ」が家に来ると「ネズミがいなくなった」というので父親が感心する（一〇五頁）とあり、このときまだお父さんは家にいることがわかります。小説では語られないのですが、彼はその後、この仔猫がもらわれた頃「置き手紙をして駆け落ちした」パチンコ屋の玉売り娘と柏屋の三男を追うように、ある日、家を出奔し、「遠い海辺の町」に行きます――、父親がいなくなり、母親もいなくなり、やがて母親が帰ってくる、というまでをいちおう、回想の枠組みを取る形で、語るのです。

さて、この進み行きのうち、みぞおちのところに金魚の形のあざのある娘が映画女優志望を口にしはじめる真ん中あたり、その直前の第三十六断章くらいまで、この「映画風」は濃厚です。そのあたりまでのこの作品は、ほぼ、映画であるとか、それを模した数十年前のテレビドラマを見ている気にさせられる、〝どこかで見たことのある〟シーンで埋め尽くされています。

その感じを一言で言うと、この小説には、うっすらと松竹映画の紗がかかっている。映画風のヴェールを通して、世界が語られている、となる。つまり、普通の小説、たとえば、宮本輝さんの小説などを読むと、僕たちはそこに僕たちのふつう思い描く現実が、描かれているのだと感じます。宮尾登美子さんのものとか、特に映画化される作品を思い浮かべてもらうと、このことはもっとわかりやすいでしょう。でも、金井さんのこの小説を読むと、ちょうどそれとは逆に、いったん映画として作られた世界が、言葉でなぞられている。二次的な現実がさらに言葉で模写されているといった、不思議な読後感が、僕たちを訪れるのです。

章	頁数	時間の経過	できごと
			衆の話をする。
2	97		弟と話す。
			★母の、戦災孤児の話。
			☆父の、焼跡のイエスの話。
3	102		夜、母から電話。
4	104		真夜中か、ひそひそ話が聞こえる。マダムとおばあちゃん、父の噂をしている。
Ⅱ	物語の浮遊		
5	106	五日目·水曜か	イスズ屋の中学生の娘、美容院にくる。
6	109	午後	デッキ・チェアに横になる。
			★弟とおばあちゃんは長男の命日の墓参り、その後、映画。
7	114		デッキ・チェアでの美容院の末娘の話。
			★スミヤのおばさんと洋画家の恋１。
8	117		＊秘密の花園の話５と、末娘の語るスミヤのおばさんの恋の話２。
9	121	＊	秘密の花園６。
0	124		末娘の語るスミヤのおばさんの恋の話３。
1	129	＊	秘密の花園７。
Ⅲ	記憶の離陸・金魚の娘、外へ		
2	135	夜	カコーゲンコの記憶。
			★末娘、晩ご飯のことを聞く。雷鳴と激しい雨。
3	137		末娘、歌声喫茶へ行こうとし、イスズ屋の娘、くる。桜湯。
			☆桜湯と父の記憶。
	142	▲	▲イスズ屋の中学生の娘、秘密をうちあける。
4	145	夜	記憶違いかも知れない。
	145	▲	▲柏屋にタフガイを見に行く。もう九月だった。
			☆柏屋の三男。クロの話。祖父の話を思い出す。
5	155		母親が父親に「山脇さん」の話をする。
6	157		柏屋の三男、玉売り娘、イスズ屋の娘、整形美容について話す。

は「秘密の花園」の断片　▲は変則一行アケ　▲▲は変則二行アケ　○は一行アケ　それ以外は、二行
での断片で、番号を付している　□は二重化されていない形での現在時からの発話を示す

断章	頁数	時間の経過	できごと
プロローグ			
1	3	夏前の日曜日	玉売り娘と柏屋三男のなれそめ。
			★私、まだ産まれない猫の仔をまつ。
2	10	夏のとある日	玉売り娘、恋に落ちる。駆け落ち。
			★［仔猫もらう。父、タフガイに感心］
3	12		柏屋の娘、家に来て、兄の駆け落ちの顚末を母に話す。
4	13	お盆すぎ	私、イスズ屋で買い物。イスズ屋の娘にかき氷をおごられ
			★［この頃までに父、出奔か］
I　子供二人、世界へ			
5	18	初日·土曜日	風呂屋へ。
6	26	夜	ランドセルの中身。
7	29	二日目·日曜	弟は映画に。
8	32	午前	物干し台の女の子たち。
9	34	午前〜月曜	ママゴトの観察・発熱する。
			★ひそひそ話が聞こえる。
			☆タドコロさんの奥さんの事件。
10	46	三日目·月曜	スミヤのおばさんとおばあちゃんの話。
11	49	*	秘密の花園１。
12	51		タドコロさんの奥さんの噂。
13	56	*	秘密の花園２。
14	57	*	秘密の花園３。
15	61		お妾さんの噂。山崎さん。
16	65		おばあちゃんの話。雪之丞。結髪係で京都に行ったこと
17	72		マダムの話。おしっこに行く。
18	80		おかゆを食べる。
19	85	*	秘密の花園４。
20	89	四日目·火曜	美容整形手術をした電話交換嬢が大映のニューフェース試験に受かった話。
			★休日、金魚の娘、パチンコで勝つ。
21	94		金魚の娘が話す。美容院の長女、トニー・カーチス似の若

表　『噂の娘』断章ごとの構造　　できごと1　★できごと２　☆できご

章	頁数	時間の経過	できごと
			呂にいけ、という。
	222	十一日目、火曜	イスズ屋のますみの死、新聞に載る。
	224	＊	秘密の花園８。
	228		★休日。イスズ屋の娘の死の話。見習い娘、怒られる。☆おばあちゃん、自分の弟の話をする。
	232		私、金魚の娘と映画に行こうとして、やめさせられる。
	237		イスズ屋の娘の死について。
	240	午後	美容院の長女、通夜へ。金魚の娘、映画へ。
	241		私たちは、なんとなく黙り込む。
	241	＊	秘密の花園９。
	250		黙り込み、あの娘は映画女優になりたいのか、とマダムがいう。
V　物語の「死／現在」の到来			
	251		マダム、金魚の娘に苦言しつつ、職業訓練の講師で市民会館へいく。
	252		美容院の次女、夕ご飯のことを話す。
	254		夕飯は、見習い美容師が作る。次女に私肩たたきする。慈善的な精神。キャビネ判。
	265	○	□それから、どうなったのだろう。
	265	○	美容院の長女、帰る。自殺だったという。写真の話、キャビネ判の話、再び。
	268		「タイピスト」からの手紙、レストラン。そこでの女性と父の話、母は違うという。父同行。ひそひそ話の記憶、再び。
	275		絹子の七回忌が来月来る。絹子の話をおばあちゃんとマダム、かわす。
	278		おばあちゃん、マダム、三姉妹、絹子の恋の話、恋の話一般をする。その後、母の三姉妹の話。
	288		母が、私に、美容院の三人姉妹の話をする。美容院の次女、指輪の話。その後猫目石の母の話へ。父の話。
	298		父が叔母と温泉に行った話。その後親に否定される話。
	302		母からの手紙届く。弟との現在の話。弟の父と会った話。美容院の弟。最後の場面。

「秘密の花園」の断片　▲は変則一行アケ　▲▲は変則二行アケ　○は一行アケ　それ以外は、二行での断片で、番号を付している　□は二重化されていない形での現在時からの発話を示す

断章	頁数	時間の経過	できごと
37	162	夜	夕食で、イスズ屋の娘の話を長女にする。イスズ屋のだなの話、金魚の娘、映画俳優志願する。
	169	○	金魚の娘、私に助言を請う。
38	170	十日目､月曜か	山脇さんの話を金魚の娘とする。弟も橋爪のおばさんの話
	175	○	母親と父親、橋爪の筐子さんの話をする。
	176	○	橋爪の筐子さんの話を私、金魚の娘にする。パニエのスカトの話。
39	179		金魚の娘、パニエのスカートの話を続ける。
40	181		金魚の娘、パニエのスカートを身につけ、興奮する。
41	188		「秘密の花園」をめぐる父と若い男の話の記憶。
42	191		父と若い男の話、男の恋の話となる。
43	193		ダルマ屋の番頭の奥さん、丘江里子の話をする。
			☆タハラヤの息子、氷もってくる。
44	199		父、帰ってきた母に、若い男の話をする。
45	201		若い男の話がきっかけで、父と母、言い合う。
			★母、山脇さんのところから帰ってくる。
Ⅳ　記憶の混濁・外からの目の混入			
46	202	▲▲	父親の記憶、叔母さんと山に行った話。
			☆父、父の母から叔母の話を聞く。
	205	▲	その話を、母が私に伝える話。
	206	▲	私の中で父の話と母の話、山脇さんの話が一緒になる。
47	208	▲▲	□話す母の姿。
48	209	▲▲	□現在の私の山脇百合枝の出演映画についてのコメント。
49	210	▲▲	山脇さん、母に映画の話をする、帰りの汽車で母、私に祖のことをしかたない、という。
50	212		母、イスズ屋でハンドバッグを買う。山脇さんに会う会うために。
51	214		タハラヤの息子、ダルマ屋の番頭の奥さんと丘のことでりあう。イスズ屋のますみの死の噂をする。
52	222	▲▲	□落下するますみ。
53	222	夜	金魚の娘、美容院の長女、ますみの噂をする。マダム、

できごと1　★できごと２　☆できご

黒白映画的な表象

宮尾登美子さんの小説のように、この金井さんの小説を映画化する、といったことを考えるなら、そこに作られるのがどんな映画か、なかなか想像しにくいというところからも、このへんの事情は、理解可能でしょう。たとえば、美容院の末娘が〈私〉に、自分を友達がこれから行く歌声喫茶に誘うのは、自分の恋人がそこでアコーディオンを弾いているのが自慢で、みせびらかしたいからなのだ、と説明するくだり、

（末娘は、その恋人というのは——引用者）時計屋の息子で、商業高校を出て店を手伝っていて白いワイシャツの袖をまくって、こう、シャツのボタンを三つも外してエンジに白い水玉の絹のスカーフを結んで、黒いベレー帽被って、歌唱指導をしながらアコーディオンを弾くのだけど、あの子にはそれが断然素敵に見えちゃうのね、と馬鹿にしたような口調で言い、そうすると、庭に面した窓の外にいなびかりが走って、少しの間をおいて雷鳴がとどろく。夕立ちか、まいっちゃったな、雨にならないうちに肉屋に行っておけばよかった、と娘は舌打ちして、それに、映画館におばあちゃんを迎えに行かなきゃなんないわね、傘を持って、と言う。

（『噂の娘』一二八〜一二九頁）

引用が短いので、余り感じが伝わらないかも知れませんが、たとえば一九五〇年代に書かれ

たいわゆる純文学のうち、いったいどんな小説に、ここに言う「白いワイシャツの袖をまくって」「シャツのボタンを三つも外し」「スカーフを結んで」「黒いベレー帽被って、歌唱指導しながらアコーディオンを弾く」人物が、描かれているでしょうか。そう考えるなら、僕の言いたいことが少しはわかってもらえると思います。すぐに思い浮かぶ、三島由紀夫という例外を除くと、こういう人物形象は――田舎の人に想像される、当時のステレオタイプの都会の風俗として、映画を原型とする形で――『平凡』とか『明星』といった芸能雑誌のグラビアを飾り、また、大衆的な風俗小説に取り入れられましたが、そもそもの出自が、映画、それも黒白の映画であるところの風物形象で、ついぞ純文学と呼ばれる作品では、見られないと言ってよいのです（白いワイシャツ、水玉のスカーフ、黒いベレー帽が、黒白映画に映える、黒白映画必須の表象であることにも注意して下さい）。

また、美容院の末娘がそう話すと、「庭に面した窓の外にいなびかりが走って、少しの間をおいて雷鳴がとどろく」、こんなシーンが、いったいどんな現在の他の書き手の作品――たとえばこれまでここで取り上げられてきた村上春樹さん、村上龍さん、大江健三郎さん、高橋源一郎さんらの作品――に出てくるかと考えてもらってもかまいません。すると登場人物が空を見上げて、「夕立ちか、まいっちゃったな」と「舌打ち」する。これらは、ほぼ現実にあったとしても、そのしぐさ自体が映画に出自をもつ、僕が「映画風」と述べる、映画をなぞるステレオタイプ像の例なのです。

一つの問い

このように、この小説は、類似したものとしては三島由紀夫の諸作品、あるいは晩年の『異族』『軽蔑』といった中上健次作品くらいしか思い浮かばない、実を言うと、特異な性格をもつ作品です。それは、いわばあえて通俗的なステレオタイプ性をなぞる形で描かれる、ペカペカした、薄っぺらい、「内面」を抜き取られた作品なのです。

すると、こういう問いが僕たちのものになる。では、にもかかわらず、というか、それがペカペカした、通俗的な「松竹映画風」だとして、むしろそうであることを通じていよいよ、この作品が、僕たちを動かすのは、なぜなのかと。

美容院の長女、次女、末娘、イスズ屋の中学生の娘、柏屋の娘が喋り、弟がこれも「映画風」にお茶目を言い、〈私〉だって〝どこかで見た風〟に、おしゃまぶりを示したりする。すべてがステレオタイプ、メロドラマ風です。そんなふうに描かれるこのほぼ十一日間の物語が、読者に痛切な思いを抱かせ、読者、たとえば僕を深く動かすのは、なぜなのでしょうか。

一言で言えば、この小説は、いわゆる文学的な内面によって人を動かすのではありません。むしろその逆に、延々とステレオタイプの、内面のない、話が続くことで、そのことが、人を動かします。

この小説から来る感じは、独特です。映画をなぞっているから。みんな内面をもっていません、誰とでも代替可能です。では、そういう話がなぜ、僕たちを動かすのでしょうか。

こう見てくればわかるでしょう。この話の向こうに、この話を続けながら、必死に誰かが何かを堪えている、という感じを、読者は受ける。このことをうまく言えるかどうかわかりませんが、この小説の核心にあるのは、語り手である十歳前後の女の子の、自分の親が別れるかも知れない、自分に両親の揃ったこれまで同様の居場所、家がなくなるかもしれない、自分に居場所がなくなるかもしれない、という世界喪失の不安なのです。しかし、その不安は、語られない。語られたら現実になってしまうと彼女が思ってでもいるかのように、けっして語られない。しかしそもそも、そういうものは、語られたら、どう語られても文学的内面に染められ――汚染され、と言ってもよい――、また別の意味で通俗化してしまう、文学的という形で通俗化する。そのことを作者は、よく知っています。知っていればこそ、彼女は、この女の子と同様、迂回する。延々と別のことを語り、噂に耳を傾け、美容院の末娘が読んでくれるランドセルに入れてきた『秘密の花園』を自分の物語に変え、現実を見まいとする、目をそらそうとする、でも、そのひりつくような不安は、この作品のいたるところに浸透していて、このうすっぺらな紙細工の世界は、その迂回の切実さ、そこに全く語られないものの、語られなさを通じて、読者を動かす、ことになります。

語りの二重性と切実さ

その意味で、誰の目にも明らかなのは、この作品の前半部分の〈私〉の二重の語りの見事さでしょう。前半のくだりは、この十歳前後の語り手の女の子の不安と、彼女が自分の不安の源から目をそらそうとけなげに努力するさまを、あたかも文楽の人形を操る人形遣いさながら、沈黙したまま、書きつづける、もう一人のいわば大人の書き手の絶妙な二重性のありようによって、読み手をひきつけて離しません。

そこにあるのは、どういう切実さなのでしょうか。

たとえば、もう三十歳は超えているだろう美容院の長女である女性が、主人公の〈私〉を隣の物干し台でお人形遊びをしている女の子たちの仲間に入れさせようと口をきいてくれる場面で、この小説は、こんな書き方をします。

美容院の長女は……（人形はないけどかわりにおやつをもっていくから仲間に入れてねと相手の女の子に――引用者）答え、……（〈私〉は――同）あまり気がすすまなかったので、（中略）ここで、本を読んでいる、と言うと長女は、熱があるのではないか、風邪をひいたのだとすれば、ゆうべ銭湯に行った帰りに湯ざめしたからかもしれない、と言い、そういわれると〈私〉は額のあたりが――同）ひりひりするようだった。（同、三八頁）

たとえば、ここは、普通なら、（1）「美容院のお姉さんは、……と言ってくれ、私が……と答えたら、……と心配され、そう言われるとなんだか頭が痛かった」と書かれるか、あるいは（2）「長女は、……と言い、私は、……と答えたが、そう言われるとなんだか頭が痛いような気がした」と書かれる、そういうシーンです。（1）では、書き手は、語り手に身を重ね、十歳の女の子の場所から、この文章を書いている。するとそれは少女小説となります。（2）では、書き手は、大人の書き手として書いている。十歳の女の子も、そこではいまから見ての少女の像で、そこにいるのは、大人だけです。でも、この小説で起こっているのは、そのいずれでもない。ここには、語り手の十歳の女の子である〈私〉を心配して上方から見下ろしている美容院の「長女」をさらに上方から見下ろしている書き手の「私」、という二人の私がいます。しかもその大きな「私」は、小さな〈私〉に支えられている。不安だということが、ここで不安から遠く離れて、慈しまれているのですが、また、不安から遠い大人であることが、不安だらけの幼さに、見下ろされてもいるのです。このほぼ十一日間の物語に母さん＝母親がいないことに注意しましょう。母親はどこにいるか。「遠い海辺の町」とはどこか。この二人の私の関係が、ちょうど母親と女の子の関係に相似的であることにも、注意しましょう。

iii　「どんでん返し」と〈私〉の外出

語りの変質

さて、このあたりでこの小説の最大の見せ場である最後のシーンの問題に入ろうと思います。それには、なぜ後半にいたり、先に述べた〈私〉の語りの二重性が消えてしまうのか、その理由を先にわかっておいていただくのが、好都合です。

語りの変質とは、こういうことです。前回の表に帰ってもらいたいのですが、前回述べた語りの二重性は、ほぼこの小説の中間、ページ数で言うと一二九ページから一七〇ページあたりを移行区間として、一六二ページあたりから、はっきりと姿をひそめるようになります。読んでいる感じで言うと、このあたりから、〈私〉の位置が堅固になる、あるいは〈私〉の樹皮が堅くなる、そして〈私〉があの世界の中に一人投げ出された十歳前後の女の子というより、小説の中空に浮かぶ語り手といった様子になってきます。「時間の構成がはっきりしない」といった話が反復されるのを合図に（第三十一断章冒頭、第三十三断章冒頭）、現実にあったことなのか、〈私〉の妄想なのか、わからない、父の逢い引きに自分がアリバイとして連れ出される

〈私〉の「カコーゲンコ」の記憶の話が語り出され（第三十二断章）、一方、現実場面では、金魚の娘が若尾文子の例を出して女優志願の夢を語るようになり、弟がこれに「山脇のおばさん」の例を出して呼応し（第三十七断章2）、このあたりで、妙に、その語りに〝勢い〟がつく、重石が取れます。そして、語り手のリアルな感じが後景に退く。ありていに言えば、このあたりから、語りは先の二重性を失い、平板になっていくのです。

その理由が、語られる（十歳の）〈私〉と語る（大人の）〈私〉が、同等の重みでシーソーの両側に乗っている、先の「語ること」が本来もつ重層性の発露するあり方から、語り手側に重心の移る、いわば「追憶」あるいは「想起」のあり方への変化にあることは、まず疑えないところです。はじめに右に述べたように、「時間がどういう具合に過ぎたのか、というより、どう流れたのか、順序正しくそれを思い出すことも、再構成してみることも不可能だし」（一二九頁、『秘密の花園』の断章、士官の述懐）、「時間がどういう具合に過ぎたのか、というより、どう流れたのか、順序正しくそれを思い出して再構成してみることなどは、不可能というより、ほとんど無意味に等しいのだ」（一三七頁、語り手）と、ほぼ同じコトバが違う設定のもとに、反復され、するとそれにほぼ踵を接する形で、前回の表に見られるように、変則的な一行アケの語りが現れるようになります（第三十三断章2、第三十四断章2）。この変則的な一行アケの語りは、語られることが、肉屋に行った夜のことか柏屋を訪れた夜のことか、どちらだったかという疑問をめぐって進みますが、記憶の混濁に関係した個所です。表には、記憶の揺れから呼び出される「現在時からの発話」は、第四十七断章から現れるように表記してありますが

（□で示す）、断章全体としての出現でなく、一部だけの発話であれば、それは、たとえば、「夕飯のおかずの、肉屋の店頭で揚げているトンカツとスコッチ・エッグとマカロニ・サラダを買いに行ったのは別の日だったかもしれない」（第三十四断章冒頭、一四五頁）とか、「山脇のおばちゃんて、その人、いったい何なの？　と、金魚の娘は言っただろうか」（第三十八断章冒頭、一七〇頁）と、もうこのあたりから、顔を見せているのです。

ちなみにこの引例の前者の一文には、句点がありません。呟きの感じ。「別の日だったかもしれない」「言っただろうか。」こう判断し、あるいは自問し、それを記しているのは、十歳の女の子としての〈私〉から切断された、現時点の語り手、もはや追憶者である大人の〈私〉なのです。

大断層の出現

その後、やはり前回の表からわかるように、第四十六断章から第五十二断章にいたる部分で、この記憶の混濁、外からの目の混入（追想の前景化）はいよいよ顕著となり、一方、語りは前半部分とは異質なものとなってきます。

ここから出てくる問いは、こういうものです。

後半になって顕著となる、この記憶の混濁を含む「追想」としての物語というあり方が、作者の当初からの基本構想であったらしいことは、後に述べる作者自身の言明から、明らかです。これが前々回から持ち越している、この作品の「最後の数行」をめぐる問題ですが、まず説明から入ると、この小説は、これまで述べてきた話が連綿として続いた後、「遠い海辺の町」に行っている母から手紙が届き、もうじき母が帰ってくるというところで終わるのですが、話がその母からの手紙を語るくだりにさしかかり、しばらくすると、いまはもう大人になっている弟が、突然その語りの場面に登場してきて、実は自分もその後、海辺の遠い町に住む「あの人」つまり父に会いに行ったのだが、と〈私〉の知らなかった話を、切り出すのです。

そのことから、これまでの話というのは、全体が、姉である〈私〉が弟に向け、このひと夏の話を「追想」し、語ってきかせた話であることが読者の前に明らかになります。弟によると、彼が訪れたのは、二人がモナミ美容院の世界に預けられた夏から「もう何年もたっ」た頃のことで、その頃にはあの人＝父は病に伏せていた。ですから、あの夏、結局父は帰ってこなかった。母と父は、このときを契機に、離婚あるいは別居をし、以後、父は引っ越し、母がその後、父の身の回りのものをその愛人の住む「遠い海辺の町」に送ったらしい。弟は何年後かに訪れたその父の海辺の家で、それらいくつかの懐かしい事物に、めぐりあったと言うのです。

では、なぜ二人はモナミ美容院の頃の話をしているのか。そのことが、最後の数行で一挙に明らかになります。弟とのやりとりの後、また話はモナミ美容院の夏に戻り、書き手は話を続ける。そしてその後、「最後の二行」が来る。そこにはこう書かれています。

あの人たち、あの娘たちは今どうしているのだろうか、と弟が煙草をガラスの灰皿に押しつけて消しながら言い、私は黙っている。

私たちは、たった今、母の葬式をすませて来たのだ、と書こうとして、指はためらいに痙攣し、痙攣しつづける。

「私」の母が死ぬ。〈私〉と弟は、その母さんの「葬式」をすませる。母がいなくなる。その間隙、新しく生まれた真空に、空気が流れ込むように、一陣の風のひとときの追想が生起する。ここにあるのは、ここまで語られたことのすべてが、その一瞬の追想の内容で、しかもこれからその追想者〈私〉に書かれようとしているその追想のすべてが、ここに読者が読んできたであろう物語なのだ、とでもいうような、ウロボロス的な終わり方です。読者は意表をつかれます。中でも、第七十一断章の半ば、「私」の語りの水面に大人の弟がふいに――『地獄の黙示録』でのカーツ大佐にふんするマーロン・ブランドさながら――ぬっと顔を出す個所は、一個の文章の途中から小説全体の時制が脊髄骨折的に転換する大断層の出現だけに、意外さの程度にターボがかかっていて、息を呑みます。読んでいて何とも言えない、ジェットコースター的快感があります。

なぜ目論見通りの作品が人を動かすのか

さて、作者は、この「最後の二行」について、「この小説は、どのくらいの長さになるにしても、書きはじめた時から、最後の二つのフレーズは決っていた」と述べています（「終りのためらい」)。最初から、「追想」というこの形は、作者の念頭にある基本構想だったわけです。しかし、そう言われてしまうと、ここに再び問いが出てくる。もし、こういう一種の「どんでん返し」が作者の念頭にあり、しかも最後に――こうしたあり方はまたしても『豊饒の海』などの三島由紀夫を思い出させますが――その思惑通り最後の「二つのフレーズ」が書かれ、作品が書き終えられているのだとしたら、そんなはじめから凝固した作品が、失速もせず、最後まで読者を動かすのは、なぜなのか、と。

もっとも、これには説明が必要かも知れません。そう思われる人がいるかも知れないからです。というのも、当初の目論見通りに小説執筆が運んだ、そのことがなぜよくないのか。作品を書いたらやっぱり最後、その数行で書き終えるも、最初に最後の数行を決めておいて、最初から犯人を決めておいて作品を書きはじめる推理小説ならまだしも、この種のダイナミックな小説執筆においては、何ら自慢できることではないのです。三島由紀夫さんの作品は、よくも悪くもそういう作品制作の極致を指し示しているのですが、それはむしろ現代の、娯楽のためのものでない、いわゆる芸術小説にあっては、異例のことで、実験小説の書き手を自他共に任じている金井さんのような小説家にとって、これは、不気味な事態だったと思われるのです。そんな作品が、作品自体の書かれる無方向性の力を失い、いわば生成物としての作品として、無力化、空洞化、形骸化を蒙らないでいないことは、まず普通なら、不可能だからです。

事実、金井さんは、これは小説完成後、いつもあることではあるが、書き終えたいま、「『噂の娘』とは、一体、何だったのだろう」と、「いわば、悪夢に魘《うな》されるような不安に襲われる」（同前）、「作者は、それを何度も繰りかえし繰りかえし読み直したのにもかかわらず、ふと、それについてまったくの無知なのではないか、という恐怖にとらわれ」る（「あとがき」傍点原文）と記しています。

そこには、韜晦をまじえながらも、こうした当初の目論見通りの終わり方へとたどり着いてしまった小説家の戸惑いが、正直に吐露されている、と言えるでしょう。

金魚の娘、外に出る

そうした一見お行儀のよい作品が、野蛮かつ野放図に、なお読者を動かす力を発揮しつづけるのは、なぜなのか。その理由を僕は、作者の直観が語っている通り、作者の気づかないところで、作品が作者を裏切り、超えて、一つのことを成就しているからだ、と言ってみたいと思います。

それは、こういうことです。作品半ばあたり、話が「追想」であることの骨格を露わにし、語りが平板になってくると、それに併行して、物語内部に、これまでになかった新しい動きが生まれてきます。全体が映画作品をなぞったメロドラマ風な小説世界の中で、登場人物の一人が、自分は映画女優になると主張しはじめるのです。

それがあの金魚の娘（みっちゃん）です。彼女が、近所の若い女性が映画女優「丘江里子」としてデビューしたという噂に発奮し、突如、自分も映画女優になりたい、なる、と言い出す。美容師見習いが、修業をやめ、女優になるというのですから、美容院のみんなが戸惑い、やがて露骨に困った顔をするのは、当然といえば当然です。でも、僕の見るところ、この周囲の人々の困惑には、それだけでない、小説的な理由が含まれています。それというのも、この小説の登場人物に文学的な内面がなく、いわば主人公の〈私〉と弟を除く全員が内面を抜き取られ、類型的に作られているとは、この小説の全体が映画仕立てで、この小説の登場人物全員が、自分たちは映画に出演している俳優なのだということを自覚している、ということと同等なのですが、そのうちの一人が、その約束事――自分が映画の中の一登場人物と相同的な存在であること――を忘れ、事もあろうに映画女優になる、などと言い出したら、この世界の成り立ち自身に、罅が入ってしまうからです。他の登場人物の困惑、苛立ちは、そういう小説の構成要素としての登場人物たちのいわば、「職業意識」の現れでもあると、受けとめることができます。

そのことからのリアクションとして、周囲の登場人物たちは、この金魚の娘の〝暴走〟に眉をひそめ、特に彼女の美容師の指南役である長女などは、苛立ちを隠さないようになるでしょう。

（金魚の娘が女衒の真似をしてみせるのに昔撮影所にいたおばあちゃんが感心し――引用者）新人募集の試験、受けてみたらいいのに、ひょっとしたら受かるよ、と笑い、（それに娘が真面目に受け答えするのを見て――同）食卓にいた皆が、思いがけない展開に気をのまれたように一瞬黙り込んだ後で、マダムが、だって、あんた、そりゃあ「夢」を持つのは、若いんだから当然だけど、と、当惑したように口ごもり、（中略）言葉を探していると、金魚の娘は、ちょっと待ってください、と（中略）階段をかけ上って行く。（中略）長女は、どうしちゃったの、あの子、ちょいとクレージーじゃない、と眉をひそめ、おばあちゃんが余計なこと言うから、と批難がましく口にするのだが、（後略）　（同、一六四～一六五頁）

その後、いっそう強まるこの金魚の娘の映画熱の挿話が、この彼女の動きに呼応するように語り出されるもう一人の映画女優「山脇のおばさん」＝「山脇百合枝」の挿話と相まって、この擬映画的小説の登場人物の一人が、作品の「外」に出ようとする動きとして、後半に入ると、今度は、新たに別方向から、作品を揺るがせはじめる、と考えられるのです（注記。この挿話が僕に思い出させるのは、つげ義春さんの『ゲンセンカン主人』です。このマンガでも、ある集落を訪れる旅人の私が彼と瓜二つの古い温泉旅館の主人と会おうとすると、みんな嫌がる、やめなさい、という。本来は作品世界の内と外に分かれている――書き手と語り手ともいうべき――分身同士が、作中で会ってしまうと、作品世界の容れ物が壊れてしまう、作中人物たちはそのことを畏れ、両者の出会いに困惑するわけです）。

「追憶される私」が、ここにいること

でも、なぜ、こうした登場人物の作品内部での動きが、読者に気にかかるのでしょうか。僕の考えはこうなります。

作品の最後で、大人になっている弟が現れ（煙草をもみ消すというのでそれとわかります）、ついで、最後の二行が書かれ、これまで語られたことのすべてが母の葬式を終えたばかりの「私」の追想だったことが知られる、というのが、これまで多くの評者が採用し、また作者自身がそれを改めて否定しないできた、この作品の基本的な解釈、評価の大枠でした。でも、僕の読書経験から言うと、それではこの小説の生が転倒してしまう。最後の最後、どんでん返しが生じて、実は、これまで語られたことは、現にいま、母親の葬式を終えてきたばかりの大人の「私」の追想なので、現実としてあるのは、葬式直後の語り手と弟の現在なのだ、となってしまう。大人の弟の登場が「どんでん返し」だとは、そういう意味です。

しかし、この小説では、この大人の弟の登場が、そういう「どんでん返し」にならない。そのことが、この小説の特異なところなのでは、ないでしょうか。最後、現実の大人の二人が登場しても、これまで語られたことの審級は、「現実」から、「追想」あるいは「記憶」へと下落しないで、むしろ逆に、最後に登場する現実の大人の側を、像化するというか、変質させる、そう僕には読めるのです。

何かわけのわからないことを言うなあと思われるかも知れませんが、言いたいのはこういうことです。最後、大人の〈私〉が出てくる。すると、普通の小説の場合、これは追憶する私、語り手の私（＝大人の私）が、登場してきた、ということです。これまで作中で語ってきた本来二重性としてあった〈私〉は、このとき、追憶される私、語られる私という審級に決定的に下落します。しかし、この小説では、こういうことは起こっていない。僕を動かすのは、その感触だと言ってよい。これを言葉にすれば、こうなるでしょう。この最後に登場する大人の〈私〉は、思い出している私なのではない。あの二重性の私が、思い出される〈私〉のまま、作品の外に出てきた姿、それがあの大人の私なのだ。それは、十歳の私と対峙する大人の「追憶する私」なのではなく、あの〈追憶される私〉が十歳のときからそのまま――金魚の娘が映画女優になってしまうように――成長して作品の外に出てきた、その姿にほかならないのだ、と。

「母親の葬式」の意味するもの

それでは、それまで作中の十歳の〈私〉の二重性をささえていた、それまでの追憶する大人の語り手としての私は、どこにいったのでしょうか。それは、作中の私の外部への到来に押され、作品外部から消滅している。追憶される私は、作品の外部に出てくると、その作品外部のこれまで自分を「追憶してきた」〈私〉の死に立ち会うことになる。それが、「母親の葬式」として、ここに現れている事態なのにほかなりません。

もし、作者をはじめ、誰もがそう言っているように、これが、「追憶する私」というメタレベルにある者の、下位に位置する〈追憶される私〉を単に追憶する物語なら、この小説から僕が、たとえば世界の中に一人置かれる子供、というこの作品の中核の感触を受けとることはなかったと思うのです。また、この当初の目論見通りとも見える終わり方が、作品の生動を失っていないなどということは、ついぞ、起こらなかったに違いありません。

この夏の十一日間の物語の間中、作中の私のお母さんはいない。というより、母親がいなくなる、するとこの物語ははじまり、母親が帰ってくる、するとこの物語は終わります。母親とは、誰か。彼女は、どこにいるのでしょうか。作品の続く間中、彼女の在り場所は、ちょうどこの物語を追憶する、その場所に置かれていました。彼女こそ、この十歳の女の子を想う人（＝「私」）だったのです。母の留守をする女の子が、その心細さから、人形を胸に抱き、自分がその人形の女の子の母親になる。その女の子が、その後、世界で一人の大人になり、作品の外に出る。すると、それまでそこにいた人は、ちょうど亡くなったところだ、彼女は、そういう死の知らせを、聞くことになるのです。

作者の金井さんは、この最後のくだりを書いていて、「自分で書いていて涙ぐむ」という「はじめての経験」をしたと、ある対談で述べています（「小説と映画」『早稲田文学』二〇〇二年五月号）。彼女を動かしていたのは何か。読者は、その答えを、受けとったところの深浅にしたがって、想像する自由を与えられています。

V

よしもとばななと一九九五年の骨折

12

なぜ小説はお猿の電車を選ぶのか——吉本ばなな『アムリタ』

i　一九九五年の「階段落ち」

一九九五年の骨折

この現代日本小説をめぐる考察も、これが最後です。最終章にあたる今回は、吉本ばなな（その後、よしもとばななと改名）さんの一九九四年初頭に刊行された長編『アムリタ』を取りあげつつ、一九九〇年代、特に一九九五年以降に新しく生まれることになった現代日本の文学的環境の意味について、語ってみようと思います。

まず、なぜ吉本ばななさんの『アムリタ』なのか、述べてみましょう。僕は、この作品は、一九九〇年代の半ば、日本の現代文学が一大骨折を通過する前、まだ比較的に健全だった時期の、最後期の作品の一つであったと思っています。この屈折点については、はじめはあまり重大視していなかったのですが、時間をへるにつれ、それが大きな通過点だったという気持ちが強まるようになりました。

一大骨折とは、一九九五年の二つの事件、一月十七日の阪神大震災と、三月二十日のオウム真理教による地下鉄サリン事件――そのうち、とりわけ後者の衝撃――をさしています。この出来事がどういう影響を同時代の人々に与えたのか。文学は人々の意識の暗部を照らす鏡でもありますが、そういうことが、文学を通して、時間が経つにつれ、徐々に僕たちの目に明らかになってきています。

簡単に言えば、それは、理想とか、夢といった、超越的なものへの素朴な憧れが、そのままストレートに自分を表現する道に、一つの門をかける出来事でした。これまでにもそういう門は、一九七〇年代に、たとえば革命の夢、といったものの不可能性として、全共闘世代などと呼ばれる人々に、一種の挫折の経験を与えましたし、一九八〇年代になると、マルクス主義の神話解体による未来への展望の消滅という形で、それに続く世代を、幻滅させてきたのですが、一九九〇年代に入り、それがいわば幻想世界の領域に追われ、この世の向こうへの超越の願望といった形をとるようになると、再びやってきて、今度は、その超越への願望を禁止するものとして、新たな閉塞を生みだすようになりました。

吉本ばななと村上春樹

この時代の雰囲気をよく示すのは、こんなエピソードです。吉本ばななさんの年譜によれば、彼女は、一九九一年にサイパンに二泊三日の取材旅行をして、そこで「『アムリタ』の原点となる奇妙な出来事を体験し」ています（『本日の、吉本ばなな。』新潮社、二〇〇一年）。また、この擬似講義の第一回に取りあげた村上春樹さんも、彼の年譜によると、一九九四年、『ねじまき鳥クロニクル』第三部の取材旅行で内モンゴルのノモンハンの戦場跡を訪れ、その地のホテルで、室内の物が揺れるという超常現象を経験しています（『村上春樹がわかる。』朝日新聞社、二〇〇一年）。

サイパンは、一九四四年の日本軍の民間人を含めての玉砕の地、ノモンハンは、一九三九年に起こった日本軍の対ソ武力衝突事件での大敗北の現場。二つの挿話は、戦争の死者と超常現象の結合という点で共通していますが、ここには、たぶん偶然とは言えないものが含まれています。

一九九〇年代前半というのは、僕の考えですと、こういう時代でした。現実上の未来への展望が閉ざされると、さまざまな超現実の世界の出来事が、僕たちの想像や夢想に一つの回路を与えることになる。多様な問題が、超常現象と結びつき、この世の向こうへの超越の願望が、オカルトとかホラーという出口に殺到していました。

この作品（の本体部分）の連載が開始された一九九二年に、村上春樹さんは『国境の南、太陽の西』を発表しています。村上さんの作品中、最もオカルト色、ホラー色の強い作品の一つです。一九九五年の二つの出来事、そのうちとりわけ地下鉄サリン事件が閉ざすことになったのは、ここに言う、この彼方への出口です。村上さんがこの二つの出来事に強く反応したのは理由のないことではありません。こうした異種の問題の彼方への欲望を介しての結合が、砕かれ、超常現象といった素材が、以後、同じ意味では、文学に取りあげられないようになる。そのきっかけが、この一九九五年の出来事でした。

その証拠にと言っては何ですが、最近の文学では、よく解離性同一性障害、別名、多重人格の問題が時代の病として強調されます。阿部和重さんの『ニッポニアニッポン』がそうであり、また村上春樹さんの『海辺のカフカ』（二〇〇二年）がそうです。僕もこれまで言及していますが、自分の番が来たとばかり、精神分析学者が文学の批評をはじめるようになったのも、最近の興味深い現象の一つです。しかし、そういうことが、この現世の向こうの世界への超越の欲望が禁止されたこと、この一九九五年の骨折の、遠い文学的反響でないと、誰に言えるでしょう。『アムリタ』は、そういう意味で、九〇年代、特に九五年以降の文学が、どういう素材によって作られているのかを、背理的に僕たちに教えます。この作品には、その屈折点での文学上の闘いが、他の小説家のどの作品よりも色濃く刻印されている、というのが僕の見立てなのです。

垂直移動の解放感

この作品を取り上げるもう一つの理由は、むろん、これを僕が高く評価するからです。この作品には、ある野放図さ、自由さの力が溢れています。その魅力を言いあてることもさほどむずかしいことではありません。この作品は、少なくとも僕に、これに先立つ作品『N・P』とともに、いま自分のいるところから水平方向に数百キロ移動すれば、京都、あるいは仙台だけれど、垂直方向に上に移動すれば、成層圏の外、宇宙空間に出る、といったことを考えさせます。吉本ばななさんの作品は、他の作家の作品が水平に移動するところ、いまいるところから、垂直に動く。いつ、どこにでも出発点があり、到着点がある。つまり「彼方」がある。そういう構造、というか資質をもっています。それが特徴で、彼女の作品を読んで感じる解放感は、いわば近代小説のもつ水平移動、あの小説力学からの解放感なのではないかというのが、僕の感想なのです。たとえば、『アムリタ』の主人公朔美が、もうすぐ結婚する昔の友人について回想する何でもない場面。

彼女は手先が器用で、本当に器用で、彼女がどんなに悩んだりつまらなそうにしていても、その手は清らかで優しく、一定の秩序を持って魔法みたいに動いていた。教会でよく見る白いマリア像の手のようになめらかだった。不機嫌なときの彼女はすごく露骨な仏頂面をする。そのうえ家にいるときはコンタクトをしていないので古い銀縁眼鏡をかけていた。そのがむしゃらなまでのブスさかげんが逆に妙にかわいかった。その風景の中には、永遠に通じる力強さがあった。ぼんやりとそれを見ていると、本人には決して言わなかったが、幸福だった。

（『アムリタ』上巻、七四〜七五頁）

こうした記述の一つ一つを乾電池にたとえると、この個所は、一個、縦に立っていて、けっして、他の記述と横に直列ではつながっていません。つまり、小説内の記述が直列でつながって大きな流れ、電圧を作り出すというようにならない。この話はこれ単独で、1・5ボルトの小さな電圧を発電したまま、完結している。あらすじ上はなくてもまったく構わない記述なのです。そういう乾電池の記述が並列のまま、しかもそこで「彼方」、到着点までの射程をもち

1990.4	「メランコリア」発表。 ⬇
1992.1〜 1993.10	「アムリタ」連載。 ⬇
1994.1	『アムリタ』（「メランコリア」＋「アムリタ」）刊行。 ⬇
1995.3	地下鉄サリン事件。 ⬇
1997.1	『アムリタ』文庫版刊行。「何も変わらない」を付加。『アムリタ』、「メランコリア」＋「アムリタ」＋「何も変わらない」となる。 ⬇
2000.11	『アムリタ』を『吉本ばなな自選選集１　オカルト』に収録。各章の章題を削除。

表１　『アムリタ』各部分の相関——地下鉄サリン事件とその後の改変

つつ、次の記述につながっていく。『アムリタ』の魅力の一つはこういうところにあります。

『アムリタ』について

さて、あらすじですが、『アムリタ』は、階段から落ちて記憶を失い、いわば「半分死んでいる」状態になった朔美二十八歳の、「記憶を失っ」てから再びそれを「取り戻す」までの約二年間の物語です。話は、「メランコリア」というプロローグ的短編部分と、「アムリタ」と題された本体部分とからなっています。その書かれ方はだいぶ変則的で、表１で見てもらう通り、まず『海燕』一九九〇年四月号に「メランコリア」が掲載され、それから一年九カ月後、一九九二年一月から一九九三年十月まで、同じ雑誌に二十二回にわたり、「アムリタ」が連載されます。そしてこの二つが合体され、作品『アムリタ』となって読者の前に現れるのが、これが単行本となる、一九九四年一月のことです。

そのプロローグ部分で、彼女は、半年前に映画女優の妹真由を自殺に近い交通事故死で失っています。妹の恋人である小説家の竜一郎が妹の死後、国内を旅行する先から送ってくる雑多なものを受けとりながら、彼女は、いつか、彼が小説を自分に送り届けてくるのではないか、そうであってほしいと、そのことを心のどこかで待望するようになる。その希望の独白で、この短編は終わっています。

ついで、舞台は変わって四年後（注記。四年後という手がかりは、「メランコリア」で幼稚園に行っている弟の由男が「アムリタ」で小学四年生になっていることで、これは幼稚園の一年目か二年目かで五年後となる場合もあり、流動的ですが、ここでは仮りに、四年後としておきます）。本体部分の「アムリタ」が、この朔美が、数カ月前に階段から落ちて頭を強く打ち、記憶が完全に戻らない「半分死んでいる」状態となって、不安定な日々を過ごしている場面から、はじまります。その開始時点で、彼女は、実は、ひょんなことからまだ頭の傷も癒えない時分、数カ月前に、妹の元恋人である竜一郎と、ホテルで寝て、恋人同士になっています。その彼女の前に、やがて、弟でいまは小学四年生の由男をはじめ、竜一郎と旅行するサイパンで彼を通じて仲良しになるコズミ君、させ子夫婦、その後、今度は東京で由男を通じて知り合うきしめん、メスマ氏と、超能力をもった不思議な人々が、さまざまな形で集まってくる。朔美は、二度まで離婚している母由紀子と、その母の幼なじみの純子さん、それにいとこの幹子、弟の由男という五人で家族を営みながら、ベリーズ・バーという小さなレゲエの店で働いていますが、空飛ぶ円盤を見たり、学校に行かなくなった弟と高知に行ったり、サイパンで弟の生霊を見たり、その弟を通じて死んだ妹からの伝言を受けとったりと、次から次に訪れる超常的な出来事が、そのような暮らしの中、あの垂直性の記述のまにまに綴られてゆくのです。

近代小説ばなれとメタフィクション

まず、全体の印象から言えば、これは、かなり変わった小説です。四〇〇字詰原稿用紙で約七〇〇枚と、これまで書かれた吉本ばななさんの作品中、最も長い長編小説なのに、大きな物語的展開がなく、小さな挿話、できごとが淡々と続く。いわば平たいアジアの大都市である東京のように、物語が低く広がるばかり、という作品だからです。それがこの小説の特徴で、先のたとえで言えばどこまでも単三の乾電池が並列で続いていく、そこからくる単発の垂直性の移動の感覚の持続、それがこの小説の魅力をなしています。

余談として言うと、こうした小説からやってくる解放感は、僕に初期の夏目漱石の作品、『それから』以前の『吾輩は猫である』『草枕』といった「文章」としての作品を思い出させます。いわゆる漱石の低徊趣味に言う「触れない小説」、同時代の評にある「白湯を飲むやうな文」(上司小剣「予が小評論」一九〇五年)。それは、近代小説としての構造をもたない。『吾輩は猫である』も『草枕』も、大きな物語の展開をもちません。僕の言う近代小説の水平移動感とは、この作中記述が、逆にサンゴのように組織化され、物語展開に奉仕し、たとえば恋愛と成長の物語へと構造化していくあり方のことをさしますが、そういうあり方から遠い、近代文学以前の作品のもつ広がり、それが、『アムリタ』からも、広々とした、開放された感じで、迫ってくるのです。

僕の観測では、吉本さんの小説は、ある時期、『N・P』のあたりから、この近代小説ばなれを起こしています。「キッチン」「満月」という二編からなる第一作『キッチン』には、近代小説的な展開——主人公桜井みかげの成長と恋愛——があったので、そのことを考えるなら、これは一つの変化と言わなければなりません。けれども、そのように小説が平屋建て構造のまま一個の立体的な小説となるには、どうすればよいか。それが、一九九〇年の『N・P』、一九九〇年から九三年の『アムリタ』と、いわばメタフィクション（当該の小説自体を誰かが書いているということ自体がその小説の構造に含まれている——自分を超える構造を自分の中に含む——フィクションのことをこう言います）的な構成をもつ作品が、この時期、あいついで吉本さんに呼び込まれることになった理由ではないかというのが、僕の推測です。これについてはまた後にふれますが、とにかく、『アムリタ』の魅力は、こうした近代小説ばなれの解放感、一気に垂直に、ちょっと宇宙まで、といった彼方感覚にあり、その意味でこの作品は、刊行当時、時代の風にのり、多くの読者に働きかけました。

作者と作品のその後の関係

円盤が出てきたり、予知夢、生霊、亡霊と超常現象満載で、しかも（エンターテインメントでない）普通の小説、というわけですから、これは控え目に言っても、書かれた時点で、きわめて野心的な試みだったと思います。この作品が多くの人に成功作と受けとめられ、作者自身、一定の満足を感じていたことは、この小説の連載完了直後のインタビューで読み巧者として知られる名物編集者の安原顯さんがこれを絶賛していること、またそれへの彼女の応対ぶりからわかりますし（インタビュー「元気な人を、ますます元気にするために――長編小説『アムリタ』をめぐって」『リテレール』第七号、一九九三年十月）、また、この作品に紫式部文学賞という選考委員のしっかりした文学賞が与えられていることも、このことの傍証の一つに数えられます。

でも、この作品は、以後、作者から忌避されはじめる。作品と作者の関係ということで言うと、両者の間は、緊張したものになります。一九九七年、この作品を文庫版に収録するに際し、吉本さんは、この作品に、「何も変わらない」と題するエピローグ的小話を書き足しました。この付け足しは、僕に言わせるなら、後に述べる理由から、ほぼこの作品の当初の構想を全否定するものだったと言うべきでしょう。この付け足しによって、作者は、自分の掘った井戸を、いわば埋め戻すことになります。この文庫版のあとがきに、彼女は、この小説に「出てくる人たち」は「好き」だが、作品としては「今、成長しているのかどうかは別として、（今から見ると――引用者）とても自分で書いたとは思えないくらい恥ずかしい出来」である、そこで「『その後』をちょっとだけ書き足し」た、また、文庫版刊行に際しては「もう出版したくない」と編集者に「だだをこね」た、と述懐しています。この作品は、作者にとって、以後、余り肯定したくないものに変わります。二〇〇〇年には彼女の自選選集に収録されていますが、そこでも一部改変を受け、それまで各章にふされていた章タイトルが、削除されました（三五五頁図参照）。

周到さと杜撰さ

この作品が後年の作者にとって「とても自分で書いたとは思えないくらい恥ずかしい出来」だというのは、この長編小説が異例にも、先に書きためられてからの連載開始というあり方を取らず、毎月、二十二カ月間にわたっていわばライブ演奏的に書きつがれたことによる、話の構造としての整合性のなさ、出鱈目さ、のことをさしています。次回、この小説の物語年表を表にしたものを掲載しますが（三六八、三六九頁参照）、それを見ると一目瞭然のように、朔美が竜一郎とサイパンに行くのは「階段落ち」の翌年の夏のことです（上巻、一三六頁、二四一頁）。そしてそのサイパンに約一カ月滞在して（下巻、八三頁）朔美は一足早く東京に帰ってくるのですが、それが遅くとも九月末。初秋のはずのところ、作品では、帰ってみると東京は「しんしん寒」い「冬」となっています（下巻、七四頁）。また、「メランコリア」で一九九〇年春の時点で朔美は会社をクビになり、「行きつけの古びたバー」に勤めており（上巻、二三頁）、作中記述からこれは四年後のベリーズ・バーと思われるのですが、「アムリタ」には、彼女が一九九三年初冬前後、頭を打ってからそこに勤めたと、矛盾したことが書かれています（下巻、一〇二頁）。

さらに、ここから、こういう厄介な問題も出てきます。プロローグ「メランコリア」の物語第一『アムリタ』（「メランコリア」＋「アムリタ」）

メランコリア ＋ アムリタ

※「アムリタ」は竜一郎の手になる作中作。メタフィクションの構造。

第二『アムリタ』（「メランコリア」＋「アムリタ」＋「何も変わらない」）

メランコリア ＋ アムリタ ＋ 何も変わらない

※全編、朔美を語り手とする作品。メタフィクション構造消える。

図　第一『アムリタ』と第二『アムリタ』の構造の違い

の現在時点は一九九〇年（上巻、三八、三九頁）。この時、朔美の弟由男は幼稚園児（上巻、一〇頁）です。「アムリタ」では、その由男が小学校四年になっていますから、その物語の現在時点は先の推定に基づいて一九九四年か九五年ということになります。ところで、そうだとすると、一九九二年に連載開始されたこの小説は、目立たない形ですでに掲載時の二年後か三年後（一九九四年か九五年）を現在時点に設定した、阿部和重の『ニッポニアニッポン』のような意表をつく企てを秘めた小説だったことになりますが、そんなことが、吉本さんに関して、考えられるでしょうか。

この件に関しては、作者は、連載完了直後の時点にすでに、九〇年の段階で、二年後の連載（「アムリタ」）を見越し、この短編（「メランコリア」）を書いたが、「誰も読んでくれなかった（笑）」と言っています（前出インタビュー）。これは、本体「アムリタ」が、プロローグ「メランコリア」に言及されていた、実は小説家竜一郎によって書かれた、朔美を一部モデルとする「記憶をなくしてとりもどした女の話」（下巻、二七六頁）であるように、書かれていたということです。そういう周到なメタフィクション的構想のもとに、この作品は書かれていることになります。そう思うと、この二年後の現在という設定も、ありえなくないものと思われてくる。しかし一方で、作者は主人公朔美を「アムリタ」冒頭に現在二十八歳と断ってもいて（上巻、五二頁）、これは物語の現時点が一九九二年現在の場合の作者自身と同年齢なのです。そしてまた、語り手が執筆時の作者とほぼ同年齢に設定されるというのは、これまでの吉本ばななさんのほとんどの作品に見られることでもある。そのことを考えると、やはり作者はこの時点を一九九二年と想定していて、他の事例同様、単なるケアレスミスで由男の設定年齢を小学校四年としているだけなのか、とも思われてきます。つまりこのへんが全体として杜撰（?）なため、どこまで作者の意図なのか、わからなくなってくるのです。

なぜ「何も変わらない」が書き足されるのか

したがって、後の時点になって、落ち着いてこの作品を見てみたら、そういうアラが目についた。それで、作者吉本さんが「恥ずかしい出来」だと思ったということは、大いに考えられます。でも、一般に過去の作品の出来がよくないからといって、作者は、その作品の意図を根底から覆す、それを、ある意味では根本的に否定しかねない、そういう改変を行ったりするものでしょうか。

先に述べたように、僕の考えでは、『アムリタ』に新たにエピローグ的な短編を付加することには、そういう意味が含まれています（その内容については、次回に述べます）。ですから、ここに現れた作者の反応には、右にあげた、いわゆる一般的な事情では説明できない何かが、原因として働いている、と考えられるのです。

やってくるのは、こんな問いでしょう。そうだとすれば、なぜ彼女は、そんなことを行っているのか。

ii　タテへの超越 vs. ヨコへの超越

メタフィクション構造の背景

このことを考えるために、少し詳しく、先に述べた、この小説のメタフィクション的構造について、述べてみるのがよいかも知れません。

まず、メタフィクションの構造がなぜこの作品に必要になっているのか、ということから。

この作品では、先に述べたように、円盤から生霊、予知夢まで、普通にはありえないことがらが平常心で受けとめられ、いわば普通のこととして叙述されます。このことに関連して、興味深いのは、この小説執筆のモチーフとして、作者が、先のインタビューで、「仏教書やニューエイジ書に書いてあるようなことをモチーフにした」のだろうかというインタビュアーの質問に、「そうですね」と答えた後、それに続け、このような書物（仏教書やニューエイジ書）は、言っていることとしては「素晴らしい」が「文章がへた」なので伝わらない、これを別の形で「小説化」できたら「おもしろくなるかもしれないと思っ」た、と述べていることです。仏教書やニューエイジ書が言っていることを小説化すること。それはどういうことでしょうか。僕の考えを言うなら、そういうことがどうすれば可能になるかと考え、たぶん作者は、「あっ」というようなことを考えている。それが、主人公兼語り手を、頭を強く打って記憶が完全には戻らなくなり、いわば自分は「半分死んでいる」と感じられる境遇におかれたヒトに設定してみる、という着想だった、つまり、この小説をメタフィクションにするという目論みは、そのために必要なものとなっているのです。

というのも、そういう状態にある人物というのは、簡単に言うと、いわゆる世間の常識の部分が欠けてしまっている人のことですね。そういうヒトを主人公＝語り手とすれば、さまざまな不思議なこと、ありえないことが起こっても、それを不思議、ありえないと受けとめる受容体（レセプター）の部分が、取り払われているわけなので――それが「半分死んでいる」ということの意味でしょう――、これら不思議なことが、淡々と、ありえなくもないことと、受けとめられ、語られることになります。そして、これなら、どんな超常現象もが、普通のこととして記述される。仏教書、ニューエイジ書が、小説化されるという課題が、こういう形で実現されることになります。ただ、問題は、主人公が〝常識なし〟で、「半分死んでいる」場合、そういう自分を、同じように〝常識なし〟、「半分死んでいる」ヒトが書き手となって記述することは、不可能だということです。では、どうすればよいのか。

僕の考えでは、この小説のメタフィクション構造は、その不可能事を可能にするため、導入されている。「半分死んでいる」〝常識なし〟の朔美に、その朔美のことは書けません。でも、その朔美を語り手としつつ、物語を書くのは、朔美でない、竜一郎である、ということになれば――「アムリタ」の本体部分の全てが、実はプロローグ「メランコリア」の末尾で朔美に待望された、あの竜一郎による、朔美を主人公にした作中作だということになれば――、この「頭が半分死んでいる朔美の、朔美自身による物語」という小説記述は、可能となるでしょう。前回の図を見ていただきたいのですが、メタフィクション構造というのは、そこで言われる当初形の『アムリタ』(これを第一『アムリタ』と呼びます)に備わる、「アムリタ」本編が全体として、「メランコリア」の世界の中に含まれ、そこにおける作中作となる、という構造のことをさしています。この第一『アムリタ』におけるメタフィクションの構造は、実は、「仏教書の小説化」――奇妙なことも普通のこととして受けとめられる世界の造型――ともいうべき破天荒の試みを可能にさせるカギとして、この小説に、やってきているのです。

〝全体の遠景化〟の作用

その試みは、一定程度、この作品にあって成功しています。先の垂直軸への解放感は、これがそのような小説であることからくる一つの達成でもあるでしょう。しかし、後に述べるように、この試みは、中途で挫折することで、副産物として(?)、この小説にえもいわれない味わいをもたらすことになります。

それは、次のようなことです。

物語の後半に入り、朔美に、記憶が戻る。小説は、それをきっかけに、また違った展開を見せるのですが、その新展開が一段落した後、終わり近く、まともになった朔美が、ある日、竜一郎のアパートの一室で、この間自分に起こった出来事を次のようなメモに書き出します。
・妹の死／・頭を打って手術／・記憶が混乱／・弟がオカルト小僧になる／・竜一郎といい仲に／・高知へ／・サイパンへ／・バイト先閉店／・新しいバイト／・記憶戻る／・弟、児童院へ／・純子さん逃亡／・きしめん、メスマ氏と友達に

（『アムリタ』下巻、二六二～二六三頁）

そして小説は、その後、それが自分の部屋に置き忘れられているのを見つけた竜一郎が、このメモを元に、新しく、朔美らしき若い女性を主人公に、小説を書こうと思う、またそのタイトルを『アムリタ』にしようと思う、というように進む。その後、竜一郎が朔美にそう打ち明けるシーンまで来て、読者が、ああ、そうか、そんなふうにしてこの小説は書かれているんだ――これまでの「アムリタ」の部分は、竜一郎の書いた作中作だったんだ――、と気づく。そして読者の前でこの作品自体がみるみる遠ざかる。〝遠景化〟する。その動きと前後して、そういう企てを打ち明けられた朔美のもとに――ということは朔美と同じ境遇に置かれ、朔美と同じ位置にいる読者のもとに――、純子さん、きしめん、させ子とこれまで出てきた登場人物からの手紙が立て続けに届き、この〝遠景化〟が加速される。そして朔美が、最後、次のように述べるところで、この小説は、ふいに終わるのですが、このみるみる夜が明けてくるような最後の数ページにおける読者の覚醒の疾走感が、またとないこの作品の見せ場を作るのです。

小説は、こう終わる。

空中から苦もなく宝石を取り出すという伝説の聖者のように、私はその取り出し方が確かにこの体のなかにそなわっているということを、いつでも感じていた。

頭を打つのもまた、いいものだった。

そう断言しよう。

読んできたものが、作中作だったという覚醒——夢の中の世界だったという覚醒——が、しかし、その作中作の世界——夢の中の世界——こそ、本当の世界だ、というもう一つの覚醒と重なり、えもいわれない、二重の覚醒の感じを、醸し出すのです。

サリン事件の衝撃

ところで、前回の最後に述べたように、作者は、単行本の第一『アムリタ』の刊行後、一九九七年になって、これに「何も変わらない」という後日譚的なエピローグ部分をつけ加えています。それは、三年後、つまり『アムリタ』が一九九四年現在の話だとすれば、一九九七年現在の話です。その時点から、いまはすっかり健康な、普通の人となった朔美が、中学生になった由男のこと、また一緒に生活するようになった竜一郎のことを語るのですが、そこでは、由男は超能力を失い、いまや部活に夢中のただの中学生になっていますし、竜一郎も、その後、スペインで浮気をして、二人の仲は一時は破綻寸前までいったということが語られたりして、全体として、第一『アムリタ』の中身が、アンチ・クライマックス的に、脱超越化、凡俗化をはかられているというのが、この後日譚全体からやってくる印象なのです。

でも、それだけではない。この「何も変わらない」は、

そんなふうに、何が起ころうと、私の生活は何も変わらないまま、とどまることなく流れてゆくばかりだ。（同、文庫版下巻、二九五頁）

というアンチ・クライマックスな、事後的な語りで、語り終えられますが、これを書いているのは、どう考えてみても、朔美であって、竜一郎ではない。もう朔美は正気に戻っていますし、自分の浮気の話までを朔美を語り手に竜一郎が書く理由もまた、見あたりません。ですが、となると、この新しい『アムリタ』（これを第二『アムリタ』と呼びます）は、「メランコリア」＋「アムリタ」＋「何も変わらない」という三つの部分からなる小説として、朔美を語り手に書かれていることになる。もう先の第一『アムリタ』のメタフィクション小説の構造はそこに失われています。この一見何気ない「何も変わらない」のエピローグとしての付加によって、実を言うと、第一『アムリタ』の基本構造は、壊されているのです（三五五頁図参照）。

では、なぜそんな自作破壊を、この作者は企てているのでしょう。

これが、前回の問いで、ここから先が、この問いを受けた、今回の話となります。

僕の考えを言えば、そこに影を落としているのが、先の回の冒頭にふれた、この作品の刊行から約一年後、一九九五年三月に起こる、オウム真理教による地下鉄サリン事件にほかなりません。

この事件に、作者は、実は甚大な衝撃を受けたのではないか。『アムリタ』で追求した「彼方の世界」への憧れ、超越的なものの希求という人間的なものが、一見したところ作者の関心の間近を併走しているかに見えた新宗教的関心――仏教的かつニューエイジ的なもの――を媒介にしつつ、地下鉄サリン事件というおぞましい出来事に接続してゆくのを見て、思わず、たじろいだのではないか。『アムリタ』の世界の脱超越化、凡俗化をはかる「何も変わらない」の付加は、僕の目に、言ってみれば『アムリタ』の世界の、非オウム的な場所――非仏教的、非ニューエイジ的な場所――への、〝緊急避難〟と見えるのです。

この小説を作者が書いた九〇年代前半の時期は、ちょうどこの新興宗教集団が富士山麓に施設を建て、帰依者を増やしていった時期にあたっていました。そしてこの宗教集団は、その後、おぞましい無差別殺人事件を起こす。この事件の衝撃が、こうしたこの世の彼方への憧れ、超越の欲望のもつ人間的な力を語ろうとした小説を書き上げた後の作者に、どのように激烈に訪れることになったかは、想像に余りあるところでしょう。作者はこの事件の後、いくぶんのほほんとしているかに読めるこの事件にふれたエッセーを書いてもいるのですが、そのことと、作者が受けただろう甚大な衝撃とは、この作者の場合、共存可能であることに、思いをいたさなければなりません。

僕がそのように想像する根拠は、その後の、この作者の事実としての沈黙、寡作、また、作風の変化です。吉本さんは、この後、この『アムリタ』に匹敵するような長編を書いていません。九四年、続けて『ハチ公の最後の恋人』を発表し、九六年に『SLY』を書き下ろし、九七年には「三年越しで完成した長編」として『ハネムーン』を刊行していますが、このうち一番長い『ハネムーン』でも、全体で一六六ページで、中編規模の小説にすぎません（またこのうちやはり事件の前に刊行された『ハチ公の最後の恋人』でも、『アムリタ』同様、九八年文庫本となる際、「栗」というエピローグが付加され、いくぶんかの〝緊急避難〟が試みられています）。その後、九九年には『ハードボイルド／ハードラック』、二〇〇〇年には『不倫と南米』、『体は全部知っている』、〇二年には『王国』（この作品より、よしもとばななと改名しています）、〇三年には『ハゴロモ』と旺盛に執筆活動は続くのですが、すべて中編か短編、あるいは長編の一部で、『アムリタ』の先は、長編としては、いまだ空白のままなのです。

近代小説的な五カ月

いったい何が起こっているのでしょう。

しかし、そのことを見る前に、一つ回り道をしておきましょう。

三六八、三六九ページの表2を見て下さい。『アムリタ』の物語年表です。この作品の後段、全体として、冒頭から三分の二くらいのところに、先のメタフィクションの狙いとは裏腹な動きが、生まれているのがわかります（★印ふす）。

朔美が、この小説のメタフィクションの構造はそのままに、このあたりで、記憶を回復する（第十六章）。僕の解釈に従えば、メタフィクション構造は、朔美が「半分死んでいる」——記憶を回復しないでいる——ことと連動しているので、これはちょっとまずいことですが、とにかく話はそう進みます。

すると、以後、登場人物同士の間に緊張が生じ、対立の基軸が現れ、執筆期間で言うなら第十六章から第二十章までの五カ月間にわたり、物語が動きます。つまり、これまで並列に並ぶだけだったこの作品の記述の乾電池配置が、直列接続型に変わり、小説がいわば先の近代小説以前の散文の風合いから、近代小説へと、俄然、戻りはじめるのです。

その活断層への予兆ででもあるかのように、第十五章に竜一郎と一緒に行ったサイパンから帰ると、夏の一カ月の滞在であるにもかかわらず、小説の時間構成が破綻をみせ、東京が一転して「しんしん寒」い「冬」になっていることは、先にふれました。その東京で朔美は、あるきっかけから記憶を回復することになります。そのことの第一の影響は、自分の超能力に苦しむ弟由男との間に溝ができることで、やがて由男は、竜一郎に反感を抱き、彼に朔美はだまされている、と言うようになります。彼の千里眼によると、死んだ妹真由は、竜一郎との間に子供を二人堕していました。由男はさらに、真由からの伝言として、朔美に、自分の朔美という名前の由来を知るように、と言います。元義父に会って聞くと、朔美の名前は、東方朔という中国古代の変人の名から来ていることがわかります。さて、この人物は、一つの寓意を体現しています。義父の言うところでは、この人は、前漢の朝廷に仕え、しかもこの世を超越したすぐれた人物だったのですが、その変人ぶりを人に誹られると、いや、昔の人が「深山に身を隠した」ところ、自分は「朝廷に身を隠している」のだ、と答えたと言うのです。このくだりについて、国文学者の木股知史さんが、この名前の「典拠に寓意がこめられているとすれば、それは〈現実や日常を超越するな。むしろ日常の中に身を常におけ〉ということだ」と述べていますが（『吉本ばなな　イエローページ』）、卓見でしょう。つまり、朔美の名は、あの超越に関する作者の考えを示すキーワードであり、ということは、いわば最初から、この作品には近代小説的骨格の芯が、投げ入れられているのです。

この後、由男は学校に行かなくなり、自分から家を出て、特殊な子供のための教育施設である児童院に入所します。ついで、きしめんという由男の超能力仲間の若い女性が登場し、その由男の行動の理由を朔美に告げます。きしめんによれば、由男はメスマ氏という超能力者の影響をおそれ、遠ざかろうとしていました。メスマ氏は、由男の能力を見込み、由男と「新興宗教をつくろうと思」い、由男に近づこうとしていたと言うのです。自分も超能力をもっているが、メスマ氏のそういうところがいやで、別れたのだ、ときしめんは言います。

つまり、こう見てくればわかるように、この小説は、ここに来て、いわばこの世を超えて何かを変えようとする超能力と、そうではなく、日常の中に埋もれて生きる超能力という、二つの超越のあり方の対立の構図を浮上させます。そしてこれは、見ての通り、この本の第一章で述べた村上春樹さんの『スプートニクの恋人』の構図の、先取りされた形とも言えるものです。ここまで読んだ読者の中には、きっと僕のように、この作品がこの後、由男をはさんで超

章名	連載年月	推定執筆年月	物語年月	できごと
13〜14章	1993/1〜2	同11〜12		由男の生霊見る。由男を呼ぶ。由男、来る。朔美と由男、1週間滞在する竜一郎を残し、2人で帰国。
15章	同3＊	1993/1▽	冬▽	東京は冬＊＊＊〔下74頁〕。ベリーズ・バー閉鎖。栄子に会う。栄子と彼氏との逢瀬を作ってやる。
16章	同4	同2		バーのマスターから手紙。フランス人のパン屋に再就職する。
1				
				★「哲学者の密室」を読み、朔美に記憶戻る〔下106頁〕。由男、さびしくなると言う。竜一郎に手紙書く。
17章	同5	同3		★竜一郎、サイパンから帰ってくる。 ★由男、学校に行かないでいることが判明。朔美に、竜一郎に気をつけろと言う。真由の伝言を告げる。 ★朔美、由男を連れ、由男の父と会う。自分の名前の由来を知る。
18章	同6＊	同4▽	1995/5▽ ※2	★栄子からの手紙。由男、児童院に行く。朔美、竜一郎の部屋探しにつきあう。
19章	同7	同5		★きしめん登場。朔美に、由男がメスマ氏をおそれ、隠れたことを告げる。純子さん消える。
20章	同8	同6		★謎の郵便物、くる。メスマ氏登場。朔美、メスマ氏とビヤガーデンに行く。メスマ氏、噂は誤解だと言う。対立の予感、消滅。
1				
21章	同9＊	同7▽	夏▽ ※3	朔美、高熱を発する。メスマ氏の夢を見る。 「暑い暑い午後」、朔美、由男、きしめん、メスマ氏の4人で鎌倉に行く。仲良しになる。メスマ氏アメリカへ。
22章	同10	同8		朔美、いままでの自分を振り返り、メモを作る。 純子からの手紙。「かんかん照りの暑い朝」、由男、児童院を去る。きしめんからの手紙。竜一郎、朔美のメモをもとに、朔美の物語を小説にすると言う。させ子からの手紙。
何も変わらない(1997年現在、母50歳、朔美31歳、由男13歳あたりか)※4				

らすじ上の問題点

朔美、ベリーズ90年で就職し〔上23頁〕、さらに93年にも就職〔下102頁〕。

＊　1990年の「メランコリア」から2年後の1992年連載開始の「アムリタ」の現在時点が、「メランコリア」の4年後と設定される。

＊＊　サイパンには夏に行って、約一カ月滞在するのに〔下83頁〕、帰ってくると東京はしんしんと寒い「冬」になっている〔下74頁〕。

活断層。以後、第16章から第20章まで、5つの章にわたり、作品が近代小説化する。由男と竜一郎、しめんとメスマ氏の間に、対立の予感が生じ、やがて消える。　※2　執筆時期（掲載時期）と物語の節の重なり。5月号に掲載される内容が5月の物語となる。　※3　同。夏に掲載される内容が夏の物となる。　※4　エピローグの付加による当初の構想の「井戸が埋められる」。

章名	連載年月	推定執筆年月	物語年月	できごと
メランコリア（1990年春現在、母43歳、朔美24歳、由男６歳）				
	1990/4	1990/2	1966	母、19歳で朔美を産む。妹、真由が生まれた直 父、脳血栓で死亡。
			1984	母、２度目の結婚。由男誕生。（母37歳）
			1987	妹真由の恋人、竜一郎、長編小説を刊行。
			1988/4	「バンドオムニバス」ライブを朔美、真由と聴き 行く。〔上38〜40頁〕
			1989	母、離婚。母の友達の純子、いとこの幹子、朔美、 男の５人暮らしとなる。真由、交通事故死（物語 在時点1990年春の半年前）。
			1990/春前後	母、新しい恋人できる。朔美、会社をクビにな バー（ベリーズか？）に勤める。＊〔上23頁〕 朔美、竜一郎と会う。竜一郎、旅行先からビクタ の犬、青森のリンゴを送ってくる。朔美、竜一郎 らいつか小説が送られてくることを待望する。
アムリタ（1994年現在、母47歳、朔美28歳、由男10歳）＊＊〔上53頁〕				
第1章	1992/1	1991/11	1993/9/23	朔美、階段で落下。記憶を失う。 ［退院後、朔美、竜一郎と寝る］。ベリーズ・バー 働くようになる＊〔下102頁〕。
			1994/冬	年が明けてから、朔美、１人でマンボウを見る。 朔美、28歳。＊＊〔上51頁〕
第2〜4章	同2〜4	1991/12〜1992/2	真冬	友達の結婚式に出る。栄子と会う。由男、学校に かなくなる。小説家になるという。
第5章	同5	1992/3	春	朔美、幹子とプールでダイエットする。
第6章	同6	同4		上海にいる竜一郎から手紙が来る。母、恋人と りに２週間、旅行に行く。
第7章	同7	同5		その間、朔美、由男を連れて高知に行く。
第8章	同8	同6		１週間後、高知から帰る日の前夜、女の人をモ ターに見る。そこに竜一郎が来る。
第9章	同9	同7	夏	由男、学校に行きはじめる。夏が来て、朔美、竜一 とマンボウを見る。朔美に、来月一緒にサイパ に行こうと言う。竜一郎、コズミ君を連れてくる
第10章	同10	同8		３人で、サイパンに飛ぶ。栄子のテレパシー感じ 栄子刺される。 サイパン着。朔美、させ子に出迎えられる。
第11〜12章	同11〜12	同9〜10		サイパンの日々。朔美、同地に「一か月」滞在す ＊＊＊〔下83頁〕。

表２　『アムリタ』物語年表

『アムリタ』現在時を1994年と仮定した。執筆は連載月の そ２カ月前と推定。そのうえで執筆時と物語年月の混交 で、あらすじ上の問題点を＊で、小説の直列配置を★で

越する人メスマ氏と超越しない人朔美の対立へと進むのではあるまいかと、次の展開に息を呑んだ人も、いただろうと思うのです。

オウム的なものへの抵抗

でも、結論を先に言うならば、この乾電池直列の動きは、『アムリタ』ではその後、腰砕けになる。メスマ氏本人が現れると、彼はそう凶暴な人物ではなく、朔美にそれは誤解なのだとわかるからです。由男、きしめん、メスマ氏、朔美の四人で鎌倉にドライブに行き、一緒に楽しく遊び、その誤解は消え、メスマ氏は寛容で柔軟性ある日常と親和的な超能力者として、カリフォルニアに去る。そして、以後、小説は、吉本ばななさんにあって、再び直列に戻ろうとはしない。つまり近代小説の構造を、離れるのです。

さて、この新しい近代的主題の浮上は、たとえそれが一時的なものに終わっているにもせよ、『アムリタ』と作者の吉本さんとに関し、二つのことを教えています。その第一は、この作品を書くにあたり、吉本さんの中には、相反した二つの狙いが抱えられていた、ということです。朔美という名前に東方朔の寓意が埋め込まれているとすれば、それは、彼女が、この小説の根幹に、超越性への志向と日常への志向という、あの村上春樹さんにこの後現れる対立の端緒を見ていたということです。これを小説化しようとすれば、『スプートニクの恋人』がそうであるように、またその先の『海辺のカフカ』がそうであるように、近代小説的な骨格が必要となるでしょう。でもそれと、超常現象が普通のこととして見える「半分壊れた」主人公兼語り手の設定という先のモチーフとは、このままでは、つながりません。それをつなげるためには、たとえば、先に見た阿部和重さんの小説や村上さんの『海辺のカフカ』が企てているような「頭と心と身体がばらばらな」換喩的な作品世界などが必要となることでしょう。というか、吉本さんならその先で、別の道を作りだすだろうと僕などは思うのです。

いずれにせよ、この相異なるモチーフを二つながら抱えていたため、途中で作者は朔美の記憶を回復させました。でもこの二つの関係を十分に自覚していなかったので、この転轍はうまくいきませんでした。『ハネムーン』以降の書き方の変化として語られていることの根幹は、たぶん、一つに、この二つの志向のつながりと断絶が、この時点で、吉本さんに十分に受けとめられていなかったことからきていると思われます。でも、それだけではない。このことは、一九九五年以降の変化に関し、もう一つのことをも、教えています。

それは、吉本ばななという小説家が、あたかも一九九五年のオウム真理教の事件を予知していたかのように、一九九三年の時点で、すでに、オウム的なものの出現にメスマ氏という形象で場所を取っていた、ということです。危険な人物として語られる当初のメスマ氏像は、その意味では数年後のオウム真理教の教祖の先取りという意味をもっています。そして、これに対し、作者は、やはりすでにして〈現実や日常を超越するな。むしろ日常の中に身を常におけ〉ともいうべき、自分の別種の超越観を対置していたのです。

つまり、彼女は、超常現象と宗教という現世の彼方への（タテの）超越の欲望を取りあげるという点ではオウム真理教と同じ方向を示しながら、この時点ですでに、「現実や日常を否定しない超越」ともいうべき、彼女の父親である吉本隆明の「横超」（ヨコに超越する）という考えにつながる立場を、明らかにしていた、ということができるのです。

しかし、ここで、先にあげた問いが、僕たちに回帰してくるでしょう。それはこう言う。そうだとしたら、なぜ、この事件の後、吉本さんは、この出来事に衝撃を受け、この自分の彼方への欲求に放射能の防御壁をおくように、『アムリタ』の最後に、「何も変わらない」というフタを、かぶせなければならなかったのか。そして、現に、その「井戸」を埋め、以後、この作品から遠ざかってしまうのか――。

いったいここで、何が起こっているのか。

超越の欲望に対する萎縮

僕の考えでは、ここにこそ、この一九九五年の出来事が僕たちにもった一大骨折――もう一つの「階段落ち」――の意味があります。なぜ、一九九五年の後、吉本ばななさんは、ある苦しい闘いを余儀なくされるのか。この間、僕は、村上春樹、村上龍、川上弘美、保坂和志、江國香織、大江健三郎、高橋源一郎、阿部和重、伊藤比呂美、町田康、金井美恵子といった多様な同時代作家たちの新しい作品を、読んできました。また、特に取りあげて論じこそしなかったものの、平野啓一郎、中原昌也、吉田修一、舞城王太郎、リリー・フランキーといった新しく登場してきた小説家たちの作品にも、刺激され、目を開かれて来ました。さらに、古井由吉、中上健次を筆頭に、山田詠美、柳美里、赤坂真理、藤沢周、笙野頼子、堀江敏幸、多和田葉子、池澤夏樹といった同時代の作家のすぐれた作品にも、準備の時間を取り、目を配ってきたつもりです。一九九〇年代以降、二〇〇四年を迎えた現在までのおよそ十五年間に現れた数多くの小説に接し、感じられること。それは、この出来事の後、日本の文学と社会に、ある萎縮が起こったのではなかったか、ということです。現世を否定すること、あくまで軽薄に現実に唾を吐くこと、彼方への欲望に身を委ねること。それに対して、足がすくむようになった。そして一方でその萎縮への反動として、やみくもな破壊や大きな共同体といったものへの自己没入が、空転するままに描かれるようになった。これが、一九九五年以後、日本の文学と社会の奥深いところに現れた、新しい要因だったのではないでしょうか。

iii　小説の未来へ

『ハゴロモ』の語るもの

ここに顔を見せているのが、どういう問題か。いま、僕の念頭にあるのは、こんなことです。

二〇〇三年一月、よしもとばななと名字表記を変えた吉本さんが発表した『ハゴロモ』という中編に、こういうくだりが出てきます。これは、八年間の東京での不倫生活の末、疲れて故郷の町に帰った主人公のほたるが、その故郷の町が〝全体としてもつ〟包み込む大きな癒しの力を身に感じつつ、うっすらと回復していく物語ですが、そこで、彼女が、この町にとどまろうか、そこから外に出ようか、惑う。彼女は友達のるみちゃんに、こう言います。

川が、私をぼんやりさせるように思うんだけれど。この、町に帰ってくると、私は川に包まれ、川音に飲み込まれ、この町の人全員と同じように、なんとなく頭がぼうっとして、守られているような、光に包まれているような気がして、考えた方がいいことがどんどん流されていって、ひとつの大きな夢の中にいるような気がしてしまうの。それがこわいの。
（『ハゴロモ』一一三頁）

るみちゃんは、でも外に出て東京に戻っても、「代わりに東京には東京の、（中略）独特の夢があり、包み込む幻想があるのよ。みんな、自分は外側にいると思っているけれど、土地の見ている夢からは、決して逃れることができない」と言い、ほたるが、「るみちゃんにもそういう経験があるの？」と問うと、こう答えます。

あるよ。ずっとひとりだったから。この、町中が見ている夢から、人間全員が見ている夢から、外に出たくて戦った。
（同、一一四頁）

このるみちゃんの言う「町中が見ている夢（中略）、人間全員が見ている夢」という言葉は、僕たちに、容易に、オウムのサリン事件の翌年、日本社会を席巻した庵野秀明さんのアニメ作品『新世紀エヴァンゲリオン』に出てくる、「人類補完計画」というプロジェクトを、思い出させます。それは、個人の一人一人の欠落を覆うべく〈自分よりも大きいと感じられる何かに安息の場を見出し、その有機的一部となることを求める〉トランスパーソナル心理学的な希求の一体現物として、このアニメ作品に現れていたからです。いまや練達の小説家となったよしもとばななさんが、このことに十分に意識的であることは、この作品の主人公ほたるのお父さんが、ほかでもないこの「トランスパーソナル心理学」の本を翻訳したりする、「変わり者」ではあるけれども大学に籍をもつ「教授」に設定されているところに、よく示されているでしょう。ある意味で、『アムリタ』の最後に出てくる、小さな疲れや日常を超え出る（タテへの）超越と、その小さな場所にとどまろうという（ヨコへの）超越との対位は、十年後のいまも、彼女をとらえ続けているのです。

トランスパーソナル心理学と「人類補完計画」

一九九五年のオウムによる地下鉄サリン事件の後には、この『新世紀エヴァンゲリオン』のブームのほかに、もう一つ、「自由主義史観」に立つ「新しい歴史教科書を作る会」という運動の浮上というものも観察されました。ここに先に述べた「超越的な欲望」を前にしての萎縮と、後に述べますが、それへの反動として新たに現れた「稚拙な物語」（村上春樹）というキー・コンセプトを重ねるなら（『村上春樹、河合隼雄に会いにいく』岩波書店、一九九六年）、僕たちがこの時期、どのような〝反動期〟の中に身をおいていたかがよくわかります。一九九六年、そういう状況の中で、『新世紀エヴァンゲリオン』が多くの若者の心をとらえたとき、この作品のメッセージは、「人類補完計画」に対してどこまでも抵抗すべし、というものでした。主人公の少年が、父の進める計画に無力ながらに抵抗するさまが、この作品の核心の一つとなっていたからです。

いまから見るなら、この「自分よりも大きいと感じられる何か」への回帰と、それへの抵抗という対立の基軸は、オウム的な彼方への超越の欲望が回路を閉ざされたことと連動する、彼方への欲望の表現だったと思います。人々は、超常現象を通じての欲求の道を閉ざされ、このすぐれたSFアニメ作品と、別種の新しい、安上がりな歴史認識の更新の物語とに、次の超越的な欲望の回路を見出したのですが、そのうち、前者は、彼方への欲望を、それへの抵抗という形で満たす、苦しい、屈折した、しかし根拠ある、心情の表現にほかなりませんでした。

『ハゴロモ』の新しさ

ところで、『ハゴロモ』のほたるは、アメリカに住む父親と電話で話した後、こう考えます。別に自分の自発的な選択といったことにこだわることはないのかも知れない。何となく、流れのままに、この町にとどまってもよいのかもしれない。でも、

その反面、これではいけない、意地を見せなければ、何かの言うとおりとか川の流れに飲み込まれてとか、そんなのはいやだと抵抗してやる、という気持ちもあった。

（同、一五二頁）

と。でも、最後、彼女は思うのです。

いやしかし、そのどちらも誰かの考えた方法論だ、と私は思った。

何かで見た決まり事や、誰かがよしとした考えだ。
私は、時間をかけて、自分がちゃんと流れ着くようなところへ行こう。

（同、一五二～一五三頁）

彼女は、この町にとどまる。『アムリタ』から十年、一九九五年の骨折をへて、この小説の作者は、ひっそりと、誰も見ていないところで、以前引いた比喩をもち出すなら、ここでも、悪魔の赤ちゃんを産んだあのローズマリーのように、主人公をむしろ、「人類補完計画」の中に投げ入れてみよう、と考えてみるのです。

この身振りを僕たちはどう考えればよいのでしょうか。

僕は、そこによしもとさんのいかにも文学者らしい直観が働いていると感じます。それは、もし一九九五年の出来事がなければ、もう少し先まで行って問題のありかにふれられたかもしれない、そういう模索が、一九九五年の出来事に震撼され、途中で引き返すことで、未了のままになっている、ということに向けられた直観です。

よしもとさんは、その問題の間近までゆき、そこで事件に出遭い、身体反応的に萎縮した。あの「何も変わらない」では、由男は、数年後、超能力を失い、ただの卓球好きな中学生になっています。彼女は大急ぎで、主人公たちを、普通の世界に〝疎開〟させたのです。その自覚があるだけに、そこに未了のままに残されているものに、こだわらざるをえない。本当に、彼方への欲望、超越の欲望は、ある全体的なものへの欲望へと回収されるほかないのか。そういうものが危険だから、という理由で、人は、それから遠ざからなければならないものなのか。彼女はここで、踏みとどまり、そう自分に、そして人に、問うているのです。

一九九八年に出た『約束された場所で』の中で、村上春樹さんは、オウム真理教信徒へのインタビューを行い、「小説家が小説を書くという行為と、彼らが宗教を希求するという行為とのあいだには、打ち消すことのできない共通点のようなものが存在している」という感想を著しました（「まえがき」）。彼はまた、一九九六年の『村上春樹、河合隼雄に会いにいく』では、オウムの事件につきまとう「物語の稚拙さ」にふれ、そこには「『青春』とか『純愛』とか『正義』といったものごとがかつて機能したのと同じレベル」の力の作用がある。しかしそれを単に「稚拙な物語」だからと軽く見たら、間違う、むしろそれは、「稚拙」だからこそ、「人の心をひきつけたのではあるまいか」とも記しています。よしもとさんにあるのは、そこにある「稚拙な物語」のもつ力への関心ともいうべきものと、同じ種類の関心と言ってもよいものです。そういう問いが残されていること、それをまだ僕たちが十分に解いたわけではないことを、この約十年のよしもとさんの闘いは、僕たちにはっきりと示しているのです。

野田秀樹の『贋作・罪と罰』

さて、このことに関し、僕は最後に、二つのことをお話ししてみたい。

一つは、この『アムリタ』刊行の翌年に初演された『贋作・罪と罰』という野田秀樹さんの劇についてです。

これは、「非凡な人間は大きな目的のためには流血と殺人も許される」と考えて金貸しの老婆を殺害するドストエフスキーの一八六六年の作『罪と罰』を下敷きに、これにほぼこれと同年の幕末日本、さらにその百年後の全共闘運動期の戦後日本とを重ねて作った野田版幕末色のラスコーリニコフの物語で、一九九五年四月、東京で初演されました。僕は機会があって、このときに劇を見て、それがサリン事件の直後と言ってよい時期だっただけに、きわめて強い印象を受けたものです。というのも、この劇が、「理想」の「稚拙な物語」という本質にまともに向かいあった作品だったからです。この劇を構想するにあたり、野田さんは、「『理想』というものは、今は滅びたように見えるけれど、絶対に滅びないものだから、一度は自分の作品に出したいと思っていた」と言っています。人は理想のためになら、人を殺してもよいのか。そういう時代錯誤的とも言える問いを自分の前に置き、野田さんは、劇を作りました。そして「理想」を軽んじるものは、やがて「理想」によって手ひどいしっぺ返しを食らうだろう、自分たちは、いつも「理想」への眼差しをもっていなければダメだ、そういうまっとうなメッセージを、哄笑に載せ、僕たちに向けて語りました。

このことについて僕はすでに別のところに書いたので、詳しくは言いませんが（「理想の穂先の輝き」『理解することへの抵抗』海鳥社、一九九八年）、この劇は、僕にその折、深い自戒を強いました。というのも、それまで僕は次のように考え、また、述べていたからです。

つまり、自分は若い頃、一種の理想を心に宿して、この世に反抗した。なにものにも癒されない否定性のようなものが自分の心の底にあった。でも、大事なのは、そういう一種のうぶなロマンティシズムが、現実の前に敗北し、潰えさった後も、そのロマンティシズム——理想——の核心を、心の底に保ち続けることではないか、つまり理想とかロマンティシズムというものは、素朴であり、稚拙なものだが、それを素朴でなく、稚拙でないものへと鍛えること、それがロマン的なものをその後に生き延びさせる上で大事なことだ。こういうことを僕は、素朴な羊のロマン主義から、老獪なオオカミのロマン主義への深化、というように、語ってきたのです。

でも、いまならそれだけでは十分でなかったとわかります。そもそもロマン主義とか理想というものは、それがうぶであること、稚拙であること、素朴であることこそが、本質だからです。ロマン主義にとっては、羊のロマン主義であることこそが、その本質なのです。うすっぺらで現実に対応できないものである、そのことが理想の理想たる所以で、また人を動かす力の根源なのではないでしょうか。野田さんの劇は、オウムの事件の直後ということと相まって、僕にそう深く、囁きました。

庄司薫の『赤頭巾ちゃん気をつけて』

もう一つ、いまになって思い返されるのは、一九六九年に書かれ、当時評判をとった庄司薫の『赤頭巾ちゃん気をつけて』（六九年五月『中央公論』発表、八月刊）です。これは、五八年に『喪失』という小説で中央公論新人賞を受賞した福田章二という当時東大法学部の学生だった新鋭小説家が、その後、十一年間の沈黙を破って六九年に主人公の名前を筆名に取り、庄司薫名で発表した青春小説です。最初の小説が二十一歳という若さで発表されたので、この復活時の作品が発表されたとき、作者は三十二歳、まだ十分に若い小説家でした。

庄司薫さんはその後、「『赤』の後に『黒白青』とつづく」連作を書くと宣言した通り、『さよなら怪傑黒頭巾』（六九年刊）、『白鳥の歌なんか聞えない』（七一年刊）、『ぼくの大好きな青髭』（七七年刊）と発表しますが、以後、ぴたりと小説の発表をやめます（なぜ小説制作はとまったか。僕はひそかに、そこに、連合赤軍事件による一九七二年の骨折ともいうべきものを、想定しています）。

話は一九六九年、学生運動のために東京大学入試が中止になった年に当時随一のエリート校の都立日比谷高校三年生である十八歳の「男の子」を主人公にした、サリンジャーの『ライ麦畑でつかまえて』を思わせる軽妙な語り口をもつ、ある覚醒の物語です。いま読んでみても、一見軽い「男の子」の語りのうちに、「十一年間の沈黙」の苦い人間洞察を沈めた、すぐれた作品となっています。

村上春樹さんの第一作『風の歌を聴け』の中に語り手が私淑する作家としてデレク・ハートフィールドという架空のアメリカの小説家が出てきます。そのモデルは、この庄司さんなのではないかという説がありますが、あながち荒唐無稽とは言えない。そう思わせるほど、サリンジャー、村上春樹に通じる、明るさと暗さの明度差をもつ作風を湛えています。

物語は、主人公の薫くんが、十二年飼ってきた犬に死なれ、廊下に放り出していたスキーのストックを蹴って、左足親指の生爪を剝がした翌日からはじまります。「十二年も飼ってきた」犬ドンの死は、たぶん、『喪失』以来、十一年間庄司さんのうちにあった否定的なものへの文学的動機といったもの——あの超越的なものへの希求——を象徴しているでしょう。『喪失』の才知あふれる典雅な人工的文体と、『赤頭巾ちゃん気をつけて』の軽妙かつサブカルチャー的な語りとは、まったく違っていますが、庄司さんは、いわゆる三島由紀夫ばりの早熟な文学的才能として出発した後、壁にぶつかり、十余年の沈黙の中で自分のうちなる超越的なものへの希求、あの羊のロマン主義とでもいうべきものを扼殺することで、別の小説家として誕生しているのです。また、左足親指の生爪剝がしは、いまならすぐにレヴィ＝ストロースによるオイディプスの神話分析を思い出させるところですが、庄司さんは、主人公を、直立歩行の一歩手前にある人間という意味で、こう設定しています。

　彼は自分の中の文学、羊のロマン主義を扼殺する。しかし、それをダメだと言うのではありません。それを自分から切断し、自分を震撼させるものとして〝権利〟を賦与したうえで、それに、気をつけてね、と言うのです。

否定的な感情と足を踏まれること

　薫クンは東京山の手生まれのエリート高校生で、お行儀もよく、誰からも好かれ、きわめて繊細な正義の感覚と、現代の反抗的若者像と自分の距離の感覚とをもった「男の子」です（彼は女友達の家の電話に出てきた彼女の母親から、「あら薫さん、元気？」と尋ねられると、怪我したばかりで「人類以前の爪なしの身でありながら」も「はい。」と答えます。彼は言います、「ぼくはどうもすぐこういう『いいお返事』をする癖があって、この調子では瀕死の床にいても、お元気？　ときかれたら、はい、なんて言うのじゃないかと思う」、と）。しかし、この「いいお返事」の薫クンが、小説の最後、あの「否定的な感情」に捉えられます。別の言葉で言えば、「超越的なもの」に心を摑まれるのです。彼は銀座の並木通りから電通通りへと歩きながら、みるみる暗くなります。交差点で信号を待ちつつ、行き交う人々を見ながら、こう思うのです。

ぼくの中に生まれて初めて、この見知らぬ人々に対する、そしてこのざわめきこの都市この社会この文明この世界、このぼくをとりまくすべてに対する抑えきれぬほどの憎悪が静かにしかし確実に目覚めてくるのが分った。そしてその憎悪は、生まれると同時にたちまち激しい怒りと敵意と復讐を誓う怨念のようなものへと姿を変えていった。ぼくはこの復讐を必ずするだろう。それがどういう形になるかは分らないけれど、しかし必ずぼくはやるだろう。

（中略）

ぼくはそうやってつっ立っていた。ぼくはもうほんとうにすっかりダメになりかけていたのだった。

（『赤頭巾ちゃん気をつけて』文庫版一四四～一四五頁）

ところが、ちょうどそのとき、彼のその左足親指の部分をギュウッと踏んで、何かが彼の傍らをさっと過ぎる。彼はその部分を「地軸まで踏み抜かれ」、痛みに「全身を硬ばらせ」「縮みあがって」立ちつくします。するとそれは、五歳くらいの、「黄色いコートに黄色い大きなリボンをつけた」小さな女の子でした。二人の間に、しばらくやりとりがあった後、最後、彼は、その女の子と別れしな、「すぐ先の行く手の信号が赤なのに気づいて思わず」「気をつけて」と叫びます。すると彼女も何か言う。彼には「それが、あなたも気をつけて、と言ったように聞え」ました。

おわかりのように、小説のタイトルは、本屋に行こうとしていたこの女の子に、彼が、ハッピーエンドで終わるほうの赤ずきんの童話を選んであげた後の（色んな種類があるのです）、この場面から来ています。ここに、作者の、当時の若い人々へのメッセージが、たぶんは彼自身の覚醒の言葉と一緒に、表現されています。作者は、自分よりも十歳以上も年下の人々に対し、そんなうぶな危なっかしい、稚拙な理想の物語では、ダメだよ、すぐに夢が潰えさるよ、と言うのではなく、それはうぶで危なっかしい、稚拙な理想の物語だけれど、行きなさい、でも気をつけてね、と言うのです。

理想というのはいつもそういう、素朴で稚拙なものだけれど、それが人を否定的なものへと突き進ませると同時に、人を否定的なものから救い出すものでもあります。人を超越的なものへの没入によって狭い見方しかできなくなることから救うのは、超越的なものからの遠ざかりではなくて、別の形で超越的なものとの回路を作り出すことなのでしょう。そういうことが、最後、生まれて初めて世界への否定的な感情に捉えられた薫クンが、五歳の女の子に足を踏まれることで、そこから覚醒するという展開のうちに、その薫クンよりも十歳以上年上の作者である庄司薫さんの手で、示されているのです。

小説はお猿の電車が好き

ここに現れていることは何でしょう。よしもとさんの直観は正しいと思います。たとえオウムのサリン事件などというものがあったとしても、連合赤軍事件などというものがあったとしても、僕たちは超越に向かう稚拙な物語を紡ぐことを続けるべきなのです。たぶんここに、小説というものが僕たちにもっている、いつまでも変わらない力の源泉が顔を覗かせています。こう考えましょう。なぜ子供は、お猿の電車が好きなのか。なぜ、大人のしっかりした運転手さんの動かす電車ではなく、自分より危なっかしい、お猿さんの運転する電車に乗りたがるのか。ロマン主義、理想が人を動かすことの秘密が、ここに顔を見せています。

小説もまた、そこから、自分の力を汲む。小説もまた、お猿の電車を選びます。子供は、自分よりも危なっかしいものに先導されて、自分の見知らないところに行きます。そのことに心が躍るのです。でも、これは子供の話ではありません。小説を書く、そして読む。言葉をめぐる経験も、まったく同じ道を歩みます。

そもそも、超越的なものへの希求というものが、そういう構造にできています。それが、超越的なものが僕たちになくてはならない理由でもある。その意味では、賢くならないこと。その逆向きの力につねに後ろ髪を引かれるようであること。そこに、小説の尽きることのない再起力の秘密があると、言えるかもしれません。一九六九年の庄司薫さんから二〇〇三年のよしもとばななさんにいたる、小説の不死の力の変わらない姿がそこにあります。それが語っているのは、日本小説の未来ではありません。小説というものの未来です。

あとがき

それまで大学で、日本の戦時下、敗戦直後、戦後の時代に焦点をしぼって、花田清輝や中野重治や太宰治や坂口安吾などをそれぞれ一年かけて読むといったことでやっていた授業を、九〇年代の末に、面目一新し、九〇年代以降の声価の定まっていない新しい小説家の作品を、学生とともに読む授業に変えた。

ほぼまったく小説を読まない彼らに、その面白さ、その現代性を伝える、そしてその過程で、とことん鍛え、プロフェッショナルの読み方のおそろしさをわからせる、そういう授業をやってみたいというのが動機だった。

学生にとって、文庫本になっていない新刊の文芸書を、三カ月間に十二冊ほど購入し、毎週一冊読んでは、発表の担当になれば数人で総ページ十数枚に及ぶレジュメを用意して発表するという作業は、いまの日本の大学の要求水準からすると、お金の面、必要な努力といった面からかなりハードなことなのだが、やってみたら、この後者については、教師にとっても、同様だった。とにかく同時代の日本の小説ってこんなに面白いのか、と文学音痴の彼らを驚倒させるような内容を用意しなければならない。しっかりした、面白い切り口をもつ、ともかく素人とは段違いの読解（?）をショーウィンドーに用意しないと、彼らはすぐにも「ケータイ」の小宇宙に帰っていってしまう。毎回準備に大いにプレッシャーがかかり、四年間くらい続けてきた中で二度、無理がたたって倒れたのは、いまから考えるとご愛敬だが、これは、わたしにとって、またとない自己鍛錬の機会となった。

このリハビリテーションを二年ほど続け、だいたいの感じを摑んだところで、無理をお願いする形で、九〇年代以降の現代日本文学の一つ一つの作品について、作品をダシにして別のことを語るというのでない、文字通りの小説論を展開する場を、用意していただいた。これが本書のもととなった、「現代小説論講義」という連載である。

特にこういう作品論をやってみたいと考えた理由は、二つある。

一つは、気づいたら文芸評論という仕事がどこでも行われてなくて、文芸評論家という人種が絶滅寸前だった。いまの若い書き手は、文芸評論家と呼ばれるよりは、文芸批評家と呼ばれることが好きで、自分でもそう名乗っている。しかし、昔はそんなチンケな商売はなかった。あったのは文芸評論家という職業、もしくは、批評家という存在である。

面倒なことをはしょって言えば、わたしは、文芸評論家に戻ろうと思った。

もう一つは、小説家という存在への文芸評論家という存在としての、友情である。

いま、小説家は、たいへんに孤独なのではないか。数年をかけ、どんなに意欲的な仕事をしても、その作品にとことんつきあって、そこで何がめざされたか、そこで何が成就されているかを、自分にも気づかれなかったものを含め、読み込んでみるといった批評の側の対応が、もうどこにも見られない。数年かけて書いた作品に、いくつか短い書評が現れ、それは本の売り上げには関係するだろうが、そういう時期が終わると、あとは、何も現れない。ときに言及されても、何かのダシに使われるというのがオチ。また、しっかりと向き合って書かれる作品論が出たと思い、いろめきたっても、「文芸批評家」の方が、まったく小説を読めない……。

いや、わたしもそうエラそうなことは言えない一介の文芸評論家（崩れ）にすぎないのだが、ただ、この新たな試みを大学ではじめ、百冊くらいの単位で同時代小説を読みついでみて、実は、いま書かれつつある小説が、かなり面白いことに気づいた。そして心ひそかに興奮もした。わたしは、とことん彼らの営為につきあってみたら、何が見えてくるのか、それを知りたいと思った。

それを知るには、自分で文章で、彼らの作品を追うという以外にない。数年前に見たエンターテインメントの山岳映画に、正確にはどんなコトバだったか、ヘリコプターが空を飛べる高度限界（vertical limit）というようなものがあり、高度五千メートルあたり以上には、もういけない、という話を扱ったものがあった。作品の読解にも、たしかにそういう高度限界がある。どんなに講義のため、準備し、学生相手に自分の読解内容を語っても、それと、言葉で言葉に対する批評の現場での思考とは、まったく違う。その高度限界を超え、自分の感じていることをとことん言葉にするには、一人で、批評として、それを書いてみる以外にないのである。

わたしが、そうして十二の小説と右にエラそうなことを言ったほどの対話をかわすことができているかどうかは、お代は見てのお帰りとはいかないところ、恐縮ながら、本文を読んで読者にご判断いただくしかない。でもわたしは、この二種の経験によって、実に多くのことを教えられた。いまがどういう時代であるかも。いまのような時代に、小説は、何を生きるのかといったことも。また、いまのような時代に、よい小説とはどのようなものを言い、ダメな小説とはどのようなものをさすのかも。

　その一つ、いま書かれつつある小説にこれまでの批評のあり方、批評理論、文学理論では対応できない中身が現れつつあるということ、これまでの文学理論——伝統的な作者還元主義はむろんのこととして、ここ三十年来学問や文学の世界で文芸批評の世界を席巻してきたテクスト論批評までを含むそれ——の無効性が、いま書かれている小説作品から宣告されているということについては、この発見に刺激され、「テクストから遠く離れて」と題して、これとは別にもう一本を書いている（『群像』二〇〇二年十月号、二〇〇三年二月号、九月号）。これは、この本と同時に講談社から刊行されるが、この本で扱ったもので言うと、大江健三郎『取り替え子《チェンジリング》』、高橋源一郎『日本文学盛衰史』、阿部和重『ニッポニアニッポン』などにふれ、さらに踏み込んだ形で考察したものである。この本が実践編だとすると、理論編。意欲のある方には、ぜひ読んでみていただきたいと思う。

　この本は、右に述べたように、「現代小説論講義」と題されていた。連載の最後にいたり、単行本のタイトルとして「日本小説の現在」ならぬ「日本小説の未来」という言葉が頭に浮かんだ。ここに明らかになったのは、いま、日本小説がどうであるか、というより、むしろ日本小説の未来が、どうであるか、ということだ、未来がここに指さされている、という思いが強まったからである。

でも、連載の最後の数行を書く頃には、その「日本小説の未来」から、「日本」の二字が脱落し、「小説の未来」になっていた。

現代の日本小説は、かなり水準が高いのではないだろうか。

わたしは、日本の同時代の小説にまったくの先入観なしに臨んだつもりである。そうしたら、実は、ここ三十年来誰もが無視できずに多かれ少なかれ信奉してきたと言えるテクスト論批評なるものが、批評の考え方としてはもはや完全に破産していることが明らかになった。けれども、これはあくまで推測だが、もしわたしが同時代の日本ではない、別の国の文学、たとえばフランス文学、アメリカ文学、中国文学を対象にしていたら、どうだったろう。そういう結果がもたらされただろうか。そうであったかどうかはわからない。同じ結果となったかも知れないし、違う結果になったかも知れない。でも、少なくとも現時点で、テクスト論批評ではダメだねという声は、わたしの乏しい聴力と視力の及ぶ限りで、世界のどこからも聞こえてこない。考えてみると、現代日本の小説を読むことは、もうそれだけで、いま世界で書かれている小説のうち、最先端に位置する試みであるものの一つに、ふれることなのである。

だから、ここにあるのは、日本小説の未来といったものではない。そもそもそんなものがあるのだろうか。あるのは小説の未来だけではないのだろうか――そんな声が早くもしてくる。それはそうなのだが、しかし、ここにあるのは、さらに、右に述べた意味でも、日本小説の未来といったものではないところの、小説の未来、なのである。

これだけ、楽しみながらやれた仕事はわたしにとって少ない。

三年前、イタリアのトスカナ地方の城塞の小都市モンタルチーノのとあるホテルに宿泊した。見渡す限りの美しい眺望を見晴るかすその建物の、窓は小さく、部屋は黙っていると、暗いのだった。しかし明るい丘の頂上の仄暗い室内で一人でいると、昼の深い井戸の底にいるように、自分が広大な宇宙の一点にいるという気がした。小説を読むことはそういう部屋に泊まることと似ている。その向こうには広大な、トスカナの野が眼下に一望できる眺望が広がっている。小説は、それを暗がりから、小さな窓ごしに見る、明るさの中の暗さの経験なのである。

小説は暗い。いったん暗がりの中に人をひき込み、そこから世界を見せる。その世界は、これまで皆さんが見知っている世界なのだが、でも、どこかが違っている。

この本ができるまでには多くの人のお世話になった。何より、右に述べた四年間の授業でつきあってくれた明治学院大学国際学部の毎年二十名に足りない数の学生諸君、ゼミの学生・卒業生諸君、ありがとう。また、この本の装丁を前著に続き、同時発売の右記の本と「コミ」の形で引き受けて下さった南伸坊さん、ありがとう。そして最後に、終始わたしを督励し、わがままな依頼に嫌な顔一つせずに応えてくれた朝日新聞社出版本部文芸編集部の、池谷真吾さん、ありがとう。

本書の一部は、実は連載途中である小説にとりあげられ、作中、焚書の憂き目にあっている。それは批評としての光栄というべきである。真摯に愚かな仮説を使用して下さった大江健三郎氏にも、感謝の気持をささげます。

二〇〇三年十一月記す

加藤典洋

小説の不死の力

解説
竹田青嗣

(1)　反テクスト論批評

「前言」で加藤典洋はこう書いている。いま文芸批評といわれるものは、多く、小説を「病理解剖的」に読む。それは作品を一方的素材として理論的に分析するテクスト論と呼ばれる批評だが、自分は、むしろ市井の町医者のように小説と向き合う批評を書いてみたいと。

あるころから、ある理由で日本の批評は壊れてしまった。しかし文学は壊れていない。壊れた批評は、作品を、時代のゆがみの証拠として病理解剖するような方法しか持てなくなった。自分はむしろ、いま困難な時代の中で、作家たちがどういう問題にぶつかっているか、いかにして文学を生かし続ける努力を行なっているかを、「作品を知らないまま読んでもわかる」ような仕方で、つまり「かつての文芸評論を復活させる」つもりで試みてみたい。そういうマニフェストである。

批評家としての加藤の大きな仕事は、なによりまず、『敗戦後論』から『9条の戦後史』に至る、日本の戦後の総体についての批評的考察に代表される。だが、二〇〇四年に書かれたこの『小説の未来』は、同年の『テクストから遠く離れて』とペアをなして、加藤のもう一つの重要な仕事、すなわち、文芸批評の正道をゆく、批評理論と小説批評の実践の仕事を作りなしている。

『テクストから遠く離れて』は、一九八〇年代前後フランスから輸入された最新の世界思想、ポストモダン思想と、その〝文学理論〟である「テクスト論」批評に対する全面的な批判の形を取った、加藤自身の批評理論である。ロラン・バルトやジャック・デリダを起点とするテクスト論批評の要諦は「作者の死」（バルト）という言葉で示される。つまり、テクストの背後に作家という「意味」を見てはならない、むしろテクストの表層から自由に作品のエロスを読み取るべし（解釈せよ）、とそれは主張する。

「テクスト論」批評は、もともと、作品を、作家の世界観や社会の政治状況の表現として読もうとするマルクス主義的文学理論への対抗理論として登場した。だがこの理論は、ポストモダン思想の反資本主義的性格に対応して、やがて文学作品を、近代国家や文化の支配イデオロギーの反映として〝病理解剖的〟に分析する、文学社会学のようなものへと進んだ。こうした批評が、一九九〇年代以降文学批評の主流となったことは誰でも知っている。これが加藤のい

加藤典洋　2000年10月（『群像』2000年12月号「創作合評」会場にて）

う、日本の批評は壊れてしまったということの意味である。

　さてしかし、加藤典洋がここで試みる批評は、一読、小林秀雄や平野謙に代表されるような「かつての文芸評論」とはとうていいえない。むしろ、テクスト論批評の反措定として書かれた、『テクストから遠く離れて』に対応する独自の批評方法が、自覚的に押し出されている。

　これを象徴的に示すのが、大江健三郎の『取り替え子《チェンジリング》』についての論である。『取り替え子《チェンジリング》』には、主人公長江《ながえ》古義人《こぎと》と友人の塙《はなわ》吾良《ごろう》が、それぞれ、作者自身とその友人伊丹十三がモデルであると思わせる仕方で登場する。彼らは、若いころ右翼的な結社の道場に参加し、そこで、道場の若者たちから、剝いだばかりの牛の生皮をかぶせられ、全身べとべとになり、心身ともに「ガタガタにな」って山から下りる、という衝撃的な体験をする。この体験が小説の重要な軸をなすのだが、加藤によると、この作中の事実は、その背後に、もう一つの事実、「強姦と密告」というさらに大きな心的衝撃となった事実を隠している、と読み取れる。

　加藤はこう書く。ある小説に事実Aが描かれるが、その描かれた事実Aの裏に、別の事実Bが隠されている、と読み手に感じさせる。この場合の事実Bを「作中の原事実」と呼ぶなら、このとき、作中原事実Bが作家自身にとっての「原事実」X、つまり本当の「現実」それ自体であるかどうかは、読み手にとってはどうでもよい。原事実Bは、作品の力が読み手にもたらす「信憑」であって、批評はこの信憑から出発するほかないのであると。

　つまり、ある場合小説は、本当のことを本当のままには書けず、「ウソとわかること」として〝取り替えて〟書く。作者の声は、読み手に、その「ウソ」から「ウソでないこと」を読み取ってほしい、と聞こえてくる。まさしくこの小説では、それが作家にとっての本当の事実であるかどうかにかかわらず、描かれた「事実」の背後に、「強姦と密告」という作中「原事実」が読み手にとっての信憑として現われ出る。また、そのように受けとることによってしか、この小説が読み手に与える強い力を説明できない。そう加藤はいう。

テクスト論は「作者の死」を強調する。作品の背後にある「作家の現実や意図」を見ようとするな、ただ痕跡としてのテクストだけを読み、そこから現われる自由な解釈に身を委ねよ、とそれは命じる。だが、実際には、小説をそのように読む読者はいない。

読者はむしろ、作品のテクストから、「作者」という仮想の像を思い浮かべ、作者が読み手に届けようとする声に、おのずと耳を傾けようとする。その「声」が本当に作家のものであるかどうかは、読むことの本質にとってかかわりがない。小説が「どうしても、こんな書き方でなくては書けない、という声を僕たちに伝えてくる」ときには、読み手はこの仮想された作家の声を、作品の「本当」として受け入れざるをえないからだ。

こうもいえる。読み手が小説を文学として読むかぎり、テクストから「自由な解釈」を取り出すことなどじつはできない。むしろ読み手は、作品が、これが作家の届けたい声に違いないという内的な「信憑」に動かされる仕方でのみ、その小説から受けとった自分の感銘を理解し、解釈する。それが作品を読むということの本質的な構造にほかならない。

(2) 現代作家たちの格闘の証言者となる

『小説の未来』は、なによりまず、日本の批評のポストモダン的現状に対する理論的対抗としての、批評的実践の書である。それゆえここでは、村上春樹、大江健三郎といった〝大御所〟とみなされる作家たち以上に、川上弘美、阿部和重、町田康、吉本ばななといった数世代若い現代作家たちの小説をどう読むかが、いっそう重要な意味をもつ。またその内実は、いわゆる「かつての文芸評論」ではない。読者は、一読、この文芸批評が、独自の方法意識によって貫かれていることを理解する。

それぞれの作品は、まずその作品の核心が、「一言で」、いっぷう謎めいた予言的な言葉で示される。そしてそこから、なぜそう言えるかについて議論が展開されるのだが、その展開は、それぞれの作品についての、微に入り細を穿つ精妙な「構造」の分析として進んでゆく。

はじめの「一言」は、たとえばこんな具合だ。

《この小説は、『神様』の世界の材料、「薄さ」の世界の材料だけで作られた、薄くない、普通の世界に起こる恋愛を語る、「本格的」な小説なのです。》あるいは、《薄い新聞紙が水を湛え、焚き火の上で揺るがない図を、それは思わせます。ではこの「薄い」新聞紙が、なぜ、どこから、「水」を得るのか。そこでは何が、「水」の役目を果たしているのか。》（川上弘美『センセイの鞄』）

阿部和重の『ニッポニアニッポン』では、いっこく堂という腹話術士が引き合いに出され、こう言われる。《操っているのが人形師で操られているのが人形だと思ったら、実は、人形のほうが人形師を操っていた、というような。でも、こういう書かれ方をすることで、この若々しい小説は、たぶんようやく、先に述べた独特な読後感を、僕たち読者に送り届けています。》あるいは町田康の『くっすん大黒』。《自分自身のなかに「喪失」をではなく、名づけることのできない「過剰」「余剰」を抱えたいまどきの若者が、どんなことがあっても、これにヘンテコな意味などつけないゾ、とそれを無意味なままに抱えて、小説の最後まで走りきった、心臓破りの小説にほかなりません。》

さて、なぜそのように言えるか。そこから加藤の批評の言葉が展開するが、それは、多く、ストーリー（出来事の順序）とプロット（語りの順序）との「ズレ」を含む、小説の時空的構造の奇妙なねじれの分析として（しばしば詳細な図表も併用されて）、進んでいく。

たとえば、一見、ふつうの恋愛小説のように見える『センセイの鞄』は、最後のシーン、プロットの中で、先生がじつはもう死んでいるという事実が読者に知らされることで、「オセロゲームのように、これまでの記述が全部裏に返」り、「物語の色合いがいっせいに変わる」。この奇妙な作品の「構造」が、小説が与える独自の感動の核になっている、とされる。

阿部和重の『ニッポニアニッポン』にも、書き手とその書かれた主題とのあいだの、おそらく意図的な、奇怪な転換が見てとれる。ここには、ふつうには（従来ならば）、トキの暗殺という作中の物語の背後に、反天皇と天皇暗殺というメタレベルの主題が隠されるといった小説の構造が、むしろ、天皇暗殺という重い主題が「無名化」されて、トキをめぐる主人公のバカ話に軸足が置かれている、という反転がほどこされている。そしてそのことが、この小説に独自の精彩を与える「軽さ」と「明るさ」を創り出している、と。

そういう具合で、ここで現代作家たちの作品は、いったんばらばらに解体されてその「構造」がつぶさに解析されるのだが、その「構造」は、しばしばテクスト論が取り出すような「構造」、テクスト自体に反映されていると見なされる社会や時代の矛盾の構造とは、まったく違っている。

読者は気づくだろうが、ここでの加藤の批評は、いわば練達のディテクティヴが、出来事の時空的構造を再構成することで事件の真相をみごとに暴いていく、といった優れた探偵小説のように現われてくる。すなわち、ここで加藤が明るみに出そうとするのは、テクスト論が意図的に黙殺しようとしたもの、作家たちが時代と向きあい、時代の深部に触れるために試みている作品上の「たくらみ」や「仕掛け」の「構造」なのである。

大きく言えば、その構造は、時代の新しい意味を表現するために、従来の文学のもついわば「内面の重さ」をさまざまな仕方で削り取ろうとする、現代作家たちの格闘を照らし出すものとして示される。そしてそれは、自覚的であれ無意識的であれ、従来の小説のありようをねじろうとする彼らの独自の虚構の努力として現われている。

この評論からは、現代作家に対する加藤のつぎのような声が聞こえる。現代のどんな批評も、作家たちのこの格闘の意味をまだくみ取っていない。私が、作家たちの作品のねじれた構造を、そのことでしか表現が成立しない「余儀なさ」と感じとるのは、その「たくらみ」のうちに作家の各々の表現の努力の声を受けとるからだが、どうだろうか、それは的を外しているだろうか、あるいは、幾分でも思い当たるところがないだろうかと。

さて、現代作家たちへの加藤のこの呼びかけは、しかし、同じ時代の難局を生きるものとしての単なる〝連帯〟の表明ではない。『小説の未来』には、同時代の作家の格闘の証言者たろうとする批評の意志だけではなく、時代に触れようとする著者自身の「たくらみ」が、作家たちへの一つの反問的な問いかけとして、浮かび上がってくる。

(3) 小説の不死の力

この反問的問いかけは、評論全体に見え隠れしているが、最後の、吉本ばなな『アムリタ』の論にきて、その焦点を鮮明に結ぶ。

ここでは、まず、つぎのようなきわめて印象的な「一言」がおかれる。

『アムリタ』では、《小説内の記述が直列でつながって大きな流れ、電圧を作り出すというようにならない。この話（小説内の一挿話……引用者注）はこれ単独で、1・5ボルトの小さな電圧を発電したまま、完結している。（略）そういう乾電池の記述が並列のまま、しかもそこで「彼方」、到着点までの射程をもちつつ、次の記述につながっていく》。つづけていう。この小説の魅力は、こうした近代小説ばなれした独自の解放感、「一気に垂直に、ちょっと宇宙まで、といった彼方感覚」にあるが、この独自の垂直性の感覚は、一九八〇年代以後の時代の閉塞感から現われた、「彼方の世界」への憧れ、「超越的なものへの希求」というものについての、一種寓話的な主題化を意味している、と。

ここから議論は、やはり、小説の構造についての入り組んだ分析を含む、信憑としての作者の「真実」の推理へと進むのだが、詳細はおいて、その全体像は以下である。

『アムリタ』は、近代小説の重い内面の文体からのはっきりした分離と、現実世界から「彼方の世界」「超越的な世界」への大胆な垂直的な離陸によって、新しい文学として大きな支持をえた。しかしそののち、作家は自作に対して、「とても自分で書いたとは思えないくらい恥ずかしい出来」だというコメントをおき、さらに、本編を相対化するような「何も変わらない」という続編をつけ加えて、大きな距離をとる。そのことで作者は、いわば超越的世界の住人だった主人公たちを、ふつうの現実世界に「疎開」させてしまう。なぜだろうか。

一九九五年にオウム真理教による地下鉄サリン事件が起こるが、このとき日本の現代文学は「一大骨折」を経験する。この出来事のあと、日本の文学と社会の全体に拡がっていた現実への閉塞感と「超越的なもの」への傾斜に、「ある萎縮が起こった」。作者もまたこの事件に「甚大な衝撃」を受けたはずだ。つまり、『アムリタ』で追求した、彼方の世界への憧れ、超越的なものの希求という人間的なものが、作家が深い関心を示していた仏教的かつニューエイジ的なものを媒介にして「地下鉄サリン事件というおぞましい出来事に接続してゆく」のを目撃し、作家は「思わず、たじろいだのではないか」。

一九八〇年代以後、ポストモダン思想が若い世代の感覚に訴えたものをラフにいうなら、一方で、先の見えない資本主義的現実の閉塞に対する名づけえない違和感だった。それまでの日本文学の中心的な主題をなしていたのが、いわば日本の戦争と戦後を、新旧の世代がどう考え引き受けるのかという問題だったとすれば、この閉塞への違和感は、一九八〇年代以後の新しい文学的モチーフとして登場してきたといえる。

しかし、もう一方でこの新しい思想は、誰も知るように、超越的なものとしての「大きな物語」を排除せよ、という思想を含んでいた。つまりそれは、超越的なものの誘惑に堪えてこの時代を生きよ、そしてただ、この世界への違和感の海を泳ぎつづけよ、というメッセージを若い世代に与えていた。このメッセージが、現代作家たちの小説の屈折した「たくらみ」を大きく動機づけていたことは疑いをいれない。だが、加藤によれば、このモチーフはまた、文学の重要な核を殺すような仕方で働いていたのであり、作家たちの格闘は、この問題を一つの中心軸としてめぐっていたのではなかったか。

よしもとばななのその後の小説『ハゴロモ』に、加藤はその微妙な痕跡をみる。ここで主人公は、自分の故郷の町が全体としてもつ「大きな癒しの力」を感じるのだが、しかし最後に、町にとどまるかあるいは外に出るかを思い惑う。この思い惑いのありようが、よしもとばななかつかみかけている新しい主題を象徴していると。

作者は、『アムリタ』の最後、主人公たちを「超越的な世界」からいったん普通の世界に

「疎開」させた。しかし、ここで作者は、「彼方への欲望」「超越的なものへの希求」はただ全体的なものへの欲望に回収されるほかないのか、それが危険だという理由でそこから遠ざかるべきものなのか、という問いをおき、そのことで、もういちどこの主題に踏みとどまろうとしているのではないか、と。

加藤は、『アムリタ』の論の最後に、やや唐突に庄司薫の小説『赤頭巾ちゃん気をつけて』を引き、こう書く。

きわめて真面目なエリート青年だった主人公薫クンは、小説の最後にきて、なぜかこの世に対する抑えきれないほどの「怒りと敵意と復讐」の念にとらえられる。だがちょうどそのとき、彼は五歳くらいの大きなリボンをつけた女の子に、足の親指をギュウと踏まれ、その痛みに飛び上がらんばかりになる。しばらくのやりとりのあと、別れしな、彼は、信号が赤なのに気づかないふうの女の子に「気をつけて」と叫び、これに女の子も何かを答えるが、彼にそれは、「あなたも気をつけて」と言ったように思える。

加藤はいう。作者はここで、はるかに年下の世代の人々に対して、そんな危なっかしい稚拙な理想の物語ではダメだよ、とはいわず、「それはうぶで危なっかしい、稚拙な理想の物語だけれど、行きなさい、でも気をつけてね」と言っているのではないか、と。ここに加藤は、よしもとばななが『ハゴロモ』で踏みとどまろうとした問いに響き合うものを見ている。

《理想というのはいつもそういう、素朴で稚拙なものだけれど、それが人を否定的なものへと突き進ませると同時に、人を否定的なものから救い出すものでもあります。人を超越的なものへの没入によって狭い見方しかできなくなることから救うのは、超越的なものからの遠ざかりではなくて、別の形で超越的なものとの回路を作り出すことなのでしょう。》

私は、加藤の批評が現代作家に対して投げかけている反問的問いかけを、つぎのように言ってみたい。

新しい世代の作家がこの時代でぶつかっていたのは、人間の「超越的なもの」への欲望、理想やロマン的なものへの憧れが、現実の閉塞の中で窒息し、すり減ってゆくような経験ではなかったか。しかしそれを「全体的なもの」へと回収させるのでも、これを遠ざけてただ世界への違和感の中を泳ぎ続けるのでもなく、べつの仕方で、むしろそれらが現実の生活の中で生き続けられるような道を探すこと。それができなければ、生は日常茶飯事となり、人間の生の意欲自体が枯れていくだろう。時代がもたらしているこうした事態に新しい表現を与えること。そのような課題を現代文学は負い、そして格闘してきたのではないだろうか。

新しい世代の作家は、小説の古いコードを棄てて、つねに新しいコードを模索しようとする。古いコードでは、自分たちが出会っている名づけえない時代の難関と課題を表現できないと感じるからだ。だが、作品の新しいコードの創出自体が問題なのではない。こうした作品上の格闘のうちに、文学の不変の営み、その時代を生きる人間の困難や生きる理由の核心をつかみだすことが、懸けられている。小説の営みであれ、批評の営みであれ、文学とは、つねにこの努力を模索し、維持し、リレーをつづけようとする「こころざし」ではないだろうか。私はそれを作家たちの格闘の中にみて取り、それを証言したい。

『小説の未来』における加藤の批評の方法、それ自身きわめてねじれた方法の背後に、そうした小説家たちへの「友情」にみちた呼びかけを、私は聴きとらざるをえない。

年譜

加藤典洋

一九四八年（昭和二三年）

四月一日、山形県山形市に生れる。父光男、母美宇の次男。父は山形県の警察官。

一九五三年（昭和二八年）　五歳

幼稚園の入園試験に落第。

一九五四年（昭和二九年）　六歳

四月、山形市立第四小学校入学。

一九五六年（昭和三一年）　八歳

六月、父の転勤に伴い新庄市立新庄小学校に転校。

一九五八年（昭和三三年）　一〇歳

四月、鶴岡市立朝陽第一小学校に転校。一〇月、山形市立第八小学校に転校。

一九五九年（昭和三四年）　一一歳

四月、高校受験を控えた三歳年上の兄光洋を山形に残し、一家は転勤に伴い引っ越す。尾花沢市立尾花沢小学校に転校。家にあった『シートン動物記』全六巻を愛読。貸本屋に入りびたり、白土三平、つげ義春などの漫画、講談社版『少年少女世界文学全集』などを耽読する。家にテレビが入り、草創期のテレビで米国の番組、とりわけ無名時代のジェイムズ・コバーンの出る「風雲クロンダイク」に夢中になる。

一九六〇年（昭和三五年）　一二歳

四月、尾花沢市立尾花沢中学校入学。

一九六一年（昭和三六年）一三歳
四月、山形市立第一中学校に転校。志賀直哉、井上靖『あすなろ物語』、吉川英治『宮本武蔵』などのほか、デュマ『モンテ・クリスト伯』と間違って借り出したロマン・ロラン『ジャン・クリストフ』などに親しむ。
一九六三年（昭和三八年）一五歳
四月、山形県立山形東高等学校入学。弓道部ついで文芸部に入部。ヘルマン・ヘッセ『デミアン』、堀辰雄『聖家族』などに親しむ。
一九六四年（昭和三九年）一六歳
友人戸沢聰、村川光敏と同人雑誌を発刊。六月、家にあった『文學界』バックナンバーに連載中の大江健三郎『日常生活の冒険』を読み、同時代の日本文学の面白さに驚倒。手に入る大江健三郎の小説作品すべてを買い求めて読む。県立図書館から借り出した奥野健男の評論集『文学的制覇』を手がかりに倉橋由美子を知り、愛読。ほかに島尾敏雄、安部公房、三島由紀夫などを読む。コリン・ウィルソン『アウトサイダー』を手引きにドストエフスキー、ニーチェなどを知る。
一九六五年（昭和四〇年）一七歳
二月、新潮社より刊行された『現代フランス文学13人集』によってヌーヴォ・ロマンを知る。四月、父が鶴岡に転勤になり、一人山形に残って下宿。県立図書館から現代詩のシリーズを借り出し、鮎川信夫、田村隆一らの『荒地』グループを知る。『現代詩手帖』、『美術手帖』を愛読。詩人では特に長田弘、渡辺武信を好んだ。また市内の映画館でジャン・リュック・ゴダール「軽蔑」、フランソワ・トリュフォー「突然炎のごとく」、「ピアニストを撃て」を見、フランス現代映画のとりことなる。秋、山形東高文芸部誌『季節』第三〇号に小説「午後」と映画評「『軽蔑』について」を発表。山形北高の教師津金今朝夫氏にロレンス・ダレルの存在を教えられる。

一九六六年（昭和四一年）一八歳
四月、東京大学文科三類入学。東京都狛江市のアパートに兄と同居。近所に住んでいたクラスの友人斎藤勝彦の影響で小林秀雄を読みはじめる。九月より杉並区高井戸に一人引っ越す。本屋で見つけたJ・M・G・ル・クレジオの『調書』に刺戟を受ける。ドストエフスキー、ヘンリー・ミラー、カフカ、リルケ、ゲーテ、トーマス・マンなどを読む。学内サークル「文学集団」に所属。竹村直之、若森栄樹、石山伊佐夫らを知る。初夏、ビートルズ来日。フーテン風俗周辺の新宿東口、歌舞伎町、新宿二丁目、渋谷百軒店界隈でジャズなどを聴き、那須路郎、星野忠、鈴木一平らと遊ぶ。

一九六七年（昭和四二年）一九歳
四月、応募小説『手帖』が教養学部の銀杏並樹賞第一席入賞、学友会雑誌『学園』第四一号に掲載。一二月、同じ作品を『第二次東大文学』創刊号に転載。「文学集団」の一学年下に芝山幹郎、藤原利一（伊織）、平石貴樹がいた。ロートレアモン、ランボオ、ジャリ、アルトー、ダダイズムの諸作品などを耽読。フィリップ・ソレルス、ジャン・ルネ・ユグナンなど初期『テル・ケル』の書き手などに親しむ。受賞をきっかけにクラス担任の教師でもあった仏文学者平井啓之先生の知遇を得る。九月、杉並区阿佐谷に引っ越す。一〇月八日、第一次羽田闘争。前日友人に誘われ、断っていたが、翌日朝の新聞で炎上する装甲車を空から撮った写真を見、京大生山崎博昭が死亡したことを知って衝撃を受ける。一一月一一日、エスペランチスト由比忠之進が首相佐藤栄作の北爆支持に抗議して焼身自殺。翌一二日、第二次羽田闘争で生まれてはじめてデモに参加する。

一九六八年（昭和四三年）二〇歳
三月、一月以来の医学部の無期限ストライキのあおりを受け、東大卒業式中止。四月、東京大学文学部仏語仏文学科に進学。本郷に移るが、雰囲気になじめず、一年間の休学を決め、友人荻野素彦夫妻の住む大阪釜が崎・喫茶「銀河」付近で寄食生活をするが、大学闘争が全学に広まる気配となり、六月、帰京。その間、五月、パリで五月革命。七月、医学部を中心に東大闘争が全学に広がるにつれ、学友会委員に名を連ねていたことなどから闘争にしだいに関与する。四月、鈴木沙那美（貞美）、窪田晌（高明）らの同人雑誌『変触』第一号の特集「フィリップ・ソレルス『ドラマ』をめぐって」に「ソレルスに関しての試み・1」を、一〇月、同誌第二号に小説「男友達」、評論「〈意識と感受について〉前書き――ソレルスに関しての試み・その2」を発表。同月、東大全学無期限ストを決定。同月二一日、国際反戦デー新宿騒乱。一二月、東大次年度入試中止決定。世田谷区松原に引っ越す。なお、この年より、受験生対象の学生組織である東大文化指導会の機関誌『$\alpha\beta$』の編集部員となり、九月、同誌にエッセイ「閉ざられた傷口についての覚え書」を、一二月、「岸上大作ノオト――ぼく達のためのノオト」（無署名）を寄稿する。

一九六九年（昭和四四年）　二一歳

一月、『$\alpha\beta$』に李賀の詩にふれ「巻頭言」（無署名）を寄稿。同月一八、一九日、安田講堂攻防戦。三月、下宿を出るように言われ、武蔵野市吉祥寺に引っ越す。五月、『$\alpha\beta$』の特集「東大を揺るがした一カ年」にエッセイ「黙否する午前――〈東大闘争〉の提起している問題」を寄稿。九月、日比谷野外音楽堂での全国全共闘連合結成大会、赤軍派の出現を目撃。これを契機に以後全共闘運動は終熄にむかう。この年、プルースト、ジュネなどを読む。

一九七〇年（昭和四五年）　二二歳

無期限ストに終結宣言が出ないため、時々孤立した文学部共闘会議の少数の集まりに参加するほか、部屋で無為にすごす。講義には出ず、卒業論文はスト続行中につき、指導教員なしで執筆することを決める。ただ一人読める日本語の書き手として中原中也の詩と散文を読みつぐ。『ガロ』の漫画家安部慎一の作品を偏愛する。五月、『現代詩手帖』にエッセイ「〈背後の木〉はどのように佇立しているか」を、九月、友人藤井貞和のすすめで『犯罪』第一号に小説「水蠟樹」を発表。またこの年、北海道大学新聞に表現論を数回にわたり、また『都市住宅』に芸術論「〈未空間〉の疾駆」を発表。秋、東京大学をやめ、海外に向かう平井啓之先生と会食。一一月、『現代の眼』編集部の竹村喜一郎氏（現ヘーゲル研究者）から依頼を受け、評論を執筆中、三島由紀夫の自決にあう。この年、東大仏文の大学院の試験を受け落第。

一九七一年（昭和四六年）　二三歳

一月、『現代の眼』特集「現代の〈危険思想〉とは何か」に「最大不幸者にむかう幻視」を、三月、同誌の特集「総括・全共闘運動」に「不安の遊牧――〈全共闘〉をみごもる〈表現〉とは何か」を寄稿。世田谷区北沢に引っ越す。以後、就職のため、いくつか出版社を受けるがすべて落ちる。題目を長年準備してきたプルーストからロートレアモンに代え、一二月、指導教員なしのまま卒業論文を提出する。

一九七二年（昭和四七年）　二四歳

二月、連合赤軍事件起き、衝撃を受ける。東大仏文の大学院を受けるも再度落第。三月、『現代の眼』に「言葉の蕩尽――ロートレアモン覚え書」を発表。四月、唯一受かった国立国会図書館に就職。閲覧部新聞雑誌課洋雑誌係に配属。以後四年にわたり新聞雑誌の閲覧受付と出納業務、洋雑誌の管理に従事する。一〇月、清野宏、智子の長女清野厚子と結婚。一一月、はじめて妻と中原中也の生まれた山口県湯田を訪れる。
一九七四年（昭和四九年）二六歳
六月、『新潮』に小説「青空」を発表。一一月、長女彩子誕生。
一九七五年（昭和五〇年）二七歳
この年、勤務のかたわら、時折りボクシングの世界タイトルマッチを義弟の運び込むテレビで観戦するほかは中原中也論の執筆に没頭。一二月、『変触』第六号に「中原中也の方へ・1」として「初期詩篇の黄昏」を寄稿。
一九七六年（昭和五一年）二八歳
一月、『四次元』第二号に「立身出世という無垢——中原中也の場所について」を発表。四月、国立国会図書館で整理部に異動となり、同第一課新収洋書総合目録係に配属。以後二年間、年に数十万枚に上るカードの整理に従事する。この前後、中原中也論の執筆を継続。
一九七七年（昭和五二年）二九歳
一〇月、長男良誕生。中原中也について書き続けている間生まれた子どもの誕生日がそれぞれ中原の亡児文也の死亡の日（一一月一〇日）、誕生の日（一〇月一八日）と重なったことに因縁を感じる。
一九七八年（昭和五三年）三〇歳
一一月、応募が受理され、国会図書館よりカナダ・ケベック州モントリオール大学東アジア研究所図書館に派遣される（一九八二年二月まで）。モントリオールに降り立ったのがその年最初の吹雪（タンペート）の日だった。同地でフランス語圏カナダ初の日本関係の研究および図書施設の拡充整備業務の傍ら、同大学の研究者に協力し、研究活動のコーディネイト業務等に従事。研究者のロバート・リケット（元和光大学教授）、アラン・ウルフ（元オレゴン大学教授）のほか、同じモントリオールにあるマックギル大学に勤める太田雄三氏（現同大名誉教授）と交遊を深める。日本より送った荷物のうち中原中也論草稿一千数百枚を入れた箱が届かず数年間の仕事が水泡に帰した。

一九七九年（昭和五四年）　三一歳

夏、家族でプリンス・エドワード島で保養。九月、マックギル大学に客員教授としてやってきた鶴見俊輔氏の講義を聴講する（一九八〇年春まで）。当時マックギル大学にいた辻信一（現明治学院大学名誉教授）を知る。鶴見氏の人柄に接し、世の中を斜に構えて生きるのは美しくないことをさとる。この年、ロバート・リケットとニューヨーク行。はじめての米国訪問。またアジア学会に参加するため、アラン・ウルフとワシントン行。

一九八〇年（昭和五五年）　三二歳

この年、車の運転をおぼえ、秋、フランス、スイス、イタリア、スペインを二十数日にわたり、家族で自動車旅行。何度か運転のまずさから死にかかるが、数千キロを走破して無事生還。

一九八一年（昭和五六年）　三三歳

九月、勤務するモントリオール大学東アジア研究所に客員教授として多田道太郎氏を招聘。多田氏との交遊はじまる。一一月、友人鈴木貞美のすすめで鈴木が編集委員をしていた『早稲田文学』に梶井基次郎、中原中也、小林秀雄にふれた評論「二つの新しさと古さの共存」を寄稿。

一九八二年（昭和五七年）　三四歳

二月、ニューヨーク、ロサンゼルス、ハワイに立ち寄った後、帰国。横浜市金沢区の狭い公務員住宅に落ち着く。国立国会図書館の蘆原英了コレクション準備室に配属。四月、同調査局調査資料課海外事情調査室に転属。フランス語担当として、国会議員を対象としたフランスの新聞記事の講読・翻訳紹介の業務に従事する。同調査室の客員調査員として同僚にロシア専門家の袴田茂樹氏、アメリカ担当の田久保忠衛氏（現日本会議会長）らがいた。八月から一一月にかけて三回にわたり『早稲田文学』に田中康夫の『なんとなく、クリスタル』を手がかりに江藤淳と日米の関係を論じた評論「『アメリカ』の影――高度成長下の文学」を発表。江藤氏より書状をいただく。以後、文芸評論家としての活動をはじめる。

一九八三年（昭和五八年）三五歳

一月、当時『文藝』副編集長の高木有氏の依頼を受け、二月から一二月にかけ、四回にわたり、『文藝』の「今月の本」欄に新刊を素材とした長編書評を担当。村上春樹、柄谷行人、村上龍、川崎長太郎を扱う。また、夏に勤務先に当時『群像』副編集長の天野敬子氏の訪問を受け、『群像』一一月号に「崩壊と受苦――あるいは『波うつ土地』」を寄稿。

一九八四年（昭和五九年）三六歳

九月、『文藝』九月号に江藤淳と本多秋五両氏の無条件降伏論争にふれ、世界史への原爆の登場の意味について考える「戦後再見――天皇・原爆・無条件降伏」を発表。

一九八五年（昭和六〇年）三七歳

一月、『文藝』で竹田青嗣氏とともに江藤淳氏を囲んで鼎談「批評の戦後と現在」を行なう。三月、埼玉県志木市に引っ越す。四月、表題評論に「崩壊と受苦」、「戦後再見」を加え『アメリカの影』を河出書房新社より刊行。またこの年、『文藝』誌上でそれぞれ柄谷行人氏（五月号）、竹田青嗣氏（一一月号）と対談。一二月、『海燕』に新人作家島田雅彦を論じ「君と世界の戦いでは、世界に支援せよ」を発表。文学的内面の現代的な意味をめぐって富岡幸一郎氏と論争を行なう。また、この年、立教大学・シカゴ大学共催のシンポジウムに参加し、大江健三郎、ノーマ・

フィールド、酒井直樹の諸氏を知る。

一九八六年（昭和六一年）　三八歳

四月、一四年間勤めた国立国会図書館を退職し、新設された明治学院大学国際学部の文化部門の一つ、文学の担当教員として就任（助教授）。担当の講義は、二つの演習のほかに現代文学論、言語表現法。同月、『思想の科学』の特集「『戦後世代』107人」に「加藤三郎――小さな光」を寄稿。六月、『中央公論』に「リンボーダンスからの眺め」を、九月、『群像』に吉本・埴谷論争にふれて「還相と自同律の不快」を発表。

一九八七年（昭和六二年）　三九歳

二月、『世界』に「『世界の終り』にて」を発表。七月、弓立社より『批評へ』を刊行。この年、沖縄に研究旅行。同僚の都留重人氏の指導のもとに学部論叢『国際学研究』の創刊準備に携わる。また、多田道太郎氏らが主宰する現代風俗研究会に参加。梶井基次郎と京都新京極界隈にふれて同会例会で発表。一二月、現代風俗研究会年報『現代風俗'87』に「キッチュ・ノスタルジー・モデル」を寄稿。さらに『思想の科学』の編集委員会に顔を出すようになる（後に非会員のまま編集委員となる）。

一九八八年（昭和六三年）　四〇歳

一月、筑摩書房より『君と世界の戦いでは、世界に支援せよ』を刊行。三月、『国際学研究』第二号に「『日本人』の成立」発表。七月、朝日新聞社よりモネの絵画強奪事件に取材したテッド・エスコット著『モネ・イズ・マネー』を翻訳刊行。同月より『群像』に「日本風景論」を隔月連載開始（一九八九年六月まで）。四月、『文學界』でポストモダン思想が席捲するなか難解な用語を振り回す風潮に苦言を呈する座談会「批評は今なぜ、むずかしいか」（高橋源一郎、竹田青嗣両氏と）を行なう。これに批判を加えた浅田彰氏に、八月、『文學界』に「『外部』幻想のこと」を寄稿して反駁。柄谷行人、蓮實重彥らの論者を批判し、いわゆるポストモダン派と論争を行なう。また、この年の暮れより、『中央公論文芸特集』（季刊）に「読書の愉しみ」を七回にわたり連載を開始（一九八八年冬季号から一九九〇年夏季号まで）。

一九八九年（昭和六四・平成元年）　四一歳
一月、昭和天皇死去。毎日新聞に寄稿した文章により数次にわたる電話による脅迫を受ける。六月、中国で天安門事件。七月、宮崎勤事件起こる。八月、『思想の科学』の天皇死去の報道をめぐる特集「天皇現象——一九八九年の日蝕」を編集委員黒川創と企画（後に「図像と巡業」としてまとめ『ホーロー質』に収録）。一一月、現代風俗研究会の年報『現代風俗'90　貧乏』を責任編集。同月、ベルリンの壁崩壊。この年、七月より一年間、『月刊 ASAHI』書評委員を務める。

一九九〇年（平成二年）　四二歳
東欧革命の余震続く。一月、講談社より『日本風景論』刊行。八月、イラク、クウェートを侵攻。九月、『思想の科学』に「帰化後の氏名」、『中央公論文芸特集』秋季号に「中野重治の自由」を発表。一一月、中央公論社より「読書の愉しみ」の連載を『ゆるやかな速度』として刊行、現代風俗研究会年報『現代遺跡・現代風俗'91』に学生との共同研究「東京オリンピック・マラソンコースの発掘」を発表。この年一年間、共同通信の文芸時評を担当する。

一九九一年（平成三年）　四三歳
一月より、『本』に竹田青嗣氏と往復書簡「世紀末のランニングパス」を連載（一九九二年五月号まで）。同月一七日、湾岸戦争勃発。二月、柄谷行人、高橋源一郎から田中康夫、島田雅彦まで若い文学者を中心に組織された「文学者の討論集会」の名で反戦声明が発表されたのに対し、三月『中央公論文芸特集』春季号に「聖戦日記」を、五月、『群像』に「これは批評ではない」を書いてその対応を批判。孤立し、以後しばらく文芸ジャーナリズムから遠のく。六月、河出書房新社から笠井潔、竹田青嗣両氏との鼎談『対話篇 村上春樹をめぐる冒険』を刊行。市村弘正・松山巌両氏らの同人雑誌『省察』第三号に「洗面器を逆さにして、押しこむ……」、「わたしの肖像」を発表。八月、河出書房新社より『ホーロー質』を刊行。

一九九二年（平成四年）四四歳

一月、平安神宮爆破その他で罪に問われた加藤三郎氏の思想の科学賞受賞作を含む著書『意見書――「大地の豚」からあなたへ』（思想の科学社刊）に解説「この本について――『世界革命戦線・大地の豚』からの声」を寄稿。同月より『太陽』で写真展、新作写真集を対象とした写真時評を担当する（一二月号まで）。三月、『国際学研究』第九号の共同研究報告「戦後日本の社会変動の研究――『高度成長』を鍵概念に」に「『高度成長』論覚え書――『高度』の語感をめぐって」を発表。七月、竹田青嗣氏との往復書簡『世紀末のランニングパス――1991-92』を講談社より刊行。一〇月、『Voice』に「考え方の順序」を、一二月、『思想の科学』に「感情論覚え書」を発表。この年、三ヵ月、終刊まぎわの『朝日ジャーナル』の書評委員を務める。一二月、平井啓之先生死去。

一九九三年（平成五年）四五歳

一月、「がんばれチヨジ、という場面」を『新沖縄文学』に、二月、東京都写真美術館展「発言する風景」カタログに「風景の終り」を、一一月、『思想の科学』に「理解することへの抵抗」を発表。この年、四月から朝日新聞の書評委員を務め（一九九五年四月まで）、同じく、四月から読売新聞の文芸季評を担当する（一九九五年一月まで）。

一九九四年（平成六年）四六歳

三月、初の書き下ろし評論として『日本という身体――「大・新・高」の精神史』を講談社より、ヴィジュアルなメディアについて論じた文章を集めた『なんだなんだそうだったのか、早く言えよ。――ヴィジュアル論覚え書』を五柳書院より刊行。春から夏にかけ、東京新聞より原稿依頼を受けたのをきっかけに、戦後の問題について徹底的に考える。八月、『思想の科学』の特集「日本の戦後の幽霊」を企画、中沢新一、赤坂憲雄両氏とそれぞれ「幽霊の生き方――逃走から過ぎ越しへ」、「三百万の死者から二千万の死者へ――戦後に死者を弔う仕方」と題する対談を行なう。一〇月、一連の短文五篇を東京新聞に寄稿（後「敗戦論覚え書」として『この時代の生き方』に収録）。この年あたりから三年間、大学で阿満利麿、竹田青嗣、西谷修の諸氏に岸田秀、瀬尾育生、若森栄樹、百川敬仁の諸氏を加え、明治学院大学国際学部による近代天皇制研究の共同研究を行ない、本居宣長の輪読会、伊勢神宮、幸徳秋水墓所への研究旅行などに参加する。

一九九五年（平成七年）四七歳

一月、『国際学研究』第一三号にこの間の大学での講義を素材に研究ノート「花田清輝『復興期の精神』私注（稿）（上）」を発表。同月、『群像』に「敗戦後論」を発表。翌月の朝日新聞の文芸時評で蓮實重彥氏に批判を受ける。八月、『世界』で西谷修氏と「世界戦争のトラウマと『日本人』」と題し対談し、高橋哲哉氏の『敗戦後論』批判に答えたことから、以後数年の間高橋氏との間に論争が起こる。一一月より『広告批評』で多田道太郎、鷲田清一の両氏との連載鼎談「立ち話風哲学問答」を開始する（一九九六年一一月まで一二回、一九九八年一〇月から一九九九年一〇月まで一二回連載)。一二月、講談社より『この時代の生き方』を刊行。なお、この年、阿満利麿、竹田青嗣、西谷修らの諸氏と沖縄に研究旅行。『思想の科学』で五回にわたる特集「戦後検証」を企画する。

一九九六年(平成八年) 四八歳

四月、大学からの在外研究派遣により、パリにあるコレージュ・アンテルナシオナル・ド・フィロゾフィの自由研究員として一年間フランスに滞在。家族全員に猫三匹(ジュウゾウ、クロ、キヨ)を同道する。五月、『思想の科学』休刊。七月、福岡市の出版社海鳥社より対談・講演を集成した『加藤典洋の発言』シリーズ(全三巻)の第一巻『空無化するラディカリズム』を刊行。八月、『群像』に「戦後後論」を発表。夏、友人の瀬尾育生・荒尾信子夫妻とオーストリア、チェコ等を旅行。以後、積極的にヨーロッパ各地を旅した。コレージュのセミナーに顔を出し、ハンナ・アーレント論を準備。一〇月、編著『村上春樹 イエローページ』を荒地出版社より、『言語表現法講義』を岩波書店より刊行。一一月、海鳥社より『加藤典洋の発言』第二巻『戦後を超える思考』を刊行。

一九九七年(平成九年) 四九歳

二月、『中央公論』に「語り口の問題」を発表。四月、帰国。八月、「敗戦後論」、「戦後後論」、「語り口の問題」に加筆し『敗戦後論』を講談社より刊行。賛否両論が起こる。六月、『言語表現法講義』が第一〇回新潮学芸賞を受賞。一一月、『みじかい文章——批評家としての軌跡』、『少し長い文章——現代日本の作家と作品論』を五柳書院より同時刊行。またこの年以降、竹田青嗣、瀬尾育生の諸氏とともに共同研究組織「間共同体研究会」をはじめ、橋爪大三郎、見田宗介、大澤真幸といった諸氏を加え、討議を行なう。

一九九八年(平成一〇年) 五〇歳

四月、岩波書店より岩波ブックレット『戦後を戦後以後、考える――ノン・モラルからの出発とは何か』を刊行。六月、『敗戦後論』が第九回伊藤整文学賞を受賞。八月より『群像』で「戦後的思考」を隔月連載（一九九九年六月まで）。一〇月、『敗戦後論』の韓国語訳『謝罪と妄言のあいだで』を韓国・創作と批評社より刊行。同月、『加藤典洋の発言』シリーズの第三巻、講演篇『理解することへの抵抗』を海鳥社より刊行。

一九九九年（平成一一年）　五一歳

三月、岩波書店より『可能性としての戦後以後』を刊行。四月、作品社より編著『日本の名随筆98　昭和Ⅱ』を刊行。この月より一年間、大学より特別研究休暇をもらう。五月、平凡社より平凡社新書の一冊として『日本の無思想』を刊行。七月、江藤淳氏自死。九月、『中央公論』に「戦後の地平――江藤淳氏の逝去によせて」を寄稿。八月末から九月にかけ、パリに滞在し、イタリア、オーストリアを訪問。一一月、連載分に加筆し講談社より『戦後的思考』を刊行。この年、筑摩書房より三鷹市との共催の形で復活した太宰治賞の選考委員の委嘱を受ける。

二〇〇〇年（平成一二年）　五二歳

三月、岩波書店より『日本人の自画像』を刊行。五月、朝日新聞社より多田道太郎、鷲田清一両氏との鼎談『立ち話風哲学問答』を刊行。五月二六日、猫のキヨ、癌で死ぬ。この間続けてきた日本と戦後に関する仕事では、もうしばらく読者がいないのではないか、という感じに襲われる。七月、ポルトガル、フランスに短い旅行。一一月、径書房より橋爪大三郎、竹田青嗣両氏と『天皇の戦争責任』を刊行。この年、講談社より群像新人文学賞の選考委員の委嘱を受ける（二〇〇八年まで）。

二〇〇一年（平成一三年）　五三歳

七月、『一冊の本』で「現代小説論講義」の連載を開始（二〇〇三年一〇月まで）、文芸評論の世界に復帰する。九月、ニューヨークでの同時多発テロ。一一月、先に奈良女子大学で行なった討議をまとめた小路田泰直編『戦後的知と「私利私欲」――加藤典洋的問いをめぐって』が柏書房より刊行される。

二〇〇二年（平成一四年）五四歳

五月、クレインより『ポッカリあいた心の穴を少しずつ埋めてゆくんだ』を刊行。一〇月、『群像』に「『作者の死』と『取り替え子《チェンジリング》』」を発表。一一月、見田宗介、橋爪大三郎、宮台真司、竹田青嗣の諸氏を迎え明治学院大学国際学部付属研究所主催シンポジウム「9・11以後の国家と社会をめぐって」を企画、司会を行なう。基調発言「『世界心情』と『換喩的な世界』――9・11で何が変わったのか」を発表。一二月、トランスアートより編著『別冊・本とコンピュータ5　読書は変わったか?』を刊行。同月、猫のジュウゾウ死ぬ。この年、新潮社より小林秀雄賞選考委員の委嘱を受ける。

二〇〇三年（平成一五年）五五歳

一月、『論座』に前年のシンポジウム「9・11以後の国家と社会をめぐって」の記録を掲載。「『世界心情』と『換喩的な世界』」（短縮版）を発表。二月、『群像』に「『海辺のカフカ』と『換喩的な世界』」を発表。春、明治学院大学国際学部の内部事情から早稲田大学に移ることを決める。五月、長野県小諸市郊外浅間南麓に中村好文氏に設計を依頼していたごく小さな仕事小屋が建つ。以後夏は多くその小屋で過ごす。九月、『群像』に「『仮面の告白』と『作者殺し』」を発表。一一月、『国際学研究』第二四号の前記シンポジウム特集に「『世界心情』と『換喩的な世界』」（完全版）を発表。

二〇〇四年（平成一六年）五六歳

一月、この間『群像』に発表した文芸評論と『二冊の本』の連載をまとめ講談社より『テクストから遠く離れて』を、朝日新聞社より『小説の未来』を同時刊行。三月二七日、母美宇死去。四月、『新潮』に「『プー』する小説——『シンセミア』と、いまどきの小説」を発表。五月、荒地出版社より編著『村上春樹　イエローページ　Part 2』を刊行。七月、『テクストから遠く離れて』、『小説の未来』が第七回桑原武夫学芸賞を受賞。八月、早稲田大学新設学部での英語での講義に備え、カナダ、バンクーバーのブリティッシュ・コロンビア大学英語夏期講座に参加。一一月、東京大学大学院「多分野交流演習」で「関係の原的負荷——『寄生獣』からの啓示」と題し講演。同月、晶文社より『語りの背景』を刊行。

二〇〇五年（平成一七年）　五七歳

二月、鶴見俊輔『埴谷雄高』に解説「六文銭のゆくえ——埴谷雄高と鶴見俊輔」を寄稿。四月、明治学院大学国際学部を辞し早稲田大学国際教養学部教授に就任。米国、カナダ、デンマーク、シンガポール、韓国からの留学生からなる七名の受講生を相手にJapanese Contemporary Literatureの授業を行なう。五月、岩波書店よりシリーズ「ことばのために」の一冊『僕が批評家になったわけ』を刊行。八月、再度、日米交換船の調査をかね、英語研修のためカナダ、バンクーバーのサイモン・フレーザー大学夏季英語講座に参加。九月、Intellectual and Cultural History of Post-War Japanの授業を担当。一〇月、河出書房新社『日本文芸史第七巻　現代Ⅰ』に第二部第二章「批評の自立」を、一一月、同第八巻『現代Ⅱ』に第一部第三章「批評」、第二部第二章「批評」を寄稿。同月、六本木ヒルズ森美術館での杉本博司氏の写真展「時間の終わり」展で同氏と特別対談を行なう。一二月、筑摩書房よりちくま文庫の一冊として『敗戦後論』を刊行。この年、講談社より講談社ノンフィクション賞選考委員の委嘱を受ける(二〇一〇年まで)。

二〇〇六年(平成一八年) 五八歳

一月、これまで書いた村上春樹に関する文章をまとめ若草書房より『村上春樹論集1』、二月、同『村上春樹論集2』を刊行。二月、『考える人』に「一九六二年の文学」を発表。三月、新潮社より黒川創氏とともに鶴見俊輔氏の戦時の経験を聞き記録にとどめた『日米交換船』を刊行。また、四月より朝日新聞で文芸時評を担当(二〇〇八年三月まで)。九月、編集グループSUREより鶴見俊輔氏他との談論記録『創作は進歩するのか』を刊行。同月、*The American Interest* 第二巻一号に"Goodbye Godzilla, Hello Kitty : The Origins and Meaning of Japanese Cuteness"を発表(翻訳マイケル・エメリック)。これをきっかけに同誌編集委員会委員長フランシス・フクヤマ氏を知る。一一月、『群像』に「太宰と井伏 ふたつの戦後」を発表。同月、猫のクロ死ぬ。

二〇〇七年(平成一九年) 五九歳

三月、筑摩書房より筑摩書房ウェブサイトで二〇〇五年から行なってきた人生相談「21世紀を生きるために必要な考え方」をまとめ『考える人生相談』を刊行。四月、『群像』に前年 *The American Interest* 誌に発表した英文論考の日本語原文「グッバイ・ゴジラ、ハロー・キティ」を発表。同月、講談社より『太宰と井伏——ふたつの戦後』を刊行。同月、勤務する早稲田大学国際教養学部のゼミでゼミ内刊行物『ゼミノート』の刊行を開始する(二〇一四年三月まで)。六月、『論座』に「戦後から遠く離れて——わたしの憲法『選び直し』の論」を発表。一〇月、父脳梗塞で倒れる。以後だいぶ機能回復するも後遺症残る。一二月二日、多田道太郎氏死去。

二〇〇八年（平成二〇年）　六〇歳

六月、筑摩書房より前記ウェブサイトの人生相談の二〇〇六年以降分をまとめ『何でも僕に訊いてくれ──きつい時代を生きるための56の問答』を刊行。七月、『中原中也研究』第一三号に前年、中原中也の会で行なった講演「批評の楕円──小林秀雄と戦後」を発表。九月、妻、娘を伴い、パリを経由してイタリア・シチリア島に旅行。同月、『小説トリッパー』に「大江と村上──一九八七年の分水嶺」を発表。一二月、『群像』に「関係の原的負荷──二〇〇八、『親殺し』の文学」を発表。同月、朝日新聞出版よりこれまで行なった文芸時評と直近の文芸評論をまとめた『文学地図──大江と村上と二十年』を刊行。

二〇〇九年（平成二一年）　六一歳

二～三月、プリンストン大学エバーハード・L・フェイバー基金とアジア研究学科より招聘され同大学を訪問、二月二五日、ゴジラと戦後日本について英語の講演（"From Godzilla to Kitty : Sanitizing the Uncanny in Post-war Japan"）を行なう。三月三一日、旧知の編集者入澤美時急逝。四月、『週刊朝日緊急増刊・朝日ジャーナル』に「『連帯を求めて』孤立への道を」を発表。七月、加藤ほか著『ことばの見本帖（ことばのために別冊）』（岩波書店）に「さようなら、『ゴジラ』たち──文化象徴と戦後日本」を寄稿。九月、『群像』に「村上春樹の短編を英語で読む」の連載を開始する（二〇一一年四月まで）。一九八五年刊行の『アメリカの影』を、講談社学術文庫版（一九九五年）をへて新たに講談社文芸文庫として再刊。同月二〇日、早稲田大学で親しかったロシア文学者、水野忠夫氏が急逝。一〇月二四日、思想の科学研究会主催の「『思想の科学』はまだ続く――五〇年史三部作完結記念シンポジウム」にパネラーとして参加。

二〇一〇年（平成二二年）六二歳

二月、井伏鱒二『神屋宗湛の残した日記』（講談社文芸文庫）解説として「老熟から遠く」を発表。三月一三日、東京工業大学世界文明センターでの『大菩薩峠』研究キックオフ・シンポジウムで「『大菩薩峠』とは何か――文学史と思想史の読み替えの可能性に向けて」を講演。四月より、一年間の特別研究休暇で、デンマークと米国に赴任。前半はデンマーク、コペンハーゲン大学文化横断地域研究学部に客員教授として滞在（九月まで）。その間、ポーランドのオフィチエンシム（アウシュヴィッツ）、北極圏のノルウェイ・ロフォーテン諸島、アイスランド、ハンガリー、バスク地方など、研究をかねて、欧州各地を旅行する。ブリューゲルを手がかりにヨーロッパの南北と東西の構造を取りだしたい関心があった。五月一一日、ケンブリッジ大学ウォルフソン・カレッジのアジア中東学部で"From Godzilla to Hello Kitty"と題し、日本の文化史をめぐり講演。七月、『さようなら、ゴジラたち　戦後から遠く離れて』を岩波書店から刊行。八月二二日、米国紙ニューヨークタイムズに日本がGDPではじめて中国に世界二位の座を奪われたことで「ほっとした」と述べるコラム"Japan and the Ancient Art of Shrugging"を寄稿（翻訳マイケル・エメリック）。欧米の未知の読者から多数のメールが舞い込む。同月二八日、デンマーク、ミュン島での二日間の村上春樹氏のトーク・イベントに観衆の一人として参加。九月一七日、コペンハーゲン大学を離任する。ニューヨークにしばらく滞在の後、カリフォルニア州サンタバーバラへ。二三日以後、カリフォルニア大学サンタバーバラ校（UCSB）学際的人文研究所（IH

C）に客員研究員として赴任（二〇一一年三月まで）。ゼミ、講義、勉強会への参加など を通じ、マイケル・エメリック同大上級准教授、島崎聡子コロラド大学ボールダー校准教授のほか、ジョン・ネイスン、ルーク・ロバーツ、キャサリン・ザルツマン＝リ、長谷川毅といったUCSBの教授たちと親交を結ぶ。また、友人たちに勧められ、拙著『敗戦後論』への米国での批判に対する反論を執筆する。読んでみて、米国に流通している主な批判が拙著の原テクストをほぼ読まないでなされた杜撰なものとわかったため（しかし、反論はその後曲折を経たあと、いまだ欧米での発表にいたらず）。

二〇一一年（平成二三年）　六三歳

一月一四日、コロラド大学ボールダー校で“From Godzilla to Hello Kitty”と題し、講演。三月、カズオ・イシグロを論じた“Send in the Clones”（翻訳マイケル・エメリック）を *The American Interest* 六巻四号に発表。同月三日、UCSBのIHCで先の講演を拡張した“From Godzilla to Hello Kitty: Sanitizing the Uncanny in Postwar Japan”を講演。一一日、東日本大震災、福島第一原発事故が発生。三一日、一年の研究休暇を終え、震災直後の故国に帰国。四月より共同通信で隔月交代コラム「楕円の思想」を担当（もう一人の担当はマイケル・エメリック）、その第一回取材のため、同月六日、友人の住む南相馬市を訪れる。同地域に原子炉爆発後、日本の新聞記者が一人も入っていないことに衝撃を受ける。五月、「死に神に突き飛ばされる――フクシマ・ダイイチと私」を『一冊の本』に、「ヘールシャム・モナムール――カズオ・イシグロ『わたしを離さないで』を暗がりで読む」（先のイシグロ論の日本語版）を『群像』に、「独裁と錯視――二十世紀小説としての『巨匠とマルガリータ』」を『新潮』に、それぞれ発表。六月、南相馬市での経験を記し日本のメディアを批判する「政府と新聞の共同歩調」を『週刊朝日緊急増刊　朝日ジャーナル』に寄稿。同月二五日、第一五回ASCJ（日本アジア研究学会）大会、第三セッション“Murakami Haruki: A Call for Academic Attention”で司会を務める。七月、米国で書き下ろしたJポップ論、『耳をふさいで、歌を聴く』をアルテスパブリッシングより刊行。八月、『村上春樹の短編を英語で読む　1979〜2011』を講談社より刊行。九月二三日、東京日仏会館でフランスの詩人・演劇家クリストフ・フィアットと「福島以降、ゴジラをどう考えるか」と題し対談を行なう。一〇月、『小さな天体　全サバティカル日記』を新潮社より刊行、同月、中尾ハジメ著『原子力の腹の中で』（編集グループSURE）に討論者として参加。一一月、夏に書き下ろした論考「祈念と国策」を収録して『3・11　死に神に突き飛ばされる』を岩波書店より刊行。一二月、井伏鱒二『鞆ノ津茶会記』（講談社文芸文庫）解説として「『黒い雨』とつながる二つの気層」を発表。

二〇一二年（平成二四年）　六四歳

三月、「ゴジラとアトム――一対性のゆくえ」を慶應義塾大学アート・センターBooklet第二〇号に発表。同月三日、山口県立大学で「戦後思想　そのポストコロニアルな側面」を講演。一六日、吉本隆明氏が死去。一七日、『中国新聞』に「此岸に立ち続けた思想――吉本さん追悼」を発表。一九日、『毎日新聞』に「『誤り』と『遅れ』から戦後思想築く――吉本隆明さんの死に際して」を発表。以後、学内の刊行物『ゼミノート』を自らが編集人となって毎週発行態勢に変え、「三・一一以後の思想」の模索を目的に考察をノートし、後に連載「有限性の方へ」へと合流する草稿群の執筆・掲載を開始する。五月、『新潮』に「森が賑わう前に」を発表。同月一四日と二八日、東京工業大学世界文明センターで「三・一一以後を考える」と題し、連続講演。七月、菅野昭正編『村上春樹の読みかた』（平凡社）に「村上春樹の短編から何が見えるか――初期三部作を中心に」を寄稿。同月二日、埼玉高社研修会で「戦後とポスト戦後――その境界をどこに置くか」と題し、講演。一四日、早稲田大学校友会宮城県支部で「三・一一以後の世界をどう考えるか」と題し、講演。八月二六～二八日、新潟県妻有大地の芸術祭の里での福島からの避難家族を主対象にした林間学校で宮沢賢治「やまなし」を題材に授業を行なう。九月二九日、福岡ユネスコ協会で「考えるひと　鶴見俊輔」と題し、講演。同月、『新潮』に「海の向こうで「現代日本文学」が亡びる――あるいは、通じないことの力」を発表。一三日、朝日カルチャーセンター新宿で「吉本隆明と三・一一以後の思想Ⅰ――戦後から三・一一へ」を講演。一二月一日、第六七回日本文学協会年次総会で「理論と授業――理論を禁じ手にすると文学教育はどうなるのか」を講演。同月四日、朝日カルチャーセンター新宿で「吉本隆明と三・一一以後の思想Ⅱ――先端へ、そして始源へ」を講演。一五日、台湾日本語文学会年次大会で「村上春樹の国際的な受容はどこからくるか――その文学の多層性と多数性」を基調講演。

二〇一三年（平成二五年）　六五歳

一月、『ふたつの講演　戦後思想の射程について』を岩波書店より刊行。同月一四日、都心に雪降りしきる早朝、息子加藤良、事故で死ぬ。二〇日、友人の京都・徳正寺僧侶井上迅（扉野良人）の勧めにより埼玉県朝霞市の葬場で葬儀。喪主挨拶を読む。二月、「有限性の方へ」を『新潮』に連載開始（五～六月を除き、二〇一四年一月まで)。同月六日、三鷹ネットワーク大学で「太宰治、底板にふれる――『姥捨』をめぐって」を講演。三月、黒川創氏との共著『考える人・鶴見俊輔』を弦書房から刊行。四月、大学の基礎演習の教材に『ソクラテスの弁明』・「クリトン」・「パイドン」を選ぶ。五月、高橋源一郎氏との共著『吉本隆明がぼくたちに遺したもの』を岩波書店から刊行。九月、『シンフォニカ』第一号に「小説が時代に追い抜かれるとき――みたび、村上春樹『色彩を持たない多崎つくると、彼の巡礼の年』について」を発表。一〇月一三日、第五二回日本アメリカ文学会年次総会で「overshoot(限界超過生存)――有限性の時代を生きること」と題し、基調講演。サリンジャー研究の先駆をなした米文学者井上謙治氏にお目にかかる。一一月、鶴見俊輔『文章心得帖』(ちくま学芸文庫)解説として「火の用心――文章の心得について」を発表。この月、インターナショナル・ニューヨークタイムズ(以下、INYT)紙の固定コラムニストに就任。以後、天皇、安倍政権の右傾化、沖縄問題、原爆投下などにふれ、月一回、コラムを掲載する(翻訳マイケル・エメリック、二〇一四年一〇月まで)。一二月、上野延代『蒲公英 一〇一歳――叛骨の生涯』に「上野延代という人」を寄稿。同月一四日、早稲田大学RILAS主催シンポジウム「東アジア文化圏と村上春樹――越境する文学、危機の中の可能性」に参加、「六十九年後の村上春樹と東アジア」を発表。中国の小説家閻連科氏と知る。この年、早稲田大学坪内逍遙大賞選考委員に委嘱を受ける。

二〇一四年(平成二六年) 六六歳

二月、河合隼雄『こころの読書教室』(新潮文庫)解説として「そこにフローしているもの」を寄稿。同月一〇日、友人の鷲尾賢也

（元講談社取締役、歌人の小高賢）が急逝。一四日、告別式で友人代表として弔辞を読む。三月、『小高賢』に「まだ終わらないもの――小高賢さんのこと」を発表。同月三一日、早稲田大学国際学術院国際教養学部を退職、同名誉教授となる。四月、二〇〇七年四月から毎週刊行してきた『ゼミノート』を全二〇九号で終刊とする。またこの月より、岩波書店ウェブサイトで「村上春樹は、むずかしい」を月一回更新で連載開始（二〇一五年六月まで）。五月、中尾ハジメとの共著『なぜ「原子力の時代」に終止符を打てないか』を編集グループSUREより刊行。六月、『人類が永遠に続くのではないとしたら』（「有限性の方へ」を改題）を新潮社より刊行。またこの月から、前記『ゼミノート』を引き継ぐ続編『ハシからハシへ』を以後、不定期刊（平均月に二度）、一〇〇部未満の規模で知友に配るウェブ刊行を開始する。同月、『ｋｏｔｏｂａ』で佐野史郎氏と「『ゴジラ』と『敗者の伝統』」と題し対談。『吉本隆明全集7』月報に「うつむき加減で、言葉少なの」を発表。七月、『新編　特攻体験と戦後』（島尾敏雄・吉田満対談）に解説「もう一つの『0』」を発表。同月六日、父加藤光男、死去。同月一日、安倍政権、集団的自衛権行使を閣議決定。一一月一一日、日本記者クラブで「七〇年目の戦後問題」と題し、講演。一二月一三日、東京外国語大学で「33年目の『アメリカの影』」と題し、講演。このあと、翌年八月まで戦後論の執筆に没頭する。

二〇一五年（平成二七年）　六七歳

一月、『うえの』に「上野の想像力」を寄稿。二月八～九日、北川フラム企画の奥能登国際芸術祭キックオフ・シンポジウムにパネラーとして参加。三月、季刊誌『ｋｏｔｏｂａ』に「敗者の想像力」を連載開始（二〇一六年一二月まで）。四月、『ｍｙｂ』新装版第一号に「戦後の起源へ 今、私の考えていること」を発表。五月二四日、大竹昭子、堀江敏幸両氏らの企画「ことばのポトラック vol. 12」に参加、朗読を行なう。七月、一九九七年刊の『敗戦後論』を、ちくま文庫版(二〇〇五年)をへて新たにちくま学芸文庫として再刊(解説内田樹・伊東祐吏)。同月二〇日、鶴見俊輔氏が死去。二八日、『毎日新聞』に「『空気投げ』のような教え——鶴見俊輔さんを悼む」を寄稿。九月、『すばる』に「死が死として集まる。そういう場所」を発表。同月六日、義母清野智子が死去。一〇月、『戦後入門』をちくま新書より刊行。『世界』に「鶴見さんのいない日」を、『岩波講座現代第一巻 現代の現代性』に「ゾーエーと抵抗——何が終わらず、何が始まらないか」を発表。同月一七日、新潟での坂口安吾生誕祭で「安吾と戦後——戦争・占領・戦後を彼はどう通行したか」を講演。

一一月七日、竹内整一名誉教授主宰の東大院臨時「多文化交流演習」『人類が永遠に続くのではないとしたら』書評会に参加、多彩な研究者を迎えて討議。同月一四日、東洋大学国際哲学研究センターで「フィードバックと生体系、コンティンジェンシー、リスクと贈与—『人類が永遠に続くのではないとしたら』、次の問いへの手がかり」と題し、講演。二五日、扉野良人に招かれ京都に滞在(一二月二日まで)。二九日、京都・徳正寺で「戦後ってなんだろう」と題しトーク。扉野の友人ほしよりこと知る。ともに越前海岸の宇佐美爽子氏アトリエを訪問する予定も宇佐美氏体調崩され、果たさず。一二月、『村上春樹は、むずかしい』を岩波新書より刊行。一九九九年刊の『日本の無思想』を『増補改訂 日本の無思想』として平凡社ライブラリーより再刊。同月五日、日本ヤスパース協会第三二回大会で「敗戦という光のなかで——

ヤスパースの考えたこと」と題し、講演。九日、日本記者クラブで「『戦後入門』をめぐって——戦後七〇年目の戦後論」と題し、講演。

二〇一六年（平成二八年）　六八歳

一月、『現代思想』で見田宗介氏と「現代社会論／比較社会学を再照射する」と題し対談を行なう。同月二四日、義父清野宏が死去。二月、『うえの』に「少しずつ、形が消えていくこと」、『法然思想』第二号に「世界をわからないものに育てること——伝記という方法」、『早稲田文学』春号に「水に沈んだ峡谷への探索行の報告（抄）」を発表。三月、『山田太一エッセイ・コレクション3　昭和を生きて来た』（河出文庫）に解説「空腹と未来」を発表。同月二九日、ウェブサイト「10・8　山﨑博昭プロジェクト」に「私の秘密」を発表。四月一六日、桐光学園で「ヒト、人と出会う⁇」と題し、講演。五月、『法然思想』第三号に「称名とよびかけ」を発表。同月五日、水俣フォーラム水俣病公式確認六〇年記念特別講演会で「水俣病と私——〝微力〟について」と題し、講演。二三日、この間、交遊のはじまっていた宇佐美爽子氏が急逝。二八～三〇日、台湾淡江大学の村上春樹研究センター主催第五回村上春樹国際シンポジウムで「『1Q84』における秩序の崩壊、そして再構築」と題し、基調講演。ポーランド語の翻訳者アンナ・ジェリンスカ＝エリオットと知る。早稲田大学での教え子、英国ニューカッスル大学准教授のギッテ・M・ハンセンと再会。三〇日、東呉大学で「『小説』をめぐるいくつかの話」と題し、講演。六月、大澤真幸編『憲法9条とわれらが日本　未来世代へ手渡す』（筑摩書房）にインタビュー「『明後日』のことまで考える——九条強化と国連中心主義」（聞き手・大澤真幸）を発表。七月、『新潮』に

「死に臨んで彼が考えたこと——三年後のソクラテス考」を発表。『図書』で石内都氏と「苦しみも花のように静かだ——永遠のフリーダ・カーロ」と題し対談を行なう。『飢餓陣営せれくしょん5　沖縄からはじめる「新・戦後入門」』に「加藤典洋氏に聞く『戦後』の出口なし情況からどう脱却するか」（聞き手・佐藤幹夫）を、内田樹編『転換期を生きるきみたちへ　中高生に伝えておきたいたいせつなこと』（晶文社）に「僕の夢——中高生のための『戦後入門』」を発表。同月、シンポジウム「鶴見俊輔と後藤新平」にパネラーとして参加、「鶴見と後藤の変換式」を発表。八〜一〇月、INYT紙寄稿コラムの日本語版などを収めた『日の沈む国から　政治・社会論集』、文学論を編んだ『世界をわからないものに育てること　文学・思想論集』、吉本隆明氏、鶴見俊輔氏など大事な人々をめぐる文を集めた『言葉の降る日』を月ごと、私的な三部作の心づもりで岩波書店から刊行。八月八日、天皇、生前退位の意向をビデオメッセージで表明。同月一五日、ニューヨークタイムズ紙に“The Emperor and the Prime Minister”（翻訳マイケル・エメリック）を発表。九月一四〜一五日、日経ビジネス電子版に「『シン・ゴジラ』、私はこう読む」（前・後編、藤村公平記者インタビュー）を発表。この月、『うえの』に「今年の夏に思うこと」を発表。鶴見俊輔遺著『敗北力　Later Works』（編集グループSURE）に解説を執筆。一〇月、『新潮』に「シン・ゴジラ論（ネタバレ注意）」を発表。同月一五日、朝日カルチャーセンターで「シン・ゴジラの誕生——ゴジラ、3・11以後の展開」と題して講演。二二日、梅光学院大学で「文学、このわけのわからないもの」と題して講演。二六日、足利女子高校のキャリア支援講演で「文章の研ぎ方——おいしいご飯のような文章を書くには」と題して講演。二九日、下北沢B&Bで、近著『日の沈む国から』をめぐってトーク。またこの月、二〇一四年八月より不定期刊でウェブ刊行してきた『ゼミノート（加藤ゼミノート）』の続編『ハシからハシへ』全五巻五〇号を通号二六九号をもって終刊する。一一月、講談社文芸文庫『戦後的思考』を刊行、解説は東浩紀氏。同月二六日、共同通信新春対談のため田中優子氏と対談収録。一二月、『学鐙』冬号に「『複雑さを厭わずに考える』こと」を発表。

二〇一七年（平成二九年）六九歳

一月、岩波書店の『図書』に「大きな字で書くこと」と題し、一ページの連載を開始（～二〇一九年七月）。同じく同書店より岩波現代文庫として『増補　日本人の自画像』を刊行。二月、ベン・ファウンテン『ビリー・リンの永遠の一日』（上岡伸雄訳）書評「テキサススタジアムでイラク戦争を。」を『波』に発表。同月二五日、妻方の甥西條央のタイ人女性との結婚式出席にかこつけ、ひとりラオスの古都ルアンプラバンに数日を遊んだ後、タイ奥地ウドンタニ近郊の花嫁の生まれた村で結婚式に出席。その後プーケット島に飛んでリゾートホテルでの披露宴に参列。四月、『myb』第三号に「もうすぐやってくる尊皇攘夷思想のために──丸山真男と戦後の終わり」を発表。同月、黒川創氏の新作『岩場の上から』をめぐり『新潮』で対談。五月二一日、一橋大学で開かれた二〇一七年日本哲学会大会で哲学者森一郎氏が企画された「戦後再考　加藤典洋『戦後入門』を手がかりに」と題するワークショップ討議に参加。この月、『うえの』に「明治一五〇年と『教育勅語』」を発表。集英社新書として『敗者の想像力』を刊行。六月一日、私にとって六〇年代『ガロ』の偶像（アイドル）の一人、マンガ家・鈴木翁二氏を迎える荻窪の書店「Title」でのトークに詩人の福間健二氏とともに参加。七月九日、大阪の河合塾で「三〇〇年のものさし——二一世紀の日本に必要な『歴史感覚』とは何か」と題し、文化講演会の一環として友人・野口良平の企画による講演を行なう。二五日、ジュンク堂書店池袋本店で『敗者の想像力』をめぐりマイケル・エメリックUCLA准教授とトーク。八月二七日、信州岩波講座で「どんなことが起こってもこれだけは本当だ、ということ——激動の世界と私たち」と題して講演。この日、妻厚子、小諸の整骨院にて脊椎を損傷、以後、翌年八月まで圧迫骨折による重度の腰痛に苦しむ。九月一一日、東浩紀氏ほかによる新著『現代日本の批評 1975—2001』をめぐって東氏と対談。この月、幻戯書房より『もうすぐやってくる尊皇攘夷思想のために』を刊行。一〇月一九日、かわさき市民アカデミーで「人が死ぬということ」と題して講演。二〇日、代官山ヒルサイドテラスで北川フラム氏と鶴見俊輔をめぐるトーク。一一月二〇日、ジュンク堂書店池袋本店で松家仁之氏の新作『光の犬』をめぐるトーク。またこの月、長年望んでいた吉本隆明氏との座談会「半世紀後の憲法」、対談「存在倫理について」を収録した『対談——戦後・文学・現在』を而立書房より刊行。嬉しさあり。一二月一～五日、九州を訪問、熊本市で開催された「水俣病展2017」で二日、「加藤典洋さんと映画『水俣病—その20年』を見る」と題して講演。その後福岡に移り、旧知の花乱社社主別府大悟氏らと旧交を温め、秋芳洞をへて中原中也の生地湯田温泉に遊ぶ。

二〇一八年（平成三〇年）七〇歳

一月、『三田文學』一三二号に「一八六八年と一九四五年——福沢諭吉の『四年間の沈黙』」を発表。またこの月以後、創元社の

「戦後再発見」双書の一冊として刊行する憲法九条論の執筆を開始。二月二日、ブックファースト新宿店で装丁家桂川潤氏と桂川氏新著『装丁、あれこれ』をめぐりトーク。三月六～九日、ニューカッスル大学での村上春樹デビュー四〇周年記念シンポジウム“Eyes on Murakami: 40 Years with Murakami Haruki”に参加。八日、“From ‘harahara’ to ‘dokidoki,’ Murakami Haruki's Use of Humour and his Predicament since *1Q84*”と題して基調講演を行う。主宰はギッテ・M・ハンセン同大准教授。翻訳ワークショップも同時開催され、柴田元幸、ジェイ・ルービン、辛島デイヴィッドなど多彩な翻訳者たちが各国から参集したほか、マイケル・エメリック、エルマー・ルーク、ロバート・スワード、アンナ・ジェリンスカ＝エリオットなど旧知の懐かしい友人たちも集合、旧交を温める。一〇日、パリに移動、一五日まで定宿のホテルに荷をほどき息子の旧友北学と数日を遊ぶ。二四日、北海道横超会で「戦後、吉本隆明に『自己表出』のモチーフはどのようにやってくるのか——戦中と戦後をつなぐもの」と題して講演。同地で詩人の高橋秀明氏、写真家の中島博美氏を知る。四月より一年の予定で信濃毎日新聞に「水たまりの大きさで」と題する月ごとのエッセイの連載を開始（～二〇一九年三月）。またこの月から再度、早稲田大学の図書館から大量の本を借り受け、九条論の執筆を本格的に再開。五月九日、太宰賞の選考に出席、これをもって選考委員を辞任する。岩波書店より『どんなことが起こってもこれだけは本当だ、ということ。——幕末・戦後・現在』（岩波ブックレット）を刊行。七月、晶文社より白井晟一の原爆堂をめぐる対話集『白井晟一の原爆堂四つの対話』を刊行。八月、『私の漱石『漱石全集』月報精選』（岩波書店）に「『それ以前」の漱石──世界のはずれの風」が収録される。同月、安岡章太郎『僕の昭和史』（講談社文芸文庫）に解説「一身にして二生をへること」を執筆。一〇月一一日、日仏会館でのカナダ・ケベック州の思想家ジェラール・ブシャール氏の講演「間文化主義とは何か──多様性に開かれたネーションの再構築へ向けて」（司会・伊達聖伸上智大准教授）に対話者として参加。一二日午前、この間打ち込んできた九条論千枚超（四百字詰め原稿用紙換算）の第一稿を脱稿の後、小林秀雄賞贈呈式に参加。『新潮45』問題をめぐる他の賞の委員挨拶に嫌気、途中で退席する。その後、疲労感あり。一一月二一日、先月より続いていた息切れが貧血によるもので実は病気を発病していたことが発覚し衝撃を受ける。同様にショックを受ける妻を面白がらせるため突如、言葉いじりをはじめ、毎日見せるようになり、それが齢七〇歳にしてはじめて「詩みたいなもの」の制作（？）に手を染める端緒となる。三〇日、埼玉医大総合医療センターに入院。治療を開始。

二〇一九年（平成三一・令和元年）七一歳

一月中旬、治療の感染症罹患による肺炎となり一週間あまり死地をさまよう。二月上旬、ようやく肺炎をほぼ脱し、中旬、都内の病院に転院。以後、入院加療を続ける（三月下旬まで）。今後はストレスのかかる批評のたぐいからは手を引くこととする。同月、友人瀬尾育生の導きにより『現代詩手帖』に「小詩集『僕の一〇〇〇と一つの夜』その1」を発表（〜四月）。四月、『すばる』に一年前のニューカッスル大学村上春樹シンポジウムで行なった講演の日本語オリジナル版「『はらはら』から『どきどき』へ──村上春樹における『ユーモア』の使用と『1Q84』以後の窮境」を発表。これを日本の文芸誌に掲載してもらうのに一年かかる。感慨深し。『加藤ゼミノート総目次&総索引』とCDのセット（本文全文を含むCDと有機的に連動）を一〇〇名弱の知友、旧知のメディア関係者に送付する。四月、創元社より『9条入門』（「戦後再発見」双書8）を刊行。五月、講談社文芸文庫『完本　太宰と井伏　ふたつの戦後』を刊行。解説は與那覇潤氏。

同十六日、肺炎のため死去。

七月、『群像』に「追悼　加藤典洋」（竹田青嗣「魚は網よりも大きい」、原武史「追憶」）、『小説トリッパー』二〇一九年夏号に「追悼　加藤典洋」（内田樹「加藤典洋さんを悼む」、マイケル・エメリック「「加藤先生」」、津村記久子「加藤先生と私」）、『現代詩手帖』に福間健二「実感からはじめる方法」が掲載される。八月、『新潮』に「追悼・加藤典洋」（黒川創「批評を書く、ということ」、マイケル・エメリック「加藤先生、その人」）、『すばる』に「追悼　加藤典洋」（橋爪大三郎「加藤ゼミの加藤さん」、ギッテ・M・ハンセン「Old Cato へ」）、『現代詩手帖』に瀬尾育生「孤立を恐れない」、長瀬海「加藤典洋の一〇〇〇と一つの夜　追悼・加藤典洋」、『ちくま』に「追悼　加藤典洋」（橋爪大三郎「主流に抗う正統（あまのじゃく）」、荒川洋治「加藤典洋さんの文章」）、同月一八日、TOKYO FM、FM長野、FM高知、エフエム山形で加藤典洋をめぐる特別番組「ねじれちまった悲しみに」（出演・小川哲、マイケル・エメリック、上野千鶴子、長瀬海、藤岡泰弘、語り・藤間爽子）が放送される。九月、『群像』に高橋源一郎「彼は私に人が死ぬということがどういうことであるかを教えてくれた」が掲載される。一〇月、ちくま学芸文庫『村上春樹の短編を英語で読む　1979〜2011』（上・下）を刊行。解説は松家仁之氏。一一月、岩波書店より『大きな字で書くこと』を刊行。

同月、私家版『詩のようなもの　僕の一〇〇〇と一つの夜』を刊行し、関係者に送付する。一二月、『飢餓陣営』二〇一九冬号に特集「追悼　加藤典洋」が掲載される。

二〇二〇年（令和二年）

一月、『すばる』に遺稿「第二部の深淵――村上春樹における「建て増し」の問題」を掲載。同月、講談社選書メチエ『超高層のバベル　見田宗介対話集』に対談「現代社会論／比較社会学を再照射する」が収録される。岩波現代文庫『僕が批評家になったわけ』を刊行。解説は高橋源一郎氏。同月、別冊 ele-king『じゃがたら――おまえはおまえの踊りをおどれ』（Pヴァイン）に「じゃがたら」（『耳をふさいで、歌を聴く』アルテスパブリッシング）が収録される。二月、『わたしのベスト3　作家が選ぶ名著名作』（毎日新聞出版）に「加藤典洋・選　小川洋子」が収録される。三月、『文學界』に松浦寿輝「柔構造の人」（連載「遊歩遊心」第六回）が掲載される。四月、『群像』に與那覇潤「歴史がこれ以上続くのではないとしたら――加藤典洋の「震災後論」」が掲載される。講談社文芸文庫『テクストから遠く離れて』を刊行。解説は高橋源一郎氏。同月、岩波現代文庫『可能性としての戦後以後』を刊行。解説は大澤真幸氏。ゲンロン叢書『新対話篇』に東浩紀との対談「文学と政治のあいだで」が収録される。五月、講談社文芸文庫『村上春樹の世界』を刊行。解説はマイケル・エメリック氏。八月、『文學界』に川崎祐「ポッカリあいた穴を見つめて」が掲載される。同月、『ベスト・エッセイ２０２０』（日本文藝家協会編、光村図書出版刊）に「助けられて考えること」が収録される。九月、『現代詩手帖』の特集「現代詩アンソロジー 2010–2019」に「たんぽぽ」が収録される。同月、集英社より『オレの東大物語　1966〜1972』を刊行。解説は瀬尾育生氏。一〇月、荒川洋治『文学は実学である』（みすず書房）に「加藤典洋さんの文章」が収録される。一一月、『すばる』に橋爪大三郎氏による『オレの東大物語1966〜1972』の書評が掲載される。一二月、『現代詩手帖』の「2020年代表詩選」に「半分」が収録される。

二〇二一年（令和三年）
五月、ちくま新書『9条の戦後史』を刊行。野口良平「この本の位置——「あとがき」に代えて」が付された。

二〇二二年（令和四年）
四月、『吉本隆明　没後10年、激動の時代に思考し続けるために』（河出書房新社）に高橋源一郎、瀬尾育生と行ったロングインタビュー「詩と思想の60年」が収録される。五月、而立書房より小浜逸郎、竹田青嗣、橋爪大三郎ほかとの討論『村上春樹のタイムカプセル　高野山ライブ1992』を刊行。

二〇二三年（令和五年）
二月、岩波現代文庫『増補　もうすぐやってくる尊皇攘夷思想のために』を刊行。解説は野口良平氏。三月、岩波現代文庫『大きな字で書くこと／僕の一〇〇〇と一つの夜』を刊行。解説は荒川洋治氏。四月一五日、毎日新聞に橋爪大三郎氏による『大きな字で書くこと／僕の一〇〇〇と一つの夜』の書評が掲載される。

（著者作成、編集部補足）

本書は「一冊の本」二〇〇一年七月号〜二〇〇三年十月号での連載
「現代小説論講義」に大幅な加筆を行って刊行された『小説の未来』
（二〇〇四年一月、朝日新聞社）を底本としました。

Kodansha Bungei bunko

小説《しょうせつ》の未来《みらい》
加藤典洋《かとうのりひろ》

2023年6月9日第1刷発行

発行者……鈴木章一
発行所……株式会社 講談社
〒112-8001 東京都文京区音羽2・12・21
電話 編集 (03) 5395・3513
販売 (03) 5395・5817
業務 (03) 5395・3615

デザイン……水戸部 功
印刷……株式会社KPSプロダクツ
製本……株式会社国宝社
本文データ制作……講談社デジタル製作

ISBN978-4-06-531960-4

講談社文芸文庫

▶解＝解説　案＝作家案内　人＝人と作品　年＝年譜を示す。　2023年6月現在

講談社文芸文庫

折口信夫	折口信夫芸能論集 安藤礼二編	安藤礼二—解
折口信夫	折口信夫対話集 安藤礼二編	安藤礼二—解／著者——年
加賀乙彦	帰らざる夏	リービ英雄-解／金子昌夫—案
葛西善蔵	哀しき父|椎の若葉	水上 勉——解／鎌田 慧——案
葛西善蔵	贋物|父の葬式	鎌田 慧——解
加藤典洋	アメリカの影	田中和生—解／著者——年
加藤典洋	戦後的思考	東 浩紀——解／著者——年
加藤典洋	完本 太宰と井伏 ふたつの戦後	與那覇 潤—解／著者——年
加藤典洋	テクストから遠く離れて	高橋源一郎-解／著者・編集部-年
加藤典洋	村上春樹の世界	マイケル・エメリック-解
加藤典洋	小説の未来	竹田青嗣—解／著者・編集部-年
金井美恵子	愛の生活|森のメリュジーヌ	芳川泰久—解／武藤康史—年
金井美恵子	ピクニック、その他の短篇	堀江敏幸—解／武藤康史—年
金井美恵子	砂の粒|孤独な場所で 金井美恵子自選短篇集	磯﨑憲一郎-解／前田晃——年
金井美恵子	恋人たち|降誕祭の夜 金井美恵子自選短篇集	中原昌也—解／前田晃——年
金井美恵子	エオンタ|自然の子供 金井美恵子自選短篇集	野田康文—解／前田晃——年
金子光晴	絶望の精神史	伊藤信吉—人／中島可一郎-年
金子光晴	詩集「三人」	原 満三寿—解／編集部——年
鏑木清方	紫陽花舎随筆 山田肇選	鏑木清方記念美術館-年
嘉村礒多	業苦|崖の下	秋山 駿——解／太田静一——年
柄谷行人	意味という病	絓 秀実——解／曾根博義—案
柄谷行人	畏怖する人間	井口時男—解／三浦雅士—案
柄谷行人編	近代日本の批評 Ⅰ 昭和篇上	
柄谷行人編	近代日本の批評 Ⅱ 昭和篇下	
柄谷行人編	近代日本の批評 Ⅲ 明治・大正篇	
柄谷行人	坂口安吾と中上健次	井口時男—解／関井光男—年
柄谷行人	日本近代文学の起源 原本	関井光男—年
柄谷行人 中上健次	柄谷行人中上健次全対話	高澤秀次—解
柄谷行人	反文学論	池田雄一——解／関井光男—年
柄谷行人 蓮實重彥	柄谷行人蓮實重彥全対話	
柄谷行人	柄谷行人インタヴューズ1977-2001	
柄谷行人	柄谷行人インタヴューズ2002-2013	丸川哲史—解／関井光男—年

講談社文芸文庫

加藤典洋
小説の未来
川上弘美、大江健三郎、高橋源一郎、阿部和重、町田康、金井美恵子、吉本ばなな
……現代文学の意義と新しさと面白さを読み解いた、本格的で斬新な文芸評論集。
解説＝竹田青嗣　年譜＝著者・編集部
かP7
978-4-06-531960-4

李良枝
石の聲　完全版
三十七歳で急逝した芥川賞作家の未完の大作「石の聲」（一〜三章）に編集者への手紙、実妹の回想他を併録する。没後三十余年を経て再注目を浴びる、文学の精華。
解説＝李　栄　年譜＝編集部
い-I 3
978-4-06-531743-3